文春文庫

悪魔の涙

ジェフリー・ディーヴァー
土屋晃訳

マデリンに感謝をこめて

目次

Ⅰ 大晦日 9
Ⅱ とりかえっ子 191
Ⅲ 三羽のタカ 337
Ⅳ パズルの達人 473
著者あとがき 566
謝辞 567
訳者あとがき 568

悪魔の涙

主な登場人物

パーカー・キンケイド……………文書検査士　元FBI科学犯罪文書研究室捜査官
マーガレット・ルーカス……………FBIワシントン支局長代理
ハロルド・ケイジ……………FBI特別捜査官
トーブ・ゲラー……………FBI捜査官
C・P・アーデル……………同右
ジェリー・ベイカー……………同右
レナード（レン）・ハーディ…ワシントン市警刑事
ジェラルド・ケネディ……………ワシントン市長
ウェンデル・ジェフリーズ……市長補佐官
ゲリー・モス……………市職員
ヘンリー・ツィスマン……………フリーランス・ライター
ジョン・エヴァンズ……………心理学者
ギルバート・ハヴェル……………恐喝犯
〈ディガー〉……………殺人鬼
ロビー……………パーカーの息子
ステファニー……………パーカーの娘
ジョーン……………パーカーの元妻
リンカーン・ライム……………元ニューヨーク市警科学捜査官

I　大晦日

匿名の書簡を徹底分析すると、書き手の候補を大幅に絞ると同時に、疑わしいと思われる書き手までも候補からはずしてしまう場合がある。セミコロンの使い方、あるいはアポストロフィの正しい使い方といった観点から、書き手の候補全体を除外してしまう可能性が出てくるのである。

オズボーン&オズボーン
『疑問文書に関する諸問題』

1

〈ディガー〉は街にいる。

どこといって特徴のない男。誰もがやるように十二月の湿った風に肩をすぼめ、冬枯れの街路を歩いていく。

高からず低からず、太からず細からずの体軀。暗色の手袋をはめた指はずんぐりしているかもしれないし、ちがうかもしれない。足は大きそうだが、靴のサイズはぴったりのようだ。

その目は一瞥《いちべつ》しただけでは形も色も判別しにくいが、人間離れした印象があることだけはわかるし、もしも〈ディガー〉と目が合ったら、見てはならないものを見たという気分になるかもしれない。

朝のラッシュアワーで混雑するワシントンDCの市街には目撃者が大勢いるのだが、黒か濃紺の長いコートを着た彼の姿を見とがめる者はいない。

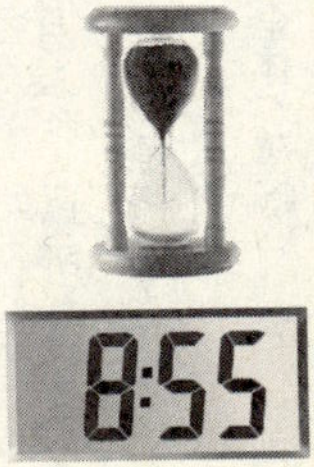

〈ディガー〉は街にいる。そしてきょうは大晦日《おおみそか》。

フレッシュ・フィールズの買物袋を提げた〈ディガー〉は、カップル、ひとり者、家族連れを避けながら歩きつづける。前方に地下鉄の駅が見えている。そこに午前九時ちょうどに行けと言われていた。〈ディガー〉はけっして約束に遅れない。

そのずんぐりしているかもしれない手の袋は重い。十一ポンドもあるが、〈ディガー〉がモーテルの部屋に戻るころには相当軽くなっているはずだ。

ぶつかってきた男が「失礼」と笑顔で言うが、〈ディガー〉は男と目も合わせない。〈ディガー〉は他人を見ないし、他人から見られたくないと思っている。

「誰にも……」カチッ。「……誰にも顔を見られるなよ。顔をそむけるんだ。わかったな？」

わかってる。

カチッ。

灯りを見ろ。ほら……カチッ……大晦日の装飾を。旗にあしらわれた赤ん坊と時の翁《オールド・マン・タイム》。

おかしな飾り。おかしな灯り。そのはまり具合がおかしい。

ここはデュポン・サークル、金と芸術が集まる場所、若者と流行があふれる場所だ。〈ディガー〉がそれを知っているのは、彼に指図をする男がデュポン・サークルの話をしたからにすぎない。

地下鉄のトンネルの口まで来た。その朝は曇っていて、冬だけに街全体が薄暗い。

こんな日には、〈ディガー〉は妻のことを考える。パメラは暗いのも寒いのも嫌いで、だから……カチッ……あいつは……何をしたっけ？ そうだ。あいつは赤い花と黄色い花を植えた。彼は地下鉄を見て、むかし見た絵画のことを思いだす。パメラとふたり、美術館にいた。壁に古い絵が掛かっていた。

で、パメラが言った。「怖いわ。行きましょう」

地獄の入口の絵だった。

地下鉄のトンネルは地下六十フィートで消え、乗客はそこを昇り降りしている。あの絵とそっくりだ。

地獄の入口と。

髪を短く切り、ブリーフケースを抱えた若い女たちがいる。スポーツバッグと携帯電話を持った若い男たちがいる。

そして買物袋を提げた〈ディガー〉がいる。

肥っているかもしれないし、痩せているかもしれない。どこといって特徴のない男。誰も〈ディガー〉に気づかないのは、ひとつには彼がその技に長《た》けているからである。

「おまえは最高だ」と彼に指図をする男が言ったのは去年のことだった。「おまえは……カチッ、カチッ……最高だ」

八時五十九分、〈ディガー〉は下りのエスカレーターの乗り口へ行く。エスカレーターは穴ぐらに消えていく人々でいっぱいだ。

彼は袋に手を差し入れ、心地よい感触の銃把《グリップ》を指でつつみこむ。銃はたぶんウジかＭａｃ－

10かインターテックだが、重さは優に十一ポンド、二二口径の長銃身ライフル用弾薬百発を収めたクリップが装填されている。

〈ディガー〉は無性にスープが飲みたくなるが、その感覚を無視する。

なぜなら彼は……カチッ……最高だからだ。

彼が目を向けるのは、地獄行きエスカレーターの順番を待つ人々ではない。カップルも、電話片手の男たちも、パメラの行きつけだったスーパーカッツで髪を切った女たちも見ていない。家族連れでもない。中身は休日のご馳走とでもいうように、彼は買物袋を胸に抱える。片手で種類はともかくも銃を握り、反対の手は袋の外から、スープとの相性が抜群のフレッシュ・フィールズのパンに添えているように見えるかもしれないが、実際は鉱物綿とゴム製バッフルの詰まった重い消音装置を支えている。

腕時計が鳴った。

午前九時。

引金を引く。

くぐもった音とともに銃弾が噴き出し、エスカレーターの乗客をなぎ倒していく。銃声は突然の叫喚に消されていく。

「ああぶないたすけてたすけてどうしたいたいたいおちる」とこんな具合の悲鳴に。

銃声。

はずれた弾丸は金属やタイルに当たり、とんでもない音をたてる。とにかくうるさい。命中すればずっと柔らかな音になる。

誰もが訳もわからず周囲を見まわしている。

〈ディガー〉も一緒になって周囲を見まわす。みんなが顔をしかめる。彼もしかめる。

銃撃されていると考える者はいない。誰かが転んで、エスカレーターで将棋倒しになったのだと思っている。犠牲者の手から、電話やブリーフケースやスポーツバッグが落ちていく。

百発の銃弾は数秒で撃ちつくされた。

みんなと同じようにまわりに目をやる〈ディガー〉に気づく者はいない。

訳がわからない。

「救急車を呼べ警察だ警察ああこの娘が大変だ助けがいる人が死んでるぞなんてこったおいあの女の脚脚を見ろ私の赤ちゃん私の赤ちゃん……」

〈ディガー〉は買物袋を下ろす。袋の底には銃弾の抜けた小さな穴がある。熱い鉛の薬莢はすべてこの袋のなかだ。

「停めろエスカレーターを停めろおい誰か停めろエスカレーターを停めてくれ人が押しつぶされてるぞ……」

とこんな具合に。

〈ディガー〉は見つめる。みんなが見つめているからだ。

だが地獄を覗きこむのはひと苦労だ。下では人が折り重なり、しかもその山がしだいに高くなっていく……生きている者、死んでいる者、押しつぶされたなかから這い出そうともがく者がエスカレーターの降り口で折り重なっている。

〈ディガー〉は人込みに紛れていく。そしてその場から消えた。

姿を消すのが得意なのだ。「逃げるときにはカメレオンのようにやるんだぞ」と指図をする男は言った。「どういうやつだか知ってるか？」

「トカゲだろ」

「そうだ」

「色を変える。テレビで見たよ」

〈ディガー〉は人であふれる舗道を進んでいく。道をこちらからあちらへとたどって逃げていく。滑稽だ。

おかしい……

誰も〈ディガー〉に気づかない。

どこといって特徴のない、木工品のような男。顔は朝の空のように白い。あるいは地獄の入口のように暗い。

彼は歩きながら――ゆっくり、ゆっくりと――モーテルのことを考える。そこで弾薬を装塡しなおし、サイレンサーに強い鉱物綿を詰めなおし、水のボトルとスープのボウルを傍らに座り心地のよい椅子に腰をおろすのだ。そうして午後までリラックスして、それから――指図をする男が中止の伝言をよこさないかぎり――黒か濃紺の長いコートを羽織り、また外に出る。

初めから同じことをやる。

大晦日。〈ディガー〉は街にいる。

救急車がデュポン・サークルに急行し、救助隊員が地下鉄の駅に出現したおぞましい死体の山を掘り返しているころ、ギルバート・ハヴェルは二マイル離れた市庁舎に向かって歩いていた。

四番通りとD通りの角、ひっそり立つカエデの木の脇で、ハヴェルはふと立ち止まると手にした封筒を開き、もう一度文面に目を通した。

ケネディ市長——

終わりは夜だ。解き放たれた〈ディガー〉は止められない。やつは殺しをくりかえす——四時と、8時と真夜中に。あんたが金を出さないかぎり。

こっちが要求するのは現金で＄二千万ドル、バッグに入れて、六六号を南へ二マイル行ったベルトウェイの西側にそれをおいておけ。草むらのなかだ。金は一二〇〇までに払え。〈ディガー〉を止める方法を知っているのはおれだけだ。おれを＊＊捕まえたりすれば、やつは殺しをつづける。おれを殺したら、やつは殺しをつづける。

本気にしないつもりなら、〈ディガー〉が撃った弾のなかには黒く塗ったやつがある。それを知ってるのはおれだけだ。

Mayor Kennedy—

The end is night. The Digger is loose and their is no way to stop him. He will kill again—at four, 8 and Midnight if you don't pay.

I am wanting $20 million dollars in cash, which you will put into a bag and leave it two miles south of Rt 66 on the West Side of the Beltway. In the middle of the Field. Pay to me the Money by 1200 hours. Only I am knowing how to stop The Digger. If you [redacted] apprehend me, he will keep killing. If you kill me, he will keep killing.

If you don't think I'm real, some of the Diggers bullets were painted black. Only I know that.

ほぼ完璧な出来ばえだった。そう簡単に思いつけるものじゃない。計画には何カ月もかけた。警察とＦＢＩの動きもすべて想定ずみだった。チェスのゲームだ。

そんな思いに意を強くして、ハヴェルは文書を封筒に戻して蓋を閉じたが、糊づけはしないまま通りを進んだ。背を丸め、目を伏せて大股に歩くのは、六フィート二インチの長身をめだたなくしようという気持ちがあったからである。だがやってみるとむずかしい。彼は背筋を伸ばし、他人を睥睨《へいげい》して歩くのが好きだった。

ジュディシャリー・スクウェアにある市庁舎の防犯システムは稚拙なものだった。その地味な石造りの建物にはいり、新聞の自動販売機のところへ行くまで誰にも気づかれなかった。販売機の下に封筒をすべりこませると、Ｅ通り方面に悠々と歩を進めた。

大晦日にしては暖かい、とハヴェルは思っていた。秋の匂いがする。枯れ葉や湿気た枝を焚《た》いたときの香りだ。それがやたら郷愁をかきたてる。彼は角の公衆電話で足を止め、硬貨を数枚入れてダイアルした。

相手が出た。「市庁舎。保安部です」

ハヴェルは受話器に近づけたテープレコーダーの再生ボタンを押した。コンピュータで作った声が流れる。「玄関に封筒をおいた。『ポスト』の販売機の下だ。すぐに読め。地下鉄の殺人に関係がある」彼は電話を切って通りを渡ると、紙コップに入れたテープレコーダーをゴミ箱に放り投げた。

コーヒーショップにはいったハヴェルは、自動販売機と市庁舎の脇の入口がよく見える窓際のブースに席を取った。封筒が回収されるところを確かめたかったのだが、その場面は彼が上着を脱ぐ間もなく訪れた。あとは市長に口添えをしにくる人間が誰なのかを見ておきたいと思った。それとどこの記者が駆けつけてくるのかを。

ブースにやってきたウェイトレスに、彼はコーヒーと、まだ朝食の時間帯だったが、メニューに載っているなかでいちばん高価なステーキ・サンドウィッチを注文した。いいじゃないか。いまに大金持ちになるんだから。

2

「パパ、ボートマンのことを話してよ」

パーカー・キンケイドは手を止めた。洗っていた鉄のフライパンを下に置いた。

子供に何を質問されようとうろたえるな——とにかく、うろたえた顔はするな——と心得ている彼は、ペーパータオルで手を拭きながら少年に向かって頬笑んだ。

「ボートマン？」と九歳の息子に訊ねる。「いいだろう。何を知りたい？」

ヴァージニア州フェアファクスにあるパーカー家のキッチンは、休日の食事の仕度中で、オニオン、セージ、ローズマリーの香りがただよっている。少年は窓の外に目をやった。何も言わない。

「さあ」パーカーはうながした。「言ってごらん」

ロビーは髪がブロンドで、瞳は母親と同じブルーだった。アイゾッドの紫色のポロに、褐色のパンツをラルフ・ローレンのベルトできつく締めている。額《ひたい》に立つように伸びた毛が、きょうは右舷の方向に向いている。

「だからさ」と少年が切り出した。「あいつが死んでるってことはわかってるんだ……」

「そうだ」パーカーは言った。ほかには何もつけたさない。（〝子供には訊かれたことだけを話せ〟これはパーカー・キンケイドの『片親のためのハンドブック』に載っているルールのひとつなのである――もっぱら頭のなかにだけ存在するこの手引書を、彼は毎日引用している）

「外にさ……ときどきあいつにそっくりなのがいるんだ。だから、外を見てると、あいつが見えるような気がするんだよ」

「そんな気がしたときにはどうする？」

「盾と兜を持って、外が暗かったら電気をつけるんだ」

パーカーはそのまま立っていた。普段、子供と真剣に話をする場合、彼は目線の高さを等しくするよう心がけている。だがあるセラピストから、ボートマンの話題が出たときには立ったままのほうがいいと勧められた――強い保護者としての存在を示して、息子を安心させるためだった。たしかにパーカー・キンケイドには安心感を抱かせるところがあった。ちょうど四十歳、長身――六フィートをすこし上まわる――そして大学時代とほとんど変わらぬ体型。これはエアロビクスやヘルスクラブとは関係なく、ふたりの子供たちのおかげだ。たとえばサッカーのゲーム、バスケットボール、フリスビーのトーナメント、家族の習慣となっている日曜日ごとの朝のランニング（もっともパーカーのランニングとは、自転車で地元の公園をまわるふたりの後をついていくといったものである)。

「じゃあ確かめてみよう。いいか？ おまえが見たと思った場所をだ」

「いいよ」

「兜と盾は持ったか？」

「ほら」少年は頭を叩き、騎士のように左手を掲げてみせる。

「いいじゃないか。こっちも抜かりはないぞ」パーカーは少年のジェスチャーを真似た。

ふたりは裏手のドアに向かった。

「ほら、あの茂みだよ」とロビーが言った。

パーカーは半エーカーの土地を見渡した。ワシントンDCから西に二十マイル離れた古い住宅地である。彼の地所は大部分、芝生と花壇で占められているのだが、裏手には一年をかけて刈りこむつもりでいたレンギョウ、クズ、ツタが絡みあって生えていた。たしかに目を凝らすと、そうした植生が人間の形に似ていなくもない。

「あれは不気味だな」とパーカーは認めた。「言うとおりだ。でもボートマンはむかしのことじゃないか」息子の恐怖を解消するために、みすぼらしい茂みに怯えているだけだと指摘するつもりはなかった。ただロビーには、あの出来事からは隔たりがあることを伝えたかった。

「わかってる。でも……」

「いつごろの話だ？」

「四年まえ」ロビーは答えた。

「大むかしじゃないな」

「ずいぶんむかしだよ」

「たしか」パーカーは両腕を開いた。「長さはこれぐらいか？」

「たぶんね」

「もっと長かっただろう」パーカーはさらに手を伸ばした。「ブラドック湖で釣ったあの魚は」

「これぐらいだったよ」と少年は笑いながら手を広げた。

「いいや、これぐらいだ」パーカーは大げさに顔をしかめた。

「ちがう、これぐらいだよ」少年は両手を上げたまま、横に一歩跳びのいた。

「もっとだ！」パーカーはからかうように言う。「もっと」

ロビーは片手を掲げてキッチンのむこうまで走っていった。そして戻ってくると反対の手を差しあげた。「これぐらい長かった！」

「そいつはサメ並みだな」パーカーは叫んだ。「いや、クジラか。いや、大王イカだ。いや、わかった——房つきマズルカだ！」これは『ぼくが動物園をやったら』に出てくる動物だ。ロビーもステフィもドクター・スースが大好きだった。パーカーが子供たちにつけたニックネームは〝誰かさんたち〟——『ゾウのホートンひとだすけ』に登場する生き物にちなんでいるのだが、この本はプーさんなど問題にならないほど、ふたりの大のお気に入りだった。

パーカーとロビーはしばらく屋内の鬼ごっこを楽しんでいたが、やがてパーカーが捕まえた息子をくすぐりの刑にした。

「いいことを思いついたぞ」パーカーは喘《あえ》ぎながら言った。

「どんな?」

「あした、あの茂みを全部切っちまうっていうのはどうだ?」

「鋸《のこぎり》を使えるの?」少年はたちまち訊き返してきた。

ああ、ちょうどいい機会じゃないか。そう思うと笑いがこみあげた。「いいだろう」とパーカーは答えた。

「やった!」ロビーはキッチンを飛び出していった。工具を使わせてもらえるという感激を前に、ボートマンの記憶はどこかに吹き飛んでしまったのだ。ロビーが階段を駆けあがっていってから、兄妹の間でニンテンドーのゲームの順番を争う声が聞こえてきた。どうやらステファニーが勝ったらしく、あの伝染病のようなマリオ・ブラザースのテーマが流れてくる。

パーカーの目は裏庭の茂みに向けられていた。

ボートマン……彼は頭を振った。

玄関のベルが鳴った。リビングルームを覗いても、子供たちが気づいた様子はない。パーカーは自ら足を運び、ドアを開いた。

魅力的な女性が満面の笑みを浮かべた。鋭角的なラインの髪型の下にイアリングが揺れている。太陽を浴びたせいか、ブロンドがいつになく明るい(ロビーの髪はその色合いを受け継いでいるし、ステファニーのほうはパーカーの茶色に近い)。見事な日焼け具合だった。

「やあ、どうも」パーカーはおずおずと言った。

ドライヴウェイを見やってとりあえず安心する。ベージュのキャディラックがエンジンをかけたまま停まっていた。運転席のリチャードは『ウォール・ストリート・ジャーナル』を読んでいる。

「どうも、パーカー。ダレスに着いたばかりなの」と彼女はパーカーを抱きしめた。

「すると……どこへ行ってたんだい？」

「セント・クロイ島。よかったわ。ねえ、力を抜いたら。あなたのボディ・ランゲージは相変わらずだわ……ちょっと寄ってみただけなのよ」

「元気そうだな、ジョーン」

「元気よ。とてもね。あなたは元気なのかしら、パーカー。青白い顔して」

「子供たちは上にいる——」パーカーはふたりに声をかけようとした。

「だめ、いいの——」とジョーンが言いかけた。

「ロビー、ステフィ！　ママが来たぞ」

階段を駆けおりる音。ふたりがジョーンのもとに走り寄ってくる。ジョーンの笑顔に、パーカーは苛立ちを見抜いていた。

「ママ、真っ黒ね！」とステフィがスパイス・ガールズのように髪をかきあげた。ロビーのほうは丸々としている。パーカーとしては、ステファニーが十二、三歳になるころ、そのしかつめらしい面長の顔立ちが、少年たちに畏敬の念をいだかせるようになればと思っているのだが。

「どこへ行ってたの、ママ？」ロビーが訝《いぶか》しげに言った。

「カリブ海よ。パパから聞いてなかった？」パーカーに視線が飛ぶ。もちろん話したとも。ジョーンにはわかっていない。子供たちが動揺しているのは、その旅のことを知らなかったせいではなく、彼女がクリスマスにヴァージニアを離れていたからなのだ。

「素敵な休日をすごした？」とジョーンが訊ねた。

「エアホッケーを買って、けさはロビーに三回勝ったの」

「ぼくだって四点連続で決めたんだよ！」とロビー。「何か買ってきてくれた？」

ジョーンは車のほうを振り返った。「もちろん。でも、まだスーツケースに入れたままなのよ。きょうはちょっと寄ってパパに話をしようと思っただけだったから。プレゼントはあしたの朝に届けるわ」

ステフィが言った。「ああ、それからサッカーボールと新しいマリオ・ブラザースを買ってもらったの。それとウォレス&グルミットの――」

ロビーが妹をさえぎるように、「ぼくはデス・スターとミレニアム・ファルコンを買ってもらった。それにマイクロ・マシーンもいっぱい！　それにサミー・ソーサのバットでしょ。『くるみ割り人形』も見たよ」

「私からの包みは届いた？」とジョーン。

「うん」とステフィ。「ありがとう」少女はじつに礼儀正しい応対をしたが、派手なドレスを着たバービー人形にはもはや興味を失っている。いまの八歳はジョーンの子供時代の八歳とはちがうのだ。

「パパがぼくのシャツのサイズを交換してくれたよ」

「合わなかったら換えてって、私から言っておいたの」とジョーンは早口に言った。「とにかくあなたたちにプレゼントがしたかったから」

「あたしたち、クリスマスにママとおしゃべりできなかったわ」とステフィが言った。

「そうだったわ」ジョーンは娘に向かって答えた。「私たちが泊まってた場所からは連絡がとれなかったの。『ギリガン君SOS』みたいな島でね。電話が通じないの」彼女はロビーの髪の毛をくしゃくしゃにした。「それにあなたたちだって家にはいなかったものね」

ジョーンは子供たちを責めている。この歳の子供たちに責任はないということを、彼女はわかっていない。何か間違ったことをすれば自分の過失であり、子供たちが間違ったことをしたのなら、それもやはり親の過失なのである。

ああ、ジョーン……こうしたささやかな過ちは――責任をすこしでも転嫁するようなことは――顔を叩くのに等しい。だがパーカーは口を開かない。(〝親の口論を子供たちに見せてはならない〟)

ジョーンは立ちあがった。「リチャードと私はそろそろ行かないと。エルモとセイントをケンネルまで迎えにいくの。可哀そうに、わんちゃんたち、一週間ずっと檻のなかだったのよ」

ロビーが息を吹き返したように、「きょうの夜はパーティをして、テレビで花火を見てからスター・ウォーズ・モノポリーをやるんだよ」

「あら、それは楽しそうね」とジョーン。「リチャードと私はケネディ・センターに行くの。

オペラを観に。あなたたち、オペラは好き？」

ステフィが大げさに肩をすくめた。最近、大人の質問に対してよくみせるしぐさだった。

「うたいながら話が進んでいくお芝居のことだよ」とパーカーは子供たちに言った。

「いつかリチャードと、あなたたちをオペラに連れていってあげる。どうかしら」

「いいかもね」とロビーが答えた。九歳の少年としては、これで高い教養に精一杯の関心を寄せたといったところである。

「待ってて」ステフィがだしぬけに言うと、階段を駆けあがっていった。

「ねえ、あまり時間がないのよ。これから私たち――」

娘は新しいサッカーのユニフォームを手に戻ってくると、それを母親に差し出した。

「まあ、可愛い」ジョーンはぎこちない様子で、魚を捕まえはしたものの、どうしていいかわからないといった子供のようにユニフォームをつかんでいる。

パーカー・キンケイドは考えていた。まずはボートマンで、今度はジョーン……きょうは不思議と過去が押し寄せてくる。でも、それもしかたがないのだろう。なにしろ大晦日だ。

過去を振りかえるときなのだ……

プレゼントの約束に気をよくした子供たちがステフィのベッドルームに戻っていくと、ジョーンはあからさまに安堵の表情を見せた。そして笑みはたちまち消えた。皮肉なことに、彼女はこの年齢――三十九歳――にして、無愛想な顔の似合う女になった。指先で歯をさわり、口紅がついていないかと確かめる。それは結婚していたころからの癖だった。「パーカー、こんなことはしたくなかったんだけど……」とコーチのポーチに手を入れた。

クリスマス・プレゼントをくれるっていうのか。こっちは用意していない。パーカーはあわてて思いをめぐらせた。贈り物を余分に買っていなかったか。まだ誰かに渡さず持っていただろうか——

だがポーチから出てきた手に握られていたのは紙の束だった。

「月曜に令状送達吏に任せてもよかったんだけど」

令状送達吏？

「あなたが先走らないうちに話しておきたかったのよ」

書類の表紙には〝監護権の修正に関する申立て〟とあった。

腹に一発食らった気分だった。

ジョーンとリチャードは空港から直接来たのではなく、まず弁護士のところへ寄ったのだ。

「ジョーン」パーカーは絶望に駆られた。「まさかきみは……」

「私にはあの子たちが必要なのよ、パーカー。だから手続きをとらせてもらうわ。争うのはやめましょう。おたがい歩み寄れるはずよ」

「だめだ」パーカーは囁くように言った。「やめてくれ」パニックに襲われ、身体から力が抜けていくようだった。

「週に四日はあなたと、金曜日と週末は私と。リチャードと私で考えたのよ——最近は旅をすることが多かったじゃない。そうすれば、あなたにも自分の時間ができるわ。あなただっていずれ――」

「そんなことはありえない」

「私の子供なのよ……」

「それはそうだが」パーカーにはこの四年間、単独監護権があった。

「パーカー」ジョーンはもっともらしく言った。「私の生活は安定してるの。きちんとやって、立ち直っているわ。結婚もしてる」

相手は地方公務員だ。『ワシントン・ポスト』によると、去年、収賄罪での起訴をうまく免れた男。リチャードはベルトウェイの内側の政治にしがみつき、そこに巣食う虫を糧《かて》としている鳥にすぎない。しかもパーカーが結婚していた最後の一年間、彼はジョーンと寝ていた。

パーカーは子供たちに聞かれないように小声で言った。「きみはロビーとステフィが生まれた日から、ふたりにとっては他人だった」彼は書類を手で叩いた。怒りに衝き動かされていた。「いったいどういうつもりなんだ？　ふたりをどうする気だ？」

「子供には母親が必要だわ」

そうじゃない。ジョーンの収集癖がまたしても頭をもたげただけだ。数年まえは馬だった。つぎにワイマラナー犬。そしてアンティーク。高級住宅街の家もそうだ。彼女とリチャードはオークトンからクリフトン、マクリーン、アレグザンドリアと引越しをくりかえした。「上昇志向よ」とジョーンは言っていたが、本当は新しい土地で友達ができず、家にあきてしまっただけなのだ。パーカーは度重なる転居が子供にいかなる影響をおよぼすかを考えた。

「なぜなんだ」

「家族がほしいのよ」

「リチャードの子をつくれ。きみは若い」

だがジョーンがそれを望むはずはないとパーカーは思った。当時は彼女も妊娠を喜んでいた
——あのころがいちばん美しかった——しかし育児でつまずいた。感情面で子供のままでいる
者に子育てはできない。

「きみには資格がない」

「まあ、あなたは闘い方を学んだのね？　そう、たしかに私には資格がなかった。でもそれは
過去のことよ」

いや、きみにはもともと才能がない。

「ぼくは闘うぞ、ジョーン」とパーカーはきっぱり言った。「そのつもりでいてくれ」

ジョーンも負けてはいない。「あした十時に来るから。ソーシャルワーカーを連れて」

「なんだって？」パーカーは啞然とした。

「子供たちと話をするのよ」

「ジョーン……休みの日だぞ」ソーシャルワーカーがそんな話に同意するとは思えなかったが、
おそらくリチャードが陰で糸を引いているにちがいない。

「あなたが自分で思ってるほどいい父親なら、彼女と子供たちが話したってべつに問題はない
でしょう」

「問題はないさ。ただ子供たちのことが心配なんだ。来週まで待ってくれ。せっかくの休日に、見知らぬ他人からあれこれ詮索されたらどんな気がすると思う？ ばかげてる。あいつらはきみに会いたがってるんだ」

「パーカー」ジョーンは苛立っていた。「彼女はプロフェッショナルよ。詮索するんじゃないわ。ねえ、そろそろ行かないと。休日だからケンネルの閉店が早いのよ。可哀そうな仔犬たち……もう、しっかりしてよ、パーカー。世界の終わりじゃあるまいし」

いいや、まさに世界の終わりだ。

ドアを叩きつけようとして途中で止めた。〝誰かさんたち〟を驚かせてしまうからだ。

パーカーはドアをきっちりと閉じた。この不快な出来事を締め出そうとするかのように施錠をし、チェーンを掛けた。手にした書類は見もせずに、そのまま居間へ行ってデスクに突っ込み、弁護士宛ての伝言を書いた。しばらく歩きまわってから階段を昇り、ロビーの部屋を覗いた。子供たちはふざけ半分にマイクロ・マシーンを投げあっている。

「大晦日に爆撃はなしだ」とパーカーは言った。

「じゃあ、あしたは爆撃してもいいの？」とロビーが訊いてくる。

「おもしろいことを言うな、若いの」

「むこうがはじめたんだもん！」とステフィが一言叫んで本に目を戻した。『大草原の小さな家』だった。

「誰か、書斎で手伝いをしてくれる人は？」

「ぼく」とロビーが声をあげた。

父と息子は地下の書斎へと階段を降りていった。しばらくすると、ふたたびパーカーの耳に電子音楽の調べが届いた。ステフィが文学からコンピュータ・サイエンスに切り換えて、またしても勇敢なマリオを旅に送り出したのだった。

市長のジェラルド・ケネディは——民主党員ではあるが、あのケネディ一族とは無縁である——デスクに置かれた白い紙片に目をやった。

ケネディ市長——

終わりは夜だ。解き放たれた〈ディガー〉は止められない。

その紙に付されたFBIのメモの見出しは、〈添付書類は複写したもの。METSHOOT事件 12／31〉となっている。

METSHOOT。ケネディは考えた。地下鉄乱射《メトロ・シューティング》。そういえば連邦捜査局は勝手に名前をつけるのが大好きだった。ケネディはジョージ王朝風ではないワシントンDCの市庁舎の、ジョージ王朝風の市長室にある華美なデスクに熊のごとく身を乗り出し、もう一度書面を読んだ。そして向きあって座っているふたりの人間のほうを見あげた。ひとりは魅力的なブロンドをきれいにととのえた女性、もうひとりは白髪で痩身長軀の男。禿頭のケネディは髪の毛で他人を分類することが多々ある。

「これが乱射事件の背後にいる男だという確信はあるのかね？」

「男は銃弾のことを言っています」と女性が言った。「色を塗ったものがあると。それが確認されました。私たちはこのメモが犯人のものであると確信しています」

巨漢のわりに身のこなしの軽いケネディは、その大きな手でデスク上の書面をもてあそんだ。

ドアが開き、イタリア製のダブルのスーツに身を固め、楕円形の眼鏡をかけた若い黒人の男がはいってきた。ケネディは男を手招きした。

「こちらはウェンデル・ジェフリーズ」市長は言った。「私の補佐官だ」

女性の捜査官がうなずいた。「マーガレット・ルーカス」

もうひとりの捜査官は肩をすくめたように見えた。「ケイジ」彼らは握手を交わした。

「ふたりはＦＢＩだ」とケネディは口を添えた。

ジェフリーズはわかりきっているとばかりにうなずいた。

ケネディは書面を補佐官のほうに押しやった。

ジェフリーズはデザイナーズ・ブランドの眼鏡をいじりながらそれを見た。「くそっ。またやる気なのか？」

「そうらしいわ」女性の捜査官が言った。

ケネディは二名の捜査官を観察した。ケイジは九番通り、すなわちＦＢＩの本部から派遣されており、ルーカスはワシントンＤＣ支局の指揮を代行する特別捜査官だった。上司が不在のため、彼女が地下鉄乱射事件を担当することになったのだ。ケイジは年長で、局内では顔が利くらしく、またルーカスは若く、冷笑的かつ精力的といった印象があった。ジェリー・ケネディがDCの市長を務めてきた三年間、市の財政を健全に維持してこられたのは、経験と縁故にたよったのではなく、皮肉と活力とを発揮したからなのである。彼はルーカスが指揮を執ることを喜んでいた。

「ろくに字も綴れない野郎だ」ジェフリーズはそうつぶやきながら、ふたたびメモに艶やかな顔を近づけた。目が悪いのは兄弟姉妹も一緒だった。この若者が得ている給料のかなりの部分が、DCの南東地区に住む母とそのふたりの息子、ふたりの娘の手に渡っている。ジェフリーズはそんな孝行を口にしたことはない——ヘロインを買おうとしていた父親が東三番通りで殺されたという事実とともに、彼はそのことを心のうちにとどめている。

ケネディにとって、若いウェンデル・ジェフリーズはコロンビア特別区の良心を象徴していた。

「手がかりは?」補佐官は訊ねた。

ルーカスが答えた。「何も。VICAP(暴力犯罪者逮捕プログラム)、特別区警察、クワンティコの行動科学課に、フェアファクス、プリンス・ウィリアム、モンゴメリーの郡警察まであたってみたけれど。確固とした事実はまだつかめてないわ」

「ちくしょう」ジェフリーズは腕時計を見た。

ケネディはデスクに置かれた真鍮製の時計に目をやった。ちょうど午前十時だった。

「一二〇〇……正午か」彼はふと考えた。脅迫状をよこした人間はなぜヨーロッパ式、あるいは軍隊式である二十四時間表示を用いたのだろうか。「二時間ある」

ジェフリーズが言った。「声明を出さないと、ジェリー。いますぐ」

「わかってる」ケネディは立ちあがった。

なぜこの日にこんなことが起きたのだ？　なぜここで？

ケネディはジェフリーズに視線を投げた——まだ若い男だが、政治家としての未来は約束されている。知恵は働くし、とにかく行動が早いのだ。ジェフリーズのハンサムな面相が気難しく歪むのを見て、ケネディは彼が自分と同じことを考えているのだと悟った。なぜこの日なのだ？

ケネディは今夜モールでおこなわれる、大晦日恒例の花火の特別観覧席に関するメモに目を走らせた。彼と妻のクレアはポール・ラニアー下院議員ほか、ＤＣを牛耳る議会の要人たちと席をともにすることになっている。

なっていた、というべきだろうか。こんな事件が起きなければ。

なぜきょうなのだ？

なぜ私の街で？

彼は質《ただ》した。「どうやって捕まえるつもりだね？」

それに対するルーカスの返答は迅速だった。「現在われわれはＣＩ、つまり秘密情報提供者と、国内外のテロリスト組織と接触した経験があるＦＢＩ関係者から情報を収集しています。

いまのところは何も出ていないのですが。私の判断では、これはテロリストのやり方ではありません。手本どおりに計画された営利目的の犯罪という気がします。ですから捜査官たちには、ひとつのパターンが出てこないかと過去の恐喝事件との比較をさせています。過去二年間に特別区あるいは特別区の職員が受けたあらゆる脅迫を検討しているのです。まだ傾向の一致したものは発見されていませんが」

「ご存じのように、市長も何度か脅迫を受けている」とジェフリーズが言った。「モスのことでね」

「何ですか、それは？」とケイジが訊いた。

ルーカスが答えた。「教育委員会の内部告発者よ。私が面倒をみている男」

「ああ、彼ね」ケイジは肩をすくめた。

ルーカス捜査官がジェフリーズに向かって言った。「その脅迫のことは承知しています。ですが今度の件とは関係がないと考えます。あれはよくありがちな、公衆電話からの匿名の脅迫でした。お金は絡んでいないし、ほかに要求もありません」

よくありがちな匿名の脅迫か、とケネディは皮肉な思いをかみしめた。

それにしても、夜中の三時に妻が電話を取ると、「モスの捜査を進めるな。さもないとやつと一緒にあんたも死ぬぞ」などと聞かされるのがありがちなことなのだろうか。

ルーカスがつづけた。「通常の捜査としては、けさ市庁舎周辺に駐まっていた車輛すべてのナンバープレートから追跡調査をさせています。デュポン・サークル周辺の車輛についても同様に調べています。犯人が指定してきたベルトウェイ付近、ホテル、アパートメント、トレイラー、住宅もくまなくあたっています」

「楽観してはいないようだな」とケネディはぼやくように言った。

「楽観はしていません。目撃者がいないのです。とにかく信頼できる証言がありません。こういう事件の場合には、目撃者が必要となります」

ケネディはもう一度書面を眺めた。頭のおかしい殺し屋が、手書きでここまで書けるというのも奇妙だった。彼はルーカスに訊ねた。「なるほど。では質問がある——私は払うべきなのかね?」

今度ばかりはルーカスもケイジを見た。ケイジが答えた。「仮に市長が身代金を払わず、また〈ディガー〉の居場所について有力な情報が出てこないとなると、午後四時までに彼を止められないのではないかという危惧があるのです。われわれは確たる証拠をつかんでいないのですから。お払いすることを勧めているのではありません。これは市長が払わなかった場合を想定したわれわれの評価です」

「二千万か」市長は考えこんだ。

ノックもなく市長室のドアが開き、年のころは六十前後、灰色のスーツを着た長身の男がはいってきた。

これはいい、とケネディは思った。厨房にまたコックが増えた。

ポール・ラニアー下院議員は市長の手を握ると、FBIの捜査官たちに自己紹介をした。ウエンデル・ジェフリーズのことは無視した。

「ポールは」ケネディはルーカスに言った。「特別区管理委員会の長なんだよ」

コロンビア特別区はある程度の自治を認められてきたのだが、最近になって財布の紐を握った連邦議会は、市には親が無駄づかいをする子供に小遣いをあたえるように、物惜しみしながら金を出すような始末だった。ことに先ごろ、教育委員会のスキャンダルが起きてからというもの、ケネディにとってラニアーは会計検査官のようなものだったのである。

ラニアーはケネディの非難めいた声音《こわね》には気づかず――ルーカスは聞き逃さなかった様子だったが――こう口にした。「状況を手短に説明してもらえるだろうか」

ルーカスは自分なりの判断をふたたび述べた。ラニアーは立ったままで聞いていた。ブルックス・ブラザーズのスーツのボタンが、三つともきちんと留められている。

「なぜここなんだ？」とラニアーが訊ねた。「なぜワシントンなんだ？」

ケネディはひとり笑った。やつめ、私が言葉を練りあげた疑問まで盗むのか。

ルーカスが答えた。「わかりません」

ケネディがつづけて、「本当にまたやると思うかね？」

「はい」

議員が言う。「ジェリー、金を出そうと本気で考えているんじゃないだろうな」

「私はあらゆる選択肢を考慮に入れている」

ラニアーは怪訝《けげん》な顔をした。「すると、それがどういうことになるのか、きみは気にならないというわけだな」

「そうだ。どうなろうと私は気にしない」ケネディは語気を強めた。

しかし下院議員は政治家特有の、申し分のないバリトンでつづけた。「それでは誤ったメッセージを伝えることになる。テロリストに平身低頭することになるんだ」

ケネディがルーカスを見ると、彼女は口を開いた。「考えておかねばならないでしょう。水門理論です。ひとりの恐喝者に譲歩すれば、また別の恐喝者が現われるということです」

「だがこのことは誰も知らないのでは？」ケネディは紙片を顎で示した。

「知っている人間はいます」とケイジが言った。「そしてすぐに、多くの人間の知るところとなるでしょう。こういうことは長く伏せてはいられない。この紙にも羽根がはえてますよ。間違いなく」

「羽根がね」ケネディはくりかえした。その表現は不愉快きわまりなく、ルーカスが場を仕切っているのがじつにありがたく思えてくる。て、相手を見つける方法は？」

またルーカスが答える。「われわれの技術者がバッグに細工をしです。二千万ドルなら重さは数百ポンドにもなります。車のシートの下に隠せるような代物ではありませんから。それで犯人を隠れ家まで追跡します。運がよければ恐喝の主と、銃を乱射した――〈ディガー〉の両方を拘束できるでしょう」

「運がよければ」ケネディは疑わしげな声を出した。彼女は可愛い女性だ。しかしながら市長は――結婚して三十七年、その間、妻を裏切ろうと思ったことは一度としてない――美しさが神にあたえられた容姿ではなく、目と口の表情と姿勢にこそあるのだと知っている。そしてマーガレット・ルーカスの顔は、部屋にはいってきてから和らいだことはなかった。笑みはなく、感情も出さない。彼女の声は冷淡そのものだった。「こちらからパーセンテージを示すことはできません」

「ああ。むろんそうだろう」

「二千万」と財布の紐を握るラニアーがつぶやいた。

ケネディは立ちあがり、椅子を後ろに押しやると窓辺に歩み寄った。枯れ葉が点々とする茶色の芝生と木々を眺めた。北ヴァージニアの冬はこの数週間、薄気味悪いほど暖かかった。天気予報によれば、今夜は今年初めての大雪になるとのことだったが、いまはまだ空気は暖かく湿っていて、植物の腐敗臭が室内にまで流れこんでくる。なんとも落ち着かない雰囲気なのだ。通りを隔てた公園の中央には、大きく黒ずんだ現代風の彫像がある。ケネディは肝臓を思い浮かべていた。

ウェンデル・ジェフリーズを見やると、ジェフリーズはそれを合図と近づいてきた。この補佐官はアフターシェイヴをつけている。二十種類もの異なる香りを調合しているにちがいない。市長は囁いた。「さて、ウェンディ、プレッシャーがかかってきたぞ」

慎みとは無縁の補佐官が答えた。「あなたにはタマがあるんだ、ボス。いいかげん、あなたと私で事を運ぶことにしましょう。あのときの比じゃないんだ」

あのときの比ではない……

教育委員会のスキャンダル以後、ケネディはこれ以上状況は悪くなりようがないと思っていたのだった。

「これまでは手がかりなし。ゼロだな」

これまで二十三名が死んだ。

これまでわかっているのは、四時になったら精神病質者《サイコパス》がさらに人殺しを重ね、さらにそのあと、そのあととつづいていくらしいということだけだった。

窓外では、薄気味の悪い暖気がかすかに動いている。レースのような葉が五枚、地上で揺れた。

市長はデスクのほうに向きなおった。真鍮の時計を確かめる。時刻は十時二十五分。

ラニアーが言った。「金は払わないほうがいい。つまり、ＦＢＩが介入していると知った犯人は、尻ごみして逃げてしまうかもしれないだろう」

ルーカス捜査官が口を挟んだ。「犯人はこれをはじめるまえから、局が介入してくると読んでいるはずですよ」

ケネディは捜査官の皮肉を理解した。ラニアーは相変わらず鈍感だった。

議員は彼女に向かってつづけた。「きみは身代金を払うことに賛成はしていないようだ」

「していません」

「しかしその一方できみは、払わなければ犯人は銃撃をつづけると考えている」

「ええ」

「さて……」ラニアーは両手を上げた。「矛盾していないかね？　きみは金を払うべきではないと考えている……だが犯人は人殺しをつづけるという」

「そのとおりです」

「それではあまり参考にならないな」

ルーカスが言った。「男は必要なだけ人を殺すつもりでいます。金を稼ぐためです。そういう人間と交渉はできません」

「金を払うことで、きみたちの仕事は厄介になるだろうか？」とケネディが訊ねた。「逮捕がむずかしくなるかね？」

「いいえ」と彼女は答えた。すこし間をおいてから、「では」と質問を口にした。「払うつもりはあるのですか、ないのですか？」

デスクのランプが例の書面を照らした。ケネディには、その紙が白熱して輝いているように見えた。

「いや、払うつもりはない」とラニアーが言った。「われわれは強硬策を採る。テロリズムには断固として対処する。われわれは――」

「払う」とケネディ。

「本当ですか？」ルーカスが、どちらに転んでも一向にかまわないといった様子で訊いてきた。

「本当だ。犯人を逮捕すべく最善をつくしてくれ。とにかく市としては身代金を払うことにする」

「待て」と議員が言った。「あわてるな」

「あわててなどいない」とケネディははねつけた。「こっちはこれを受け取ってからずっと思案していたんだ」彼はいまにも燃えだしそうな紙に顎をしゃくった。

「ジェリー」ラニアーが苦笑しながら切り出した。「きみにそんな決断をくだす権限はないんだぞ」

「ありますよ」とウェンデル・ジェフリーズが言った。彼は名前の後に法学博士、法学修士と肩書きのつく男だった。

「権限は議会にある」とラニアーは怒気をふくんだ声を出した。

ケイジがラニアーに言った。「いえ、そうではありません。これは特別区の専権事項です。こちらへ来るとき、司法長官に確認してきました」

「だが財政を管理しているのはわれわれだ」ラニアーは一喝した。「私は認めない」

ケネディが目を向けた先のウェンディ・ジェフリーズはしばし考えこんでいた。「二千万？機密費として計上することはできますよ」彼は笑った。「ただし教育委員会の予備費から出すしかないでしょう。自由になる大金といったらそれだけだ」

「本当にそれしかないのか？」

「そうです。借金と小銭なら、そこらじゅうに転がってはいるが」

ケネディは首を振った。なんという皮肉だろうか——街を守るための金が融通できるのは、誰かが歳費を切り詰め、行政を大スキャンダルに巻きこんだせいなのだ。

「ジェリー、こんなのはばかげてる」とラニアーが言った。「たとえこの犯人が捕まったとしても、来月には同じことをやる連中が出てくる。テロリストとの取引きは無用。それがワシントンの掟だ。国務省の勧告を読んでいないのか？」

「読んでいない」とケネディは言った。「私には送ってよこさなかった。ウェンディ、金の算段をはじめてくれ。それからルーカス捜査官……このくそったれを捕まえたまえ」

サンドウィッチはうまかった。

とびきりではないが。

金を手に入れたら〈ジョッキー・クラブ〉へ行き、本物のステーキを食おうとギルバート・ハヴェルは心に決めた。フィレ・ミニヨン。それとシャンパンを一本。

彼はコーヒーを飲み干し、市庁舎の玄関に目を据えた。

特別区警察の署長が来て、すぐに出ていった。十数人のリポーターとカメラ・クルーが正面から追い払われ、脇の入口のほうにまわった。いかにも不満そうだった。それからちょっとまえ、見るからにFBIという男女の二人組が市庁舎にはいっていき、まだ出てこない。これでFBI主導であることがはっきりした。もちろん、この事態は予想していた。

いまのところ驚きはなし。

ハヴェルは時計を見た。隠れ家へ行き、ヘリコプターをチャーターする時間だった。準備することは山ほどある。二千万ドルを回収する計画は手の込んだものだった——その後の逃走計画には、さらに念を入れた。

ハヴェルは使い古された一ドル紙幣で会計をすませ、コートを着てキャップをかぶった。コーヒーショップを出ると舗道を折れ、目を伏せて早足で路地を進んだ。ジュディシャリー・スクウェア駅は市庁舎の真下にあるのだが、警察やＦＢＩの目が光っているはずだった。だからペンシルヴェニア・アヴェニューに出て、バスでＤＣの南東地区へ向かう。

黒人地区の白人。

人生はときにおかしなことが起きる。

ギルバート・ハヴェルは路地を抜けると、ペンシルヴェニアへとつづく舗道を行った。信号が青に変わる。ハヴェルは交差点に足を踏み入れた。すると左手に黒い影が見えた。彼はそちらに顔を向けた。頭のなかで、くそっ、やつはこっちを見てない！　見てない、見てない――との思いが渦巻いた。

「おい！」ハヴェルは叫んだ。

大型トラックの運転手は送り状に目を落としたまま、赤信号を突っ込んできたのだった。彼は顔を上げて仰天した。すさまじいブレーキ音とともに、トラックはハヴェルをまともに撥《は》ねていた。運転手が悲鳴をあげる、「勘弁しろよ！　嘘だろ……」

ハヴェルはトラックのフロント・フェンダーと駐まっていた車の間に挟まれ、潰された。飛び出してきた運転手は、茫然とその姿を眺めた。「あんたの不注意だ！　おれのせいじゃない！」と周囲を見やると、信号は彼の過ちを指摘していた。「なんてこった」交差点の角から、ふたりの人間が走ってくる。しばし考えこんだ彼は衝動的にトラックに飛び乗った。エンジンをふかしてバックすると、猛スピードで発進して、タイヤを軋《きし》らせながら角を曲がっていった。

通りすがりの三十代の男ふたりがハヴェルのもとに駆けつけた。ひとりがしゃがみこみ、被害者の脈を調べた。もうひとりは立ちつくしたまま、血の海を眺めていた。

「あのトラックだ」立っていたほうがつぶやいた。「いま走っていったやつだ！　逃げたんだ！」それから友人に訊ねた。「死んでるのか？」

「ああ。そうだ、死んでる」

3

どこ？

マーガレット・ルーカスは、ベルトウェイを見おろす高台に痩せた身体を横たえていた。

車の流れはとぎれなくつづいている。

彼女はまた時計を見た。そして思った、「あなたはどこにいるの？」

腹と背中と肘が痛む。

身代金を置いた場所に近い移動指揮所《モービル・コマンド・ポスト》に乗るわけにはいかなかったし——たとえ男性優越主義者に変装してもだ——また付近にいるかもしれない恐喝犯に姿を見られたくなかった。それでジーンズにジャケットという出立ちにキャップを後ろ前にかぶり、狙撃手かギャングのように、石のごつごつした地面に腹這っている。かれこれ一時間がたとうとしていた。

「水の音みたいだな」とケイジが言った。

「何が?」

「車がだ」

ケイジもまた彼女の隣りで腹這いになっていた。ふたりの脚はいまにもふれそうで、海辺で夕日を見る恋人同士といったふうでもある。ふたりは百ヤード先の草むらを注視していた。ギャロウズ・ロードから近い金の置き場所である——そう、絞首台《ギャロウズ》とは皮肉もいいところだが、捜査官のなかであえてそれを話題にする者はいない。

「どういうことかわかるか?」とケイジがつづけた。「何かが皮膚の下にはいりこんでくる。そのことを考えまいとする。でも、どうしようもない。そこが水の音みたいなんだな」

ルーカスには、水の音には聞こえない。車とトラックの音に聞こえる。

未詳はどこなの? せっかくの二千万ドルを受け取りにこないとは。

「やつはどうした?」と囁く声がした。その声の主は、軍隊風の髪型と服装をした陰気な感じの三十男だった。レナード・ハーディはコロンビア特別区警察の人間で、今回のチームに参加している。FBI主導の作戦とはいえ、DCの警官を埒外《らちがい》にするのはいかにも印象が悪かったからだ。普段ならルーカスは局外の人員がチームに参加するのに抵抗するのだが、ハーディのことは、彼が市庁舎に近い支局での任務があったことから偶然知っており、気にはならなかった——いままでどおりおとなしく座って、大人の邪魔をしないでいてくれればそれでよかった。

「遅いじゃないか」とハーディはふたたび疑問を口にしたが、返事を期待しているわけではない。爪の手入れも見事な清潔そのものの手でメモをとっている。DC警察の本部長および市長への報告書を作成するためである。

「何かある？」ルーカスは頭をめぐらせ、カーリーヘアの若い捜査官、トーブ・ゲラーに小声で呼びかけた。ゲラーもまたジーンズに、ルーカスと同じ濃紺のリバーシブルのウィンドブレイカーという恰好だった。

やはり三十代のゲラーは、マイクロチップが埋まった製品に大満足する少年のように、一心不乱といった表情をしている。彼は目の前に並ぶ三台のヴィデオ・モニターのうちひとつに見入った。ラップトップ・コンピュータを叩いて画面を眺めると、「なし」と答えた。身代金を入れたバッグの周囲百ヤードに、アライグマより大きな生物が現われた場合、ゲラーの監視装置はそれを探知するはずだった。

市長から身代金の支払いにゴーサインが出ると、現金はルートを迂回して指定された場所まで運ばれた。ルーカスとゲラーは、まずケネディの側近に金を九番通りの住所に持ってこさせた——ＦＢＩ本部から道を一本隔てたところにある、めだたない小工場である。

ゲラーがそこで身代金を、バージェス・セキュリティ・システムズのＫＬ－19ナップサック二個に詰め換えた。この大型バッグの素材はごく普通の帆布に見えるのだが、実際には生地に酸化銅が縒《よ》りあわされていて、感度の高いアンテナの役目を果たすのだ。送信回路はナイロン製のストラップに仕込まれ、バッテリーは底部のプラスティックのボタンのなかに隠されている。ナップサックは、ＣＢＳの放送信号よりも明瞭な電波を全地球測位システムの探知装置へと送るのであり、厚さ数インチの金属片でもないかぎり遮蔽するのは不可能だった。

さらにゲラーは四十に分けた百ドル紙幣の束を、自身で考案した包装紙で梱包しなおした。内側に極薄の送信用ウェーハーを重ねあわせたものである。犯人が帆布のバッグから現金を入れ換えたり、仲間と山分けしても、六十マイルの範囲まで現金を追跡できる。バッグは犯人から指示された草むらに置かれた。捜査官は全員現場から離れ、張り込みが開始された。

ルーカスは犯罪者の基本的な行動というものに通じている。恐喝犯や誘拐犯は、身代金を回収する段になって尻ごみすることが多い。しかし二十三人を平気で殺すような人間が怯《ひる》むとは思えなかった。犯人が金に寄ってこない理由がわからなかった。

汗をかいていた。大晦日にしては変に暖かく、甘く不快な匂いがあたりに充満している。秋のようだった。マーガレット・ルーカスは秋を嫌っている。こんな気候のなかで待たされるくらいなら、雪のなかに臥《ふ》しているほうがまだましだった。

「どこにいるの」彼女はつぶやいた。「どこ?」腰骨の痛みが気になり、身体を揺すってみる。筋肉質だが痩せていて、地面との間に詰め物となるようなものがほとんどない。彼女はまた現場に目を走らせた。未詳を発見するのに、自分のブルーグレイの肉眼など、ゲラーの探知機と勝負にならないことはわかっているのだが、そうせずにはいられなかった。

「うむ」とC・P・アーデルが言った。ルーカスがときどき組んで仕事をする大柄の捜査官だった。イアフォンを手で押さえて聞き入っていた彼が、禿げた色白の頭をうなずかせる。そしてルーカスに目配せした。「チャーリー・ポジションだ。森で道をはずれた者はいない」

ルーカスはうめいた。すると間違っていたのかもしれない。彼女の判断では、犯人は西から——高速道路と半マイル離れた木立を通って近づいてくるはずだった。おそらくはハマーかレンジ・ローバーを運転してくる。バッグの一個をひっつかみ——場合によってはもうひとつを犠牲にして——木立のなかへと引き返していくはずだった。

「ブラヴォー・ポジションは？」

「いま確認する」C・Pは秘密捜査官としての役目が多かった。それは不幸にして、彼の外見がマナサスの麻薬製造人やヘルズ・エンジェルズのメンバーを彷彿《ほうふつ》させるからだった。C・Pは張り込んでいる捜査官のなかでも、とびきり忍耐強い人間らしい。位置についてから、二百五十ポンドの巨体を一インチも動かしていないのだ。彼は南端の監視ポストに連絡をとった。

「何もない。車に乗ったガキどもだけだ。十二歳より上はゼロだ」

「まさか追跡はしていないんでしょうね？」とルーカスが訊いた。「その子供たちを？」

「ああ」

「よかった。余計なことはさせないで」

時間が過ぎていく。ハーディがメモを走り書きしている。ゲラーがキーボードに何かを打ちこむ。ケイジがもぞもぞと身体を動かすが、C・Pは身じろぎひとつしない。

「奥さんは怒ってない？」とルーカスがケイジに訊いた。「休日出勤して」

ケイジは肩をすくめた。それは彼の好きなしぐさだった。肩のすくめ方で、彼はさまざまに言葉を語ってみせる。ケイジはＦＢＩ本部の古参の捜査官で、全国に目を配る立場にありながら、主に担当していたのがDCで起きた事件だった。そんな経緯でルーカスと組むことも多く、またワシントンDC支局を統率する彼女の上司とも交流が深かった。ただし今週は、主任特別捜査官のロン・コーエンがこの六年で初めて休暇をとり、ブラジルの熱帯雨林へと出かけていたため、ルーカスが事件を統轄することになった。これもケイジの推薦によるところが大きかったのである。

ケイジとゲラーとC・Pに対して、ルーカスは休日に駆り出してしまったことに良心の呵責を感じていた。彼らには今晩デートの約束もあれば、妻もいるのだ。レン・ハーディに関しては、これでよかったと思っている。彼には休日でも忙しくするだけの理由があるし、だからこそMETSHOOTチームに迎え入れたともいえる。

ルーカス自身はジョージタウンに住み心地のいい家がある。アンティークの家具、自分でデザインした刺繍やキルト、一風変わったワインのコレクション、五百冊もの蔵書、千枚以上あるCDに囲まれ、そして雑種のラブラドール・レトリーバー、ジャン・リュックがいる。休日の夜をすごすにはもってこいの場所だったが、この三年、ルーカスにはそんな時間がなかった。小型無線でMETSHOOTの指揮を執るようにとの指示を受けるまで、彼女は教育委員会の学校建設にまつわる贈収賄スキャンダルを内部告発した、ゲリー・モスの相手をして年を越すつもりでいた。モスは盗聴機を身につけ、法に抵触する会話をつぎつぎ拾ってきた。だがその正体が割れてから、先日、自宅が放火され、彼の娘たちが九死に一生を得るという事件があった。モスは家族をノース・キャロライナの親類にあずけ、自分は週末を連邦の庇護の下ですごしている。ルーカスは放火事件の捜査とともに、モスの保護を担当することになった。そこへ〈ディガー〉が登場して、モスは当面、法の執行者の間では〝九番通り〟として知られる非常に高価なアパートメント、すなわちＦＢＩ本部に間借りする退屈な住人に成りさがったのだった。

ルーカスはまた草むらを眺めわたした。恐喝犯が現われる気配はなかった。

「こっちの出方をうかがってるのかもしれない」と木陰にかがんだ捜査官が言った。「周囲をしらみ潰しにあたりますか？」

「いいえ」

「それが通常の手続きですが」と捜査官は言い募《つの》った。「車は五、六台使えます。むこうに発見されることはないでしょう」

「リスクが大きすぎるわ」

「でも、いいんですか？」

「いいの」

こうしたにべもない応対が、傲岸であるとの評判を局内に鳴りひびかせている。だがルーカスは、傲岸はかならずしも悪ではないと考えていた。部下たちに自信を吹きこむこと、それも上司の役目なのだ。

イアフォンに自分を呼ぶ声を聞き、彼女の瞳はかすかに揺れた。

「つづけてください」と彼女は小型マイクに語りかけた。声は局の副長官のものだった。

「問題が発生した」

ルーカスは演出が嫌いだった。「何でしょうか？」と声に一切の感情を出さずに訊いた。

副長官が言った。「すこしまえに、市庁舎付近で轢《ひ》き逃げ事故があった。白人男性。即死だ。身分を証明するものは携帯していない。持っていたのはアパートメントの鍵——住所は不明——それと現金。恐喝事件のことを聞いていた警官から連絡があった。現場が市庁舎に近いので、関連があるかもしれないと考えたのだ」

彼女はすぐさま理解した。「指紋は照合したのでしょうか？　その男のものと、脅迫状にあったものと」

「ご明察だ。死んだ男は脅迫状を書いた、銃撃犯の共犯者だ」

ルーカスはあの文面を思いだしていた。こんなふうだった。

〝おれを殺したら、やつは殺しをつづける〞

〝誰も〈ディガー〉は止められない……〞

「銃撃犯を見つけるんだ、マーガレット」と副長官は言った。それから間があいたのは、彼が時計を見ていたからにちがいなかった。「三時間以内に見つけなければならない」

本物だろうか、とパーカー・キンケイドは思案した。

背を丸め、十倍の拡大鏡ごしに一枚の紙に目を凝《こ》らしている。ジョーンが帰って数時間がたっていたが、彼女のもたらした効果である心の動揺は、いくら仕事に没頭しようともおさまらない。

彼が調べている書面は――黄ばんだ紙だった――薄くて丈夫なポリエチレンの袋に入れてあったが、それを顔に近づけるときの手つきはじつに慎重である。まるで赤ん坊の柔肌にふれるときのようだった。彼はライトを調節すると、小文字のｙのループの部分に注目した。

本物だろうか。

どうやら本物らしい。だがパーカー・キンケイドの職業では、外見に重きをおくことはしない。

書面にさわりたかった。酸を使わず、鋼鉄のように長持ちするラグペーパーに指を走らせてみたかった。五倍子《ごばいし》鉄インクの微妙な盛りあがりを実感してみたかった。彼の繊細な指には、おそらくそれが点字ほどの凹凸にも思えるはずなのだ。だが紙を袋から出してみる気にはなれなかった。手から皮脂がほんの少量付着しただけでも、その薄い紙は劣化をはじめるだろう。そうなったら悲劇だ。おおよそ五万ドルの価値があるのだから。

もし本物なら。

二階では、ステフィが超現実の世界にマリオを誘導している。ロビーはハン・ソロとチューバッカを連れてパーカーの足もとにいる。地下の書斎はくつろげる場所だった。チーク張りで、床はフォレスト・グリーンのパイル織りのカーペットが敷きつめられている。壁には額入りの文書類――パーカーのコレクションのなかでは比較的価値の低いものだった。ウッドロウ・ウィルソン、ＦＤＲ、ボビー・ケネディ、西部の芸術家チャールズ・ラッセルの書簡である。ほかにもまだある。壁の一面は犯罪者台帳の趣きだった――パーカーが仕事で出くわした偽造文書が掲げられている。

しかしパーカーが気に入っていたのは、彼の座るスツールと向かいあった壁だった。この壁面には、彼の子供たちが八年間に生み出した絵と詩が飾られていた。落書きや判読不能な活字体から、筆記体までがある。彼はよく仕事の手を止めてはそれらに見入った。そうするうちに、筆跡は子供の成長を映す鏡であるというテーマで本を書こうと思いついたのだった。

パーカーは座り心地のいいスツールに腰をおろし、真っ白な鑑定用テーブルに向かっている。静かだった。普段はラジオをつけ、ジャズやクラシックに耳をかたむけていた。だが特別区で銃の乱射事件が起き、どこのラジオ局も特別番組に切り換わっていた。ロビーにはそのニュースを聞かせたくない。息子の心にボートマンが甦ってきたとあってはなおさらだった。

彼は文書に顔を近づけた。宝石商が美しい黄色の石を鑑定するように、これは偽物だと大方判断をつけながら、もしや稀少なトパーズではないかと一縷《いちる》の望みも捨てずにいる。

「何なの？」とロビーが立ちあがって覗きこんだ。

「きのう、トラックで運ばれてきたものさ」パーカーは大文字のKを見つめた。Kはさまざまに書かれることがあって、筆跡を分析する際には大変役立つ。

「うん、装甲車でしょ。かっこよかったな」

かっこよかった。だがそれでは息子の質問に対する答えにはなっていない。パーカーはつづけた。「トーマス・ジェファーソンを知ってるか？」

「第三代大統領さ。そう、それに彼もヴァージニアに住んでたんだよ。ぼくらみたいに」

「よろしい。これは、その彼が書いた手紙だって考えてる人たちがいる。それを確かめてほしいと頼まれたんだ」

ロビーやステフィとの会話のなかでも、自分がどうやって生計を立てているかを説明するのはむずかしい。疑問文書検査士の技術的な事柄は問題はない。要は手紙や書類を偽造し、それを本物と主張しようとする人々がいるという点だった。

「何が書いてあるの？」と少年が訊いた。

パーカーはすぐには答えなかった。たしかに、パーカーにとって答えは重要なものだった。言うなれば、彼はパズル解きの達人である——判じ物、言葉遊び、難問奇問に頭を悩ませるのが一生の趣味なのである。答えには自信があったし、子供の質問をはぐらかすつもりはなかった。だいたい母親や父親が「あとで」と言うのは、自分たちの勝手な都合で、子供に質問を忘れさせたいと思っているからなのだ。しかしこの手紙の内容には気後《きおく》れを感じた。やがて彼は言った。「これはジェファーソンが長女に宛てて書いた手紙だ」ここまでは正しい。だがパーカーは息子に、手紙がふれているのは次女メアリーのことだとは告げなかった。メアリーは産後の肥立ちが悪く死んだ。当時、ジェファーソンはすでに妻にも先立たれていた。パーカーは手紙に目を通した。

ワシントンに戻った私は悲嘆の帳《とばり》に包まれて暮らし、もっと用心しろとの私の戒めなど一向に構わぬ気配でポーチのあたりを馬で走るポリーの幽霊に苛《さいな》まれている……

公認の文書検査士であるパーカーは、この文面から伝わってくる悲しみは考えまいとした。集中しろと自分に言い聞かせるのだが、子供を奪われた父親の悲惨な姿が頭から離れない。

悲嘆の帳……

集中しろ。

手紙に出てくる娘の愛称はジェファーソンがよく使っていたものだったし——〝メアリー〟として生まれた少女は、家族から〝ポリー〟と呼ばれた——句読点のまばらな文体はいかにもジェファーソンのものだった。その意味では信憑《しんぴょう》性があった。手紙で言及されている出来事についても同様である。それらはジェファーソンの人生において、手紙が書かれたとされる時期に実際起きたことだった。

そう、少なくとも文章からすれば、手紙は本物に思える。

しかしゲームはここにきてようやく半ばだった。文書検査士は言語学者、歴史学者にとどまらず、科学者でもある。手紙には、さらに物理的な検査を施さなければならなかった。

パーカーがボシュロムの複合顕微鏡の一台に手紙をセットしているとき、またも玄関のベルが鳴った。

なんと……パーカーは目を閉じた。ジョーンだ。間違いない。犬を引き取りにいった帰りに、おれの人生を引っかきまわしに戻ってきたのだ。たぶん今度はソーシャルワーカーを連れている。奇襲作戦というわけか……

「ぼくが出る」とロビーが言った。

「だめだ」パーカーはすかさず言った。反応するのが早すぎた。少年は頭ごなしの言い方に驚いている。

父親は息子に頬笑んだ。「パパが出る」そしてスツールから降りると階段を昇った。

腹が立っていた。たとえ母親でも、この大晦日は〝誰かさんたち〟の楽しみの邪魔はさせない。彼はドアを開け放った。

と……

「やあ、パーカー」

長身で白髪の男の名前がすぐには出てこない。その捜査官とは何年も会っていなかった。

「ケイジか」

男の傍らにいた女性には気がつかなかった。

4

「ひさしぶりじゃないか、パーカー。まさか、憂鬱な月曜ばかりの月に再会するとは思ってもいなかっただろうが。待てよ、この表現はおかしいな。まあ、言いたいことはわかってくれ」

その捜査官はあまり変わっていない。髪の白さが若干増した。すこし痩せた。背が高くなったようにも見える。パーカーは、ケイジとはちょうど十五歳離れていることを思いだした。誕生月が同じ六月。ふたご座。陰陽。

パーカーは目の隅に、ロビーとその共犯者のステフィが玄関に出てくるのを認めた。来客の情報というのは、子供のいる家ではまたたく間に伝わる。ふたりはドアのそばまで進んでくると、ケイジと女性のことを見つめた。

パーカーはふたりに向かってしゃがみこんだ。「ふたりとも、部屋でやることがあるんじゃないのか？　すごく大事なこととか？」

「ない」とステフィ。

「ないよ」とロビーも口をそろえる。

「なんかあるだろう」

「なんかって？」

「床にちらかってるレゴはどうした？ マイクロ・マシーンは何個ある？」

「二ぐらいかな」とロビー。

「二百だろ？」

「さあね」と息子はにやにや笑っている。

「上へ行くんだ……さっさと行かないと、モンスターに連れていかせるぞ。モンスターは好きか？ どうだ」

「やだ！」とステフィが叫ぶ。

「さあ」パーカーは笑いながら言った。「パパに友達と話をさせてくれ」

ふたりが階段を上がっていくとケイジが言った。「友達とは無理があるんじゃないか、パーカー？」

パーカーは答えなかった。彼はドアを閉じるとつくづく女を眺めた。三十代で細面。ジョーンの遠慮のかけらもない日焼け色とは正反対の白さだった。彼女はドア脇にあるレースのカーテンを引いた窓を通して、ロビーが階段を昇っていく様子を見ていた。それからパーカーに注意を戻すと、長い指の力強い手を差し出した。しっかりとした握手だった。「私はマーガレット・ルーカス。ワシントン支局のASACです」

パーカーは、主任特別捜査官補が、局内ではその頭文字から〝Aサック〟と呼び習わされていることを思いだしていた。支局の長のほうは〝S‐A‐C〟と発音される。かつての人生のことなど考えなくなって久しかった。

女はつづけた。「すこしお邪魔してもかまわないかしら」

親としての警戒心がいきなり顔を出した。彼は答えた。「ここで話してもいいだろうか。子供たちがね……」

女の目が揺れた。これを拒絶と受け取ったのだろうか。とにかく状況が悪すぎるのだ。子供たちとFBIの関わりといえば、友人の家に泊まったとき、『Xファイル』のスカリーとモルダーをこっそり見るくらいだった。なるべく目にふれないようにとパーカー自身、配慮してきたのである。

「それで結構だ」ケイジがふたりの間に立った。「なあ、最後にあんたと会ったのは……そう、ずいぶんまえだな。ジミーのときの、ほら、九番通りで」

「そうだ」

事実、それがパーカー・キンケイドがFBI本部に詰めた最後の日だった。陰気な石造りの建物に囲まれた大きな中庭に立っていた。二年まえ、七月の暑い日。彼のところにはいまでも、ジミー・ファンの追悼式でのスピーチは立派だったとEメールが届くことがある。かつてパーカーの部下だったファンは、捜査官として現場に出た初日に凶弾に斃《たお》れた。

パーカーは黙りこんでいた。

ケイジが子供たちのほうに顎をしゃくった。「大きくなった」

「そうだな」パーカーは答えた。「どういうことなんだ、ケイジ？」

捜査官はルーカスのほうに肩をすくめた。

「あなたの力を借りたいの、ミスター・キンケイド」と女はずばり言った。その勢いにパーカーの質問は消し飛んでいた。

パーカーは首をかしげた。

「いいところだ」とケイジが空を見あげた。「空気が新鮮だ。おれもリンダと引越しをするかな。土地を買って。ラウドン郡あたりに。ニュースは見たか、パーカー？」

「聞いた」

「えっ？」

「ラジオだ。テレビは見ない」

「そうだ。そうだったな」ケイジはルーカスに言った。「彼はテレビのことを〝不毛の土地〟と言う。読む量はすごい。言葉がパーカーの専門だ。内容はともかく、それが彼の得意分野なんだ。あんたの娘さんは読書が大好きだと言ってたな。いまでもそうなのかい？」

「地下鉄の男か」とパーカーは言った。「そのことで来たんだな」

「METSHOOT」ルーカスが言った。「私たちはそう略しているの。男は二十三人を殺したわ。負傷者は三十七人。子供六人が重傷。それに――」

「いったい何の用なんだ」とパーカーはさえぎった。子供たちに聞かれてはいまいかと心配だった。

ルーカスが答えた。「これは重要なことなのよ。あなたの助けが必要なの」

「おれの何が必要だって言うんだ。おれはもう辞めたんだ」

ケイジが言う。「そう。そうだった。辞めたんだったな」

ルーカスがふたりの顔を見くらべて顔をしかめる。

これは台本どおりなのだろうか。〝いい警官／うろたえた警官〟の芝居なのか。そうとは思えなかった。しかし頭のなかの『ハンドブック』にはこんなルールもある。〝ふたりがかりで来る相手に馴れろ〟パーカーは気を引き締めた。

「いまでも文書検査をやってるんだな。イエローページに出てた。ウェブサイトももってるな。いいね。背景のブルーの壁紙が気に入ったよ」

パーカーはきっぱりと言った。「こっちはあくまで、民間の文書検査士だ」

「ケイジから、あなたが文書部の長を六年間務めていたと聞いているわ。あなたはこの国で最高の文書検査官だって」

なんて疲れた目をしているんだ、とパーカーは思った。たかだか三十六、七だろうに。見事な体型、手入れが行き届き、鍛えられて、顔は美しい。しかし彼女の見てきたものは……あの目を見るがいい。ブルーグレイの石のようだ。パーカーはそんな目を知っている。

パパ、ボートマンのことを話してよ。

「商売としてやるだけだ。犯罪に関することは一切やらない」

「彼は東地区のSAC候補だったのさ。ああ、そうさ、冗談じゃなくね」ケイジはパーカーの言葉など聞こえないというふうだった。「ただし自分から断わった」

ルーカスは薄い眉を吊りあげた。

「むかしの話だ」

「たしかにそうだ。でもあんたはだめになったわけじゃない。そうだろう、パーカー？」

「ケイジ、はっきり言ってくれ」

「おれはあんたを負かすつもりでいる」と白髪の捜査官は言った。

「無理だな」

「でも、おれは奇蹟を起こす人間だ。忘れたのか？」彼はルーカスに言った。「つまり、パーカーは文書偽造を見抜けなかったんだ。彼のやり方は、書かれたものとか、紙やペンをどこで購入したのかといったことから人を捜索するものだった。その分野では最高だった」

「その話は聞かされたと彼女は言ってる」パーカーの口調は辛辣《しんらつ》だった。

「こいつは既視感《デジャ・ヴュ》だ」

パーカーは身をふるわせていた――寒さのせいではない。ふたりの人間が災厄をもちこんできたからだった。彼は〝誰かさんたち〟のことを考えた。今夜のパーティのことを考えた。別れた妻のことを考えた。彼はのっぽのケイジと目の死んだルーカスに向かって、とっとと失せろと叫ぼうとした。だが女に先を越された。女はぶしつけにこう言ったのだ。「とにかく聞いて。未詳と——」

記憶が甦る。未詳。身元未詳の容疑者のことだ。

「——それに銃撃をした共犯者は恐喝を仕組んだのよ。市が身代金を払わなければ、きょうの午後四時から四時間ごとに、人込みに向けて自動小銃を乱射するというわけ。市長は支払いに同意して、私たちがそのお金を受け渡し場所に置いた。でも未詳は現われない。なぜだと思う？　彼は死んだのよ」

「そんな幸運が信じられるか？」ケイジが言った。「二千万ドルを回収しにいく途中で、配送用トラックに轢かれちまうなんて」

パーカーは訊ねた。「撃ったほうが金を取りにこないのはなぜだ？」

「それは撃つほうの受けた指示が殺すことだけだから」とルーカスが答えた。「お金の件には関知していないのよ。例の左手と右手という典型的な分担だわ」ルーカスには、パーカーがそこに思い至らなかったのが意外だったらしい。「未詳は、命令がないかぎりやめるなと言いふくめて銃撃犯を送り出した。そうするとわれわれも犯人の拘束をためらうことになるわ。仮に逮捕されたとしても、未詳は銃撃犯の制止を交換条件にして、司法取引に応じさせるだけの力を保持できるというわけ」

「だから」とケイジが言った。「われわれはそいつを押さえなければならない。銃撃犯をね」

背後のドアが開いた。

パーカーはあわててルーカスに言った。「上着のボタンを留めろ」

「えっ？」

ロビーが表に出てくると、パーカーはすばやく手を伸ばしてルーカスの上着を合わせ、ベルトに吊られた大型拳銃を隠した。呆気にとられた様子の女にパーカーは囁いた。「きみの武器を見せたくない」

パーカーは息子の肩に手をまわした。「なあ、誰かさん。何をしてるんだ？」

「ステフィにコントローラーを隠されたんだ」

「隠してない」とステフィが大声をあげる。「やってないったら！」

「ぼくが勝ってたから隠したんだよ」

パーカーはしかめ面で言った。「待った。そいつはコードでつないであるんじゃないのか？」

「むこうが抜いたんだ」

「ステフィ・エフィ。コントローラーは五秒で現われるかな？　四、三、二……」

「あった！」

「ぼくの番だぞ！」とロビーは叫ぶと、一目散に階段を駆けあがっていった。

パーカーは、ルーカスの目がまたロビーを追っていることに気づいた。

「彼の名前は？」

「ロビー」

「さっきは何て呼んでたの？」

「ああ。〝誰かさん《フー》〟。子供たちのニックネームなんだ」

「ワフーにちなんで？　あなたの母校のスポーツチームに？」

「いや。ドクター・スースの絵本からなんだ」パーカーは自分がヴァージニア大学出身であることを、彼女はどうして知ったのだろうと思った。「ケイジ、すまない。やはりきみたちを手伝うことはできない」

「事情はわかってるだろう、坊や。われわれがたぐれる手がかりはひとつ――たったひとつしかない――それが脅迫状なんだ」

「PERTにまわせ」

局の物的証拠対応班だ。

ルーカスの薄い唇がさらに薄くなった。「必要ならそうする。クワンティコから言語心理学の人間も呼ぶし。捜査官には全国の紙とペンの会社にあたらせるわ。でも――」

「――われわれが望んでいるのは、あんたに引き受けてもらうことなのさ」とケイジが引き取った。「あんたならあれを見て、何かを発見してくれるだろう。ほかの誰も見つけられないようなことをね。犯人が住んでた場所とか。つぎに銃撃犯がどこを狙うとか」

「スタンはどうした？」

スタンレー・ルイスは現在の文書部を率いる男だった。パーカーは彼の優秀さを知っている。ルイスを検査官として雇い入れたのは、ほかならぬパーカーなのである。ふたりでビールを飲みながら、ジョン・ハンコックの署名の偽造にしのぎを削った夜があった。勝ったのはルイスだった。

「彼はいまサンチェスの公判でハワイにいる。トムキャットに乗せても、つぎの締切りまでには連れ戻せない」

「四時よ」ルーカスがくりかえした。

「このまえみたいなことにはならないさ、パーカー」ケイジは穏やかに言った。「あんなことは二度と起きない」

またもルーカスがふたりの顔を代わるがわる見つめる。だがパーカーはケイジの言葉を補おうとはしなかった。彼は過去の話はしていない。過去は一日でも十分すぎるほどだった。

「すまない。そのうち、ということはあるかもしれないが。いまはだめなんだ」進行中の捜査に参加しているなどと、ジョーンに知れたらどうなるか。

「くそっ、パーカー。こっちはどうすりゃいいんだ」

「私たちには何もないのよ」ルーカスが語気を荒らげた。「手がかりはない。例の狂人が市民に向けて銃を乱射するまで三時間もない。撃たれた子供たちは——」

パーカーは手を振って会話を打ち切った。「帰ってもらえないか。幸運を祈ってる」

ケイジは肩をすくめてルーカスを見た。彼女はパーカーに司法省の金の印章が押された名刺を渡した。パーカーもかつてそんな名刺を持っていた。書体はチェルトナムの長体。九ポイント。

「携帯の番号は下にあるわ……。それから、もし疑問が出てきたときには、電話をしてもいいかしら」

パーカーは躊躇した。「ああ、かまわない」

「ありがとう」

「さよなら」パーカーは家にはいった。

ドアが閉まる。ロビーが階段の上に立っていた。

「あの人たちは誰なの、パパ？」

「むかし一緒に働いてた人たちだ」

「あの人、拳銃持ってた？ あの女の人」

「銃を見たのか？」とパーカーは質した。

「うん」

「じゃあ持ってたんだろう」

「あの人と一緒に働いてたの？」

「いや、男の人とだけだ」

「へえ、あの人、可愛かったよね」

女の警官にしてはな、とパーカーは言いかけた。だが口をつぐんだ。


ワシントンに戻った私は悲嘆の帳に包まれて暮らし、もっと用心しろとの私の戒めなど一向に構わぬ気配でポーチのあたりを馬で走るポリーの幽霊に苛まれている……

ひとり地下の書斎に戻っていたパーカーは、ふと目の前にある手紙をQ1と考えている自分を意識した。FBIの文書検査における手続きでは、疑問文書をQと呼ぶと定めていた。真正な文書や筆跡の見本は――〝既知のもの knowns〟とも呼ばれ――Kと称される。分析に際して、疑わしい遺言書や契約書のことをQと考えるようになってずいぶんたつ。個人の人生に、警官時代の癖がこんなふうにはいりこんでくるというのは落ち着かないものだった。ジョーンの登場に負けず劣らずの災難である。

ケイジのことは忘れろ、ルーカスのことは忘れろ。

集中だ……

ふたたび手紙と向きあい、拡大鏡を顔の前に持ってくる。

彼はこれを書いた人間が――ジェファーソン本人か否かは別として――鉄製のペンを使っていることに気づいた。ペン先によって繊維が裂かれ、インクが独特に流れているのだ。偽造者の多くは、古文書はみな羽根ペンで書かれているものと考え、そればかりを使う。だが一八〇〇年代には鉄のペン先が普及しており、ジェファーソンも書簡のやりとりにはもっぱら鉄のペンを用いている。

本物であるほうに、また一点がはいる。

私もこうした困難の時期におまえの母親のことを考えている、おまえには重荷を背負わせたくないと思いつつ煩わせるがポリーとおまえの母親と一緒の絵があったはずなのだ、それを探してはもらえまいか？　シャブロー氏が井戸の傍らで描いたものだが？　それがあれば私はさらに辛い時にも二人の顔を眺めて耐え忍ぶことができると思うのだ。

パーカーは手紙の内容を頭に入れないようにしながら、紙の折り目の部分をまたぐインクの線を調べた。折り目の溝には滲みがなかった。これは文字を書いてから紙を折ったことを意味している。トーマス・ジェファーソンは書に対しては細かく気を配る人として知られており、あらかじめ折ってある紙に手紙を綴るような真似はしないはずだった。さらに一点獲得か……

パーカーは顔を上げ、伸びをした。ラジオのスイッチを入れる。ナショナル・パブリック・ラジオが地下鉄銃撃事件の続報を伝えていた。

「……死者は二十四名に増えたということです。ラヴェル・ウィリアムズ、五歳が亡くなりました。その母親も銃撃を受け、危篤状態がつづいています――」

彼はラジオを消した。

手紙に目をやり、拡大鏡をゆっくり近づけていく。リフトにかかる――書き手が言葉を綴り終え、紙面からペンを持ちあげる場所のことである。このリフトの部分も、典型的なジェファーソンの筆の運びとなっていた。

ではインクの髭状《フェザリング》の染みは？

インクの吸収具合というのは、使われている素材の種類や文書が作成された時期について数多くの示唆をあたえてくれる。時を経るにしたがって、インクはますます紙に染みこんでいく。

このフェザリングは、書かれてから長い時の経過があったことを——優に二百年がたっていることを示していた。しかしいつものように、彼はその情報を考慮に入れるだけだった。フェザリングさえ偽造する方法があるのだ。

階段に子供たちの足音が聞こえる。一瞬静まったかと思うと、今度はより大きな音がした。ひとり、ふたりと最後の三段を飛び降りたのだ。

「パパ、おなかが空いたよ」地下に降りる階段の上からロビーが呼んでいる。

「いま行くからな」

「チーズを焼いていていい？」

「おねがい！」とステフィもくわわる。

パーカーはテーブルに置いた検査用の白色ライトを消した。手紙は金庫に戻した。彼は薄暗い書斎にしばらくたたずんでいた。明かりといえば、隅の古いカウチの脇にある偽のティファニー・ランプが灯るだけだった。

それがあれば私はさらに辛い時にも二人の顔を眺めて耐え忍ぶことができると思うのだ。

彼は階段を昇った。

5

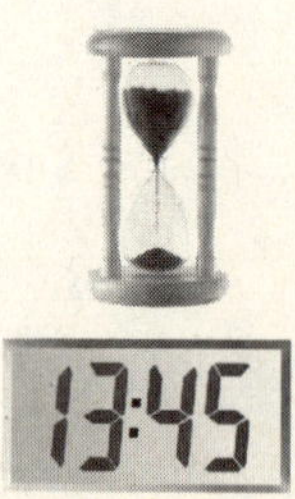

「武器よ」マーガレット・ルーカスは唐突に声をあげた。「銃撃犯の武器のディーツを知りたいの」

「何が知りたいって？」とケイジが訊く。

「ディーツ。詳細《ディーテイル》よ」いつもの癖が出たのだ。普段仕事をしているスタッフは彼女の言い回しに馴れている。その独特の表現法に。

「すぐにわかる」C・P・アーデルが答えてきた。「いまその話を聞いてるところだ」

彼らは九番通りの本部の五階に新設された、戦略情報指揮センターの窓のない一室にいる。施設全体はフットボールのフィールドほどの大きさがあり、最近になって五件の重要事件を同時に処理できるようにと拡大されたのである。

ケイジがルーカスの横を通りすぎざま囁いた。「うまくやってるじゃないか」

ルーカスは反応しなかった。彼女は壁面にはめこまれた、5×15フィートのヴィデオ・スクリーンの一台に映る自身の姿を見つめた。その画面には脅迫状が映し出されている。私が？うまくやっているって？　本当にそうだったらいい。彼女は心からそう思った。局内に伝わる伝説によると、どんな捜査官にもキャリアのなかで一度、金的を射落とすチャンスがめぐってくるという。注目される一度きりのチャンス、一気に上昇するチャンスだ。

それがいま目の前にある。ＡＳＡＣがこうして事件を指揮しているのだ。そんなことはいままでなかった……ケイジは何て言ったのだろう。そう、憂鬱な月曜ばかりの月には一度もなかった。

自分の姿の先にある文書を見つめる。白く輝く巨大スクリーンに、蜘蛛のような黒い文字が躍っている。忘れていることはないかしら、とルーカスは自問した。頭のなかで、思いついたことすべてを反芻してみた。死んだ犯人の指紋を、世界中の主だった摩擦稜線《フリクション・リッジ》指紋検索データベースに送った。特別区の警官二十名には犯人を撥ねた配送用トラックの行方を追わせた。男が死に際に、運転手に何か言葉を残している可能性もあったからだ（運転手の口を開かせるため、奇蹟を起こす男ケイジに免責特権を確保させた）。捜査官二十名を目撃者捜しに投入した。車のナンバーは現在確認中。全国のＣＩ（秘密情報提供者）からも情報を収集している。市庁舎の過去二週間分の通話記録も調べさせている。そして――

連絡がはいった。レン・ハーディが取ろうとした受話器をケイジが先につかんだ。トレンチコートを脱いだハーディは、細い茶のストライプがはいった白のポリエステルのシャツに、くっきり折り目がついたスラックス、茶のネクタイという出立ちだった。北ヴァージニアの地面に一時間も伏せていたというのに、海兵隊将校もどきの髪型はすこしも乱れておらず、服には泥ひとつ付いていない。刑事というより、救済に関する冊子を差し出すエホバの証人といった風体である。新式のグロック10を携帯しているルーカスには、ハーディの腰にある薄いスミス&ウェッソン三八口径リヴォルヴァーが古色蒼然としたものに思えた。

「そちらは順調かしら、刑事さん？」ルーカスは、鼻先からケイジに電話をさらわれ不機嫌そうにしているハーディに声をかけた。

「雨のようにね」とつぶやくハーディの顔は皮肉に歪んでいるわけでもない。

それが中西部の言い回しであることを知っているルーカスは小声で笑った。彼女は刑事の出身地を確かめた。

「シカゴの郊外で育ったんだ。州の南部《ダウンステート》で。なぜかみんなそう呼ぶ——家は市の北西にあったのに」

彼は腰をおろした。ルーカスの笑みが消えていった。雨のように順調……

ケイジが受話器を置いた。「例のディーツがわかった。小火器。ウジだ。一年落ちで銃口をかなり広げてある。相当な性能だ。サイレンサーには鉱物綿。手で詰めたものらしい。製品にはなってない。銃撃犯は心得がある」

「素晴らしい！」とルーカスは言った。そして離れていたC・P・アーデルに向かって、「誰かに自家製サイレンサーのことと、ウジをフルオートに改造する方法を載せているウェブサイトを調べさせて。そこにヒットしてきたEメールのアドレスを知りたいのよ」

「連中に情報を出させるのか？」とC・Pが訊いた。

「令状なしには無理ね。でも自発的に出すように仕向けるの。説得するのよ」

C・Pは電話をかけ、しばらく話しこんでいた。「コム-テックが引き受けてくれた」メリーランドに本部がある局のコンピュータ通信課である。

ルーカスはケイジに言った。「ねえ、考えがあるの」

捜査官は眉を上げた。

「人事部からあの男を連れ出せるんじゃない？」

「誰のことだ？」

「志願者の筆跡を調べて、性格を判断する仕事があるじゃない」

「それは市警でもやってる」とレン・ハーディが言った。「そうやって危ない人間を事前に引っこ抜くんだ」

「どういうことなんだ？」C・Pがルーカスに訊いた。「文書はクワンティコに送ってあるんだぞ」

大柄の捜査官が言及したのは、言語心理学的プロファイリング用に行動科学課に送付した文書のコピーのことだった。近くのコンピュータ端末に座ったトーブ・ゲラーがその結果を待っている。

「そうじゃなくて、犯人を同質の連中と関連づけて、その教養と知性を判断するのよ」ルーカスが言った。「つまり個人の性格のプロファイリングのこと。筆跡分析よ」

「無駄だな」彼らの背後で声がした。

振り返ったルーカスは、ジーンズに革のボマー・ジャケット姿の男を目にした。男は部屋にはいってきた。来訪者用のバッジを首から下げ、大型のアタッシェケースを手にしている。一瞬、誰だかわからなかった。

ケイジは口を開こうとして言葉を呑みこんだ。相手を動揺させてはまずいと思ったからだった。

「アーティが入れてくれたんだ」とパーカー・キンケイドは言った。アーティは局に雇われている玄関の夜警だった。「まだ憶えててくれたよ。まる三年もたってるのに」

まるでイメージがちがう、とルーカスは思った。家を訪ねたときのキンケイドは冴えない男だった。よれたセーターにだぶだぶのスラックスという恰好が悪かったのだ。いま黒いシャツに重ねているグレイのクルーネックのセーターのほうが、はるかに見栄えがする。

「ミスター・キンケイド」ルーカスは会釈をして言った。「無駄というと?」

「筆跡分析だ。筆跡から性格を分析することはできない」

彼女はその断定的な口調に嫌悪を感じた。「やる人は結構いると思うわ」

「人はタロットカードを見て、死んだ知人と話をする。そんなのはまやかしだ」

「役に立つって聞いてるけど」

「時間の浪費だ」と彼はあっさりと言った。「われわれはほかのことに力を注ぐ」

「ええ。わかったわ」ルーカスは、男のことをあまり嫌いになるまいと心に誓った。

ケイジが言った。「なあ、パーカー、トーブ・ゲラーは知ってるか？　今夜はコンピュータ通信の仕事も兼ねてる。ヴァーモントへスキー旅行に出かけたのを連れ戻したんだ」

「ニューハンプシャーだよ」と細身の捜査官は訂正を入れると、キンケイドにいくつか会得した笑顔のひとつを見せた。「休日出勤手当てのためなら何でもやる。デイトの約束だって破るさ。やあ、パーカー。噂は聞いてるよ」

ふたりは握手をした。

ケイジがもうひとつのデスクを顎で指した。「こいつはC・P・アーデル。DC支局の人間だ。C・Pが何を省略したのかは誰も知らないが、それで通ってる。本人も知らないんじゃないかと思うんだが」

「むかしは知ってた」C・Pがぶっきらぼうに応じた。

「それからこちらはレン・ハーディ。特別区警察から来てる連絡員だ」

「よろしくお願いします」と刑事は言った。

キンケイドはその手を握った。「敬語は必要ないから」

「わかった」

「法科学？　捜査？」

ハーディは当惑顔で言った。「じつは調査統計部門なんだ。みんな現場に出払ってるもんだから、連絡係に選ばれたというわけさ」

「文書はどこだ？」キンケイドはルーカスに訊いた。「本物は、という意味だが」

「鑑識部よ。指紋が採れないかと思って」

キンケイドは顔をしかめた。彼が口をきく間をあたえずルーカスはつけくわえた。「レーザーだけを使うように言ったから。ニンヒドリンは禁止したわ」

キンケイドの眉が上がった。「よろしい……きみは法科学をやっていたのか？」

薬品を使わせなかったのは正しい措置であったけれども、なぜか挑まれているといった感触があった。「アカデミーで習ったのを憶えていたのよ」ルーカスは冷静に答えると受話器を取りあげた。

「いま何て言った？」ハーディが訊き返す。「ニン……」

彼女は番号を叩きながら言った。「ニンヒドリンは普段、あなたたちが紙についた指紋を採るときにも使っているわ」

「しかし」キンケイドが彼女の思考を中断させた。「筆圧痕を台無しにしてしまう。疑わしい文書には絶対に使うな」

ルーカスは電話をかけつづけた——相手は鑑識。技官の話では他の指紋は検出されず、文書は大至急、危機管理センターに運ばせるとのことだった。彼女はその旨をチームに伝えた。

キンケイドはうなずいた。

「どうして気が変わった？」ケイジが言った。「なぜここへ来た？」

キンケイドはしばらく無言だった。「あの子供たちの話をしたな。地下鉄で負傷した子供たちのことだ。そのひとりが死んだ」

その口調に合わせるように、ルーカスも深刻な声で言った。「ラヴェル・ウィリアムズ。聞いたわ」

キンケイドはケイジのほうを見た。「ひとつ条件がある。緊急対策本部の人間を除いて、私が関わっていることは知らない。もしもリークがあって私の名前が外に出たら、捜査がどの段階に差しかかっていようが降りる。きみたちと面識があることも否定する」

「それがあなたの望みだというなら、ミスター・キンケイド、でも——」

「パーカーだ」

ケイジが言った。「わかった。理由を訊ねてもいいか?」

「子供だ」

「セキュリティの面で心配なら、あんたの家に車を張りつけてもいい。捜査官はお望みの数を——」

「心配なのは別れた妻のことなんだ」

ルーカスが不審の表情を向けた。

キンケイドは言った。「四年まえに離婚してから、子供たちの監護権はこっちにある。監護権を得られたのは、こっちが家で仕事をして、危険なことはやらないというのが理由のひとつだった。だから文書の仕事は民間のものしか引き受けてない。ところがいまになって、妻が監護権の問題を蒸し返そうとしてる。このことを彼女に知られると困るんだ」

「何の問題もないさ、パーカー」とケイジが請けあった。「別人に成りすませばいい。誰になりたい？」

「ジョン・ドーだろうがトーマス・ジェファーソンだろうが、おれじゃなければ誰でも構わない。ジョーンは明日の朝十時に、子供たちのプレゼントを持って家にやってくる。もし大晦日に事件で家を空けたなんてことがあいつに知れたら……とんでもないことになる」

「あの子たちには何て話したの？」ルーカスが訊ねる。

「友達が病気になったから、病院へお見舞いにいくとね」彼はケイジの胸に指をさした。「子供たちに嘘をつくのはつらかった。本当に」

美しい少年のことを思いだして、ルーカスは言った。「私たちもベストをつくすわ」

「ベスト云々じゃない」キンケイドは彼女の視線を軽く受けとめた。それをやってのける男はめったにいない。「おれを隠しておくか、おれが降りるかのいずれかだ」

「わかったわ」と彼女は短く答えると部屋を見まわした。C・P、ゲラー、ハーディがそろってうなずいた。

「よし」キンケイドはジャケットを脱いで椅子の上に放った。「じゃあプランを聞こう」

ルーカスが捜査の状況をひとわたり話すあいだ、キンケイドは黙ってうなずいていた。自分のやり方は認められているのだろうかと思いながら、彼女は相手の表情を読みとろうとした。

私は彼の判断を気にしているのかしら。そして彼女はこう言った。「もうすぐ市長が、銃撃犯に向けて電波で訴えることになってる。身代金を払う意思があることを伝えるの。はっきりとは言わず、ほのめかす程度よ。それでむこうから接触してくるのを待つわ。お金は探知できる二個のバッグに分けて下に保管してある。むこうの要求どおりの場所に持っていくつもりよ」

ケイジがつづける。「で、トーブがそいつのねぐらを突き止める。ジェリー・ベイカーの戦術チームが待機してるんだ。やつが家に戻ったところを押さえる。あるいは移動中に引っぱってもいい」

「その男が金に手を伸ばしてくる可能性は？」

「わからない」とルーカスが言った。「文書を見てもらえれば、犯人は——死んだ男だけど——かなり頭が鈍いってことがわかると思うの。もし共犯者の、この〈ディガー〉という男も程度が低いとすると、手を出してこないかもしれないわ」彼女はアカデミーで学んだ犯罪心理学を頭に思い浮かべていた。知能のある犯罪者よりも、頭の悪い連中のほうが不可解な動きをする。彼らは状況の変化に即座に対応しないという傾向があった。「つまり、男は指示されたままに銃撃をつづける可能性もあるということね」

するとケイジが、「しかも銃撃犯がケネディの放送を聞くかどうかもわからない。それなのに、われわれには手がかりのひとつもないんだ」

ルーカスは、キンケイドが『重要犯罪報告』に目を落としているのに気づいた。ゲリー・モス邸爆破を扱った分だった。この犯罪を詳述する報告書は、事件を引き継ぐ捜査官へのブリーフィング用に使われている。今回のものには、モスのふたりの娘がいかに焼死を免れたかが記されていた。

パーカー・キンケイドは自分で望んでいた以上に報告書を凝視していた。家族の殺害未遂をありのままに述べる報告書に心が波立った。

本人の二名の子女は、かすり傷程度で建物から退避することができた。

彼はそれを押しやった。顔をめぐらせて、センター内の電話とコンピュータとデスクの列を見やる。やがてその目は脅迫文を映すヴィデオ・モニターに止まった。

「別の場所に待機室をつくれるだろうか」

「ここが危機管理センターなのよ」文書に目を走らせる男に向かってルーカスは言った。「何か問題があるの？」

「スペースの大部分は使っていない」とキンケイドは指摘した。「それに機材もだ」

ルーカスは考えこんだ。「場所に心当たりがある？」

「上だ」明るく浮き出す文字を見つめて、彼はぼんやりと言った。「上に行こう」


パーカーは科学犯罪文書研究室にはいると、懐かしい機材を眺めわたした。

ヴォルピ・イントララクスの光ファイバー光源を用いたライツの双眼立体顕微鏡二台、フォスター＋フリーマンの旧式のVSC4ヴィデオ・スペクトル比較測定機、そしてその最新型――VSC2000にはロフィン・ポリライトが装備され、ウィンドウズNTにより疑問文書関連のソフトウェアが動くようになっている。また端のほうには使いこまれたフォスター＋フリーマンのESDA——静電検知装置——と、インクや痕跡を分析するための薄層ガスクロマトグラフがある。

彼はガラス窓に目を留めた。毎日九時から四時まで、そこを観光客がFBI本部ツアーで通り過ぎていく。いまは廊下は暗く、不吉な感じがした。

すでにチームのメンバーは、デスクや検査用テーブルに自分の席を見つけている。部屋は実際に研究室として使用されているだけあって、雑然として臭いがこもり、くつろげる雰囲気ではなかった。それでもここのほうがいい――あのけばけばしい危機管理センターよりも――パーカーがそう思うのは、独立革命を専門としていた歴史学者の父の教えを守っていたからである。「戦いはかならず自分の知り抜いた場所でやりなさい」と教授は息子に諭《さと》したのだった。この答えをルーカスにあたえるつもりはなかった。「仲間とすべてを分けあう必要はないんだ」これもまたウィリアム・キンケイドが息子に語って聞かせたことだった。

もう一度スタン・ルイスのオフィスを覗いた。ここが自らの部署だったころに利用していた本が見える。ハリソンの『疑わしき文書』、ハウズリーとファーマーの『筆跡鑑定入門』、ヒルトンによる『疑問文書の科学的検査』。そしてこの職業の聖典であるアルバート・S・オズボーン著、『疑問文書』。椅子のむこうにある卓上には、かつて彼が丹精し、ルイスに託した盆栽四鉢が置かれていた。

「文書はどうした？」彼は待ちきれずケイジに訊ねた。

「いま向かってる。もうすぐだ」

パーカーは装置のスイッチを入れていった。ブーンと唸りをあげるもの、カチッと音をたてるもの。用心深い目を光らせるように、仄暗いインディケーター・ライトをひっそり点灯させるものもあった。

待て、待つんだ……

一時間まえに子供たちと話したことは考えないようにする——彼は休日のプランが変更になったとふたりに告げた。

〝誰かさんたち〟はロビーの部屋にいた。相変わらずレゴとマイクロ・マシーンで足の踏み場もなかった。

「やあ、誰かさんたち」

「第三レベルまで行ったんだ」ステフィがニンテンドーを顎でさした。「そこでやられちゃったの」

ロビーのほうは、ヘリコプターと上陸用舟艇でベッドを攻略中だった。

パーカーはベッドに腰をおろした。「さっきここに来た人たちのことなんだが」

「パパがずっと見てた可愛い女の人でしょ」息子が恥ずかしそうに言った。

(〝彼らは親が考えるよりも鋭い〟と『ハンドブック』にも書いてある)

「あの人たちは、パパの友達が病気になったって教えにきてくれたんだ。だからパパはお見舞いにいかなくちゃならない。ベビーシッターは誰がいい?」

ハイスクールの生徒や大学生といった、いわば普通のシッター役以外にも、パーカーは近隣に大勢の友人がいた。彼が家族ぐるみでつきあっている親たちは、夜でも喜んで子供を預かってくれる。また特別区に住む友人のリンがいた。彼女ならフェアファクスまで車を飛ばしてきてくれるだろうが、おそらく今夜はデイトだろうし（リンが大晦日にデイトの約束をしていないはずがない）、ふたりの関係はもはや相手にそんな犠牲を強いるようなものではなかった。

「行っちゃうの？」とロビーが訊いてくる。「きょうの夜？」

息子はがっかりすると、とたんにおとなしくなって表情が乏しくなる。口を尖らせたり、文句を言ったりということはない――そこは偉いとパーカーも思っている。ロビーはただ、悲しみに襲われたかのようにこわばってしまうのだ。玩具のヘリコプターを握ったまま、じっとこちらを見あげている息子に、パーカーはその失望を自分自身の胸に感じた。

ステフィはというと心の揺れは比較的少なく、そうした感情もあまり表に出さない。髪をかきあげると顔をしかめて、「その人、大丈夫なの？　パパのお友達」と言っただけだった。

「きっと大丈夫さ。でも、とりあえず行ってあげたほうがいいな。じゃあ――ジェニファーを呼ぼうか？　それともミセス・キャヴァノーか？」

「ミセス・キャヴァノー！」とふたりは声をそろえた。ロビーも悲嘆の淵から脱け出した。ミセス・キャヴァノーは近所に住んでいるおばあさんで、パーカーが地元でポーカーのテーブルを囲む火曜日に子供たちの面倒をみてくれている。

パーカーは玩具の海のなかに立ちあがった。

「でも十二時までには帰ってくるでしょ？」とロビーが言う。「おねがい」

（〝守れそうにない約束はしてはならない〟）

「頑張ってみよう」

パーカーは子供たちを抱きしめるとドアに向かった。

「パパ？」緩いブラック・ジーンズにハローキティのTシャツという、じつにあどけない姿のステフィが言った。「パパのお友達にお見舞いカードを出してもいい？」

自分の裏切りが腹にずしりとこたえた。「かまわないよ、ハニー。おまえがきょうの夜を楽しんだら、彼ももっと喜んでくれると思うな」

その苦い思いをさえぎるように文書研究室のドアが開いた。ブロンドの髪をバックに撫でつけた、すらりとハンサムな捜査官がはいってきた。「ジェリー・ベイカー」と名乗りながらパーカーに歩み寄っていく。「あなたがパーカー・キンケイドか」

ふたりは握手をした。

ベイカーは研究室を見渡して、「マーガレット」と声をかけた。ルーカスがうなずく。

「きみは戦術の人間か？」とパーカーが訊ねた。

「そうだ」

ルーカスが言った。「ジェリーがS&Sの人員を組織したの」

捜索《サーチ》および監視《サーヴェイランス》、とパーカーは思い起こしていた。

「それに射撃の名人もね」とベイカーが言った。「この獣を血祭りにあげようとうずうずしてるよ」

パーカーは灰色の椅子に腰を据えると、ルーカスに、「未詳の死体は調べたのか？」

「ええ」

「その記録は？」

「まだないわ」

「ない？」パーカーは困惑した。彼は捜査の進め方について明確なアイディアをもっている。ルーカスにも彼女なりの意見はあるらしい。この先、彼女との間にどれだけ問題が発生するだろう。いちいち気を配るべきかどうか。大理石のように白い、その勝気な顔を見て、パーカーはこの際遠慮はすまいと決めた。手がかりがここまで少ない場合、とにかく多くのK——未詳に関して知り得た情報——が必要だった。「それを入手したほうがいい」

ルーカスは平然と答えた。「大至急持ってくるように言ってあるわ」

パーカーなら誰かに——おそらくハーディに——取りにいかせただろう。だが揉めるつもりはなかった。それだけ余計に時間を食うことになる。彼はベイカーを見た。「集まってくれた人数は？」

「われわれが三十六、特別区警察でおよそ四十」

パーカーは顔を曇らせた。「もっと必要になる」

「それは困った」とケイジが言った。「当番の人員は大半が休日の警戒にあたってる。なにしろ街は二十万の人出だ。それに財務と司法の担当は、外交や政府のパーティやらで特別警備に駆り出されてる」

レン・ハーディがつぶやいた。「今夜っていうのが運のつきか」

パーカーは短く笑った。「ほかの日なら、こんなことは起きないさ」

若い刑事は不思議そうな顔をした。「どういうことなんだ？」

パーカーが答えようとする間にルーカスが言った。「犯人は、私たちの手が足りなくなることを見越して今夜を選んだのよ」

「しかも街には人があふれてる。むこうは好き勝手に撃ち放題ってわけだ……」

パーカーは自分の声を耳にして口をつぐんだ。局を辞めて子供たちと暮らし、ほとんどひとりだけで仕事をして物腰も柔らかくなった。圭角《けいかく》がとれた。毒づくことはなくなり、〝誰かさんたち〟としゃべるときには意識して言葉を選ぶようになっていた。それがいきなり以前のさくれだった人生に戻っている。言語学者であるパーカーは、外部の人間が新しい集団と接して、まず採り入れるのがその話し方であることを知っていた。

パーカーはアタッシェケースを開いた。携帯用文書検査キットである。彼の商売道具が詰まっている。それになぜかダース・ベーダーのアクションフィギュア。ロビーからのプレゼントだった。

「強い味方がついてるな」とケイジが言った。「今夜のわれらがマスコットか。あの映画は孫たちが大好きでね」

パーカーはそれを検査用テーブルの上に立たせた。「こいつがオビ-ワン・ケノービだったらいいんだが」

「何なの？」ルーカスが眉をひそめて頭を振る。

ハーディが、「知らないのか？」と口走り、逆に冷たい目を向けられて赤面した。

パーカーも驚いていた。『スター・ウォーズ』を知らない人間がいるとは。

「映画のキャラクターだ」とC・Pが言った。

ルーカスは無反応で読んでいたメモに目を戻した。

パーカーは黒いヴェルヴェットで包んだ拡大鏡を手にした。ライツの十二倍のもので、文書検査に携わる者には必須の道具だ。二回目の結婚記念日にジョーンから贈られたものだった。

ハーディがパーカーのアタッシェケースを覗くと、本が一冊はいっていた。刑事の視線に気づいたパーカーはその本を手渡した。『マインド・ツイスターズ　第五巻』。ハーディはそれをぱらぱらとめくるとルーカスにまわした。

「趣味なんだ」本に目を通す彼女を見やって、パーカーは説明した。

ケイジが言う。「そう、この男はパズルが大好きだった。それで渾名《あだな》もあったな。〝パズルの達人〟てね」

「水平思考の訓練になる」パーカーはルーカスの肩越しに内容の一部を読みあげた。「ある男が合計で七十六セントになる硬貨三枚を持っている。いずれも合衆国でこの二十年以内に鋳造され、一般に流通していて一枚は一セント硬貨ではない。さて三枚の硬貨の種類は？」

「待てよ、一枚はかならず一セントになるはずなんだが」とケイジ。

ハーディは天井を睨んでいた。この男の頭脳は外見同様に整然としているのだろうか、とパーカーは訝った。刑事はしばらく考えていた。「記念硬貨がはいってる？」

「いや、言ったはずだ――流通していると」

「そうだった」

ルーカスは床に目を這わせている。心ここにあらずといった様子だった。何を考えているのか見当がつかない。

ゲラーも考えこんでいたが、「そんなことに脳細胞を無駄づかいしたくないな」とコンピューターに向きなおった。

「降参か？」

「答えは？」とケイジ。

「五十セント、二十五セント、一セント」

「待った」ハーディが抗議の声をあげる。「一セントははいらないって言ったぞ」

「いや、そうは言ってない。一枚は一セントじゃないと言ったんだ。五十と二十五は問題なし。だが一枚は一セントだ」

「言葉の引っかけだな」ケイジが唸った。

「簡単すぎる」とハーディ。

「答えがわかればパズルは簡単なものだ」パーカーは言った。「人生と同じじゃないか？」

ルーカスがページを繰《く》った。「三羽のタカが農夫のニワトリを狙っていた。農夫はある日、三羽が鶏舎の屋根にとまっているのを見つけた。銃には一発の弾しかはいっておらず、距離も遠いので一羽しか撃てない。彼は左側のタカを狙って撃ち殺した。弾が跳ねて飛ぶことはなかった。さて屋根にいるタカの数は？」

「わかりきってる」とC・Pが言った。

「待てよ」とケイジ。「これも騙しがはいっていそうだな。複雑そうに思わせておいて、じつは単純明快なんだ。一羽を撃ったから、残るは二羽。以上だ」

「それがあんたの答えか？」パーカーは訊いた。

ケイジはためらった。「自信がない」

ルーカスが本の後ろを開いた。

「引っかけだな」パーカーはケイジを真似て言った。

本を繰りつづけていたルーカスが、やがて怪訝な表情を見せた。「答えはどこ？」

「どこにも」

「これっていったいどういう本なの？」

「自分で見つけていない答えは答えじゃない」パーカーは腕時計を見た。文書はどうした？

ルーカスはまたパズルに目を凝らした。可愛い顔をしている。ジョーンはそのめだつ頬骨、ふくよかな腰つき、弾むような胸で人目を惹く派手な美しさがあった。黒のぴったりしたセーターを着ているマーガレット・ルーカスは、胸も小さめでほっそりとした身体つきだった。タイトなジーンズのせいで、脚は細く筋肉質であることがわかる。足首の部分に白い薄手のストッキングが覗く——おそらくジョーンがスラックスの下にはいていたような膝丈のものだろう。

あの人、可愛かったよね、パパ。

女の警官にしてはな……

細すぎるグレイのスーツを着た痩身の若者が研究室にはいってきた。庶務部に務める事務員だろうとパーカーは思った。

「ケイジ捜査官」と若者が言った。

「ティモシー、何か用かね？」

「ジェファーソン捜査官を捜してるんですが」

パーカーが問い質そうとする手間をケイジが省いた。「トム・ジェファーソン？」

「そうです」

ケイジはパーカーを指さした。「彼だ」

パーカーはわずかな逡巡の後に封筒を受け取ると、慎重な手つきで、あの政治家と同じTh. Jeffersonと署名をした。ただし、はるかにぞんざいになってしまったが。

ティモシーが部屋を出ていくと、パーカーはケイジに向かって眉を上げてみせた。するとケイジが、「あんたは匿名を望んだ。だから手品であんたの姿を消したのさ」と言った。

「それにしても——」

「おれは奇蹟を起こす人間だ。そう言ってるじゃないか」

〈ディガー〉は、キチネット付き、ケーブルテレビ無料で一泊三十九ドル九十九セントというモーテルの外の暗がりに立っている。

このあたりは街でも卑しい場所だ。〈ディガー〉は思いだす……カチッ……どこ、どこを？ボストン、いや、ホワイト・プレーンズ……カチッ……ニュー……ニューヨークに近い。カチッ。

悪臭を放つゴミ収集箱の傍らから、快適な自室のドアを眺めている。指図をする男に言われたとおり、行き交う人波を見つめている。ドアを見つめる。開けたカーテン越しに部屋を見つめる。

行き交う。

車は卑しい通りを走り、人は卑しい舗道を歩いていく。〈ディガー〉は彼らのようであり、誰のようでもない。〈ディガー〉に目を留める者はいない。

「ちょっと」と声がする。「腹がへったよ。もうずっと――」

〈ディガー〉は振り返る。〈ディガー〉の空ろな目を覗いた男は言葉を終えることができない。〈ディガー〉は音を消した二発を男に撃ちこむ。倒れた男を〈ディガー〉は抱えあげ、青い大型のゴミ箱に放りこんだ。サイレンサーに詰め物をしなおさなければ。もう……カチッ……もう静かじゃない。

だが誰にも聞かれていない。交通量が激しいのだ。

拾った薬莢をポケットにおさめる。

ゴミ箱はきれいな青だ。

〈ディガー〉は色が好きだった。彼の妻は赤い花と黄色の花を育てている。でも青いのはなかった、と彼は考える。

周囲を見まわす。付近に人影はない。

「おまえの顔を見たやつは殺せ」と指図をする男は言った。「誰にも顔は見せるな。わかったか」

「わかった」と〈ディガー〉は答えた。

彼はゴミ箱に耳をすませる。音はしない。

不思議だ……カチッ……人は死ぬと音を出さない。

不思議だ……

ドアと窓の見張りに戻る。舗道を行く人間の見張りに戻る。

時計を確かめる。十五分待った。

もうなかにはいってもいいだろう。

スープを飲み、弾を込め、サイレンサーに詰め物をする。これは去年、気分のいい秋の日に習った——本当に去年だったのか？ ふたりで丸太の上に腰かけ、男から銃弾の装塡とサイレンサーの手入れの仕方を教わったのだ。あたり一面、色づいた葉が散り敷かれていた。それから彼は独楽《こま》のように、ウジを手に周回した。葉や枝を落としながら射撃の練習に励んだ。枯れ葉の焼けた匂いを憶えている。

ここより森のほうが好きだった。

ドアを開け、なかにはいる。

電話でヴォイスメールにつなぎ、順を追って自分のコードを入れていく。１２２５。指図をする男からのメッセージはなかった。男からの連絡がないとすこし寂しい気がする。けさから一言も聞いていない。寂しいのだろうか。しかし寂しさとは何なのかがよくわからない。

メッセージはなし、メッセージはなし。

それはサイレンサーに詰め物をし、クリップを装塡しなおし、出かける準備をしろという意味だった。

そのまえにまずスープを飲み、テレビをつける。

温かいスープを口に入れる。

6

ケネディ市長――

終わりは夜だ。解き放たれた〈ディガー〉は止められない。やつは殺しをくりかえす
――四時と、8時と真夜中に。あんたが金を出さないかぎり。

こっちが要求するのは現金で$二千万ドル、バッグに入れて、六六号を南へ二マイル行ったベルトウェイの西側にそれをおいておけ。草むらのなかだ。金は一二〇〇までに払え。〈ディガー〉を止める方法を知っているのはおれだけだ。おれを＊＊捕まえたりすれば、やつは殺しをつづける。おれを殺したら、やつは殺しをつづける。

本気にしないつもりなら、〈ディガー〉が撃った弾のなかには黒く塗ったやつがある。それを知ってるのはおれだけだ。

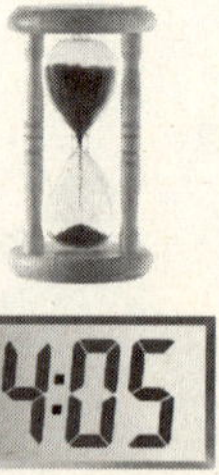

Mayor Kennedy—

The end is night. The Digger is loose and their is no way to stop him. He will kill again—at four, 8 and Midnight if you don't pay.

I am wanting $20 million dollars in cash, which you will put into a bag and leave it two miles south of Rt 66 on the West Side of the Beltway. In the middle of the Field. Pay to me the Money by 1200 hours. Only I am knowing how to stop The Digger. If you [redacted] apprehend me, he will keep killing. If you kill me, he will keep killing.

If you don't think I'm real, some of the Diggers bullets were painted black. Only I know that.

文書には各々個性というものがある。家の金庫に保管されているジェファーソンの手紙には、それが偽作であろうとなかろうと、おのずと荘重さが滲《にじ》み出ていた。筆記体で、琥珀のごとき深みがあった。ひき較べて、ＦＢＩの検査用テーブルに置かれた脅迫状は拙《つたな》く露骨なものだった。

それでもパーカーは、どんなパズルに取り組む場合にも不変である、仮定や予断を一切排除するという姿勢で検査にあたっていた。謎を解くとき、頭脳は速乾性の石膏のようなものだ。最初の印象がいつまでも残ってしまう。文書を完全に分析するまで、彼はいかなる結論も思い描くまいとするのだが、判断を留保するのはこの仕事で最もむずかしい部分ともいえる。

三羽のタカが農夫のニワトリを狙っていた……

「地下鉄の銃弾は？」とパーカーは言った。「色が塗られたものは見つかったのか？」

「ああ」ジェリー・ベイカーが答えた。「一ダースほど。黒のペンキだ」

パーカーはうなずいた。「言語心理学的分析を依頼したと聞いた気がするんだが」

「そう」コンピュータの画面に見入るゲラーが相づちを打った。「クワンティコからの結果報告を待ってるところさ」

パーカーは脅迫状がはいっていた封筒を見つめた。アセテートの袋に入れられ、添付された物証を示すカードにはＭＥＴＳＨＯＯＴの文字が記されている。封筒の表には、文面と同じ筆跡で〈市長へ――生と死〉とあった。

彼はゴムの手袋をはめた――指紋が気になったのではない。むしろ紙面上で見つかる可能性がある物質を損なわないための配慮だった。ライツの拡大鏡を取り出す。直径六インチで柄はローズウッド、見事なガラスレンズがはまる鋼製のリングが輝きを放っている。彼は封筒の蓋を調べた。

「どうだ、どうなってる？」と彼は小声で言った。文書を分析するときには、独り言が癖になっていた。仕事中に〝誰かさんたち〟が書斎にいたりすると、それが自分たちに向けられた言葉だと思いこんでしまう。パパの仕事に参加しているような気になって大喜びする。

工場で糊を塗る際の、機械がつけるかすかな畝《うね》がそのままになっている。

「糊に唾をつけた跡はない」彼は舌打ちした。封筒の蓋に残された唾液から、DNAと血清学上の情報がもたらされることがあるのだ。「封はしなかった」

パーカーがあたりまえのことを見過ごしたといわんばかりに、ルーカスが頭を振った。「たいしたことじゃないわ、そうでしょう？　死体から血液採取して、DNAデータベースをあったのよ。何も出なかった」

「きみはたしかに未詳の血は調べたんだろう」パーカーは平板な声で言った。「だが、こっちが期待していたのは、〈ディガー〉が封筒を舐めた可能性だ。やつの唾液があれば、それをコンピュータにかけることができた」

ルーカスはしぶしぶ負けを認めた。「なるほど。そこまでは考えなかったわ」

謝るだけの素直さはあるのか。たとえ本人にその気はないにせよ。パーカーは封筒を脇によけると文書に目を戻した。「で、この〈ディガー〉というのは？」

「ああ」Ｃ・Ｐ・アーデルが声を張りあげた。「気のふれたやつだろう？」

ケイジが口を挟んでくる。「〝サムの息子〟の再来か？　あのレナード・バーンスタインって野郎の？」

「デヴィッド・バーコウィッツよ」とルーカスは言ってから、それがケイジのジョークだと気づいた。Ｃ・Ｐとハーディが笑った。ケイジの軽口はいつでも相手の不意をついて飛び出してくる、とパーカーも思いだしていた。捜査が厳しい局面に立ち至ったとき、この捜査官はよくおどけてみせた。これは――ロビーにも同じことが言えるのだが――捜査官という殻の内側にある自分を守る、目に見えない盾のようなものなのだ。ルーカスも盾を用意しているのだろうか。たぶんパーカー自身がそうであるように、鎧《よろい》をまとった姿を露わにすることもあれば、それを隠していることもあるのだろう。

「行動科学課に連絡しよう」とパーカーは言った。「〈ディガー〉という名前にあたりをつけているかもしれない」

ルーカスがそれに同意して、ケイジがクワンティコに電話をかけた。

「銃撃犯の人相は？」パーカーが文書を見つめながら訊いた。

「まったく」とケイジが答えた。「不気味な話だ。銃を見た者はいないし、銃口が光るのを見た者もいない。弾が壁を弾く音しか聞こえなかったそうだ。それと、犠牲者に当たった音と」

パーカーは耳を疑った。「ラッシュアワーに？　誰も何も見なかったって？」

「その場に現われ、そして消えたのさ」とC・P。

ハーディがつけくわえた。「幽霊みたいにね」パーカーは刑事を横目で見た。さっぱりした髪型のハンサムな男である。結婚指環をしている。満ち足りた人生を送っているという証しだ。しかし彼には哀愁のようなものが見え隠れしていた。そういえばパーカーが局を辞めるとき、退職カウンセラーが意味もなく、法執行官の間では鬱病の発生率が高いと話していた。

「幽霊」ルーカスが嘲《あざけ》るようにつぶやいた。

ふたたび脅迫状に顔を寄せ、冷たい紙と黒い文字を凝視する。何度も読み返す。

終わりは夜……

この文には署名がない。それは無意味な情報かもしれないが、実際に誘拐や強盗事件で、犯人が文書に署名をしたことで解決に至った例もある。あるケースでは、捜査の攪乱《かくらん》を狙った偽の署名だった（結局はその乱暴な筆跡が犯人を有罪にする決め手となった）。また誘拐犯が本名で署名してきたケースもあった。おそらく混乱のさなか、機械的に綴ってしまったものと思われる。犯人は被害者の家族が脅迫状を受け取って十七分後に逮捕された。

パーカーは強力な検査用ライトを紙に近づけた。テーブルにかがみこむ。首の骨が鳴った。

話してくれ。彼は心のうちで紙に語りかけた。おまえの秘密を話してくれ……。

農夫の銃には一発の弾しかはいっておらず、距離も遠いので一羽しか撃てない……。

犯人は筆跡を故意に変えているだろうか。多くの犯罪者は――たとえば誘拐犯が身代金を要求する文章を書くとき――鑑定を困難にしようと筆跡に修正をくわえようとする。妙に文字を傾けたり歪めようとする。だが、これはまず滑らかさを欠いてしまう。自然な筆致を抑制するのは大変困難なのであり、文書検査に携わる者がそうした筆跡を調べると、たいがい〝揺れ〟を——筆の運びにある震えを——発見することになる。しかし眼前にある文章には震えがまったくない。これは未詳の本物の筆跡だった。

　書き手が匿名である場合、通常のステップでは公文書館へ人員を派遣し、疑問文書とすでに正体の割れている脅迫状の写しを照合する作業となる。共通する特徴を徹底的に洗い出すのである。ただＭＥＴＳＨＯＯＴ事件の担当チームにとって不運なのは、公文書館にある筆跡の情報が、大文字あるいは〝印刷書風〟の書体で（〈活字体でお書きください〉との注意書きが氾濫しているために）大半が占められているのに対し、脅迫状が筆記体で書かれていたことだった。パーカー・キンケイドほどの技術をもつ文書検査士にも、筆記体と活字体の比較はできなかった。

　それでも公文書にあたるべきことはあるかもしれない。人間ひとりひとりの筆跡には一般的と個人的、その両方の特徴が包含されている。一般的というのは、学校時代に身につける習字の要素である。かつて習字の教授法は数多くあって、それぞれに著しい特徴をもっていた。文書検査官はそこから容疑者の居住していた地域を限定することができた。しかし現在は、華やかな〝淑女体〟などといったものは廃《すた》れてしまい、残っている教授法はザナー＝ブロウサー・システムやパーマー・メソッドなどごく少数に限られている。一般化しすぎて書き手を特定する材料にはならない。

一方、個人の特徴となると話はちがってくる。ほんの些細なペンの動きにも独特のものが現われてくるのだ。装飾の渦巻き、活字体と筆記体の混交、文字のZや数字の7に入れる短い斜線といったものがそれにあたる。数年まえに〝発見された〟ヒトラーの日記が贋作と暴かれることになったのも、個人の特徴を検証した結果だった。ヒトラーは署名の際にきわだって特徴がある大文字のHを書いたが、それは署名に用いられるだけで文章中には使わなかった。偽造者はヒトラーが書くはずのない凝った大文字のHを、日記全体に使用してしまったのである。

パーカーは拡大鏡を手に脅迫状の観察をつづけた。未詳がその筆跡に残したまぎれのない特徴を探していた。

パパっておもしろいね。シャーロック・ホームズみたい……

ようやくあることに気がついた。

小文字のiの上につく点。

iやjの上につける点というのは、ペンで紙を叩いた感じか、あるいは走り書きしていれば右肩下がりのダッシュのようになる場合がほとんどだった。

ところがMETSHOOTの犯人は、小文字のiに特異な点を打っている――尻尾がまっすぐ上に伸び、水滴のような形をつくっている。パーカーは以前に同様の点を見たことがあった――ある女性に脅迫状を何通も送りつけたあげく殺害したストーカーのものである。脅迫状は殺害犯本人の血で書かれていた。パーカーはこの特異な点を〝悪魔の涙〟と命名し、文書検査演習のテキストに収めたのだった。

「ひとつ見つかった」と彼は言った。

「何だ？」ケイジが訊ねた。

パーカーはその点のこと、名づけた経緯を説明した。

「悪魔の涙？」ルーカスはその名前が気に入らないようだった。たぶん科学や確実なデータのほうに親しみがあるのだろう、とパーカーは思った。〈ディガー〉は幽霊のようだとハーディが言ったときも同じような反応をしたのだ。彼女は身を乗り出した。短めのブロンドの髪が落ち、顔が半ば隠れた。「その犯人と関係があるの？　ストーカー事件と？」

「いや、ちがう。男は何年もまえに処刑されている。しかしこれは」――パーカーは文書に顎をしゃくった――「今度の坊やが暮らしてる場所を見つける鍵になりそうだ」

「どんなふうに？」とジェリー・ベイカーが訊いた。

「場所を郡程度に狭めることができれば――もっとうまくいって――ひとつの区域にまで絞ることができれば、公文書にあたることができる」

ハーディが短い笑いを洩らした。「そんなことで本当に人を見つけられるのか？」

「ああ、もちろん。ミケーレ・シンドナを知ってるか？」

C・Pが首を振る。

ハーディも、「誰だい？」

ルーカスは頭にしまってある犯罪史の巨大なファイル・キャビネットを開いた。「金融業者の？　ヴァチカンのお金を扱っていた？」

「そうだ。シンドナは銀行にまつわる詐欺事件で逮捕されたんだが、公判の直前に失踪した。そして数カ月後になって姿を現わすと、誘拐されたと主張した――車に乗せられ、どこかに連れていかれたと。だが本当は誘拐されたのではなく、イタリアに飛び、それからニューヨークに戻ってきたという噂がしきりだった。たしか南地区の検査官だったと思うんだが、シンドナの筆跡から特徴を見つけてね――シンドナは数字の9を書くとき、その輪のなかに点を打つ癖があったんだ。捜査官たちはさっそくイタリア発ニューヨーク到着便の、数千枚にのぼる税関申告書を調べていった。で、ある乗客が申告書に記入した住所に、点を打った数字の9を使っているのが見つかり、名前も偽名とわかった。さらにそこからシンドナの指紋まで検出されたんだ」

「へえ」C・Pがぼそりと言った。「点一個で捕まるのか。そんな小さなことで」

「まあ、犯人の足をすくうのは概して小さなことだ。つねにとは言わないが。概してそうだ」

パーカーは文書をVSCのスキャナーの下に置いた。この装置は紫外線から赤外線まで複数の異なった光源を使い、消された文字を視覚化して読み取りを可能にする。彼は〝捕まえるapprehend〟という言葉の前の、横線でつぶされた箇所が気になっていた。文書全体を調べてみると、線が引かれた箇所以外に消されたところはなかった。封筒にも修正の跡はない。

「何か見つかったか？」

「ちょっと待った。急《せ》かさないでくれ、ケイジ」

「二時二十分だ」と捜査官は念を押した。

「ありがとう、時計は自分でも読める」とパーカーはつぶやいた。「子供たちに教わった」

彼は静電検知装置（ＥＳＤＡ）のほうへ行った。ＥＳＤＡは筆圧痕を調べる際に使用される。何枚も重ねた紙の上で文字や印が書かれた場合に、問題の文書にもその痕跡が残ることがあるからだ。ＥＳＤＡは本来、文書上の指紋を検出するために開発されたのだが、やがてその用途にはあまり役立たないことが判明した。紙につけられたへこみまで浮かびあがらせてしまい、かえって潜在指紋のほうをめだたなくしてしまうのである。テレビではよく刑事が鉛筆で紙をこすり、文字の痕跡を見つけようとする場面が出てくる。だが現実の世界でこれをやると、文書検査士としては誤った処置をしたことになる。おそらくその痕跡の大部分を損なってしまうだろう。ＥＳＤＡはコピー機のように作動し、件《くだん》の文書に十枚程度の紙を重ねて書いた文字ならば、それを暴き出す。

ＥＳＤＡになぜこれほどの効果があるのか、詳しく知る者はいないが、いずれにせよ文書検査士には必須の機器だった。かつてパーカーは、裕福な銀行家の遺言書を分析する仕事を依頼されたことがある。子供たちから相続権を奪い、若いメイドに全財産を遺贈するという内容のものだった。パーカーはそれが本物であるとほぼ断定しかけていた。署名は完璧で、遺言書に付された日付と補足書も理にかなっていたのだ。しかしＥＳＤＡによる最後のテストが、〈これで連中を騙せる〉と書かれた文字をあぶり出しにした。メイドは遺言書の偽造を頼んだことを白状したのだった。

パーカーは脅迫状を機械にかけた。上に載せていたビニールシートを取りあげてじっくりと眺める。

何もない。

封筒も試してみた。薄いシートをライトにかざす。文字の部分に繊細な灰色の線を認めて、鳩尾を殴られたような衝撃をおぼえた。

「よし！」彼は興奮気味に言った。「見つけたぞ」

ルーカスが顔を寄せてくると、仄かに花の香りがした。香水だろうか。いや。彼女とは知り合ってわずか一時間だが、香水をつけるようなタイプではない。たぶん石鹸だろう。

「へこみが二カ所見つかった」とパーカーは言った。「未詳は封筒の上に紙をおいて何かを書いた」

パーカーは静電シートを両手で持つと、書かれているものがよく見えるように位置を変えた。

「なるほど、こう書いてある。最初は小文字でc－l－e、そしてスペース。大文字のM、小文字のe。それだけだ」

ケイジは黄色のノートに文字を書きつけ、それを眺めた。「なんだろう」捜査官は困ったように肩をすくめた。

C・Pはピアスをした耳たぶを引っぱった。「さっぱりわからない」

ゲラーが、「ビットやバイトのことじゃないとお役に立てないよ」

ルーカスも首を振った。

だがパーカーはその意味を一瞬にして理解した。みんながわからないことに驚いていた。

「最初の犯罪現場だ」

「どういうことだい？」ジェリー・ベイカーが訊ねる。

「そうか」ルーカスが言った。「Ｄｕｐｏｎｔ　Ｃ-ｉ-ｒ-ｃ-ｌ-ｅ（デュポン・サークル）、大文字のＭ——地下鉄《メトロ》ね」

「やっぱり」とハーディがつぶやいた。

答えがわかればパズルは簡単なものだ。

「最初の現場だ」とパーカーは思いをこめるように言った。「だがその下にも何か書いてある。見えるか？　読めないか？」ふたたびシートを持ち、ルーカスのほうに向ける。「くそっ、わかりづらいな」

ルーカスは顔を近づけると、「三文字。読めるのはそれだけ。小文字のｔ-ｅ-ｌよ」

「ほかには？」とハーディ。

パーカーは目を凝らした。「いいや、ない」

「ｔ-ｅ-ｌ」ルーカスは考えこんでいる。

「電話《テレフォン》、電話会社《テレフォン・カンパニー》、電気通信《テレコミュニケーションズ》？」とケイジが口にする。「テレビジョン？」

Ｃ・Ｐが言った。「やつはどこかのスタジオを襲うつもりなんじゃないか——放送中の」

「ちがうな。文字の位置を、ｃ-ｌ-ｅ　Ｍ-ｅと較べてみろ。犯人が縦の列にかなり気を配って書いているとすれば、ｔ-ｅ-ｌは単語の後ろの部分だ」そしてパーカーは合点した。

「これは——」

ルーカスがだしぬけに言った。「ホテル。第二の標的はホテルよ」

「そのとおり」

「あるいはモーテル」とハーディが口を添えた。

「いや、そうは思わない。むこうは人込みを狙っている。モーテルは施設の規模が大きくない。今夜事件が起きるとすればホテルのバンケット・ルームだ」

「それから」ルーカスが言った。「彼は徒歩か公共の交通機関を利用するはずよ。モーテルは市街から離れてる。車に頼るには今夜は条件が悪すぎるわ」

「よし」とケイジが言った。「だが街には二百からホテルがあるぞ」

「どうやって絞りこむ?」ベイカーが訊いた。

「まず言えるのは、大きなホテルということだ……」パーカーはルーカスにうなずいてみせた。

「きみの言うとおり――交通機関に近い繁華街だろう」

ベイカーがイエローページをテーブルにどさりと置いた。「DCだけかい?」彼はページを繰った。そこにC・P・アーデルが近づいて、戦術捜査官の肩越しに覗きこむ。

パーカーは答えを探していた。「脅迫の相手は特別区で、ヴァージニアやメリーランドじゃない。DCだけと考えていい」

「賛成よ」ルーカスが言った。「それと名前の最初に〝ホテル〟がつくところ、たとえば〝ホテル・ニューヨーク〟なんていうのは除外すべきね。封筒の文字の位置から考えて。あと〝イン〟や〝ロッジ〟も必要ないわ」

C・Pとベイカーの作業にケイジとハーディもくわわった。四人で電話帳を囲んで取捨選択の議論をしながら、可能性のある候補を円で囲んでいった。

十分後には二十二軒のホテルのリストができあがった。それをケイジが几帳面な字で書き出し、ジェリー・ベイカーに渡した。

そこでパーカーが言った。「人員を派遣するまえに、外交官や政治家の宴会があるかどうかを確認したほうがいい。手間が省ける」

「なぜ？」とベイカー。

ルーカスが答えた。「武装したボディガードがいるんじゃない？」

パーカーはうなずいた。「シークレット・サーヴィスもいる。犯人はそういう場所は避けようと考えていたはずだ」

「わかった」ベイカーは携帯電話を手にして部屋を出ていった。

そうやって切り捨てていったところで、はたして何カ所にまで絞れるのか、とパーカーは思った。

多い。多すぎる。

候補が多すぎるのだ……

三羽のタカが農夫のニワトリを狙っていた……

7

市民のみなさん……

額にドーランを塗られ、耳にプラグを突っ込まれ、目も眩むような照明をあてられた。

ジェリー・ケネディ市長はその白光のむこうにある暗闇に、かろうじて二、三の顔を見分けることができた。デュポン・サークルから目と鼻の先、WPLTのニュース編集室である。

妻のクレアがいた。報道官がいた。ウェンデル・ジェフリーズがいた。

市民のみなさん、とケネディは心のなかで復誦した。どうかご安心いただきたい。目下、わが市の警察とFBI、いや連邦当局が全力を挙げて犯人の、いや、この恐ろしい銃撃を起こした人物の発見に取り組んでいます。

局のシニア・プロデューサーのひとりが寄ってきた。白い髭をきれいにととのえた痩身の男だった。「七秒カウントします。四秒をすぎたら声は出さずに指を使います。一のところでカ

メラを見てください。まえにもやってますね」

「やってる」

プロデューサーが目を落とすと、ケネディの前に原稿は置かれていなかった。「テレプロンプターを用意しますか？」

「頭にはいってる」

プロデューサーはくすりと笑った。「近ごろ、そういう方はいないので」

ケネディは唸った。

……人物の発見に取り組んでいます。そしてその人物に対して、私は切に……切にお願いする……どうか接触を再開して、対話をつづけられるようにしてもらいたい。この困難な年の暮れに、暴力は捨てて、これ以上死者をふやさぬようおたがい歩み寄ろう。どうか直接私のところに連絡をいただきたい……いや……どうか私宛てに電話をいただきたい、伝言でもいい……

「五分まえ」プロデューサーが叫ぶ。

ケネディはメイクアップ・アーティストを追い払うとジェフリーズを招き寄せた。「ＦＢＩから何か言ってきたか？　どうなんだ？」

「何も。一言も」

信じられない話である。捜査が開始されて数時間が過ぎ、新たな刻限が近づいているというのに、連中からの連絡は短い電話の一本のみ。それもレン・ハーディと名乗る市警の刑事が、あのマーガレット・ルーカスという捜査官の代理でかけてきて、犯人に向けた声明を電波で流してくれと言った。だいたいルーカス本人が電話をしてこないのが癪に障る。ハーディという警官はＦＢＩとの連絡係をしているらしいが、すっかり気圧《けお》された様子で、捜査の詳細をまったく把握していなかった——というより、情報を洩らすなと口止めされているのだろう。ルーカスにはこちらから連絡をしてみたが、忙しいからと電話口に出てこなかった。ケイジも同じだった。警察本部長とは若干話はしたものの、ＦＢＩの指揮下に人員を配備しただけで、この事件とは関わっていないという。

ケネディは気色ばんだ。「連中はわれわれを馬鹿にしてる。ほかにやることがあるだろう。こんなことじゃ埒《らち》があかない」彼はカメラに向かって手を振った。「ただ命乞いをしてるだけじゃないか」

「まずいな」とウェンディ・ジェフリーズは口にした。「記者会見を告知しても、放送局と新聞社の半分は人を送ってこない。連中は九番通りに詰めて、ＦＢＩの人間が何かしゃべるのを待ってる」

「これでは市は存在しないも同然だし、私も能無し同然だ」

「どうも分が悪い」

近寄ってこようとしたプロデューサーに、市長は優雅な笑顔で応じた。「もうすこし」男は影のなかに戻っていった。

「それで？」ケネディは補佐官に訊ねた。若者がかけたアルマーニの眼鏡の奥に、油断なく光るものが見える。

「貸しを回収するんだ」とジェフリーズは囁いた。「私がやりますよ。問題なく。やり方はわかってる」

「しかし――」

「私だってこんなやり方はしたくない」とジェフリーズはまくしたてた。とても上司へのアドヴァイスとは聞こえない。「だがわれわれには選択肢がない。WTGNのコメントを聞いたでしょう」

むろん聞いた。市街に五十万もの聴取者をもつラジオ局が論評を放送したばかりなのだ。選挙期間中にはワシントンの通りを犯罪者の手から取り戻すと誓ったケネディが、いまになってなぜ莫大な身代金をすすんで払おうとするのか、といった内容だった。このコメントを出した尊大な老ジャーナリストは、返す刀で特別区に蔓延する汚職の一掃というケネディのもうひとつの公約まで槍玉にあげ、市長はこれを失念したばかりか、教育委員会の学校建設にまつわるスキャンダルに加担している可能性すらあると断じた。

ジェフリーズはくりかえした。「われわれにはほかに選択肢がないんだ、ジェリー」

市長はしばし思いをめぐらせた。いつものように、補佐官の意見は正しい。ケネディがこの男を雇ったのは、白人市長として黒人の補佐官がどうしても必要だったからである。思惑がらみで登用したことを弁解するつもりはない。それにしても驚かされるのは、この若者がいわゆる人種関係というものを超越した政治センスの持ち主であることだった。

補佐官が言った。「ここは強引にいくべきだ、ジェリー。このままじゃ八方塞がりだ」

「わかった。きみに任せる」くれぐれも慎重になどと釘を刺したりはしなかった。ジェフリーズはそのあたりもわきまえているはずだ。

「二分まえ」と天井から声が聞こえる。

ケネディは〈ディガー〉に思いを馳せた。おまえはどこにいる？　どこだ？　彼はライトが消えているカメラをじっと見据えた。レンズとケーブルの先の受像機まで見通して、画面からじかに〈ディガー〉を目にするぐらいの気持ちでいた。彼は殺人犯に問いかけた。おまえは何者だ？　おまえと仲間が、死の天使のごとく私の街を魅入るのはなぜなのだ？

……平和の心で、この大晦日に、たがいに理解しあえるよう連絡をしていただきたい……どうか……

ジェフリーズが市長の耳もとに顔を寄せた。「忘れずに」彼はテレビスタジオの周囲に手を振りながら囁いた。「もしやつが、殺し屋が、聞いていれば、これで終わりになるかもしれない。金を取りにきたら、そこを押さえればいい」

ケネディがそれに答える間もなく、「一分まえ」の声が上から降ってきた。

〈ディガー〉は新しい買物袋を手に入れた。

クリスマス用の光沢のある赤地で、首にリボンを巻いた仔犬の絵があしらわれている。〈ディガー〉はそれをホールマークで買った。思わず自慢したくなるような袋だったが、彼には自慢という意味がわからない。弾丸がその頭蓋を貫通し、灰色の海綿のような細胞が一部燃やされてから、いろいろなことがはっきりしなくなっていた。

そんなふうになるのがおかしい。それがおかしい……

おかしい……

〈ディガー〉は卑しいモーテルの快適な椅子に腰をおろしている。その脇にはコップに一杯の水と空のスープボウル。

彼はテレビを見ている。

画面に何かが映っている。コマーシャルだ。見るものがコマーシャルに思えるのは、弾が目の上に穴を穿《うが》ち、おつむのなかで焼け焦げのダンスを踊ってからだった。〈誰かが弾のことをそうやって表現した。誰だったか思いだせない。たぶん友達の、指図をする男だ。きっとそうだ〉

テレビの画面に何かちらつく。大昔のおかしな思い出がふっと戻ってくる。コマーシャルを見ていた——犬がドッグフードを食べ、仔犬が仔犬用のドッグフードを食べていた。買物袋に描かれているのとそっくりの犬だった。〈ディガー〉はそのコマーシャルを見ていたとき、指図をする男に手を取られ、ふたりして長い散歩に出たのだった。男は言った、ルースがひとりのとき……「ルースを知ってるか？」

「あ、ああ、知ってる」

ルースがひとりのとき、鏡を割って、そのかけらを彼女の喉に突き刺すんだ。

「というと——」〈ディガー〉は口ごもった。

「だから、おまえは鏡を割って長い破片を探して、それをルースの首に突き刺す。わかるか?」

「おれは鏡を割って長い破片を探して、彼女の首に突き刺す」

神様本人の手で脳味噌に書きこまれたように、〈ディガー〉は憶えている。

「よし」と男は言った。

「よし」と〈ディガー〉も言った。そして彼は言葉どおりにした。指図をする男は喜んでくれた。何をしたかはともかく。

いま〈ディガー〉は仔犬の袋を膝に置き、モーターロッジの自室に座っている。キチネット付き、ケーブルテレビ無料で割安な料金。スープのボウルを見つめる。ボウルは空なので腹は減っていないはずだ。喉が渇いた気がして水を飲む。

テレビで別の番組をやっている。映った文字を声に出して読んでみる。「〝特別報道〟。ウーン。ウーン。これは……」

カチッ。これは……

カチッ
WPLTの特別報道。

これは大事だ。聞かないと。

〈ディガー〉の知っている男が画面に登場している。写真を見たことがある。この男は……

ワシントンDCのジェラルド・D・ケネディ市長だ。

市長の話に〈ディガー〉は耳をかたむける。

「市民のみなさん、こんにちは。すでに聞き及んでおられるでしょうが、けさ、地下鉄のデュポン・サークル駅で大変な犯罪が発生し、多くの方々が命を落とされました。ひとり、もしくは複数の犯人は現在まだ拘束されていません。しかしながら、みなさんには安心していただきたいのです。わが警察と連邦当局は事件の再発防止に全力であたっております。

この殺戮に関与した者たちに、私は心からお願いしたい。どうか、どうか私に連絡をいただきたい。接触を再開して、対話をつづけられるようにしてもらいたい。この年の暮れに、暴力は捨てて、これ以上死者や負傷者をふやさぬようおたがい歩み寄ろう。われわれには――」

つまらない……

〈ディガー〉はテレビを消す。可愛い仔犬が出てくるドッグフードのコマーシャルのほうがいい。車のコマーシャルでもいい。おおっ、人は毎日……〈ディガー〉はヴォイスメールにつないでコードを打ち込む。1225。クリスマスだ。

妻のパメラとはちがう、ルースと――もちろん鏡の破片を刺すまえのルースと――似た声の女が、新しいメッセージはありませんと言う。

それは指図をする男の指図に従う時間を意味する。

人からの指図に従うのはいいことだ。喜んでもらえる。ずっと一緒にいてもらえる。

愛される。

愛がどんなものだろうと。

メリー・クリスマス、パメラ、これをおれからきみに……きみからおれにも！　すごい……プレゼントだ。

カチッ、カチッ。

きみが持ってるその黄色い花、とても可愛いよ、パメラ。コートをありがとう。〈ディガー〉は黒か濃紺のコートを羽織る。彼の好きなコートだ。

スープボウルをキチネットに運んで流しに置く。

そこでまた、指図をする男が何も言ってこないのはなぜかと考える。男は連絡しないかもしれないと言ったけれども、〈ディガー〉は頭のなかに小さく弾けるような音を感じる。男の声が聞けないのは残念だった。寂しいのか？　ウ――ッ。ウ――ッ。

彼は革の手袋を見つけだす。甲の部分に畝がある上等な手袋だ。その匂いを嗅ぐと過去のことが思い浮かぶが、どんなことかは思いだせない。ウジのクリップに銃弾を込めるときにはラテックスの手袋をはめる。だがゴムはいい匂いがしない。ドアを開け、銃を撃つ場所の周辺にあるものをさわり、人が森の葉っぱを思わせて倒れていくのを見るときには革の手袋をはめるのだ。

〈ディガー〉は黒か濃紺の、暗色のコートのボタンを留める。

もう一度手袋の匂いを嗅ぐ。

おかしい。

銃を仔犬の袋に入れ、余分の弾も袋に入れる。

モーテルを出てドアを閉める。誰もがやるように、鍵をかけて確認する。〈ディガー〉は誰もがやるようなことすべてを心得ている。

たとえば、ガラスの破片を女の首に刺すこと。女房にプレゼントすること。スープを飲むこと。光沢のある新品の買物袋を探すこと。それも仔犬がついているやつを。

「どうして仔犬なんだ？」と〈ディガー〉は訊ねた。

「それはだな」と指図をする男が理由を言った。

へえ。

というわけで、彼はそれを買ったのだ。

8

パーカー・キンケイドは、かつて自らＧＳＡ（共通役務庁）に申請して手に入れた灰色の回転椅子に座り、疑問文書検査士がめったにやらないテストをおこなった。

彼は文書を読んだ。

そして再読した。五回はくりかえして。

パーカーは文書の内容にこそ書き手の情報が隠されていると信じている。彼は以前、エイブラハム・リンカーンがジェファーソン・デイヴィスに宛てたとされる書簡の鑑定を頼まれたことがあった。南軍が降伏すれば、諸州の離脱を認める旨をリンカーンがしたためたものだった。合衆国の歴史を一挙に覆《くつがえ》しかねないその親書は、動揺した米国歴史家協会会長からパーカーのもとに送られてきた。すでに科学者たちは、その便箋が一八六〇年代の製品であり、インクは当時の五倍子鉄インクが使われていると断定していた。インクの滲み具合はその時の経過にふさわしく、綴られているのは見るからにリンカーンの筆跡だった。

しかしパーカーは拡大鏡を手に取ることさえしなかった。彼は文書を一読しただけで、分析報告に「この文書の出所は疑わしい」と書いた。

これは文書検査士の表現としては愚弄にも等しい。

なぜか。手紙に〝エイブ・リンカーン〟と署名があったからだ。第十六代大統領はエイブという名を嫌悪して、重要文書の署名に用いるどころか、自分に関わる範囲でその愛称は一切使用させなかったのである。偽造犯は逮捕の後起訴され、文書偽造事件ではごく一般的な保護観察処分となった。

パーカーは脅迫状を読み返しながら、犯人がもっている統語法《シンタックス》——文、節、句の並べ方——そして文法に気を配った。

それを書いた男のイメージがしだいに形をとりはじめていた。男は冷たくなって、ここから六階下のFBIの死体保管所に眠っている。

「おっと」トーブ・ゲラーが身を乗り出した。「クワンティコから言語心理学的プロファイリングの結果が来た」
・パーカーはスクリーンを見つめた。文書部を管理していたころは、この手のコンピュータ分析をよく利用したものだった。脅迫文書——文、節、句、句読点——を丸ごと入力すると、コンピュータは二十五万語以上を収録する〝脅迫辞書〟のデータと、数百万の語彙をもつ標準的な辞書でメッセージの解析をおこなう。コンピュータを操る専門家が、データベース上にある他の文書との比較検討をして、同一人物の書いたものかどうかを判断する。書き手の特徴はこのようにしてつかむことも可能なのだった。

ゲラーが読みあげていく。「METSHOOT　未詳12－31A（死亡）の言語心理学分析。データは、上記の身元不明の人物が外国で出生し、この国での滞在が二年ないし三年であることを示唆する。教育程度は低く、アメリカのハイスクールに相当する機関で二年しか学んでいないものと思われる。IQはおよそ百、プラスマイナス十一ポイントの誤差。当該文書にふくまれる脅迫との相似は、現在のデータベース上には発見できず。しかしながらその言語には、過去の営利目的およびテロリストの犯罪でおこなわれた脅迫と一致する迫真性がある」

彼はプリントアウトしたコピーをパーカーに手渡した。

「外国ね」とルーカスが言った。「やっぱり」彼女は轢き逃げの現場で撮られた未詳の死体写真を掲げてみせた。「中央ヨーロッパの人間に見えるわ。セルビア人か、チェコ人か、スロバキア人か」

「やつは市庁舎に電話をした」レン・ハーディが言った。「あそこはかかってきた電話を録音してるんじゃないのか？　訛りがあればそれでわかる」

パーカーは言った。「ヴォイス・シンセサイザーを使ってるはずだ」

「そのとおりよ」とルーカスが答えた。「〃メールがきました《ユーヴ・ガット・メール》〃の声と同じね」

ゲラーが、「IHに連絡したほうがいい」

局の国際殺人・テロリズム部である。

だがパーカーは言語心理学分析シートをくしゃくしゃに丸めてゴミ箱に放った。

「どうして――?」ルーカスが言いかけた。

C・P・アーデルの太い喉から、哄笑としか言いようのない声が弾けた。

パーカーは言った。「連中がつかんだのは、脅迫が本物だってことだけだ。だがそれはわれわれにもわかってる。どうだ?」

彼は脅迫状から顔を上げずにつづけた。「IHを引きこむなと言うわけじゃないが、いまここで、犯人は外国人ではないし、はっきり頭の切れる男だと断言しよう。IQはたぶん百六十以上だ」

「どこを見てわかる?」とケイジが文書を指しながら訊いた。「孫のほうがましな字を書くぞ」

「こっちだって間抜けなやつだと思いたいさ。だったら怖くもなくなる」パーカーは犯人の写真を叩いた。「たしかにヨーロッパ系だが、四世といったところだ。ずば抜けて賢く、高い教育を、それもおそらく私立学校で受けていて、コンピュータには長く親しんでいるはずだ。定住先はどこか別の土地にある。こっちは仮の住まいだ。そう、それに男は典型的な社会病質者《ソシオパス》だった」

マーガレット・ルーカスはほとんど嘲笑に近い笑い声をあげた。「どこを見てわかるわけ?」

「書いてある」パーカーはあっさり言った。文書を叩いた。

法言語学者であるパーカーは長年、言語心理学のソフトウェアの恩恵を受けずに文書の分析をおこなってきた。人間の選んだ語句と、人間の構築した文章を中心に据えてきた。犯罪を解決するのはひとえに言葉なのである。数年まえ、パーカーは殺人罪で逮捕された若い容疑者の公判で証言した。その容疑者と友人はコンビニエンス・ストアでビールを万引きしようとした。それを見咎めた店員がバットを持ってやってくると、友人のほうが逆にバットをつかんで脅しにかかった。そこで容疑者、つまり裁判にかけられた少年が、「返しちまえ! Give it to him!」と叫んだ。友人はバットを振り、店員を殺したのだった。

検察側は「返しちまえ」という言葉を「殴れ」の意味であると主張し、弁護側は容疑者が「バットを返せ」というつもりで言ったのだと主張した。パーカーは、Give it to him はある時期、アメリカの俗語で危害をくわえる——打つ、刺す、叩くを意味していたと証言した。しかしこの使い方は、お洒落《スウェル》や粋《ヒップ》などの単語とともに廃れていった。したがって容疑者が友人に向かって叫んだのは、バットを返せという言葉である。これがパーカーの意見だった。陪審はパーカーの意見を支持して、少年は強盗の件で有罪となったものの殺人罪は免れた。

「しかしこれは外国人の言い方だ」とケイジが指摘した。「〝知っている I am knowing〟も。〝払え Pay to me〟も。リンドバーグの誘拐事件を憶えてるか? アカデミーで習っただろう?」

クワンティコでは、FBIの訓練生全員が、科学捜査の講義でこの事件のあらましを聞かされることになっている。ブルーノ・ハウプトマンがリンドバーグの嬰児誘拐で逮捕、起訴される以前に、局の文書検査官は身代金を要求する手紙に使われていた表現から、それを書いた人物はドイツ系の移民で、合衆国に居住して二、三年であるとの推論を導いた——まさにハウプトマンの人物像を正確に描き出したわけだった。この分析が誘拐犯割り出しの一助となり、また有罪の決め手となったのがハウプトマンの筆跡と脅迫状の筆跡の照合だった。

「じゃあ見てみようか」パーカーはそう言うと、文書を旧式のオーバーヘッド・プロジェクターにセットした。

「スキャンしてヴィデオ・スクリーンに出そうか?」とトーブ・ゲラーが訊く。

「いや」有無を言わせぬ口調だった。「デジタルは好きじゃない。できるだけ本物に近づくことだ」パーカーは顔を上げてにやりと笑った。「一緒にベッドにはいるくらいの仲になるんだ」

壁に掛けられた大型スクリーンに脅迫状が映し出された。灰色の文書が取調べ中の容疑者のように浮かびあがる。パーカーはそちらへ歩み寄り、眼前の大きな文字をじっと睨んだ。


ケネディ市長——

終わりは夜だ。解き放たれた〈ディガー〉は止められない。やつは殺しをくりかえす——四時と、8時と真夜中に。あんたが金を出さないかぎり。

こっちが要求するのは現金で$二千万ドル、バッグに入れて、六六号を南へ二マイル行ったベルトウェイの西側にそれをおいておけ。草むらのなかだ。金は一二〇〇までに払え。〈ディガー〉を止める方法を知っているのはおれだけだ。おれを＊＊捕まえたりすれば、やつは殺しをつづける。おれを殺したら、やつは殺しをつづける。

本気にしないつもりなら、〈ディガー〉が撃った弾のなかには黒く塗ったやつがある。

それを知ってるのはおれだけだ。

パーカーは問題の箇所を指さしながら話をはじめた。「たしかに I am knowing と Pay to me は外国人の口調にも思える。be動詞にあたるものと現在分詞を組みあわせるのは、インド－ヨーロッパ語族のスラヴ語派やゲルマン語派の特徴だ。たとえばドイツ語、チェコ語、ポーランド語。しかしこれらの言語には、前置詞の to に me をつなぐ使い方は見つけることができない。われわれと同じで Pay me とする。前置詞を使う構文は、むしろアジアの言語に多いんだ。ゆえに犯人は、外国風に聞こえる語句を挟んだにすぎないと考える。外国人と勘違いさせるための仕掛けだ」

「それにしても」とケイジが言いかけた。

「いや」パーカーはそれを制した。「犯人が意図してこれをやった形跡がある。この外国語的な表現は近接している――偽の手がかりをまず落として、それから先に進んだ印象だ。もしも犯人の母国語が本当に外国の言語なら、もっと首尾一貫しているだろう。最後の文を見てくれ。典型的な英語の構文に戻っている。Only I know that. だ。Only I am knowing that. じゃない。それと、犯人がコンピュータに通じていると考える理由もある。最近よくインターネットで、珍しい文書を扱う業者のウェブサイトやニュースグループを見てまわってるんだ。外国のものが多いんだが英語で書かれてる。その類は英語の質が粗悪になるのも当然だ」

「それには賛成するわ、コンピュータのことは」とルーカスが言った。「確信があるわけじゃないけど、サイレンサーにパッキングする方法、ウジをフルオートに改造する方法を彼がウェブサイトで習得した可能性はあるわ。近ごろは誰でもそうやって勉強するみたいだから」

「でも二十四時間の時刻表示はどうなる？」とハーディが疑問を口にした。「犯人は身代金を〝二二〇〇〟までに用意しろと要求した。ヨーロッパ式じゃないか」

「それも目くらましだ。その箇所のまえには使われていない――〈ディガー〉が攻撃を再開すると書いた場所だ。〝四時と、8時と真夜中〟になってる」

「しかし」C・Pが言った。「外国人じゃないとしたら頭が足りないんじゃないか。間違いだらけだ」そしてルーカスに向かって、「おれたちがマナサス・パークで押さえた馬鹿な連中と大差ない」

パーカーは答えた。「すべて見せかけだ」

「でも」ルーカスが異議を唱える。「いちばん最初の行だけど。〝終わりは夜だ〟。これは〝終わりが迫っている The end is nigh.〟と言うつもりだったのよ。彼は――」

「ああ」とパーカーはつづけて、「しかしそれは論理的に犯すような間違いじゃない。人がよく〝ときおり〟と言うときに、once in a while が正しいところを once and a while と使うのは、前置詞の in じゃなく接続詞の and を使うことにある種の論理が存在するからだ。だが犯人の教育レベルがどの程度だろうと、〝終わりは夜だ〟に意味はない」

「スペルミスは？」とハーディ。「大文字や句読点の間違いは？」刑事の目は真剣に文書を追っている。

パーカーは言った。「まあ、そのほかにも間違いはたくさんある。彼はドルのマークと〝ドル〟という言葉を両方使っている。重複だ。また金の話のところでは、文に不適切な目的語がある」パーカーはスクリーンのある箇所に手をふれた。

こっちが要求するのは現金で$二千万ドル、バッグに入れて、六六号を南へ二マイル行ったベルトウェイの西側にそれをおいておけ。

「つまり、犯人は leave it と言っているが、目的語の it は蛇足だ。それだけが意味のある間違いというわけじゃない——文法的な誤りは、しゃべる際の誤りとほぼ一致している。われわれは日常の会話で、必要のない直接目的語はつけくわえない。怠惰ということになるんだろうが——話を短くまとめて、言葉を省こうとする」

「で、スペルミスだが」とパーカーはつづけた。彼は投影された脅迫状の正面にゆっくり歩を進めた。その顔と肩に、文字が黒い虫のように貼りついた。「〝止められない Their is no way to stop him.〟という文に注目しよう。Their は同音異義語だ——スペルは異なるが発音は同じ。本来は t－h－e－r－e となるべきだ。この間違いは急いでいるときにだけ見られる——しかもたいていはコンピュータに向かっている場合だ。字面でなく音で考えて打ってしまう。同音異義語の間違いをつぎに起こしやすいのが、タイプライターを使う人間。だが手書きの場合は稀だ」

「大文字？」彼はハーディを横目で見た。「大文字の使い方に誤りが発見されるのは、何かしら論理的な根拠がある場合に限られる――芸術や愛や憎しみといった概念。職業や仕事の肩書きが関係してくることもある。いや、犯人は自分を愚かに見せようとしているだけだ。だが実際はちがう」

「文章を見てそれがわかるの？」とルーカスは質した。パーカーとはまったく別の脅迫状を見ている気分だったのだ。

「そうだ」と文書検査士は答えて笑った。「犯人の失敗は間違えるべきところを間違えなかったことだ。例をあげれば、彼は副詞節に正しくカンマを打っている。文をはじめる節はカンマで切る。条件節だ」彼は壁のスクリーンをさわった。

おれを殺したら、やつは殺しをつづける。

「だが文の終わりの節には必要がない」

やつは殺しをくりかえす――四時と、8時と真夜中に。あんたが金を出さないかぎり。

「which のまえにもカンマがある」

こっちが要求するのは現金で$二千万ドル、バッグに入れて……

「それが文法上の約束だ——非制限用法の which のまえにはカンマを打ち、制限用法の that のまえには打たない——しかし現在では、これに従っているのは文章を生業にする人間と、ちゃんとした学校で学んだ者だけだ」

「which のまえにカンマを打つって？」C・Pがこぼした。「誰が気にする？」

パーカーは無言で、われわれだと答えた。こうした小さな事実が真実への道標なのだ。

ハーディが言った。「犯人は apprehend と綴ろうとして間違えたらしい。これの意味は？」

「見たとおりだ」とパーカーは言った。「で、線で消された部分に何が書いてあるかわかるか？ さっき赤外線ビューアーで調べてみたんだが」

「何だい？」

「書きなぐり《スクウィグル》だ」

「スクウィグル？」とルーカス。

「業界用語だ」とパーカーは皮肉っぽく言った。「彼は何も書いてない。綴りに苦労したように見せかけるつもりだった」

「しかし、なんでそこまでして自分を馬鹿に見せようとするんだい？」とハーディが訊ねる。

「馬鹿なアメリカ人なのか、それともすこしはましな外国人なのか、とわれわれを悩ませるためだ。これも煙幕といえる。さらには、われわれが相手を見くびるようにとの狙いがある。むろんやつは賢い。金の受け渡し場所を見ろ」

「受け渡し場所?」とルーカス。

C・Pが口を挟む。「ギャロウズ・ロードのことか? それがなぜ賢いんだ?」

「うむ……」パーカーは顔を上げ、捜査官たちをひとりひとり見ていった。「ヘリコプターだ」

「ヘリコプター?」とハーディ。

パーカーは顔を曇らせた。「ヘリコプターのチャーターを確認していないのか?」

「してないわ」ルーカスが言った。「なぜ?」

パーカーは局で働いていたころの掟を思いだしていた。思い込みは禁物。「犯人が指定した広場は病院と隣りあっている。そうだな?」

ゲラーはうなずいていた。「フェアファクス病院だ」

「くそっ」とルーカスは吐き捨てた。「あそこにはヘリパッドがあるのよ」

「だから?」とハーディ。

ルーカスは頭を振った。自分に腹が立っていた。「犯人は、監視チームが飛んでくるヘリを気にしない場所を選んだのよ。ヘリをチャーターして現場に乗りこみ、お金を取ったら飛び去るつもりだった。たぶん木の高さすれすれに逃走用の車まで」

「思いもつかなかった」とハーディが苦々しげに洩らした。

「全員がね」とC・P。

そこでケイジが、「FAA(連邦航空局)に知り合いがいる。やつに確認してもらおう」

パーカーは時計に目をやった。「ケネディの会見に反応はないのか？」

ルーカスが電話をかけた。しばらく話をして受話器を置いた。

「六件。全部いたずらよ。色を塗った銃弾のことは誰も知らなかった。全員の名前と電話番号は記録してるから、あらためて執行妨害で検挙することになるわ」

「犯人は地元の人間じゃないのかい？」ハーディがパーカーに訊いた。

「ちがう。仮にわれわれが公文書との筆跡照合をおこなうとの予測があれば、犯人は筆跡をごまかしたり、切り抜きの文字を使ったはずだ。だがそうはしなかった。すなわち犯人は特別区、ヴァージニア、メリーランドの人間ではないということになる」

ドアが開いた。書類を手にしたメッセンジャーのティモシーだった。「ルーカス捜査官？検視官の報告書です」

パーカーは思った。そろそろ潮時だ。

報告書を受け取ったルーカスがそれに目を通しているあいだ、ケイジが訊ねた。「パーカー、あんたは犯人が社会病質者《ソシオパス》だと言った。どうしてそう考えた？」

「それは」パーカーはルーカスに目を注いだまま、上の空で口にした。「こんなことをする人間が社会病質者以外にいるか？」

ルーカスが読み終えた報告書をハーディにまわした。するとハーディは、「読みましょうか？」と言った。

「どうぞ」とルーカスが答えた。

パーカーは若者が上気するのを見逃さなかった。それは、さしあたってチームの一員になれたせいだろう。

刑事は咳払いをした。「『白人男性、推定四十五歳。六フィート二インチ。百八十七ポンド。身体的特徴なし。装身具はカシオの時計のみ――マルチアラーム付き』」ハーディは顔を上げた。「わかった。四時と八時と真夜中にセットしたんだな」そして報告に戻って、「『ブランド名のない、はき古したブルージーンズ。ポリエステルのウィンドブレイカー。ＪＣペニーのワークシャツも色落ちしたもの。ジョッキーの下着。綿の靴下。ウォルマートのランニングシューズ。百二十ドルの現金と小銭』」

パーカーは、あたかもハーディの言葉が犯人ではなく、文書それ自体を描写しているかのごとくスクリーンを凝視した。

「『微細証拠物件。毛髪に煉瓦の粉、爪に土。胃の内容物はコーヒー、ミルク、パンと牛肉――高級ではないと思われるステーキ――いずれも八時間以内に摂取されたもの』。以上だ」ハーディは検視報告に付されていたＭＥＴＳＨＯＯＴのもう一枚のメモを読んだ。「運送トラックについては手がかりなし――轢き逃げしたやつだ」ハーディはパーカーを見やった。「いらいらするよ――容疑者は下にいるのに、一言だってしゃべりやしない」

パーカーの視線は先ほど目を通した『重要犯罪報告』に向けられている。ゲリー・モス邸爆破に関するものだった。男の娘たちがすんでのところで死を免れた顛末を、冷徹に記述した部分が彼を怯《ひる》ませた。この報告書が目にはいると、いまにも踵《きびす》をめぐらして研究室を出たくなる。

彼はプロジェクターのスイッチを切り、文書を検査用テーブルに戻した。

ケイジが時計を見てコートを羽織った。「さあ、あと四十五分だ。出かけたほうがいい」

「どういうこと？」とルーカスが訊ねる。

年長の捜査官は彼女にウィンドブレイカーを、パーカーには革のジャケットを差し出した。

パーカーは考えもなくそれを受け取った。

「外だ」ケイジはドアに顎をしゃくった。「ジェリー・ベイカーのチームを手伝って、ホテルを洗うんだ」

パーカーは首を振っていた。「いや。ここでつづけるべきだ」彼はハーディを見つめた。「きみの言うとおりだ、レン。未詳は一言もしゃべってくれない。だが文書はまだしゃべることができる。多くのことを語ってくれる」

「むこうは人手がいくらあっても足りない状況なんだぞ」ケイジは言い張った。

一瞬、場が静まった。

パーカーはうつむいたまま立ちあがった。明るく照らされた検査用テーブルを挟んで、ルーカスと向かいあった。ふたりの間に置かれた脅迫状がまぶしいほどに白い。「おそらく時間までには見つけられないだろう。四十五分では無理だ。こんなことは言いたくないが、われわれの能力を最大限発揮するのは――ここに残ることだ。このまま文書と向きあうことだ」

C・Pが言った。「つまり、頭から締め出せってことか？　犠牲者のことを？」

パーカーはためらっていた。やがて言った。「そういうことになる。そうだ」

ケイジはルーカスに問いかけた。「きみはどう思う?」

ルーカスはパーカーを見た。ふたりの視線が合った。彼女はケイジに言った。「パーカーと同じ意見よ。ここに残る。残ってつづけるわ」

9

ルーカスは、茫然と立ちつくすレン・ハーディの姿を目の隅でとらえていた。ハーディはやがて髪を直すとコートを取り、彼女のほうにやってきた。

雨のように順調……

「せめてぼくだけは行かせてくれ」とハーディは言った。「ホテルの洗い出しを手伝いたい」

彼女はその思いつめた童顔に見入った。その大きな手がつかんでいるのはトレンチコートで、爪の手入れは、それは見事なものだった。瑣末なことに慰めを見出す男なんだわ。彼女はそう結論づけた。

「だめよ。悪いけど」

「ケイジ捜査官は間違ってない。むこうには人手が必要だ」

ルーカスはパーカー・キンケイドに目をやったが、彼はまた文書のほうに没頭している。ア

セテートの透明フィルムを慎重な手つきで剝がしているところだった。

「こっちへ来て、レン」ルーカスは文書研究室の隅にハーディを招いた。ひとりそれに気づいたケイジは、しかし黙ったままだった。在職が長きにおよぶなかで、多くの部下と接してきたであろうベテラン捜査官は、そのつきあいが微妙なものであるとわきまえている。容疑者の取調べと同じだ。いや、もっとむずかしい——なにしろ日々顔を合わせる人間たちである。いつ己れの身の安全を託すことになるかもわからない。ルーカスは、ハーディの扱いを一任してくれたケイジに感謝していた。

「話して。何をそんなに苛立っているの？」

「じっとしてられないんだよ。おれはここでは控えの選手だ。警察からの出向だし、しょせんは内勤の人間だ……。でも役に立ちたいんだ」

「あなたは連絡員としてここにいる。権限はそこに限られるわ。これは連邦主導の作戦よ。警察の対策本部じゃないのよ」

ハーディはひねた笑い声をあげた。「連絡員？　速記者だよ。おたがいわかってるじゃないか」

もちろんルーカスはわかっていた。ハーディが他所でこそ生きると思えば、より積極的な役割をあたえるのにやぶさかではなかった。彼女は規則と手続きを奉る人生を送ってきたというわけではなく、もしハーディが世界一の狙撃手なら、命令がどうあろうといますぐジェリー・ベイカーの銃撃班に合流させている。彼女は口を開いた。「わかったわ。私の質問に答えて」

「いいとも」

「あなたがここにいる理由は？」

「理由？」ハーディは顔をしかめた。

「志願したんでしょう？」

「ああ。そうだ」

「奥さんのせいね？」

「エマの？」ハーディは困惑した表情を浮かべようとしたが、ルーカスはそれを見抜いていた。

ハーディは床に視線を落とした。

「わかるわ、レン。でも私の言うことは聞いてもらうわ。メモをとって、私たちと一緒に考えて。現場には近づかないで。それでこの犯人が捕まったら、家に帰るのよ」

「でも……つらいんだ」ハーディはルーカスの目を避けるように言った。

「家にいるのが？」

彼はうなずいた。

「わかるわ」ルーカスは心からそう言った。

ハーディは、毛布をお守りにする子供のごとくトレンチコートにしがみついている。たしかに、特別区警察から送られてきたのがレン・ハーディ以外の人間だったなら、ルーカスはすぐにでも本部に追い返していた。だいたい保身だとか関係部署の縄張り争いには我慢がならない性格だったし、汚職が横行する破産寸前の市の職員をあやす暇もなかった。だが彼女はハーディの人生の秘密を知っていた――彼の妻は昏睡状態にある。嵐の日に、ヴァージニアのミドルバーグ付近で、運転していたジープ・チェロキーがスリップして木に激突したのだ。

都市部の犯罪統計をまとめるため、たびたびDC支局に足を運んできていたハーディは、そこでルーカスの補佐のベティと話をするようになった。ルーカスは最初、ハーディが魅力的な部下をくどいているぐらいに思っていたのだが、彼が妻のこと、その怪我のことを切々と語っているのを小耳に挟んだ。

ハーディは彼女と同じで、友人は多くなさそうだった。やがて面識ができると、エマのことも知るようになった。支局の隣りにある警察官の記念公園で、何度か一緒にコーヒーを飲んだりした。ハーディは多少は打ち解けてくれても、これも彼女と同じで、感情は固く封印したままだった。

男の悲しい身の上を知っていたからこそ、休日をひとり家ですごすつらさを知っていたからこそ、彼をチームに温かく迎え入れ、余計なプレッシャーはかけずにいるつもりだった。だがマーガレット・ルーカスは、誰かの精神衛生のために作戦を危うくするようなことはしない。

雨のように順調……

するとハーディが言った。「じっと座ってられない。この野郎をこなごなにしてやりたいんだ」

ちがう、とルーカスは思った。あなたが望んでいるのは神や運命の力。エマ・ハーディとその夫の人生をこなごなに砕いてしまう自然の力。

「レン、現場に送り出してはいけないタイプがあるのよ……」彼女はあたりさわりのない言葉を探した。〝分別のない者〟〝無鉄砲〟というあたりが近かったが、彼女が本当に口にしたかったのは〝死を望む人間〟だった。

ハーディはうなずいた。彼は怒っていた。唇をふるわせていた。だがコートを椅子に置き、デスクに戻った。

可哀そうな人。だがその苦悩を通じて見えてくる知性やたしなみのよさがあるかぎり、彼は大丈夫だ。きっとこの難局を乗り越えていくだろう。そう、変わっていくのだ。でも精錬所の白熱した石炭によって鉄が鋼鉄に変化するように、彼は変わっていく。

変わっていく……

ルーカス自身そうだったように。

ジャクリーン・マーガレット・ルーカスの出生証明を見れば、一九六三年十一月三十日の生まれであることがわかる。だが彼女の心のなかには、FBIアカデミーを卒業した日に生を享《う》け、まだ五歳になったばかりとの思いがある。

ずっとむかしに読んだ童話の記憶が甦ってくる。『ウィッカムのとりかえっ子』。幸せそうな妖精が描かれた表紙からは、物語自体の不気味さはまるで伝わってこない。真夜中になると家に忍びこみ、赤ん坊をすり替えてしまう妖精の話だった。妖精は人間の子供を攫《さら》って、とりかえっ子を——妖精の醜い赤ん坊を代わりに残していく。娘をすり替えられたことに気づいた両親が、本当の娘を探すという筋だった。

ルーカスはその本を読んだときのことを思いだしていた。突然の吹雪に〈セーフウェイ〉へ買物に行くのをやめ、クワンティコに近いヴァージニア州スタフォードの、ぬくぬくとした居間のカウチに寝そべっていた。結末まで読まずにはいられなかった。当然、両親は娘を見つけて妖精の赤ん坊との再交換を果たすのだが、不快な読後感に身ぶるいが出て、本を放り捨てたのだった。

アカデミーを卒業後、ワシントン支局に配されるまで、彼女はその話を忘れていた。そしてある朝、コルト・パイソンを腰に具え、事件のファイルを小脇に抱えて歩いているときにふと気づいた。あれはいまの私——私はとりかえっ子なのだと。それ以前のジャッキー・ルーカスは、クワンティコの局の研究施設でパートタイムの司書をするかたわら、週末には素人服飾デザイナーとして、友人やその子供たちの服を縫ったりしていた。キルティングもニードルポイント刺繍もやったし、ワインも収集すれば（嗜《たしな》むほうももちろん）、地元でおこなわれる五キロのレースでは毎回トップでゴールインしていた。だがそんな女性はいつしか消え、犯罪学や捜査技術に秀で、C4やセムテックスといった爆薬の特性を知悉《ちしつ》し、秘密情報提供者との接し方に長《た》けたマーガレット・ルーカス特別捜査官にとって代わられていた。

「FBI捜査官？」サンフランシスコはパシフィック・ハイツのタウンハウスに両親を訪ねたとき、父はびっくりした声で訊いてきた。帰宅したのはこのことを打ち明けるためだった。「捜査官になるというのか？　まさか銃を持ち歩くわけじゃないだろうな。そうか、内勤をやるつもりなのか」

「銃は携帯するの。でも内勤になるはずよ」

「わからないものだ」退職まえはバンクオブアメリカの貸付担当役員だった父は、がっちりとした体格の持ち主だった。「あんなに成績がよかったのに」

彼女は笑った。父の真意はわかっていたが、それにしてもまったく不合理な推論だった。セント・トーマス・ハイスクールとスタンフォードではいずれも優等。デートの誘いには目もくれず、教室ではいつも手を挙げていた痩せっぽちの少女は、アカデミックな世界でもウォール・ストリートでも高い地位が約束されていた。そう、父はジャッキーが銃を持ち歩いて、殺人犯にタックルしたりすることを心配していたのではない。娘が頭を使わなくなるのではと案じていたのである。

「でもFBIなのよ、パパ。考える警官よ」

「ああ、そうだな。しかし……それがおまえのやりたいことなのか？」

いいえ、やらなければならないことなの。〝やりたい〟と〝やらなければならない〟。このふたつの表現の間には大きな隔たりがある。だがそれをわかってもらえる自信がなかった。だから一言、「そうよ」と答えた。

「だったら結構なことだ」彼は妻に向かって言った。「われわれの娘には気概がある。気概《メトル》だ、わかるかい？　M－e－t－t－l－e」

「わかるわよ」ルーカスの母がキッチンから返事をした。「クロスワードをやってるんだから。でも気をつけなさいよ、ジャッキー。気をつけるって約束してちょうだい」

いまから交通の激しい道を横断しようという子供に言い聞かせるような口ぶりだ。

「気をつけるわ、ママ」

「よろしい。夕食は鶏の赤ワイン煮《コッコー・ヴァン》よ。好きでしょ？」

ジャッキーは父母を抱きしめ、二日後にワシントンＤＣへ戻るとマーガレットに変わった。

卒業と同時に支局に配属された。街にも馴染んでいき、とりかえっ子の父親としては望みうる最高の人物、ケイジと組んで仕事をした。去年には主任特別捜査官補に昇進し、さらに責任ある立場に立つことになった。そこへとてつもない事件がワシントンＤＣを襲ったのである。ブラジルの熱帯雨林でサルとトカゲの撮影にいそしんでいる上司に代わって、捜査を指揮するのが彼女の役目だった。

研究室の隅でメモをとるレン・ハーディを見つめながら思っていた。彼はきっと切りぬけるわ。

マーガレット・ルーカスにはそうなることがわかっている。

とりかえっ子に訊けばいい……

「いいかな」男の声に思考がさえぎられた。

部屋を見渡すと、その声の主はパーカー・キンケイドだった。

「言語学的分析は終わった。これから物理的分析に移りたい。きみのほうに異存がなければ」

「いまはあなたのイニングよ、パーカー」とルーカスは言った。そして彼の横に腰をおろした。

彼はまず脅迫文が書かれている紙を調べた。寸法は6×9インチ、ごくありきたりのものだ。紙の大きさは時代とともに変遷があるのだが、アメリカでは約二百年にわたり8½×11インチが標準となっている。6×9は二番目に普及しているサイズだった。普及しすぎている。サイズだけでは何ひとつ得られない。

紙の組成については、砕木パルプで製造された安価なもので、化学パルプから上質紙をつくるクラフト法でないことがわかった。

「紙からの情報は少ない」パーカーはようやく口を開いた。「ごく一般的なものだ。再生紙ではなく、酸性度が高く、微量の蛍光剤をふくんだ粗悪なパルプで発光は低い。製造元や卸《おろし》から、複数の小売チェーンに大量に出荷しているものだ。小売の段階で自社ブランドとして包装する。透かしがないから製造元や卸売り業者を特定することはできないし、そうなると販売店もつきとめようがない」彼は溜息をついた。「インクを見てみよう」

彼は注意深い手つきで文書を複合顕微鏡の下に置いた。最初は十倍、つぎに五十倍にして覗いた。ペン先による紙のへこみ具合と、かすれたり色むらの出ている部分が散見されるところから、パーカーは筆記用具は安物のボールペンであると判断した。

「おそらくAWI——アメリカン・ライティング・インストゥルメンツの製品だ。特売場で三十九セントで売られるような代物だ」彼は仲間の顔を見まわした。事の重大性に気づいている者はいない。

「だから？」とルーカスが先をうながした。

「分が悪い、ということさ」彼は説明した。「追跡は不可能だ。これは全国のディスカウント・ショップやコンビニエンス・ストアで売られている。紙と同じだ。しかもAWIはタグを使ってない」

「タグ？」とハーディが訊き返す。

パーカーは、一部のメーカーでは製品がいつどこで製造されたかがわかるように、インクに化学的なタグをつけているのだと説明した。しかしAWIはこれをやっていない。

パーカーは顕微鏡の下から文書を出そうとして、その手を止めた。紙の一部が変色している。製造過程で不備があったとは考えられなかった。紙に蛍光剤が添加されるようになって五十年ほどになるが、いくら安物の紙とはいえ、光沢にむらが出るのは稀なことだった。

「ポリライトを取ってくれないか？」パーカーはC・Pに頼んだ。

「どれだい？」

「それだ」

大柄の捜査官は箱型のALS——選択光源——ユニットのひとつを取りあげた。肉眼には見えない種々の光線を発する装置である。

パーカーはゴーグルをつけると黄緑色のライトを点灯させた。

「おれに放射線を浴びせるつもりかい？」と捜査官はジョークを飛ばしたが、半ば本気でそう口にしたふしがある。

パーカーはポリライトのスキャナーを封筒に這わせた。やはり、右側の三分の一が他の部分より明るい色調となっていた。文書も同じように調べると、上部から右側面にかけてL字形に明るくなっている部分があった。

　興味深い発見だった。彼はあらためて観察した。

「隅の部分が色褪せているのがわかるか？　これはたぶん紙と——封筒の一部が——日に焼けたからだ」

「犯人の家で、それとも店で？」とハーディが訊いた。

「そのどちらの可能性もある」パーカーは答えた。「ただパルプの詰まり具合を考えると、この紙はかなり最近まで封をされていたようだ。とすると店ということになる」

「でも」ルーカスが言った。「店なら南向きの場所じゃないとおかしいわ」

　そうだ、とパーカーは思った。いいぞ。そこまでは考えていなかった。

「なぜだ？」とハーディ。

「冬だからだ」とパーカーは指摘した。「ほかの方角からは、紙が色褪せるほどの光は射さない」

　パーカーはまた歩きはじめた。それは彼の癖だった。トーマス・ジェファーソンの長女マーサの記述によれば、妻を喪った彼女の父親は「ほぼ一昼夜ずっと歩きまわっており、体力が尽きてどうにもならなくなったときに、すこし横になるだけだった」という。文書に取り組むとき、あるいは難問のパズルと格闘しているときのパーカーは、よく〝誰かさんたち〟から〝ぐるぐる歩きまわってばかりいる〟と文句を言われていた。

研究室のレイアウトが頭に戻ってきた。彼はキャビネットを開けて、検査台と証拠採集用の紙を数枚引き出した。文書の端を持ち、ラクダの毛のブラシで文書の表面を払った。微細な証拠を集めるつもりだったが、実質何も出なかった。驚くことではない。紙は吸収性の最も高い物質のひとつなのである。つまり、それが置かれていた場所にあったものを多量に留めているわけだが、たいていは繊維と固く結びついてしまっている。

パーカーはアタッシェケースから大きな皮下注射器を取り出し、文書と封筒から数カ所を小さな円形に刳《く》りぬいた。「やり方を知ってるか？」とゲラーに言うと、隅のほうにあるガスクロマトグラフ（ＧＣ）／質量分析計（ＭＳ）を顎で示した。

「ああ、知ってるよ。むかし分解したことがあるんだ。単なる楽しみで」

「分けてやるんだ——文書と封筒と」パーカーはそう言ってサンプルを手渡した。

「わかってる」

「今度は何だ？」とＣ・Ｐがまたも疑問を投げかける。概して秘密捜査や戦術を担当する捜査官には研究職のペースにとまどう者が多く、ましてや法科学の知識を有する者は皆無に等しい。

パーカーは説明した。ＧＣ／ＭＳは、犯罪現場で発見された化学製品を分解し、各成分の正体を特定する装置だった。人を不安にさせるような音をひびかせながら、この機械はサンプルを燃やし、その結果発生する蒸気を分析するのである。

パーカーは文書と封筒をさらにブラッシングして、今度は若干の物質を集めることができた。それをふたつに分けて、スライドをライツの複合顕微鏡二台にマウントした。一台ずつ覗きながらピント用のノブをまわすと、顕微鏡は精密なメカニズムによって微調整がなされていった。しばらく顕微鏡を覗いたパーカーは顔を上げ、ゲラーに向かって、「これのデジタル化した映像が欲しいんだが」と言うと顕微鏡に顎をしゃくった。「どうすればいい？」

「まあ、それなら朝飯前ってやつだね」若い捜査官は顕微鏡の基部に光学機器用のケーブルを挿しこんだ。ケーブルが伸びた先には灰色の大きなボックスがあり、そこからまたケーブルが出ている。ゲラーはこのケーブルを、研究所内に十数台あるコンピュータのうちの一台とつないだ。やがてゲラーがスイッチを入れた画面に、微量の物質が像を結んだ。ゲラーはメニューを呼び出した。

「このボタンを押せばいい。ＪＰＥＧ《ジェイペグ》ファイルとして保存してあるから」

「Ｅメールで転送できるか？」

「送る相手を言ってくれれば」

「待ってくれ——アドレスを聞かないと。そのまえに、倍率を変えたものが要る」

パーカーとゲラーはそれぞれの顕微鏡から三つの画像を採りこみ、ハードディスクに保存した。

その作業を終えたころにＧＣ／ＭＳのブザーが鳴り、この装置に接続されたコンピュータ画面にデータが現われた。

ルーカスが言った。「物質と成分に検査官二名を待機させているわ」微細証拠物件を分析する局内の二課のことだった。

「家に帰らせるんだな」とパーカーは言った。「使いたい人間は別にいる」

「誰？」ルーカスは怪訝な面持ちで言った。

「ニューヨークの人間だ」

「ニューヨーク市警か？」とケイジが訊いた。

「むかしは。いまは民間人だ」

「どうしてここの人間を使わないの？」

「その理由は」パーカーは言った。「おれの友人が、この国で最高の犯罪学者だからだ。ＰＥＲＴを立ちあげた男だ」

「うちの証拠班を？」とＣ・Ｐ。

「そうだ」パーカーは相手の番号を探し出して電話をかけた。

「しかし」とハーディが言葉を挟む。「きょうは大晦日だ。出かけてるんじゃないか」

「いや。彼が外出することはまずない」

「休日でも？」

「休日でも」


「パーカー・キンケイド」スピーカーフォンに声がした。「そっちから電話がくるんじゃないかと思っていた」

「事件のことを知ってるのか？」パーカーはリンカーン・ライムに訊ねた。

「ああ、すべて聞いている」とライムは答えた。パーカーは、ライムの口調は誰のものともちがう効果をもたらすのだと思いだしていた。「そうだな、トム？　私はみんな聞いてるな？パーカー、トムを憶えてるか？　愚痴だらけのトムだ」

「どうも、パーカー」

「やあ、トム。相変わらず悩まされてるのか？」

「当然だ」とリンカーンは吐き捨てた。「辞めたと思っていたんだが、パーカー」

「そのとおりだ。二時間ほどまえまでは」

「こいつは因果な商売だな。連中は私たちを放っといてはくれない」

パーカーはライムと一度会っている。ほぼ同年齢で、黒髪の男前だった。そして首から下が麻痺していた。セントラル・パーク・ウェストのタウンハウスにこもったまま、専門的な助言をおこなっている。「きみの講座は楽しかった、パーカー」とライムが言った。「去年の」

パーカーは、ニューヨークにあるジョン・ジェイ司法大学の講堂の最前列に、キャンディアップル・レッドという派手な色の車椅子を置いて座っていたライムの姿を思い起こした。講座のテーマは法言語学だった。

ライムがつづけた。「きみのおかげで有罪にもちこめたという話は聞いてるか？」

「いいや」

「ある殺しの目撃者がいた。その男は犯人の姿は見ていなかった。隠れていたのさ。だが犯人が発砲するまえに、被害者に話しかけた言葉は聞いていた。こう言ったそうだ、『もしもおれがおまえなら（If I were you）、祈りの言葉を口にするぜ』と。で――ここがおもしろいんだが、パーカー、聞いてるか？」

「もちろんだ」リンカーン・ライムの話は聞き逃せない。

「で、警察の取調べで、容疑者がひとりの刑事に言った、『もし白状するにしても（If I were going to confess）、あんたにはしない』とね。どうやってそいつを追いこんだと思う？」

「どうやったんだ、リンカーン？」

ライムは浮かれたティーンエイジャーのように笑った。「仮定法さ！ If I were you だ。If I was you じゃない。If I were going to confess だ。統計から言うと、いま仮定法を使うのは人口の七パーセントにすぎない。知っているか？」

「知ってはいるが。それだけで有罪判決までもっていけたのか？」

「いや。だが司法取引で罪を認めさせるには十分だった」とライムは答えた。「それはおくとして、地下鉄で銃を乱射した未詳ときみたちをつなぐものとは何だ？ 脅迫状？ 強請《ゆすり》か？」

「どうして彼が知ってるの？」とルーカスが言った。

「余計なお世話だ！」ライムは声をあげた。「その質問に答えようか。パーカー・キンケイドが連絡してくるのは、文書が関わっているからと考えれば自然と筋が通る……。ところで私が――失礼、パーカー――私の答えた相手は何者なんだ？」

「特別捜査官、マーガレット・ルーカス」と本人が名乗る。

「特別区の支局のＡＳＡＣだ。事件を指揮してる」

「なるほど、捜査局か。このまえフレッド・デルレイが訪ねてきたが」とライムは言った。

「フレッドを知っているか？　マンハッタン支局の」

「フレッドなら知ってるわ。たしか去年は秘密捜査をやっていたわ。武器の不正売買の」

ライムはつづけた。「すると、未詳に脅迫状か。さあ話してくれ。きみたちのどちらでもいい」

「あなたの言うとおり、これは脅迫事件よ。身代金を受け取ろうとした第一の未詳は殺された。仲間の――銃撃犯は――このあとも犯行を重ねる可能性がかなり高いわ」

「ほう、それは厄介な話だ。死体は調べたのか？」

「何も出なかったわ。身元も、証拠物件も」

「それで、この事件がおくればせのクリスマス・プレゼントというわけか」

「封筒と手紙の一部をガスクロマトグラフにかけておいた――」

「いいぞ、パーカー。証拠は燃やすものだ。連中は裁判のためにと取っておきたがるが、必要なら燃やせばいい」

「きみにデータを送りたい。それと物件の画像を。Eメールで大丈夫かい？」

「ああ、もちろんだ。倍率は？」

「十倍、二十倍、五十倍」

「よし。最終期限は？」

「四時間ごとに、四時からはじまって真夜中まで」

「午後四時?　きょうの?」

「そうよ」

「なんと」

ルーカスはつづけた。「四時の銃撃に関しては手がかりがあるわ。犯人はホテルを狙っているらしいの。それ以上のことはわかっていないけど」

「四時、八時、十二時。きみの未詳には演出の才能があるな」

「そこに犯人の素顔が出てるってことか?」ハーディがメモをとりながら訊ねた。パーカーは、この男は週末じゅう報告書を書きつづけるのだろうかと思った。市長のために、市警本部長のために、市議会のために——何カ月もたなざらしにされる報告書。おそらく永遠に読まれることはない。

「誰なんだ?」ライムが一喝した。

「レン・ハーディです、特別区警察の」

「きみはプロファイリングをやるのか?」

「本当は調査の人間です。でもアカデミーではプロファイリングの講座をとってたし、アメリカン大学の研究科で心理学を勉強しました」

「いいか」ライムは言った。「私はプロファイリングというものを信じない。信じるのは証拠だ。心理学は魚と同じでつかみどころがないんだ。私を見るがいい。ノイローゼの固まりだ。そうだな、アメリア……ここにいる友人はしゃべらないが賛成してくれてる。いいだろう。とにかくこれを進めよう。そっちのご馳走を送ってくれ。できるだけ早く返事をする」

パーカーはライムのメール・アドレスを書きとめてゲラーに渡した。捜査官は画像とガスクロマトグラフ／質量分析計から得られたデータをアップロードした。

「この国で最高の犯罪学者なのか？」とケイジが訝るように言った。

だがパーカーは返事をしなかった。彼は時計を見つめていた。コロンビア特別区のどこかに、自分とマーガレット・ルーカスが見捨てようとしている人々がいる。彼らの命はあと三十分しかないのだ。

10

このホテルは美しい。このホテルは素敵だ。

〈ディガー〉は仔犬のついた買物袋を手に建物へはいっていくが、誰にも気づかれない。

バーへ行き、バーテンダーに発泡水を注文する。炭酸で鼻がくすぐったい。おかしい……それを飲み干すと、指図をする男から言われたように、代金とチップを置く。

ロビーでは人々がうごめいている。催し物がある。事務所のパーティ。いっぱいの装飾。新年の旗にあしらわれた赤ん坊が大勢いる。おい、あいつらは……あいつらは……可愛くないか？

それから死神に似たオールド・マン・タイムも。

彼とパメラは……カチッ……パメラはこんな場所でやるパーティに出かけていった。〈ディガー〉は『USAトゥデイ』を一部買う。ロビーに座ると、仔犬の袋を脇にやって読みはじめる。

　腕時計を見る。

　記事を読む。

『ＵＳＡトゥディ』は素敵な新聞だ。おもしろいことをたくさん教えてくれる。〈ディガー〉は全国の天気に目を留めた。高気圧の色が好きなのだ。スポーツ欄に目を通す。ずっとまえにスポーツをやっていたような気がする。いや、それは友達のウィリアムだった。友達はスポーツを楽しんでいた。ほかの友達もそうだった。パメラも。

　新聞にはバスケットボール選手の写真がたくさん載っている。でかくて頑丈な連中が、ヘリコプターのように宙を舞ってボールをダンクする。〈ディガー〉は、やっぱりスポーツはやっていなかったと思いなおす。パメラやウィリアムたちがやりたがっていた理由がよくわからない。スープを飲みながらテレビを見るほうが楽しい。

　目の前を歩いていた少年が立ち止まった。

　少年は買物袋を見おろす。〈ディガー〉は袋の上部をつかみ、これから五、六十人を殺すウジが目にふれないようにする。

　少年は九歳ぐらいだろうか。黒い髪をきっちりと横分けにしている。着ているスーツのサイズが合っていない。袖が長すぎるのだ。クリスマス用の赤いネクタイが、襟元で不恰好に結ばれている。少年は袋を見ている。

　仔犬を。

〈ディガー〉は目をそらす。

「おまえの顔を見たやつは殺せ。わかったか」

わかってる。

だが少年のことが見られない。少年の笑顔。〈ディガー〉は笑わない。（彼は笑顔を認めても、その本当の意味がわからない）

茶色の瞳の少年はかすかな笑顔を浮かべて、袋と仔犬に見とれている。仔犬たちの幸福のリボン。新年の赤ん坊たちのと似たようなリボン。袋についている緑と金のリボン。〈ディガー〉も袋に目をやる。

「こっちにいらっしゃい」と女の声がした。その女が立っている脇にはポインセチアの鉢。去年のクリスマスに、パメラがドレスに挿していたバラの色と同じ赤だった。

少年はもう一度〈ディガー〉の顔を盗み見る。〈ディガー〉は顔をそむけなければと思いながら、ただただ見つめ返す。やがて少年は、食べ物のかすが点々とするテーブルを囲んだ人々のほうへと歩きだす。クラッカーにチーズ、海老にニンジン。

スープがない、と〈ディガー〉は気づく。

少年が歩いていったのは姉のところだろう。見た感じで十三歳か。

〈ディガー〉は時計を見る。四時二十分まえ。ポケットから携帯電話を出すと、ゆっくりボタンを押してヴォイスメールにつなぐ。耳をすます。「新しいメッセージはありません」電話を切る。

袋を膝にのせ、人が群がっているあたりに目を配る。少年は青のブレザーで、姉はピンクのドレスを着ている。サッシュ付きだ。

〈ディガー〉は仔犬の袋をつかんだ。

十八分。

少年は食事が置かれたテーブルのそばに立っている。姉は年上の女性と話している。

ホテルには続々と人がやってきていた。買物袋と、全国の天気を掲載する素敵な新聞を手にした〈ディガー〉の傍らを通りすぎていく。

だが誰も彼に気づかない。


文書研究室の電話が鳴った。

〝誰かさんたち〟と離れているときに電話が音をたてると、きまってパーカーは低電圧のショックを受けたようになる。子供たちが事故にでも遭ったのかと気が気でなくなるのだが、ミセス・キャヴァノーなら、むろん連邦捜査局ではなく彼の携帯に連絡を入れてくる。

番号表示を見て、それがニューヨークのものであると知るや受話器を引っつかんだ。「リンカーン。パーカーだ。あと十五分しかない。手がかりは？」

犯罪学者は気後《きおく》れした声を出した。「うむ、あまりないな、パーカー。スピーカーしてくれ……きみたち言語学者は、名詞を動詞として使うのは厭なんだろうが」

パーカーはボタンを押した。

「誰かペンを持ってくれ」とライムは言った。「これからわかったことを話す。いいか？　準備はできたか？」

「準備はできた、リンカーン」パーカーが言った。

「手紙のなかにもっとも顕著に存在していたのは花崗岩の粉末だ」

「花崗岩」とケイジがくりかえした。

「石を削ったり彫ったりしたことを示している。磨いた場合もある」

「どこから出たものだと思う？」とパーカーが訊ねた。

「さあ。どうかな。こっちはワシントンを知らない。縄張りはニューヨークなんでね」

「ニューヨークだとしたら？」ルーカスが言った。

ライムは早口に、「新しい建設現場、古い建物の修復あるいは解体現場、浴室、キッチン、建具の製造所、石工、彫刻家のスタジオ、造園家……挙げればきりがない。そちらの地勢に詳しい人間を探すことだ。わかったか？　少なくともそれはきみじゃないな、パーカー？」

「ああ。こっちは――」

犯罪学者は先を言わせなかった。「――文書の専門家だ。未詳のこともわかる。だが地理は門外漢だ」

「そのとおりだ」

パーカーはルーカスに目をやった。時計を睨んでいた彼女は、無表情に視線を返してきた。ケイジが肩をすくめてみせるのに対して、ルーカスは顔色ひとつ変えずにやりすごすことができる。

ライムはつづけた。「さらに赤粘土と、古い煉瓦の粉がある。それから硫黄。多量の炭素——灰と煤だが、これは調理した肉か、肉の混ざったゴミを燃やしたものを示している。つぎに——封筒のデータからは、手紙にあったのと同じ物質が少量存在している。だがそれとはべつに——塩水、灯油、精油、原油、バターが顕著に出ている——」

「バター？」とルーカスが訊き返した。

「いま言ったとおりだ」とライムはぼやくように言った。そして不機嫌そうに、「ブランドはわからない。それから軟体動物を示す有機物質がある。これらすべての証拠が示唆するのはボルティモアだ」

「ボルティモア？」とハーディ。

ルーカスが、「どうしてそこへ結びつくの？」

「海水、灯油、燃料油、原油とくれば、それは港湾を意味する。どうだ？　ほかに考えられるか？　で、原油輸送の拠点となっているDCに最寄りの港はボルティモアだ。それとトムの話だと——この男は食べ物にうるさくてね——海辺にはシーフード・レストランが軒を連ねているそうだ。〈バーサ〉か。こいつは〈バーサ〉のムラサキガイの話ばかりしてる」

「ボルティモア」とルーカスはつぶやいた。「すると男は脅迫状を家で書いたのね。前夜にウォーターフロントで食事をして。DCに来て市庁舎に置いた。そのあと——」

「いいや、ちがう」ライムが言った。

パズルの達人、パーカーが言った。「証拠はでっちあげだ。犯人はわざとそれを残した、そうだな、リンカーン？」

「まさしくブロードウェイの芝居さながらにね」ライムはパーカーの優等生ぶりを喜んでいるようだった。

「どうしてわかった？」とケイジ。

「いま一緒に仕事をしてる刑事がいる——ニューヨーク市警のローランド・ベルだ。いい男でね。ノース・キャロライナの出身だ。彼はこんな表現を使う。『ちょっとばかり早すぎるし簡単すぎやしないか』と。つまりこの証拠には……成分が多すぎる。あまりに多すぎる。未詳はそれらを手で封筒に擦りこんだんだ。われわれの目を欺《あざむ》くために」

「じゃあ文面のほうは？」とハーディが問いかける。

「ああ、そっちは本物だ。繊維にふくまれる物質の量が環境の面で矛盾していなかった。そう、彼がいた場所を教えてくれるのは手紙のほうだろう。だが封筒は……ああ、封筒はまた別のことを語っている」

パーカーが言った。「目に映る以上のことをか」

「そうだ」と犯罪学者は認めた。

パーカーはこれまでの情報を要約した。「すると男が住んでいた場所には花崗岩と粘土、煉瓦の粉、硫黄、肉を調理したか焼いたかして出た煤と灰があったわけだ」

「そんなに屑があったとすれば——解体現場かもしれないな」とケイジが言った。

「きっとそうだ」とハーディ。

「きっと？　何がきっとなんだ？」とライムが切り返した。「これはあくまで可能性だ。ひとつのことが真実と証明されるまでは、すべては可能性なんじゃないのか？　よく考えてみろ……」一瞬、ライムの声がとぎれたのは、同室していた人間に話しかけていたからだった。

「ちがう、アメリア、思いあがってるわけじゃない。正確を期そうとしているんだ……トム！　トム！　もっとシングルモルトをくれ。たのむ」

「ミスター・ライム」ルーカスが言った。「リンカーン……素晴らしい協力に感謝するわ。でも銃撃犯のつぎの攻撃まであと十分しかないの。未詳が選びそうなホテルに心当たりはないかしら？」

ライムは、パーカーが寒気をおぼえるほどの重々しい声で答えた。「残念ながらないな。あとはそっちで考えてくれ」

「わかったわ」

「ありがとう、リンカーン」とパーカーは言った。

「みなさんの幸運を祈る」犯罪学者は電話を切った。

パーカーはメモを眺めた。花崗岩の粉……硫黄……手がかりとしては揺るぎのないものだった。しかしその線を追うだけの時間的余裕がない。午後四時には間にあわない。おそらく八時でも無理だろう。

彼は人込みに紛れて立つ銃撃犯の姿を想像した。いまにも引金を引こうとしている。今度は何人が死ぬのか。

いくつの家族が？

ラヴェル・ウィリアムズのような子供何人が？

ロビーとステフィのような子供が？

薄暗い研究室にいる全員が、真実をおぼろにする帳《とばり》を見とおせないまま、身体が麻痺したように黙りこんでいる。

目にしたメモに嘲られている気がした。

するとルーカスの電話が鳴った。受話器に耳をすましていた彼女の口もとがゆるんでいく。

その日、パーカーが初めて見た彼女の笑顔だった。

「見つけたわ！」

「本当か？」とパーカーは言った。

「ジェリーの配下のふたりが、ジョージタウンにあるフォーシーズンズ・ホテルの椅子の下に黒塗りの弾薬を発見したの。捜査官と警官が現場に向かってる」

11

「混んでるのか？」

「ホテルか？」ケイジは自分の携帯電話から顔を上げてパーカーの質問に答えた。「ああ、そういうことだ。ロビーのバーは満員――何だかレセプションらしい。下のバンケット・ルームには大晦日のパーティが四件はいってる。会社もだいたいが早仕舞いだ。千人は集まってるだろう」

パーカーは、バンケット・ルームといった閉じたスペースで、自動小銃がどれだけの威力を発揮するのかと考えていた。

トーブ・ゲラーが無線の交信の模様をスピーカーに流した。研究室内にジェリー・ベイカーの声が響く。「ニューイヤーズ・リーダー2から全班に告ぐ。M通りのフォーシーズンズ・ホテルでコード12。コード12。未詳は建物内にいて、人相は不明。消音装置付きフルオートのウジで武装しているものと思われる。信号は青。くりかえす、信号は青」

投降を呼びかけずに銃撃してかまわないという意味だった。

やがて十数個の部隊がホテル内に押し寄せる。はたして犯人は捕捉できるのか。たとえそれができなくとも、犯人は怖じ気づき、何もしでかさず逃げていくかもしれない。

捕捉できるかもしれない。逮捕か、あるいは抵抗があった場合には射殺されるのだ。そうなれば恐怖は終熄《しゅうそく》する。パーカーは子供のもとに帰ることができる。

子供たちはどうしているのだろう。

息子はまだボートマンに悩まされているだろうか。

ああ、ロビー、心配するなときみに伝えてやれたら。ボートマンはずっと昔に死んだんだ。でも今夜は、もっと恐ろしい別のボートマンがわれわれの前に現われた。それが悪というものなんだよ。墓から何度でも這い出してきて、止めることができない……

無線の音がとぎれる。

とにかく待つのがつらかった。退職して月日がたつうち、そのことを忘れてしまっていた。待つというのは馴れることがない。

「最初の車輌がむこうに着くぞ」携帯電話に聞き入りながら、ケイジが叫んだ。

パーカーはまたしても脅迫状のほうに身を乗り出した。

ケネディ市長——

終わりは夜だ。解き放たれた〈ディガー〉は止められない。

それから封筒に目をやる。

微細証拠の染みを見つめる。そしてＥＳＤＡのシート。うっすらと浮き出したt‐e‐lの文字。

ライムの言葉が鳴りひびいた。

だが封筒はまた別のことを語っている。

目に映る以上のことを……

パーカーは先ほど自分が口にした言葉を耳にしていた——ルーカスに向かって、クワンティコの言語心理学的プロファイリングは間違っていると話した。未詳は頭の切れる男だと話した。

彼ははっと顔を上げた。ルーカスを見た。

「どうしたの？」ルーカスはパーカーの表情を見逃していなかった。

パーカーは抑揚のない声で言った。「ちがってる。われわれは間違えた。犯人の標的はフォーシーズンズじゃない」

部屋にいた人間が凍りついたように見ている。

「この行動を止めろ。警察も、捜査官も——連中がどこにいようが——止めるんだ」

「いまさら何なの？」とルーカスが迫った。

「脅迫状だ——われわれに嘘をついてる」

ケイジとルーカスが顔を見合わせた。

「本当の場所からわれわれを引き離そうとしている」

「まさか」とC・P・アーデルが釈然としない口ぶりで言った。ルーカスを見て、「どういうことなんだ？」

パーカーはとりあわずに叫んだ。「止めろ！」

ケイジが電話を耳もとに持っていこうとした。ルーカスがそれを手で制した。

「止めるんだ！」パーカーは怒鳴った。「捜査陣の機動性を確保するんだ。ホテルに固めてしまってはだめだ」

ハーディが言った。「パーカー、やつはあそこにいる。銃弾を見つけたんだ。それが偶然であるわけがない」

「もちろん偶然なんかじゃない。〈ディガー〉がそこに置いたんだ。そしてやつは移動した――本当の標的に。ホテルじゃないどこかに」彼はケイジを見た。「車を止めろ！」

「いいえ」ルーカスが言った。その細い顔には怒りがみなぎっていた。

それでもパーカーは文書を睨みつけながらつづけた。「こいつはホテルのことをうっかり洩らしてしまうような、そんな間が抜けたやつじゃないぞ。封筒の件でもあやうく騙されかけた。だったらt－e－lという筆圧痕だって同じことなんだ」

「筆圧痕は見つからなかったかもしれないのよ」とルーカスは言葉を返した。「もしあなたが助けてくれなかったら、私たちで見つけることはできなかったわ」

「こいつは——」文書を擬人化して話すのがしだいに苦痛となっていた。パーカーは言った。「未詳は、挑む相手のことを知っていたんだ。おれの言語学的分析を憶えてるか？」彼は死んだ未詳の写真を叩いた。「頭が切れる。戦略家だ。だから証拠を巧妙に仕掛けなければならなかった。さもないとわれわれが信じないからだ。とにかく、戦術班を止めるんだ。どんな状況であろうと。そして本当の標的をつきとめるまで待つんだ」

「待つだって？」憤慨したハーディが両手を振りあげた。

C・Pが低声で、「四時五分まえだぞ！」

ケイジが肩をすくめてルーカスに視線を送る。つぎはルーカスの番だった。

「止めるんだ」パーカーは鋭く言った。

彼が見やると、ルーカスは石のように無表情な目を壁の時計に向けた。長針がまた一分を刻んだ。

ここよりもホテルのほうが素敵だった。

〈ディガー〉は周囲を見まわす。この劇場には好きになれないところがある。

仔犬の袋は……素敵なホテルのほうが合っていた。

ここには合わない。

ここは……ここは……カチッ……ジョージタウンの東にあるメイスン劇場だ。〈ディガー〉はロビーで木の彫刻を眺めている。黄色でも赤でもない、どす黒い血のような木の花を見ている。ええと、これは何だ？　ヘビだ。ヘビが木に巻きついている。それとパメラみたいに胸の大きい女たち。

ウーン。

でも動物はいない。

ここに仔犬はいない。いない。

劇場にはいるときには誰にも止められなかった。芝居はもうすぐはねる。終演近くなった劇場にはたいていはいれるものだ、と指図をする男は言っていた。誰にも気づかれないと。人を迎えにきたのだと思われるからだ。

案内係にも相手にされない。彼らはスポーツとかレストランとか大晦日のパーティの話をしている。

そんなようなことを。

もうすぐ四時。

〈ディガー〉はしばらくコンサートも芝居も観ていない。まえにパメラとふたりで……カチッ……どこかに音楽を聴きにいった。芝居じゃない。バレエでもない。何だったろう？　そこでは人が踊っていた。音楽を聴きながら……カウボーイみたいなおかしな帽子をかぶった連中。ギターを弾きながらうたっていた。〈ディガー〉は歌を思いだす。それを口ずさんでみる。

愛さずにいようとすると、もっときみが好きになる。

でもいまは誰もうたっていない。きょうの出し物はバレエだ。マチネーだ。韻を踏んでいる。おかしい。バレエ……マチネー……

〈ディガー〉は壁を――ポスターを見る。気味の悪い絵で好きになれない。地獄の入口の絵よりも気味が悪い。大きな顎の兵隊が、背の高い青い帽子をかぶっている絵。変だ。いやだ……カチッ……いやだ、ぜんぜん好きになれない。

ロビーを歩きながら、パメラならこのでかい顎の兵隊より、カウボーイ・ハットの男たちのほうを見たがるだろうと考える。花のように着飾って、カウボーイ・ハットの男たちの歌を聴きにいくだろう。〈ディガー〉の友達のウィリアムは、ときどきそんな帽子をかぶっていた。みんなで一緒に出かけた。みんな楽しんでいたとは思うけれど、よくわからない。

〈ディガー〉はすでに閉まっているロビーのバーまで進んでいく。そして業務用の扉を見つけてそこを抜けると、こぼれたソーダの匂いがする階段を昇る。プラスティックのコップ、ナプキン、お菓子のグミ・ベア、トゥイズラーがはいった段ボール箱の脇をすり抜けて。

もっと好きになる……

階上の〈バルコニー〉と書かれた扉から、〈ディガー〉は廊下に出て厚い絨毯をゆっくり踏みしめていく。

「五十八番のボックスにはいれ」と指図をする男は言っていた。「そこの席はおれが買い占めたから、誰もいない。バルコニー席。蹄鉄の右側のあたりだ」

「蹄鉄？」〈ディガー〉は訊いた。どういう意味だ、蹄鉄って？

「バルコニーは蹄鉄の形に曲がってる。ボックスにはいるんだ」

「わかったよ……」カチッ。「……ボックスにはいる。ボックスって？」

「カーテンで仕切られてる。舞台を見おろす小部屋だ」

「へえ」

まもなく四時、〈ディガー〉はゆっくりとボックスに向かうが、誰も彼に気づかない。

一組の家族が売店の横を通りすぎる。父親は時計を気にしている。早めに劇場を出ようというのだ。母親が歩きながら娘にコートを着せているのだが、親子ふたりで困ったような顔をしている。女の子の髪には花がひとつ、でも黄色や赤じゃない。白だ。もうひとり子供がいて、五歳くらいの男の子が売店の前で立ち止まる。〈ディガー〉は素敵なホテルにいた少年のことを思いだす。「だめだ、もう閉まってるよ」と父親が言う。「行くぞ。夕食の予約に遅れてしまう」

すると男の子は泣きだしそうになる。グミ・ベアもトゥイズラーも買ってもらえず、父親に手を引かれていく。

廊下には〈ディガー〉ひとり。男の子に同情していいのかどうかわからない。彼は蹄鉄の横のほうに向かって歩く。白いブラウス姿の若い女がむこうからやってくる。懐中電灯を手にして。

「こんにちは。お席は？」

女は彼の顔を見た。

〈ディガー〉は仔犬の袋の側面を女の胸に押しつける。

「何です――？」女が口を開く。

プスッ、プスッ……

彼は二発撃つと、絨毯に倒れこんだ女の髪の毛をつかみ、空のボックスに引きずりこむ。

カーテンの反対側でふとたたずむ。

なんだ、これは……カチッ……これは素敵だ。ウーン。

彼は劇場を見渡す。〈ディガー〉は笑わないが、やっぱりこの場所は好きだと思いなおす。黒い木、花、漆喰、金、そしてシャンデリア。ウーン。あれを見ろ。素敵なホテルより素敵じゃないか。銃を撃つのに最高の場所とは思わないが。コンクリートやシンダーブロックの壁のほうがいい。そのほうが弾が跳ねて劇場のなかを駆けめぐり、損害はずっとずっと大きくなるのだ。

彼は舞台で踊る人間たちを見つめる。オーケストラの音に耳をかたむける。だが本気で聴いてはいない。彼はまだ口ずさんでいた。頭から離れないあの歌を。

未来を覗きこんでみる

何が待ってるのかと思いながら
　ふたりの人生を考える
　すると、もっときみが好きになる

〈ディガー〉は女の死体をベルベットのカーテンに押しつける。暑くなってコートを脱ぐ。指図をする男からは止められていたが、それで気持ちがよくなる。

仔犬の袋に手を入れて、指で銃のグリップを包む。消音器を左手で支える。

観客を見おろす。ピンクのサテンをまとった娘たち、ブルーのブレザーを着た少年たち、V字の襟ぐりで肌を露出した女たち、禿げた男と髪がふさふさの男。連中は小さな双眼鏡を舞台に向けている。天井の中央には電球をちりばめた巨大なシャンデリア。天井そのものに描かれているのは、黄色の雲を縫って飛ぶデブの天使たちの絵。まるで新年の赤ん坊のようだ……

扉が少ないところがいい。三、四十人を撃っただけでも、扉で将棋倒しになって大勢が死ぬ。いい。

いい……

四時。時計が鳴った。彼は足を前に踏み出し、がさつく袋の上から消音器を握り、仔犬の顔に目をやる。一匹はピンクのリボン、もう一匹は青。だが赤も黄色もないと思いながら、〈ディガー〉は引金を引こうとした。

声が聞こえる。

背後の廊下から、ベルベットのカーテンを通して、「やっぱり」と男の囁き声。「いたぞ！やつはここだ」カーテンを引いた男は黒い拳銃を構えている。

だが〈ディガー〉はその声を聞いて壁に貼りついていた。捜査官の撃った弾ははずれる。〈ディガー〉はウジから一秒間放った銃弾で、捜査官をほぼふたつに切り裂く。後ろに控えていた別の捜査官も流れ弾で傷を負っている。男に顔を見られて、〈ディガー〉は命令を思いだす。彼はこの捜査官も殺す。

〈ディガー〉はあわてない。けっしてあわてない。恐怖は彼にとって塵ほどの重みもない。しかし頭には、いいこと悪いことの両方があったのだという意識がある。言われたとおりにしなかったのは悪いことだ。観客に向けて銃を乱射したかったが、それはできない。捜査官が続々とバルコニーに押し寄せてくる。FBIのウィンドブレイカーに防弾チョッキを着た捜査官たち。ヘルメットをかぶる者、ウジに負けない性能のマシンガンを持った者もいる。

十人、二十人。うち数人が、仲間の死体が横たわる場所に駆けつけてくる。〈ディガー〉は袋をカーテンごしにロビーへ突き出して引金を絞る。ガラスが割れ、鏡が砕け、トゥイズラーとグミ・ベアが宙を舞う。

撃つのは……カチッ……撃つのは観客だった。そうするつもりだった……するつもりだった……おれ……

瞬間、頭のなかが真っ白になる。

おれは……カチッ。

捜査官と警察が大勢。怒号。

ものすごい騒ぎ……やがて捜査官が何十人とボックスの外の廊下に集まるだろう。連中はきっと手榴弾を投げつけてくる。怯んだところでたぶん射殺される。弾は跳ねずに——心臓をまっすぐ貫き、その鼓動を止めるのだ。

でなければコネティカットに連れ戻され、地獄の門をくぐらされる。今度は永久に出られない。指図をする男には二度と会えない。

バルコニーから下に飛び降りる連中がいる。そんなに高くはない。

怒号、捜査官と警官。

そこかしこに。

〈ディガー〉は消音器をはずしてシャンデリアに狙いを定める。引金を引く。電動鋸さながらの咆哮。銃弾がその軸を切って、ガラスと鉄の巨大な細工は人々を下敷きにする。絶叫。みんながパニックにおちいる。

〈ディガー〉はバルコニーから身を躍らせ、十五フィート下の大男の肩に飛び降りる。男を道連れにして床に倒れこんだが、〈ディガー〉はすぐに立ちあがると、人込みに揉まれながら非常口を通り抜ける。買物袋はつかんだままだ。

外は空気が涼しい。

照明灯や点滅灯に眩惑される。警察の車輌が五、六十台も駐まっていたが、警官や捜査官の姿は多くない。ほとんどが劇場内にいるのだろう。

〈ディガー〉は中年のカップルとともに、小走りで路地を曲がった。カップルはすぐ後ろにいる。彼には気づいていない。殺そうかと考えたが、それにはまた消音器をはめなければならないし、その調節がむずかしい。第一顔を見られていないのだから、殺す必要はないのだ。また路地を曲がり、五分後には住宅街を歩いていた。

袋は黒か濃紺のコートの脇にしっかり抱えられている。

黒っぽいキャップが耳をぴったり覆っている。

愛してる、きみが病んでいても
愛してる、きみが貧しくても

〈ディガー〉は口ずさんでいる。

遠く離れていても
もっときみが好きになる……

「すごいな、パーカー」レン・ハーディは畏敬の念にとらわれたように頭を振った。「見事だよ。場所をつきとめるなんて」

C・P・アーデルも、ちがう言いまわしで同じことを口にした。「この男にはたまげたぜ、まったく」

受話器を耳にあてていたマーガレット・ルーカスからは一言もなかった。相変わらず無表情だったが、パーカーと目が合うとうなずいた。それが彼女なりの感謝の方法だった。

しかしパーカーが求めていたのは感謝ではない。彼は事実を欲していた。銃撃の被害状況が知りたかった。

そして、死体のなかに〈ディガー〉のものがふくまれているかどうかを。

コンソールでは、スピーカーが空電による雑音をたてている。ジェリー・ベイカーと救急隊員がおたがいの通信を邪魔しあっている恰好だった。パーカーには内容がほとんど理解できない。

電話に聞き入っていたルーカスが顔を上げた。「捜査官二名が死亡、二名が負傷。案内係一名が射殺されて、シャンデリアの下敷きになった観客の男性ひとりが死亡、十数名が負傷、うち数名は重体。パニックに巻きこまれた子供数人が怪我。踏みつけられて。でも命に別状はないわ」

命に別状なし、とパーカーは暗い気持ちで考えた。だが彼らの人生が元のままということはありえない。

パパ、ボートマンのことを話してよ……

パーカーは訊ねた。「で、やつは逃げたのか？」

「逃げたわ、ええ」ルーカスはそう言うと、ふっと息をついた。

「人相は？」

ルーカスは首を振るとケイジを見た。やはり受話器を耳にあてていたケイジが声をひそめて言った。「やつの顔を見た者はいない。たしかにふたりは見てる。うちのふたりだ。だがやつに口を塞がれたよ」

パーカーは目を閉じて、椅子の灰色のパッドに頭をあずけた。この椅子は以前、自分で注文したものにちがいない。古びたビニールの臭いが記憶をたぐり寄せる——その一部がいま立ち現われていた。

もう二度と体験したくない記憶。

「法科学は？」

「PERTが顕微鏡を持って現場に向かってる」とケイジが言った。「しかし腑に落ちないのは、自動小銃を撃ってるのに薬莢が見つからないってことだ」

パーカーは言った。「それは、銃を袋か何かに入れているからだ。薬莢が飛ばないように」

「そう言い切る根拠は？」とハーディが訊いた。

「べつにない。ただおれが犯人だったらそうする。銃弾を落としたホテルで、やつを見た者は？」

「いない」ケイジがぼそりと言った。「現場にいた全員を調べあげたんだがね。子供がブギーマンを見たと言ってる。だがどんな姿だったか憶えてないそうだ」

ブギーマンか。お誂《あつら》え向きじゃないか。

パーカーはせめぎ合いの顚末を思い返していた。

ようやく折れたルーカスは冷やかな声でこう言ったのだ。「いいわ、わかった。止めるわ。でも、もしあなたが間違っていたら、あとは神様に助けてもらうのね、キンケイド」彼女が現場の各班に待機を命じてからは、〈ディガー〉の行く先をめぐり、それこそ狂乱のごとき数分間がすぎた。パーカーはこんなふうに推理した。犯人がホテルに銃弾を残したのは四時に近い時間であると――つまり本当の標的は、そこから十分程度の場所にある。休日の午後の特別区は、タクシーにしてもバスにしても時間をあてにできない。おそらく犯人は徒歩で移動する。だとすれば、およそ五ブロックの圏内ということになる。

パーカーたちはジョージタウンの地図を囲んだ。

不意にパーカーは時計を見ると言った。「劇場のマチネーは？」

ルーカスが彼の腕をつかんだ。「あるわ。けさ『ポスト』で見たわ」

音楽ファンのトーブ・ゲラーが、フォーシーズンズから歩いてわずか五分の距離にあるメイスン劇場の名を挙げた。

パーカーは『ワシントン・ポスト』を開き、『くるみ割り人形』が二時に開演し、四時の段階でまだつづいていることを確認した。混雑する劇場は〈ディガー〉にとっては恰好の標的である。彼はルーカスに、ジェリー・ベイカーと連絡をとり、劇場に全隊を派遣させてくれと言った。

「全員を？」

「全員だ」

間違っていたら、あとは神様に助けてもらうのね、キンケイド……。たしかに多くの命が救われたが犠牲者も出た。そのうえ殺人犯は逃亡したのだ。

パーカーは脅迫状に目をやった。これを書いた男は死んだが、文書はまさに生きている。生きてこちらを愚弄しているかのようだ。パーカーはいまにも探針をつかみ、その心臓を突き刺してやりたいと狂おしいほどに思った。

ケイジの電話が鳴った。彼はしばらく話しこんでいる——内容はともかく、その表情から推すと悪いことではないらしい。やがてケイジは電話を切った。「精神科医だ。ジョージタウンで犯罪心理学を教えてる。名前に心あたりがあるらしい」

「〈ディガー〉の？」パーカーは訊ねた。

「ああ。こっちに来てくれるそうだ」

「よかった」とルーカス。

ケイジが、「で、つぎは？」

ルーカスはためらいがちに切り出した。「どうかしら。いまは文書に集中する必要はないと思うの」

「そうだな、まずこっちが知りたいのは、〈ディガー〉が銃を撃とうとしたボックスが空だったのかどうかだ。もしそうだとすると、未詳がボックスごと買い切っていたのか——それなら〈ディガー〉は銃を構える場所を楽に確保できたはずだ。あとは未詳がクレジットカードを使ったかどうか」

ルーカスはC・Pにうなずいてみせた。するとC・Pは携帯電話でジェリー・ベイカーと連絡をとり、その疑問を伝えた。すこし待って相手の返事を聞くと、彼は電話を切った。そして
「いい狙いだった」と言って目をぎょろつかせた。

「しかし」パーカーは予想を口にした。「チケットは二週間まえに購入され、支払いは現金だった」

「三週間まえ」捜査官はぽつりと言うと、光る頭頂部をごつい手でこすった。「支払いは現金だった」

「くそっ」とパーカーは罵りの言葉を吐いた。早くも行き止まりだった。彼はリンカーン・ライムの所見を書きとめたメモに目を戻した。「地図が必要になる。もっと精密なやつだ。こんなのじゃなく」と手で叩いたのは、〈ディガー〉がフォーシーズンズから移動した先をつきとめるのに使った街路図だった。「手紙から採取された証拠物件が、どこから来たかを調べたい。未詳が潜伏していた場所を絞りこむんだ」

ルーカスがハーディに向かってうなずいた。「それができたら、ジェリーたちとあなたがた警察で、徹底的な洗い出しをやることになるわ。写真を持って聞き込みよ」彼女は検視官が死体保管所で撮影した未詳の写真をゲラーに渡した。「トーブ、これを百枚プリントして」

「了解」

パーカーはライムが特定した微細証拠物件のリストを見つめていた。花崗岩、土、煉瓦の粉

末、硫黄、灰……これらの物質はどこから来たのか。

研究室の戸口に、さっき文書を持ってきた若い事務員——たしかティモシーだった——が現われた。

「ルーカス捜査官？」

「どうしたの？」

「お伝えすることがあります。まず、モスのことですが」

ゲリー・モス。パーカーはあやうく焼死を免れた子供たちのことを思いだしていた。

「現在、錯乱状態にあります。管理の人間を殺し屋だと思いこんでいて」

ルーカスは眉をひそめた。「誰なの？　局の職員？」

「ええ。清掃スタッフのひとりです。チェック済みです。しかしモスはすっかり怯え切って、街を出たいと言ってます。そのほうが安全だと考えているようです」

「でも、いまは街から出すことはできないわ。彼の件は優先事項じゃないのよ」

「とにかくお伝えしとこうと思って」とティモシーは答えた。

ルーカスは考えこむような顔つきで周囲を見まわすと、レン・ハーディに、「刑事さん、しばらく彼の手を握っててあげてくれないかしら」と言った。

「ぼくが？」

「お願いできる？」

ハーディは悲しげだった。その依頼は彼にとって、いわば侮辱だったのである。パーカーは部署を管理していたころを思いだしていた。何より厄介なのは難解な文書に取り組むことではなく、部下の繊細な自我と対峙することだった。

「わかったよ」とハーディは言った。

「ありがとう」ルーカスは笑顔を見せた。そしてティモシーに対して、「ほかには何か？」

「第一保安部からの伝言です。下に男がひとり現われました。飛び込みで」

「それで？」

「地下鉄の銃撃犯に関して情報があると話してます」

こうした大事件が起こると、きまって変人たちがぞろぞろ名乗りをあげ、罪を自白したり、捜査を手伝うと言ってきたりする。そんな人々のために、本部の玄関脇には〝レセプション・ルーム〟がいくつか設けられていた。情報があるとFBIを訪れてくる善良な市民はこの応接室に通され、専門家の尋問を受けるのだ。

「身元は？」

「本人はジャーナリストで、一連の未解決事件について書いてると言ってます。免許証と社会保障番号は確認しました。逮捕歴はなし。第二段階のチェックは通してませんが」

「〈ディガー〉のことで、どんな話をしてるの？」

「以前にも、ほかの街で同じことをやっていると」

「ほかの街で？」C・P・アーデルが訊き返した。

「そう言ってます」

ルーカスがパーカーの顔を見た。パーカーは言った。「話を聞いたほうがいいな」

Ⅱ　とりかえっ子

疑問とされる文章の書き手を限定する第一歩は、その国、階級、集団の性質を特定することである。さらに個の性質を明らかにし、それを要約し評価することができれば、候補はおのずと絞れていく。

エドナ・W・ロバートソン

『文書検査の基礎』

12

「それじゃあ、いまもDCにいるんですか？」と男は言った。

階下の〈レセプション・エリアB〉。ドアに楽しげな筆記体でそう記されている。だが局内では、その沈んだパステル調の内装から〝青の取調室〟と呼ばれていた。

パーカー、ルーカス、ケイジの三人が、傷みのひどいテーブルを挟んで向きあっていたのは、白髪をむさ苦しく伸ばした大男だった。パーカーは男の言葉づかいから、ワシントンの出身ではないと判断した。地元の人間なら街を指すとき、〝DC〟ではなく〝特別区《ディストリクト》〟と言う。

「誰ですか？」とルーカスが訊ねた。

「ご存じでしょう」男は思わせぶりに答えた。「私は〈ブッチャー〉と読んでます。あなたがたは？」

「誰のことを？」

とパーカーは思った。

「人間の頭脳と、悪魔の心をもった殺人鬼のことをです」と男は大げさに言い放った。

この男は食わせ者かもしれないが、いまの言葉は〈ディガー〉をじつにうまく表現している、とパーカーは思った。

ヘンリー・ツィスマンの服装は清潔だがくたびれている。布袋腹《ほていばら》のめだつ白いシャツにストライプのネクタイ。上着はスポーツコートではなく、グレイのピンストライプの背広である。服に染みついた煙草の臭いが、パーカーの鼻を刺してくる。テーブルの上にぼろぼろのブリーフケース。男は水のはいったマグを掌でつつんだ。

「地下鉄と劇場の銃撃に関わっている男は〈ブッチャー〉と呼ばれている。そういうことですか？」

「ええ、実際に銃を撃った男ですよ。共犯の名前は知りませんが」

ルーカスとケイジはしばらく口を開かなかった。男を仔細に観察していたルーカスは、ツィスマンが共犯者の存在に気づいていることを疑問に感じているらしい。死んだ未詳の件はいまだ報道陣に公表されていなかった。

「この事件のどこに興味をもってるんですか？」とパーカーは訊ねた。

ツィスマンはブリーフケースを開け、古い新聞を数部取り出した。『ハートフォード・ニューズ-タイムズ』。日付はいずれも去年のものだった。ツィスマンは自身がものした記事を示した。彼は事件記者なのだ——あるいは、だったのか。

「いまは休職して、〈ブッチャー〉をめぐる犯罪実話を書いてるとこです」彼は真顔で言い足した。「破滅の軌跡を追ってる最中で」

「犯罪実話？」とケイジ。「そんな本が売れるんですかね」

「そりゃ売れますって。ベストセラーだ。アン・ルールとか。あのテッド・バンディを書いた本は……読みました？」

「読んだかな」

「人はね、現実の犯罪に興味津々なんですよ。世の中のことがわかるわけでしょ。そういったものを、誰かが書いていかなきゃいけないんです。待ってる人間がいるんだから」

ルーカスが話を引き戻した。「あなたのおっしゃる、その〈ブッチャー〉ですが……」

「ボストンでの異名ですよ。年初のことです。〈悪魔〉と書いてたのも一紙あったかな」

パーカーは〝悪魔の涙〟を思い浮かべた。ふとこちらを振り向いたルーカスの脳裏にも、同じ思いがよぎったのだろうか。「ボストンで何があったんですか？」と彼は訊いた。

ツィスマンが見ている。パーカーの来訪者用入館証に目をやる。そこに名前は書かれていない。パーカーはケイジから、コンサルタントのミスター・ジェファーソンと紹介されていた。

「ファナル・ホール近くのファーストフード・レストランで発砲がありましてね。〈ルーシーズ・タコス〉で」

パーカーはその事件を知らなかった。ニュースになっていたとしても忘れていた。しかしルーカスがうなずいた。「死者四人、負傷者七人の事件ですね。容疑者は車でレストランに乗りつけて、窓越しに自動小銃を乱射した。動機はなかった」

ひょっとすると彼女は、VICAP（暴力犯罪者逮捕プログラム）の報告書を片っ端から読んでいるのかもしれない、とパーカーは思った。

「私の記憶では、やっぱり容疑者の人相に関する記述がなかったですね」

「ええ、間違いない。同一人物ですよ。おっしゃるとおり、人相はわかってませんが。これはあくまで想像です。おそらく白人だが、白人ともかぎらない。年齢は三十代から四十代。身長は人並み。体格も人並み。どこにでもいるような男だ。テレビドラマ用の、ポニーテイルでボディビルダーまがいの悪漢じゃない。そんなやつならすぐ目につきますが、〈ブッチャー〉は……街で見かけるごく普通の男ですよ。怖いでしょう？」

ルーカスが質問しようとするのをツィスマンはさえぎって、「レストランへの発砲には動機がないとおっしゃいましたね、ルーカス捜査官」

「VICAPの報告によると、そうです」

「じゃあ、〈ブッチャー〉が窓ガラスに向けて銃を乱射して、女子供を殺した十分後に、四マイル離れた宝石店に強盗がはいったのはご存じですか？」

「いいえ。報告書にその記載はありません」

「すると、周辺二マイルにいた警官全員がレストランに駆けつけていたという事実は？　宝石店の店主は警報機を押したにもかかわらず、通常の対応時間である四分をすぎても、警察は現われなかった。結局十二分かかったんです。その間に強盗は店主と客ひとりを殺した。ふたりだけの目撃者をね」

「〈ブッチャー〉の共犯者だというわけですか？　その強盗が？」

ツィスマンは言った。「それ以外に考えられますか？」

ルーカスは溜息を洩らした。「われわれはあらゆる情報を必要としています。ですが、あなたがこちらにいらしたのは、市民の義務からだとは思えません」

ツィスマンは笑った。

「何をお望みですか？」

「手段ですよ」男は間をおかずに答えた。「手段」

「情報に近づくための」

「そのとおり。書いてる本の参考にね」

「お待ちください」ルーカスは立ちあがった。そしてパーカーとケイジに合図を送った。


本部一階の〝青の取調室〟とはさほど離れていない明かりの落ちた小部屋で、トーブ・ゲラーは複雑なコントロール・パネルに向かっている。

ルーカスの命令で、ヘンリー・ツィスマンとの会見の一部始終を六台のモニターにより注視していたのだ。

ツィスマンは監視されているとは思っていない様子だった。局では都市部の警察署で見られるようなマジックミラーは採用していない。壁には印象派絵画の複製三枚が飾られていた。それはＧＳＡの施設プランナーや一般の内装デザイナーが設《しつら》えたのではなく、トーブ・ゲラーはじめコム－テックの面々が用意したものだった。いずれも点描画法のさきがけであるジョルジュ・スーラの作品で、三枚それぞれの六個の点が超小型ヴィデオカメラのレンズとなっており、取調室全体を隈《くま》なく映し出していた。

会話の内容も録音している――デジタル・レコーダー三台が使われ、うち一台は武器を取り出す際の音を検知するようプログラムされたコンピュータと接続されている。すでにツィスマンは、来訪者の義務となっている銃やナイフの所持検査を通過していたが、この仕事では用心しすぎるということはない。

だがルーカスからゲラーにあたえられた指示とは、保安よりもデータ分析に重点をおいたものだった。ツィスマンがある事実を――たとえばボストンの強盗事件について――述べたとする。そこでゲラーは階上の通信部で待機している若い特別捜査官、スーザン・ナンスに情報を伝える。すると今度はナンスが当該支局と連絡をとり、その情報を検証するという手順になっていた。

ツィスマンはケイジが出した水を飲もうとはしなかったが、神経質そうにマグをつかんでいた。これはFBIの取調室で誰もがやることである。じつはマグの表面には圧力を感知する仕掛けがあり、取っ手にはマイクロチップ、バッテリーと送信機が埋まっている。ツィスマンの指紋はデジタル化されてゲラーのコンピュータに採りこまれ、ゲラーはそれを自動指紋照合システムのデータベースに送っていた。

スーラの名作『グランド・ジャット島の日曜日の午後』は緻密な構成をもった絵で、取調べに臨む人間はしばしばそちらに目を向ける――そこに設置されたヴィデオカメラがツィスマンの眼差しを捉え、網膜をスキャンしながら〝真実蓋然性分析〟、すなわち嘘発見の作業をおこなっていた。またゲラーは同じ理由から、同時に音声も分析していた。

この監視室に、ルーカスがケイジとキンケイドを伴って現われた。

「何かあった？」とルーカスはゲラーに質した。

「いま片づけるから」ゲラーは狂ったようにキーボードを叩いている。

電話が鳴った。ルーカスはスピーカフォンにした。

「トーブ？」女性の声だった。

「どうぞ」とトーブが答える。「いまはここが対策本部だ」

「ハイ、スーザン」ルーカスが言った。「マーガレットよ。さあ、詳細《ディーツ》を聞かせてちょうだい。何がわかった？」

「ええ、まず指紋ですが、令状発行、逮捕、有罪確定の記録はなしという回答が戻ってきました。ヘンリー・ツィスマンは本名で、住所はコネティカット州ハートフォード。十二年まえに自宅を購入。固定資産税は現在も発生しており、ローンは去年、完済しています。そちらから送られてきた映像は、コネティカット州の運転免許証の写真と九十五パーセント合致しています」

「それは優秀ってことなのか？」キンケイドが訊いた。

「私自身が現在の写真と照合すると九十二パーセントになります」ナンスは答えた。「髪が伸びたからですが。社会保障局と国税局で雇用記録を調べてみると、男は一九七一年からジャーナリストとして働いていますが、あいだに収入がほとんどない年があります。その数年間の職業はフリーランスのライターと届けられていました。結局、仕事からずいぶん遠ざかっていたことになりますね。妻の給料に頼っていたというわけでもありません。結婚はしていましたが現在は独身です。今年は過去に稼いでいた額の四分の一も得ていないようです。つまり、今年は申告すべき収入がないということです。十年まえには高額の医療控除を受けています。アルコール依存症の治療をしたせいでしょう。一年まえ、年収五万一千ドルのハートフォードの新聞社を辞めて独立しました。現在は貯金を取りくずして生活しているはずです」

「辞めたのか、クビか、それとも休暇を取っただけなのか？」とキンケイドが訊いた。

「はっきりしません」ナンスはそこで一息つくと、「休日のせいで、クレジットカードの記録が思うように入手できなかったのですが、男は本名でルネッサンスにチェックインしています。正午の便でハートフォードを発ちました。ユナイテッド・エクスプレスです。前売りではありません。予約がはいったのが、けさの午前十時でした」

「動きだしたのは最初の銃撃の直後ね」とルーカスはつぶやいた。

「片道のチケットで？」キンケイドが、ルーカスも考えていた疑問を投げかけた。

「そうです」

「どう考えたらいいのかしら？」とルーカスは言った。

「たかがくだらないジャーナリストさ」とケイジが決めつける。

「あなたは？」彼女はキンケイドを見た。

「おれの意見を訊くのか？　だったら取引きすべきだ。文書を分析するには、書き手のどんな情報でも必要になる」

「そうするだけの対象なのかしら」ルーカスは疑いを払拭できないまま、そう言うと口をつぐんだ。やがて、「私には下心しか見えないのよ。それでも相手にするの？」

「ああ」と答えたキンケイドは、トーブ・ゲラーが向かっていたモニターの上方にあるデジタル時計に目をやった。「やるべきだと思う」


ふたたび空調の悪い取調室に戻って、ルーカスはツィスマンに言った。「オフレコで話ができるなら……そしてこの事件を解決に導くことができるのであれば……」

ツィスマンはその持って回った言い方に笑いながら、身振りで先をうながした。

「そういうことであれば、あなたの本の参考になる物件や目撃者と接する手立てを提供できるかと思います。それがどの程度になるかは、いまは確約できませんが。いずれにしても、あなたの独占になるでしょう」

「ああ、私の好きな言葉だ。独占。そうです、私が欲しいのはそれですよ」

「ですが、いまからお話しすることは極秘ということになります」

「もちろん」

ルーカスから合図を受けたパーカーが質問の口火を切った。「〈ディガー〉という名前に何か心あたりは？」

「〈ディガー〉？」ツィスマンは首を横に振った。「いいえ。墓掘り人のことですか？」

「わかりません。あなたが〈ブッチャー〉と呼んでいる銃撃犯の名前です」とルーカスが言った。

「私が〈ブッチャー〉と言ってるのは、ボストンの新聞がそう書いてたからですよ。『ニューヨーク・ポスト』には〈悪魔〉と出ていた。フィラデルフィアでは〈未亡人を造りだす男《ウィドウ・メイカー》〉だった」

「ニューヨーク？　フィリーも？」とルーカスが訊き返した。パーカーにも彼女の困惑が見てとれた。

「なんてこった」とケイジが洩らした。「連続犯罪か」

ツィスマンが言った。「彼らは海岸沿いに南下してるんですよ。はたして行く先はいずこか。隠退してフロリダか？　どこかの島かもしれない」

「これまでの事件の概容は？」とパーカーは訊ねた。

「〈インターナショナル飲料〉の件は？　ご存じですか？」

やはりルーカスは犯罪史に精通していた。「社長が誘拐された、あの事件ですね？」

「具体的には？」パーカーはその知識に感嘆しながら言った。

ツィスマンがルーカスを見た。ルーカスは黙ってうなずく。「警察のほうで煮詰めていくと、どうやら――本当のところは定かではないんだが――どうやら〈ブッチャー〉が社長の家族を略取したらしいとわかったんです。夫人から、お金を用意してくれと夫に連絡があって、夫はそれを聞き入れた――」

「脅迫状は？」パーカーは、また新たに文書を検査することになるかもしれないと思いながら訊ねた。「あったんですか？」

「いいえ。すべて電話でした。で、社長は金を払うと誘拐犯に伝える一方で、警察に通報する。そして救出班が家を、それこそぐるりと取り囲んでいるあいだに、社長は銀行へ身代金を集めにいったわけです。ところが、金庫が開いたとたん、客のひとりが銃を抜いてぶっ放した。その場にいた人間は全員死にましたよ。〈インターナショナル飲料〉の社長、警備員二名、三人の顧客、窓口係二名、当番だった副頭取二名と。ヴィデオカメラが、撃った男とは別の男を写してましてね。そいつが金庫にはいって、金を袋に詰めて持ち出した」

「すると家には誰もいなかったんですね？」ルーカスはその手口を見抜いていた。

「生きてる人間はね。〈ブッチャー〉――〈ディガー〉は、すでに夫人を殺していたんです。夫に電話をかけさせてから殺したらしい」

パーカーが言った。「誘拐事件におけるいちばんの弱点をついたわけだ。警察は交渉でも、金の受け渡しでも有利な立場にあったはずだ。それを引っくり返した」彼は頭にあった思いを口には出さなかった。これこそ難解なパズルを解く完璧な方法だ――殺人さえ厭わなければ。

「銀行の防犯カメラには、ほかに何か写ってませんか？」とケイジが訊いた。

「犯人たちがかぶってたスキーマスクの色を知りたいんですか？」

ケイジが肩をすくめたのは、一応訊いただけだという意味だった。

「フィリーのほうは？」とルーカス。

ツィスマンは皮肉な言いまわしをした。「ああ、それも見事なもんでしたよ。〈ディガー〉は手始めにバスを乗っ取った。バスに乗って席に着くと、やおら音を消した一発を撃ったわけです。やつは三人を殺し、仲間が身代金の要求を出した。市側は身代金の支払いに応じながら、捜査を進めるよう指示を出していた。だがその仲間は、市がどこの銀行に口座を持ってるのかを知ってたんですよ。現金を警護する新米警官たちが銀行から出たところを、〈ディガー〉は彼らの後頭部に鉛の弾を見舞って逃げました」

「その件は初めて聞きました」

「ええ。公表を控えてたようです。六人が死んだ」

パーカーが言った。「マサチューセッツ、ニューヨーク、ペンシルヴェニア、ワシントン。あなたの言うとおり——やつは南に向かっていた」

ツィスマンは眉をひそめた。「過去形ですか？」

パーカーはルーカスを見た。ルーカスが答えた。「死んだんです」

「えっ？」ツィスマンは心底驚いた様子だった。

「相棒のほうが——〈ディガー〉ではなくて」

「どうして？」ツィスマンは声を絞り出した。

「脅迫状を置いたあとに轢き逃げされました。しかも現金を手にするまえに」

ツィスマンの顔から表情が消えた。考えているのだ、とパーカーは思った。犯人との独占インタビューのことだろう。やがて大男は室内にせわしなく目を走らせた。椅子の上で身体をもぞもぞと動かした。「今度の手口は？」

言いよどんでいるルーカスを見て、ツィスマンは自説を披露した。「〈ブッチャー〉は市が身代金を払うまで撃ちつづけることになっていた……。しかし金を受け取る人間がいないので、〈ブッチャー〉はそのまま凶行におよぶというわけだ。いかにも連中のやり口だな。彼のねぐらに関しては何かつかんでますか？」

「それは目下、捜査中です」とルーカスは慎重に答えた。

ツィスマンは絵の一枚をじっと眺めた。田園の風景である。彼は水のはいったマグをしきりに揉んでいた。

パーカーが訊ねた。「どうやって足取りをつかんだんです？」

「私はね、何のためらいもなく人を殺していく犯罪について資料を漁りました。ふつう人間には良心というものがあるでしょう。バンディやゲイシーやダーマーみたいに、殺人を存在理由《レゾンデートル》としているのでなければ。だいたいプロの犯罪者というのは、引金を引くのを躊躇するもんです。ところが〈ブッチャー〉は？　それがまるでない。だから私は、強盗や脅迫が絡んだ複数の殺人事件が起きたと聞けば、現地に行って取材をしてるんです」

ルーカスが訊いた。「誰も関連性を指摘しなかったのはなぜでしょう？」

ツィスマンは肩をすくめた。「単発的な犯罪で、死者の数も少ない。ええ、ホワイト・プレーンズやフィリーでは警察に話してみましたがね。ほとんど相手にされませんでした」彼は苦笑すると、左右に腕を振った。「こうして——何人でしたっけ？——そう、二十五人の命が失われて、ようやく私の話に耳をかたむけてくれる方々が現われた」

パーカーが言った。「あなたは〈ディガー〉の何を知ってる？　誰もやつの姿を見てないんだ」

「そのとおり」とツィスマンは言った。「まるで一筋の煙のようだ。ここかと思うとまたあちら。幽霊さながらで——」

ルーカスは我慢できなくなっていた。「私たちは事件を解決しようと努力しています。力添えをくださるのなら感謝します。そうでないなら、こちらも捜査をつづけようと思うのですが」

「いや、失礼、失礼。もうまる一年、この男と暮らしてるような具合でね。崖を登るがごとくです——一マイル上がったところで、見えるのは目の前六インチにある岩の一点だけだ。で、なぜ彼が誰の目にも留まらないのか、私なりの仮説があるんですよ」

「どんな？」パーカーが訊いた。

「つまり目撃者は感情を記憶する。彼らはたとえば、興奮した強盗が発砲したり、泡を食った警官が応射したり、刺された女が悲鳴をあげたりする場面は忘れない。しかし平穏な場面というのは抜け落ちてしまうんです」

「すると〈ディガー〉はつねに冷静沈着であると？」

「死人のようにね」とツィスマンは答えた。

「彼の日常の部分では何か？　服装とか、食べ物とか、習慣とか」

「いえ、何も」とツィスマンは気のない返事をしてから、「共犯者のことを聞かせてもらえませんか？　死んだ男です」

「やはり何も」ルーカスが言った。「身分証明書は不所持でした。指紋からも身元は出ません」

「もし……もしよければ、死体を拝見させてもらえませんか？　保管室にあるんでしょう？」

ケイジが首を振った。

ルーカスが、「申し訳ありませんが。規則に反します」

「お願いしますよ」それはほとんど懇願に近かった。

しかしルーカスは頑として応じなかった。「だめです」と素気なく言った。

「せめて写真だけでも」とツィスマンも食いさがる。

ルーカスはためらっていたが、やがてファイルを開き、市庁舎に近い事故現場で撮られた未詳の写真を差し出した。男の汗ばんだ指が、光沢のある表面に太い指紋をつけた。

ツィスマンは長いこと写真を見つめていた。彼はうなずいた。「これを預からせてもらえますか？」

「捜査が終了したら」

「わかりました」彼は写真を戻した。「私も乗らせてくださいよ」

捜査に同行しようという魂胆なのだ。

だがルーカスは首を振った。「残念ですが、ノーと答えるしかありません」

「きっと役に立ちますよ。それなりの洞察力もあるつもりだし。何か思いつくことだってあるでしょう」

「結構です」とケイジがきっぱりと言った。

ツィスマンはまた絵画に目をやりながら席を立った。全員と握手を交わすと、「ルネッサンスに泊まってます――ダウンタウンの。目撃者にインタビューしてみるつもりです。お役に立てそうなことがあれば連絡しますよ」

ルーカスが礼を述べたあと、捜査官たちは男を警備本部まで送り届けた。

「そうそう」とツィスマンが言った。「やつがどんなふうに期限を切ったのかは知らないが」

――ツィスマンはルーカスの持っていたファイルに顎をしゃくった。未詳のことだった――「やつが消えたということは、もはや〈ブッチャー〉を……〈ディガー〉を抑える人間はいないってことになる。それが何を意味するか、わかりますか？」

「何です？」ルーカスが訊いた。

「殺人はつづくってことですよ。最後の期限がすぎたあともね」

「そう考える根拠は？」

「それが彼の得意なことだからですよ。人殺しがね。誰だって得意なことはやりたいと思う。それが人のありようってもんじゃないんですか？」

彼らはふたたび監視室に集まった。トーブ・ゲラーとコンピュータを囲んでいる。ルーカスがスピーカーフォンに話しかけた。「男が話していた事件のことは？」

スーザン・ナンスが答えた。「ボストンも、ホワイト・プレーンズも、フィリーも、担当捜査官がつかまりませんでした。ですが勤務中の人員が、いずれの件も未解決であると確認しています。〈ブッチャー〉という名前は聞いたことがないそうですが」

「法科学は？」とパーカーが言った。ルーカスが「法――」と口を開いたところで、

「ありません。指紋も証拠物件も。それに目撃者も……つまり生存している人間で、未詳や〈ディガー〉を見た者はいないんです――それが〈ディガー〉だとしての話ですが。こちらは銃撃に関する情報をさらに要求しておきました。むこうで、在宅の担当捜査官や刑事と連絡をとっています」

「ありがとう、スーザン」とルーカスは言った。

回線が切れた。

ゲラーが言った。「もうすぐ分析の結果が出るよ……」彼は画面に見入った。「オーケイ……音声緊張分析の結果は――正常値だ。緊張の度合いは、三人の捜査官からきびしく突っ込まれたにしては驚くほど低い。でも、ぼくからは彼に健康証明をあたえるね。大きな嘘をついている形跡はどこにもないんだ。とはいっても、精神安定剤を飲んだり、好きな女優との妄想に耽ったりして、ポリグラフを欺くことはできなくもないんだけど」

ルーカスの電話が鳴った。彼女は用件に聞き入った。そして顔を上げた。「保安部からよ。

男が初期監視区域を出るわ。放免していいのね？」

　パーカーが、「いいと思う」と答えた。

「同感だ」とケイジも言った。

　ルーカスはうなずいた。「拘束する必要はないわ」と相手に伝えると電話を切り、時計を見やった。「精神科医はどうしたの？　ジョージタウンの？」

「おっつけ来るだろう」とケイジ。

　今度はゲラーの電話が鳴った。ゲラーはしばらく話していたが、電話を切ると、「コム－テックだ。サイレンサーのパッキングと、フルオート・マシンピストルの改造方法を載せたウェブサイトを百六十七件見つけたそうだ。しかし、どこもメール・アドレスを出そうとしないって。連邦政府に手を貸すつもりはないらしいね」

「行き止まりね」

「どっちみち、あまり意味のない情報さ。コム－テックのほうで、およそ百のサイトの合計ヒット数を出してるんだ。過去二カ月で二万五千人以上がログオンしてるって」

「困った世の中だ」とケイジがぽつりと言った。

　ドアが開いた。はいってきたのはレン・ハーディ。

「モスはどう？」

「落ち着いたよ。家のヴォイスメールに二件の無言メッセージがはいってたのを、脅迫だと思いこんだんだ」

「だったら通信部のほうに――」

複雑なコントロール・パネルに目を注いでいたハーディは、ルーカスの言葉をさえぎるように言った。「おたくの部下に確認を依頼した。一件はモスの兄弟から。もう一件はアイオワからセールスの電話だった。二件ともこちらから連絡を入れて確認をとった」

「私がお願いしたかったのはそういうことなのよ、刑事さん」

「わかってる」

「ありがとう」

「コロンビア特別区は皆様に奉仕するのさ」

パーカーは、ハーディの声音にあった刺々《とげとげ》しさがはっきり和らいでいるのを感じた。ルーカスはまるで気づいていないようだったが。

パーカーは言った。「例の地図はどうする？　証拠を分析するのに必要だ」

するとゲラーが、「だったら地形文書館にあたるのがいちばんだね」と言った。

「文書館？」ケイジは首を振った。「はいれるわけがない」

パーカーにも想像はつく。休日の夜に、政府の施設を開けようという役人を見つけだすこと自体困難だった。

ルーカスが携帯電話を開いた。

ケイジが言った。「無理だな」

「そうかしら。奇蹟はあなたひとりのものじゃないはずよ」

13

真鍮の時計。

彼にとってはじつに大きな意味があった。

ジェリー・ケネディ市長は、市庁舎の自室の机に聳《そび》えるその時計を見つめた。

それはサーグッド・マーシャル小学校の生徒から贈られたものだった。学校はDC南東、八区の物騒な地域にある。

ケネディは子供たちの好意に感激していた。誰もワシントンという街を顧みようとしないのだ。政治の中心ワシントンを、連邦政府のあるワシントンを、醜聞の発信地ワシントンを——いや、こればかりは世間の耳目を惹いている。だがこの街に自治があり、その担い手がいることは誰も知らないし、気にもかけていない。

しかしサーグッド・マーシャルの生徒はちがった。彼は子供たちの前で名誉について話し、一所懸命働いて、麻薬に手を出してはいけないと呼びかけた。たしかに陳腐ではあった。が、湿った空気のよどむ講堂（ここにも教育委員会のスキャンダルの影響がおよんでいる）に集まった生徒のなかには、尊敬の眼差しを向けてくる子供たちがいた。そんな彼らから、話のお礼にと時計をいただいたのである。

ケネディは時計に手をふれた。時刻は四時五十分。

ＦＢＩは狂人をあと一息のところまで追いつめた。だが阻止することには失敗した。死者と負傷者が出た。街にはさらにパニックが広がっている。ヒステリー状態と言ってもいい。すでに偶然の発砲が三件報告されている——自衛手段として、違法に拳銃を携帯していた市民が起こしたものだった。道で、あるいは裏庭で、〈ディガー〉を見たと思いこんで銃を撃ったのである。かつてウェスト・ヴァージニアでくりひろげられた名門同士の抗争さながらだった。

またこの犯罪者を野放しにしていると、ケネディとＤＣ警察を叱責する報道が流れはじめていた。犯罪に対する弱腰と、矢面に立たないことへの批判である。劇場の襲撃が起きていた時間、ケネディは愛するフットボールの試合のチケットを予約していて、電話に出られなかったと伝えるニュースまであった。テレビ出演の評判もかんばしくなかった。ある政治評論家はインタビューに答えて、「テロリストに平身低頭した」とラニアー下院議員とまるっきり同じ表現を使った。そのうえ「臆病風に吹かれた」という言葉を発した。二度も。

電話が鳴った。むかいに腰をおろしていたウェンデル・ジェフリーズが先に受話器をひったくった。「ああ。なるほど……」ジェフリーズは目を閉じると頭を振った。さらに話を聞いてから受話器を置いた。

「それで？」

「劇場を隅までこすっても、証拠のかけらも見つからない。指紋も。目撃者も。あてにできるものは何ひとつ」

「いったい何者なんだ？　透明人間か？」

「元捜査官から多少の手がかりを得たらしい」

「元捜査官？」ケネディは怪しむように言った。

「文書の専門家ですよ。何かを見つけたらしいが、たいしたことでもない」

「われわれに必要なのは軍隊だ。警察を街角という街角に立たせるんだ。元事務員などどうでもいい」

ジェフリーズはその端整な顔を拗《す》ねたようにかしげた。特別区のあらゆる街角に警官を配置するという考えは魅力的だが、所詮それは夢物語だった。

ケネディは吐息を洩らした。「見なかったのかもしれんな。テレビを」

「もしかすると」

「しかし二千万ドルだぞ！」ケネディは見えない敵〈ディガー〉に議論を挑んでいた。「なぜ連絡してこない？　二千万ドルをくれてやると言ってるのに」

「あと一歩だったんだ。今度はたぶん捕まるでしょう」

ケネディは窓辺にたたずんだ。外気の温度計を見た。〇・五度。三十分まえには三度だった。

気温が下がっている……

雪雲が空を覆っていた。

なぜここに来た？　ケネディは心のなかで、ふたたび〈ディガー〉に問いかけていた。なぜここなんだ？　なぜいまなんだ？

彼は目を上げて、ウェディングケーキを思わせる議事堂のドームを望んだ。一七九二年、〝ワシントンの都市計画〟を携えてやってきたピエール・ランファンは、まず測量技師に南北の線を、つぎにそれと垂直になる線を引かせて、現在も残っているように街を四分割した。連邦議会議事堂はその二本の線が交わる部分に建っている。「十文字の中心」ある銃規制論者が、ケネディが証言していた議会の公聴会でそう言ったことがある。

だがその照準とは、じつはケネディの胸に直接向けられているのではないか。

面積六十三平方マイルの都市では地盤沈下がはじまっており、市長はそれを食い止めようと躍起になっている。彼はワシントンに生まれ育った、いわば絶滅危惧種だった——市の人口は最盛期の八十万を超えた数字から五十万近くにまで減っている。いまも減少の一途だった。

奇妙に混交した政体をもつこの都市は、一九七〇年代にようやく自治を確立したにすぎない（ただし一世紀ほどまえ、数年にわたって自治がおこなわれたことはあったが、不正と無能によって財政は破綻し、議会の支配下に戻されたという経緯がある）。二十五年まえに、連邦の立法者たちが権限を市自身に委ねたのである。以来、市長と十三名の市議会議員は、犯罪の防止（殺人発生率が全米一となることもたびたびだった）、学校の整備（他の大都市にくらべ、生徒の学力が低い）、財政の健全化（つねに赤字である）、そして人種間の緊張緩和（アジア人対黒人対白人）に努めてきた。

いま、連邦議会がふたたび市を乗っ取る可能性が現実のものとしてある。すでに立法者たちは、市長の権力を一枚引きはがしていた。

そうなったら悲劇だ――ケネディは、街が犯罪とホームレスと崩壊した家族の火山と化すまえに、市と市民を救えるのは自らの政権しかないと信じていた。DCでは、若年黒人男性の四割以上が〝組織の内〟にいる――収監されていたり、保護観察下にあったり、何らかの理由で捜索を受けていたりする。七〇年代には、全世帯の四分の一が片親の家庭だったが、その数字はいまや四分の三に迫る勢いだった。

市がこのまま下降線をたどっていった場合にはどうなってしまうのか。ジェリー・ケネディはそのことで個人的な体験をしていた。一九七五年、DCの教育委員会に奉職する法律家として、彼はモールへ赴いた。ワシントン記念塔を中心に草木の茂る広場へと出向いたのは、人類友好の日という人種融合の祭典がおこなわれたからだった。だがその会場で人種間の抗争が起き、ケネディは数百にのぼる負傷者のひとりとなった。その日をかぎりに、彼はヴァージニアから議会へ打って出るという計画を捨てた。首都の市長になろうと決意したのである。神に誓って、この街を立て直そうと思った。

その方法はわかっていた。ケネディにとって、答えはごく簡単なものだった。答えは教育である。子供たちを学校に通わせる。そうすれば子供たちは先々の人生で、身につけた自尊心と理解力でもって道を切り拓いていけるようになる。(そう、知識こそ身を助く。自分もそれで助けられたのだ。DC北東地区の貧困から這い出して、ウィリアム&メアリー・ロースクールに進学できた。美しく聡明な妻を得て、もうけたふたりの息子は立派に成功した)

教育が人間を救うとの大前提に異論を挟む者はいない。しかし、いかに子供に学ばせるかというパズルの解き方となると話は別である。保守の連中は、人はどうあるべきかなどと御託を並べる。隣人が気に入らず、しかも家族の価値に沿って生きているとなると、これは自分たちの問題だとなる。うちは自宅教育にします。みなさんもそうすればいいじゃないですか、と。リベラルな連中は、ぶつくさ文句を言いながら学校に金を注ぎこむのだが、それは施設の老朽化を遅らせる効果しかない。生徒をその建物に居つかせる役目は果たさない。

これはジェラルド・デヴィッド・ケネディの挑戦だった。自ら指揮棒を振って、父親を母親のもとへ帰すことはできない。クラックの解毒剤を発明することはできない。全米ライフル協会の本部とは十五マイルしか離れていない場所に住む人々の手から、銃を奪うことはできない。だが彼には、子供たちへの教育を維持していくためのヴィジョンがあった。彼の計画とはほぼ一言で要約できる。収賄である。

しかし彼とウェンデル・ジェフリーズはそれを別の名で呼んでいた――〈プロジェクト二〇〇〇〉と。

この一年、ケネディは妻に、またジェフリーズや少数の側近に支えられ、連邦議会特別区委員会の委員たちと折衝を重ねてきた。ワシントンで活動する企業に、新たに課税するのが狙いだった。そうして捻出される金を財源にして、麻薬に手を染めず、犯罪を起こさない生徒に、ハイスクール卒業までの学資を支給する制度をつくろうと考えたのである。

結果、ケネディはたちどころにして、あらゆる政治勢力からの憎悪を一身に負うことになった。リベラルからは、大規模な不正の温床となる危険があり、強制的な麻薬検査は市民的自由に抵触すると斥《しりぞ》けられた。保守には一笑に付された。課税される企業側にも、むろん独自の意見があった。さっそく、大企業はＤＣから根こそぎ撤退するだの、民主党の懐から政治活動資金や選挙資金が消えていくだのと脅しがはじまった。性的な逸脱を暴露するなどというほのめかしまであった（そんな事実は存在しなかった——しかし、モーテル・シックスかホリデイ・インにはいっていく男女の姿を撮った不鮮明なヴィデオテープを入手したら、メディアに連絡するというのだ）。

それでもケネディは強引に事を推し進めた。何カ月とキャピトルヒルに通いつめて交渉におよんだすえ、大衆の支持もあって、ようやく議案が委員会を通過するところまで漕ぎつけた。

そんなとき市の一職員、ゲリー・モスが勇を鼓し、学校の建設・維持管理をめぐり多額のリベートが発生する仕組みになっていたとＦＢＩに訴え出た。初期の捜査では、一部の学校の配線や普請がお粗末で、施設や生徒たちに深刻な影響をあたえるおそれがあると判明した。スキャンダルの火は消えることなく、やがて多くの契約業者や下請け業者との癒着が、また上級職員の関与までが明るみに出た。そこにはケネディ自身が指名した相手、旧知の間柄だった人間もふくまれていた。

ケネディはモスの行動を称賛し、自ら汚職の根絶に乗り出した。だが政敵はいうまでもなく、マスコミも市長とスキャンダルを結びつけようとしていた。〝ケネディ政権〟の贈収賄がニュースで報じられるたび――氾濫していたと言ってもいい――〈プロジェクト二〇〇〇〉への支持は減っていった。

市長は必死の反撃に出た。計画の重要性を説く演説を勢力的にこなし、支持をつなぎとめるため議会や教職者組合と取引きをした。子供たちと一緒に下校して、面食らう親たちに〈プロジェクト二〇〇〇〉が市民にとっていかに大事かと訴える作戦まで展開した。そうして世論調査の数字が安定し、ケネディとウェンディ・ジェフリーズも、どうにか踏みとどまったという感触を得た矢先のことだった。

〈ディガー〉が登場した……殺人を犯し、人であふれる犯罪現場から何事もなく逃げおおせ、ふたたび襲撃をおこなった。そこで非難されるのは誰か。顔の見えないＦＢＩではない。みんながお気に召す標的、ジェリー・ケネディなのだ。頭のおかしな男がこれ以上市民を巻き添えにすれば、〈プロジェクト二〇〇〇〉は――街の未来への希望は――ただの苦い脚注としてケネディの回想録に付加されることになる。

いまジェフリーズが電話している理由はそれだった。補佐官は受話器を手で覆った。

「来てますよ」

「どこに？」ケネディは不機嫌な声で言った。

「すぐ外。廊下に」ジェフリーズは市長の顔を覗きこんだ。「まだ疑ってるんですか?」

身なりに隙がない、とケネディはあらためて思う。輸入物のスーツも、剃りあげた頭も、喉元で泡のように軽く結ばれたシルクのネクタイも見事なものだった。

「そうだ、疑ってる」

市長は別の窓から外を眺めた。議事堂とは異なった方角だった。はるか遠方にジョージタウン大学のシンボルである尖塔が見える。母校だ。彼とクレアは大学から遠くない場所に暮らしていた。そういえば秋に、『エクソシスト』の最後の場面で司祭が転げ落ちていく急な階段をふたりして昇った。

司祭は悪魔に取り憑かれた少女を救うために一身をなげうった。

予兆なのだ。

彼はうなずいた。「わかった。会ってきたまえ」

ジェフリーズもうなずいた。「ふたりで切り抜けるんだ、ジェリー。私たちで」そして受話器に向かって、「いま行く」と言った。

市長室の外の廊下に、ダブルのスーツに身をつつんだ二枚目の男が壁にもたれるようにして立っていた。十九世紀のある政治家の肖像画が掛かっている、ちょうど真下の位置だった。

ウェンデル・ジェフリーズが男に近寄っていった。

「やあ、ウェンディ」

「スレイド」それが男の名だった。信じる信じないはべつとして、男の本名である。フィリップスという姓とあわせて、まるで彼の両親は、自分たちのハンサムな息子が、いつの日かハンサムなTVアンカーマンになると予見していたようでもある。そして現実そのとおりになった。

「記事は電波に載せた。野郎が捜査官ふたりを蜂の巣にして、客席にいた哀れな連中一ダースに『オペラ座の怪人』をやったってね」

オンエアの最中、髭を剃ったばかりの首筋にイアフォンのコードを垂らしたときのフィリップスは、そんな話し方はしない。人前ではちがうしゃべり方をする。白人に対してはちがうしゃべり方をするのだ。だがジェフリーズは黒人で、スレイドは自分が本心でしゃべっているのだと相手に伝えようとしている。

フィリップスはつづけた。「たしか、かぶったのはひとりだったよな」

ジェフリーズはあえて指摘はしなかったが、ギャングの隠語で〝かぶる〟とは、〝射殺される〟の意味であって〝シャンデリアで圧死する〟ことではない。

「犯人は惜しいとこでずらかったって」

「そう聞いてる」

「で、あの男は、おれたちのナニをさすって、気持ちよくしてくれるのかい？」これはまもなく開かれるケネディの記者会見のことを指している。

きょうのジェフリーズには、スレイド・フィリップスのようなタイプに調子を合わせる心のゆとりがない。彼はにこりともしなかった。「いいか。これでつづけてもらう。とにかくいまが危ない」

「危ないっていうのは——」

ジェフリーズはみなまで言わせなかった。「いまのところ形勢が不利だ」

「それはわかってる」

「みんなの注目が彼に集まる」

彼。特定の彼。ジェリー・ケネディ。フィリップスはそう理解した。

「ああ」

「だから、手助けしてもらいたい」とジェフリーズは言った。金を受け渡す音にまぎれるほどの低声になっていた。

「手助けか」

「よければ二十五出す」

「二十五ね」

「駆引きするつもりか？」

「いやいや……十分すぎるほどだ。何をすればいい？」

「彼を——」

「ケネディか」

ジェフリーズは溜息をついた。「そう。彼だ。ここを切り抜けて彼を英雄にする。いいか、英雄だぞ。人が死んで、おそらくまだこの先も人が死ぬ。そこで被害者を弔問する姿、テロリストに立ち向かう姿に焦点を合わせる。殺し屋が捕まったら、何か気の利いたことをさせてもいい。とにかく、しくじりを彼になすりつけないことだ」

「誰に——？」

「市長にだ」とジェフリーズは言った。「ケネディは立場がちがう——」

「ああ、事件を担当してるわけじゃない」フィリップスはバリトンをひびかせた。「あんたが言いたかったのはそれか？」

「そうだ。どんな事態だろうと、彼のところには情報がなく、そのなかで彼が全力をつくしてるってことを伝えてくれ」

「でも、こいつはＦＢＩの作戦だろ？　だったらやつらの——」

「そのとおりだ、スレイド。しかし、われわれは捜査局を非難したくないんだ」ジェフリーズは、十歳の甥に話しかけるような口調でそう言った。

「したくない？　理由は？」

「とにかく、したくない」

テレプロンプターの文字を読み馴れているスレイド・フィリップスは、ようやくその調子に戻った。「わからないな、ウェンディ。ぼくに何を望んでる？」

「目先を変えて、きみには本物のリポーターをやってもらいたい」

「なるほど」フィリップスは頭のなかでコピーを練りはじめた。「ケネディ、いばらの道を進むと。警察を指揮して、病院へ行き……待てよ、奥さんは？」

「もちろん同伴だ」ジェフリーズは苛立ちを抑えて言った。

フィリップスがプレスルームのほうに顎をしゃくった。「しかし——連中の話だと……さっき『ポスト』のやつが、ケネディはどこにも見舞いにいってないと話してた。それを署名記事にするとね」

「いや、ちがう。彼は匿名を望んでる家族を訪ねたんだ。それでずっと出ずっぱりだ」

「本当に？」

二万五千ドルで買収できるとは驚きだ、とジェフリーズは考えていた。

フィリップスが言った。「それはいい話だ。いいね」

「やりすぎるな」とジェフリーズはいましめた。

「でも映像はどうする？　たとえば彼が病院を訪ねた場面とかは——」

「あんたたちがいつもやってるように、同じ五秒間のテープをくりかえし流しとけばいい。地下鉄の駅に集まる救急車とか」

「ああ、わかったよ。じゃあ、しくじりの部分は？　だいたい、しくじるなんてことがあるのかい？」

「こういう状況では、かならず出てくる」

「わかった。指を突きつける相手が必要なんだな。ただしそれは——」

「FBIじゃない」

「オーケイ」フィリップスは言った。「で、具体的な話だけど」

「それはそっちの仕事だ。忘れたのか。誰が、何を、いつ、どこで、なぜ。あんたはリポーターだ」彼はフィリップスの腕をつかんで廊下を歩きだした。「取材に出かけろ」

14

「顔色が冴えないね、ルーカス捜査官」
「長い一日なので」
ゲリー・モスは四十代後半、灰色になりかけの縮れ毛を短く刈りこんだ、柄の大きい男だった。肌が非常に黒い。彼は本部一階に設けられた小さなアパートメント、〈二号施設〉のベッドに腰をおろしていた。数室あるアパートメントは本来、外部から来た捜査機関の長や、大きな作戦で泊まりこみを余儀なくされた長官、副長官クラスにあてがわれるものだった。モスがそこにいるのは、彼の知る事実と、いずれ不利な証言をすることになる相手を考えあわせると、特別区の保護下にあっては命は二時間ともたないと思われたからである。
悪い場所ではなかった。官の支給にしてはダブルベッドが快適で、机、安楽椅子、テーブル、キッチンと、それにケーブルも見られるテレビがあった。

「さっきの若い刑事さんは？　気に入ったんだ」

「ハーディですか？　いまは本部室にいます」

「きみのことを怒ってた」

「なぜ？　警官の仕事をさせないから？」

「そうだ」

「彼は現場の人間ではありません」

「ああ、本人から聞いたよ。私と一緒で事務方だ。でも、とにかく行動したいと思ってる。あんたたちはあの殺人鬼を追ってるんだろう？　テレビで見たんだ。私のほうはそれですっかり忘れられてしまった」

「誰も忘れていませんよ、ミスター・モス」

男は微笑したが、そこには絶望感がただよっている。ルーカスは同情をおぼえずにいられなかったが、ここに来たのはその手を握りしめるためではない。不幸や身の危険を感じる証人というのは、往々にして見たこと、聞いたことを忘れてしまいがちだ。贈収賄事件を担当している連邦検事は、ゲリー・モスが幸福な証人でいることを望んでいる。

「調子はいかがです？」

「家族に会いたい。娘たちに会いたい。あんな目に遭わされたというのに、そばにもいてやれないなんて。女房がしっかりやってくれてるとは思う。でもこんなときは、男が家族を守るものなんだ」

ルーカスは双子の女の子のことを思いだしていた。五歳くらい。ビニールの小さなおもちゃを髪に編みこんでいた。モスの妻は痩せた女で、その警戒の緩むことがない瞳を見れば、家が焼け落ちるさまを目のあたりにしたというのもうなずける。

「お祝いをするんですか?」彼女は〈ハッピー・ニューイヤー〉と印刷された金のとんがり帽を顎で示した。クラッカーも二個ある。

モスは帽子を手に取った。「誰かが持ってきてくれたんだ。だからこっちは、マドンナのブラの片方で何をすりゃいいんだいって言ってやった」

ルーカスは笑った。そして真面目な顔で言った。「保安回線で連絡を入れました。ご家族は無事です。いまも大勢の人間を護衛に配備しています」

「私や家族に危害がおよぶなんて、ゆめにも思わなかったよ。事実に気づいて、FBIに行くと決めたときにはね。首は覚悟していたが、まさか私たちを襲おうとする人間がいるなんて」

本当だろうか。この贈収賄には数千万ドルが絡んでいて、結果的に企業側と市側、合わせて数十名が起訴されることになるのだ。ルーカスにしてみれば、モスが生きて連邦の保護下にはいれたのが不思議なほどだった。

「今夜はどんな予定があったんです?」と彼女は訊いた。「ご家族とは?」

「モールで花火を見るつもりだったんだ。娘たちには夜更かしを許してね。たぶんそっちのほうを楽しみにしてたんじゃないだろうか。で、あんたは、ルーカス捜査官? どんな計画を立ててたんだい?」

何も。何も計画はなかった。そのことは誰にも話していない。ルーカスは友人たちのことを思い浮かべた——フェアファクスの女性警官、バークの消防隊員、隣人たち、ワインの試飲会で会った男、ジャン・リュックをなんとか躾《しつ》けようと通ってみたドッグ・クラスで知り合った相手。そんな彼らとはわりと親しくしていたし、ほかにも二、三の知人がいた。ただおしゃべりをする相手もいれば、ワインの友もいる。ひとりの男とはたまに寝ていた。みんなが新年のパーティに誘ってくれたのだが、彼女はメリーランドで大きなパーティがあるのだと断わった。でも、それは嘘だった。一年の最後の夜をひとりですごしたかったのだ。そしてそのことは誰にも知られたくなかった——理由を説明できないというのがいちばんの理由だった。しかしワシントンDCという政治の大火に呑まれた勇士、ゲリー・モスを見ているうちに、なぜか真実を話す気になった。「犬と一緒に映画を観るつもりでした」

男は妙な同情をみせたりはしなかった。ただ陽気に言った。「へえ、犬がいるのか」

「ええ。黒のラブラドールです。可愛さにかけてはファッションモデル並みなんですが、折り紙つきの馬鹿犬で」

「いつから飼ってる？」

「二年になります。感謝祭の日に家に来て」

モスが言った。「私のとこも去年、娘たちが犬ころを飼うようになった。可愛い仔犬でね。家を燃やされてだめかと思ったら逃げ出してきたよ。私たちを置き去りにして、炎から逃げるだけの分別があったんだな。映画はどんなのを観るんだい？」

「どうかしら。たぶん女性向けのでしょうね。泣けるようなのがいいですね」

「FBIの捜査官は泣いちゃいけないのかと思ってた」

「勤務外は別です。ところでミスター・モス、月曜まではこちらにいてもらって、それから連邦執行官の管轄下にある安全な場所までお連れすることになると思います」

「なるほど。トミー・リー・ジョーンズか。『逃亡者』の。いい映画だったな」

「観てないんです」

「いつか借りるといい」

「そのうちに。大丈夫です、ゲリー。あなたはいま世界でいちばん安全な場所にいるんだから。誰もここには手を伸ばせませんよ」

「清掃夫に脅されないかぎりはね」とモスは笑った。

モスは明るく振舞おうとしている。だがルーカスには男の恐怖が見えていた。骨ばった額に浮き出た血管に、それが脈打っているようだった。脅威は自分自身に、また家族にも降りかかっているのだ。

「おいしい夕食を用意させます」

「ビールはあるかい？」

「六本パック？」

「そうだな」

「銘柄を言って」

「だったらサム・アダムズ」彼はそう言ってから心許なさそうに、「これも予算の範囲内かね？」と訊いた。

「一本分けてくださるなら」

「よく冷やしておくさ。あのイカレた野郎を捕まえたら戻ってきてくれ」

モスは帽子をもてあそんだ。かぶるのかしら、とルーカスが見ていると、それが惨めなしぐさと気づいたらしい。ベッドに放り投げた。

「また来ます」とルーカスは言った。

「どこへ行くんだ？」

「地図か。幸運を祈るよ、ルーカス捜査官」

「地図を調べに」

彼女は部屋を出た。ふたりとも、やがてくる新年への希望は口にしなかった。

パーカー、ケイジ、ルーカスの三人は冷たい外気のなか、ぼんやり灯りのともる舗道を歩いていた。本部から六ブロック離れた地形文書館が目的地だった。

ワシントンDCはところどころに美しく、素晴らしい建築物にも出会える街である。だが冬の薄暮には陰気な土地へと変貌する。クリスマスの装飾も、その灰色の通りを明るくすることはない。パーカー・キンケイドはふと空を見あげた。曇っている。彼は雪の予報が出ていたのを思いだした。〝誰かさんたち〟は橇《そり》で遊びたいと言っていた。

あすはロビーと約束したとおり、裏庭の木を剪定《せんてい》してから、橇とホットチョコレートを入れた魔法瓶を持って、西のマサナッテン山まで足を伸ばすつもりだった。

そんな物思いを断ち切ったのはルーカスの問いかけだった。「どうして文書の仕事にはいったの？」

「トーマス・ジェファーソン」とパーカーは答えた。

「どういうこと？」

「歴史学者になるつもりだった。ジェファーソンのことを研究したかった。それでヴァージニア大学へ行ったんだ」

「ジェファーソンが創立した学校でしょう？」

「もともとのキャンパスはそうだ。大学の公文書館と特別区の議会図書館に通う毎日だった。ある日、シャーロッツヴィルの図書館で、ジェファーソンが娘のマーサに宛てた手紙を読んでた。奴隷制度に関する内容でね。ジェファーソンにも奴隷はいたが、彼は奴隷制度のことを認めていたわけじゃない。でも死ぬ直前に書かれたその手紙は、奴隷制度をはっきり支持していて、それまでの自説を否定したものだった。奴隷制度はこの国の経済の基礎であるから、存続させるべきであると。どうも納得できなかった——それが娘に対して書くことだろうかって。ジェファーソンは娘をとても愛していて、ふたりが手紙をやりとりする内容といえば、家族のことがほとんどだったから。その手紙を何度も読み返してるうちに、筆跡がちがうんじゃないかと思えてきた。それで安い拡大鏡を買ってきて、本物とされている筆跡とつきあわせてみたんだ」

「それで偽物とわかったわけ？」

「そうだ。地元の文書検査士のところで分析もしてもらった。かなりの騒ぎになってね――何者かが偽造文書をジェファーソンの資料のなかに紛れこませたらしい。『ポスト』の記事にもなったんだ」

「犯人は誰だったの？」とルーカスが訊いた。

「さあ。文書自体は六〇年代に作成されたものだった――インクの吸収具合からわかったのさ。公文書館のほうでは、公民権運動の風向きを変えようと狙った右翼のしわざじゃないかと考えてる。とにかく、のめりこんだのはそれからだ」

パーカーはルーカスに自分の履歴を語った。ジョージ・ワシントン大学で法医科学の理学修士号を取得し、ヒューストンにあるアメリカ司法文書検査士委員会から資格を受けたこと。また現在はアメリカ疑問文書検査士会、全米文書検査士協会および世界文書検査士協会の会員であることを。

「しばらくはフリーランスでやっていたんだが、あるとき局で検査官を探してると聞いてね。クワンティコへ行って、その後は歴史にも書かれてる」

ルーカスが訊いた。「ジェファーソンのどこに惹かれたの？」

これまで深く考えたことがなかった。パーカーは答えた。「彼は英雄だった」

「近ごろはめったにお目にかからない人種だな」とケイジが言った。

「いや、人間はいまもむかしも変わっちゃいないさ」とパーカーは反論した。「英雄なんてそうそういるもんじゃない。だがジェファーソンは英雄だ」

「それは彼が教養人だったからかしら？」

「彼の人格にあると思う。彼の妻は出産がもとで死んだ。それで自分の身を滅ぼしそうになったんだ。だが彼は逆境を乗り越えた。自分の手で娘たちを育てあげた。農家のために灌漑《かんがい》事業を計画したり、憲法を起草したりする陰で、メアリーにどんな服を買ってやろうかと同じように悩むんだ。彼の書簡はほとんどすべて読んでる。挑戦することを厭わない男だった」

ルーカスが足を止めて、シックな黒のドレスが飾られたショーウィンドウに見入った。ただ見とれているというのではない。それはパーカーにもわかった。彼女の双眸は、脅迫状を分析するかのように対象を捉えている。

彼女が服に興味を示すとは意外な気がした。だがケイジが言った。「マーガレットはな、ほら、デザイナーってやつさ。自分で服を縫う。見事なもんだぞ」

「ケイジ」ルーカスはたしなめるように言った。

「いまどき、そこまでやる人間を知ってるか？」

知らなかった。パーカーは黙っていた。

ルーカスがウィンドウから目をそらし、彼らはふたたびペンシルヴェニア・アヴェニューを歩きはじめた。正面には議事堂が荘厳な姿を見せている。

ルーカスが口を開いた。「ＳＡＣを断わったって本当なの？」

「ああ」

信じられないといった笑いが洩れる。

パーカーの記憶が甦る。ある日、ケイジと副長官が代わるがわるオフィスへやってきて、文書部を離れるつもりなら支局を率いてみないかと言った。ケイジは前々から、パーカーには文書分析にかぎらず、悪人を捕まえる才覚もあると睨んでいたのだった。

よく捜査官や連邦検事補が、文書にまつわる素朴な疑問を携えてパーカーを訪ねてきていた。たいていは偽造の疑いがあるとか、容疑者と犯罪現場の関連を知りたいといった程度のことだった。パーカーは盆栽に囲まれた研究室で、その不運な法執行官を詰問した。彼らは文書に関する技術的な情報を求めていただけなのだが、パーカーにとって、それでは不十分だったのである。

その手紙はどこで見つけた？　そうじゃない——どの引出しだ？　未詳に妻はいたのか？どこに住んでる？　犬は飼ってるのか？　最後に逮捕されたときの状況は？

ひとつの疑問からつぎの疑問が導き出され、やがてパーカー・キンケイドは、筆跡が自動車局に提出された申請書の署名と合致しているか、未詳が潜伏しそうな場所はどこなのかという質問に対しては口を開かなくなる。それでも最後に正解を出すのは、まず間違いなく彼のほうだった。

しかしパーカーは申し出を固辞した。主任特別捜査官は長時間拘束されることになる。当時は家を離れるわけにはいかなかった。子供たちのために。

だがルーカスにその話をするつもりはない。

さらに突っ込まれるかと思っていると、先はなかった。彼女は携帯電話で連絡を入れた。

パーカーは行く先の地形文書館のことが気になった。「いったい――？」

「静かに」ルーカスが声をひそめた。

「しかし――？」

「黙って。そのまま歩きつづけて。後ろを振り返らずに」

気づくとルーカスは電話に話しかけてはいない。ふりをしていただけだった。

ケイジが言った。「やっぱり見つけたか。やつは二十ヤード後ろだ」

「三十ヤードってとこね。武器は見えない。おどおどしてるわ。動きが変よ」

パーカーはそこでルーカスが話しかけてきたり、突然立ち止まってウィンドウを覗いた理由を悟った。彼女は尾行を疑って、こちらが無警戒であると相手に思いこませようとしていたのだ。パーカーが通りすぎしなにウィンドウに目を走らせると、たしかに同じ側の舗道へ小走りに渡ってくる男の姿が見えた。

いつのまにかケイジとルーカスが拳銃を握っていた。パーカーはふたりが武器を抜くところを見ていない。照準に緑の輝点が三個見える黒のオートマティック。パーカーが支給されていたのは鈍重なリヴォルヴァーで、それを常時携帯しなければならない規則がうとましかった記憶がある。〝誰かさんたち〟のそばで、実弾を込めた銃を持っていると思うだけで心が乱れた。

ルーカスがケイジに何事かを囁いた。ケイジがうなずいた。つぎに彼女はパーカーに、「自然に振舞って」と言った。

もちろんだ……

「〈ディガー〉だと思うか？」パーカーは訊ねた。

「ありうるわ」

「手はずは？」とケイジ。

「捕まえる」とルーカスが事もなげに答えた。

しかし。〈ディガー〉が背後にいるとは。マシンガンを手に。本部に張り込み、事件の担当者をつきとめたのか。劇場ではやつをあと一歩まで追いつめた。おそらく未詳から、真相に近づく者は消せと命令されているのだろう。

「通りを押さえて」ルーカスはケイジに言った。「キンケイド、あなたは路地よ。掩護がいるかもしれない」

「しかし――」

「しーっ」

「三で行くわ。一……二……」

「待ってくれ――」

「三」

ふたりはすばやく動いた。ケイジは通りに出て車を止めた。

ルーカスは来た道を走っていった。「ＦＢＩ！」彼女は叫んだ。「そこのあなた！　止まりなさい！　両手を上にあげて！」

パーカーは路地に目をやり、仲間が現われたらどうするかと考えた。彼は携帯電話を出すと911を叩き、親指で〈送信〉ボタンを押した。できることといえば、それだけだった。

彼はルーカスのほうを振り返った。彼女のむこうにいた男ははっとして立ち止まり、道の真ん中を脱兎のごとく駆けだした。

「止まれ！」

ルーカスは舗道を走った。男が右のほうへ向きを変え、走る車の陰に見えなくなった。それを追おうとした彼女の前に、車が角を曲がってきた。運転手はまったく気づいていない。ルーカスは舗道側に飛びすさった。フェンダーがわずか数インチのところをかすめていった。

ふたたび追いかけようとしたときには、男の姿は消えていた。ルーカスが電話をしている姿がパーカーにも見える。しばらくして、ダッシュボードに赤色灯を掲げた覆面車輌三台が交差点にはいってきた。その運転手のひとりにルーカスが事情を告げると、三台ともすぐに走り去った。

ルーカスはゆっくりした走りでパーカーのところまで戻ってきた。ケイジも現われた。ルーカスは苛立ちをあらわに両手を振りあげた。

ケイジが肩をすくめた。「やつを見たか？」

「いや」とパーカーは答えた。

「私も見なかったわ」とつぶやいたルーカスは、パーカーの手に視線を投げた。「あなたの武器は？」

「武器？」

「あなたには路地を警戒してって言ったのよ。こんな騒ぎのなかで、銃も抜かなかったの？」

「いや、持ってないんだ。さっきはそれを言おうとしたんだが」

「武器を持ってない？」信じられないといった口調だった。

「ぼくは一般市民だ。銃を携帯する理由はあるのか？」

ルーカスはうんざりした顔をケイジに向けた。するとケイジも、「持ってるかと思ってた」と言った。

彼女はジーンズの裾をまくりあげた。足首のホルスターから小型オートマティックを抜いてパーカーに差し出した。

パーカーは首を振った。「いらない」

「持ってて」

パーカーはルーカスの手にある銃を見た。「銃を持つと落ち着かない。こっちは科学犯罪の人間で、現場とは無縁だった。しかも局から持たされてたのはリヴォルヴァーで、オートマティックじゃない。最後に撃ったのはクワンティコの標的だ。六、七年もまえのことだ」

「狙って引くだけよ」ルーカスは怒っていた。「安全装置ははずしてあるわ。一発目はダブル・アクションで、二発目からはシングル。それに応じて照準を調節して」パーカーは、その突然の怒りにとまどっていた。

それでも武器は取らなかった。

寒気のなかで、ルーカスの溜息が白く糸を引いたようだった。彼女は無言で、銃を持った手をさらに伸ばしてくる。

争ってもしかたがない。パーカーは銃を手にすると、それを一瞥してからポケットにすべりこませた。ルーカスは何も言わずに歩きだした。ケイジは曖昧な表情で肩をすくめてみせると、携帯電話をかけはじめた。

通りを行きながら、パーカーはポケットの重さばかりを意識していた。実際の重量である十二オンスどころではなかった。ましてこの武器が手もとにあると、心は一時も休まらない。なぜだろうか。やがて答えに行き着いた。熱い金属の塊に、自分やケイジやルーカスを殺そうと背後に迫ってきた〈ディガー〉を思い起こすからではない。否、四年まえのボートマンのことが、息子に恐怖を植えつけた男のことが頭をよぎるからなのだ。

そう、J・R・R・トールキンの本に出てくる魔法の指環のように、銃には暗黒の力が秘められている気がするからだ。彼に憑依《ひょうい》して、一分一秒ごと、子供たちとの仲を裂いていく力。親子を永劫に分かってしまう力が。

〈ディガー〉は路地にいる。

立ち止まって周囲に目を配っている。

ここには捜査官も警察もいない。誰も追ってこないし、誰も捜しにこない。撃ってくるやつもいない。捕まえようとするやつも、コネティカットへ連れ戻そうとするやつもいない。コネティカットの森は好きだったが、することもなく、ただ座ってるだけの鉄格子の部屋は嫌いだった。スープを盗んでいくやつがいるし、テレビで車や仔犬のコマーシャルを見ようとすると、スポーツにチャンネルを変えるやつがいる。

パメラに言われた。「あなた、肥ったわ。不恰好よ。走ったらどう？　ナイキを買って……」カチッ。「……ナイキのジョギング・シューズ。そうなさい。ショッピング・モールへ行くのよ。私はやることがあるから」

〈ディガー〉は一瞬、パメラを見たと思った。目を凝らす。いいや、ただの路地の黒壁だ。

愛し、敬い、慈しみ、そして……カチッ……そして従うことを誓いますか。

ある秋の日に、赤や黄に色づいた木々のなかをパメラとジョギングしていた。追いつこうと必死になっていると、弾丸が頭蓋を跳ねまわったあと、脳が痛くなったみたいに胸が苦しくなってきた。パメラはどんどん先を走っていってしまい、最後はひとりでジョギングしていた。最後は歩いて家まで帰った。

〈ディガー〉は、劇場ではしくじったのではないかと不安になっている。警察やＦＢＩのことが不安だったし、思ったほど人を殺せなかったので、指図をする男ががっかりしてるのではないかと不安だった。

遠くでサイレンの音がする。たくさんのサイレン。

彼は路地を進む。買物袋を振りながら。中身のウジは装塡しなおしたので重い。

路地の先のほうで何かが動いた。足を止める。少年だ。痩せっぽちの黒人。十歳か。少年は誰かの話を聞いている。〈ディガー〉からは見えない誰か。

不意に〈ディガー〉はパメラの声を聞く。「産むの……産むの……産むの……あなたとの子供を？　産むの……産むの……産むの……あなたの赤ちゃんを？」

子供はひとりでも三人でも四人でも
そうさ、もっときみが好きになる

歌のことが消し飛んだのは、袋の底が破れて銃と消音器が地面に落ちたからだ。彼は顔を上げたまま銃を拾いあげる。

ウーン。

こいつはおかしくない。

少年と、少年と話していた汚い服の男が並んで路地を歩いてくる。男は少年の腕を無理に引っぱっている。

ふたりとも〈ディガー〉を見ていた。少年は鼻血を出して泣いている。

男がまた少年の腕をつかむ。少年はほっとした様子だ。手を引き放して肩をさする。

男はウジを眺めおろす。〈ディガー〉に歪んだ笑いを見せる。「あんたが何しようと、おれには関係ねえ。ただの通りすがりだ」

「手を放せよ」と少年がうめき声を出す。

「うるせえ」男が拳をつくる。少年は身をすくめる。

〈ディガー〉は男の胸に二発を撃ちこむ。男はのけぞるように倒れた。轟音に驚いた少年が後ろに飛びのく。消音器は地面に転がったままだ。

〈ディガー〉は死体を見つめる少年に銃を向ける。

「おまえの顔を見たやつは……」

〈ディガー〉は引金を引こうとした。

「産むの……産むの……産むの……あなたとの子供を？」という言葉が頭蓋のなかに谺《こだま》する。

少年は自分を殴ろうとした男の死体をまだ見つめている。〈ディガー〉はもう一度引金を引こうとする。が、銃をおろした。少年が〈ディガー〉を振り向き、小声で言った。「や、殺ったんだ！　虫けらみたいに、殺ったんだ」

少年はまっすぐ〈ディガー〉の顔を見つめている。十フィート離れた場所で。

言葉が唸りをあげる。殺せ、顔を見たやつは殺せ、殺せ殺せ殺せ。

とそんなふうに。

〈ディガー〉は、「ウーン」と言う。彼は薬莢と消音器を拾い、それと銃を破れた仔犬の袋で包んで路地を出る。死体を見つめる少年をゴミ捨て場に置き去りにして。

モーテルに戻って……カチッ……モーテルに戻って待つ。

スープを飲みながら待つのだ。メッセージを聞く。指図をする男が、撃つのをやめろと連絡してくるのを待つ。

きみが部屋にはいってくる音を聞くと……

スープがいい。

そうさ、もっときみが好きになる

パメラのためにスープをつくった。あの晩、パメラのためにスープをつくっていた……カチッ。クリスマスの夜だった。十二月二十五日。１２２５。こんな夜に。寒かった。どこもかしこも色とりどりの灯り。

金の十字架をきみに、と彼は言った。じゃあ、この箱はぼくに？……プレゼント？　あっ、コートだ！　ありがとうありがとうありがとう……

〈ディガー〉は赤信号で止まる。青に変わるのを待つ。

突然、手に何かを感じる。

〈ディガー〉は驚かない。〈ディガー〉は驚いたことがない。

破れた仔犬の袋をかぶせたまま、銃を握る。ゆっくりと振り返る。

傍らに少年が立っている。〈ディガー〉の左手をしっかりつかんでいた。まっすぐ前を見据えている。

愛してる愛してる愛してる……

信号が変わった。

〈ディガー〉は動かない。

もっと……

「もう歩いていいんだよ」と言った少年は、破れた袋の仔犬を見ている。〈ディガー〉は歩行者用信号の緑色の人間を見る。

緑色の人間は幸せそうだ。

幸せがどんなものか。

ふたりは手を取りあって通りを横断する。

15

コロンビア特別区地形地質文書館は、七番通りとE通りの角に近い古色蒼然とした建物のなかに置かれている。

またこれは偶然ではなく、付近にはあまり知られていないシークレット・サーヴィスの施設と国家安全保障会議の特別本部室がある。

この文書館は、文献にあたろうという旅行者には開放されていない。建物の正面に掲げられた看板に気づいて足を踏み入れた訪問者は、受付に立つ武装した三人の守衛から慇懃《いんぎん》にこう告げられる。この施設は一般に公開されていませんし、展示もありません。ご興味をおもちくださったことには感謝します。よい一日を。さようならと。

ケイジ、パーカー、ルーカス――彼女は電話中だった――はロビーで待っていた。ルーカスが携帯を閉じた。「手がかりはなし。彼は消えたわ」

「目撃者は？」

「車のドライバーがふたり、黒っぽい服装の男が走っていったのを見てるわ。たぶん白人で、中肉中背だったんじゃないかって。確信があるわけじゃないのよ」

ケイジがあたりを見まわした。「どうしてはいれたんだ、ルーカス？　おれにはこんな真似はできないね」

今度はルーカスが曖昧に肩をすくめる番だった。大晦日は金策に走る日ということらしい。

そこへトーブ・ゲラーが小走りにやってきて、チームの仲間に会釈した。アイデンティ・スキャナーで指紋照合を受け、武器を金庫に預けた後、彼らはエレベーターに案内された。パーカーは上へ行くものと思っていたが、乗ったエレベーターは一階が最上階だった。ルーカスがB7のボタンを押すと、エレベーターは永遠とも思えるほどのあいだ降下していった。

文書館の内部に足を踏み入れると、そこは埃をかぶった古本や古地図が保管されている場所ではなかった。公認文書検査士のパーカーとしては、そうした文献との遭遇を思い描いていたのだが、実際はハイテク・デスク、電話、マイクロフォン、NEC製二十四インチのモニターがずらり並ぶ巨大な空間だった。大晦日の夜だというのに、いまも二十名あまりの男女が精巧な地図を映し出すモニターの前に座り、キーボードを叩きながらマイクに話しかけている。

見当識を失いかけたパーカーは周囲に目をやった。文書館に入館すると聞いて、まずは玄関の鍵を持つ役人を捜すことだと勝手に解釈していたのだが。

「これは？」と彼はゲラーに訊いた。

若い捜査官は如才なくケイジを見た。ケイジが話してかまわないというふうにうなずくと、ゲラーは答えた。「特別区の周辺二百平方マイルの地形図と地図のデータベースさ。ゼロ地点はホワイトハウス、とこの言い方はあまり喜ばれないんだけど。自然災害でもテロリストの襲撃でも核の脅威でも——それこそ何が起きた場合でも、政府は腰を据えるなり街を出るなり、どこでどうしたらいちばんいいのかをはじき出すわけだ。もっとも安全なルートはどれか、下院議員は何人生存しているか、上院議員は、といった具合にね。戦略爆撃の作戦本部室みたいで、かっこいいでしょ？」

「われわれはここで何をするんだ？」

「地図が欲しいって言うから」ゲラーは生まれながらのハッカーよろしく、興奮した面持ちで装置を眺めていた。「だったらここが世界のあらゆる地域を網羅したデータベースさ。地域のことを知らなくちゃいけないって、リンカーン・ライムが言ってたよね。もし、ぼくたちがわからなくても、こいつらにはわかるんだ」と彼は高さ六フィートのコンピュータの列に、愛情のこもった眼差しを投げた。

ルーカスが言った。「彼らはしぶしぶ使用許可をくれたわ。プリントアウトやダウンロードしたものは一切持ち出さないって条件で」

「出るときにチェックされるよ」とゲラー。

「なぜそんなに詳しい？」パーカーはゲラーに訊いた。

「それは、セットアップのとき手伝ったりしたからさ」

「もしかしてパーカー、あなた、この場所のことを知らなかったのね」

「問題はない」パーカーはエレベーターの脇でマシンガンを抱える二名の守衛を見た。

ルーカスが言った。「ライムが見つけた物件は？」

パーカーは持ってきたメモを読みあげた。「花崗岩、硫黄、煤、灰、土、それと煉瓦」

トーブ・ゲラーがモニターの前に腰をおろし、キーボードを狂ったように叩いた。画面にワシントンDCが浮かびあがる。驚くべき解像度だった。三次元に見える。パーカーはわれながら困ったものだと思いながら、ロビーとステフィがこんなモニターでマリオ・ブラザースをやったら大喜びするだろうと考えた。

ルーカスがパーカーに言った。「どこからはじめるの？」

「証拠を一件ずつあたる」彼は答えた。「それから可能性を絞っていく。パズルを解くのと一緒だ」

三羽のタカが農夫のニワトリを狙っていた……

「まず花崗岩。それに煉瓦の粉末と土」彼は考えこむと、「これは解体現場、建設現場を示唆している……」そしてゲラーに向かって、「このデータベースには載ってるのか？」

「載ってない」と若い捜査官が答える。「でも建設許可を受けてる人間をつきとめることはできるよ」

「やってくれ」

ゲラーは地上回線の電話を使った。こんな地下では携帯は通じないし、何よりワシントンにある保安施設には、壁に盗聴防止のシールドが施されているはずだった。

「つぎは？」パーカーは思案した。「硫黄と煤だ……これは工場を意味する。トーブ、空気汚染で地域を絞りこめるか？」

「もちろん。環境保護局のファイルがある」ゲラーはうれしそうにつけくわえる。「こいつは神経ガスや生化学兵器の浸透レベルまで計算するんだ」

キーを叩く音。

コロンビア特別区の産業とはあくまで政治であり、工業ではない。商業地区では、製品の保管と流通が大半を占めている。だが、やがて画面に映る街の一部が色を変えはじめた——それも汚染にふさわしい黄色にである。変色した大部分が南東部だった。

「彼はこのあたりにいるのね」とルーカスが言った。「住宅地区に隣接する産業は何かしら？」

ゲラーがキーボードを叩いて、住宅地近辺の産業地区という条件を入れた。これで多少は削られたものの、製造業の集まる地域は依然多く残されている。そうした場所は住宅地域に囲まれるように存在しているのだ。

「まだ多すぎるわ」

「もうひとつ証拠をくわえよう。灰だ」とパーカーは言った。「本来は動物の肉が焼けたものだ」

ゲラーの手がキーボード上で止まる。「それってどういうこと？」

ルーカスは首を振った。「その地域に食肉加工工場はある？」

当を得た指摘だった。パーカーもそのことを口に出そうとしていた。

ゲラーが答える。「何も引っかからない」

「レストランは？」とケイジ。

「絞り切れないだろう」とパーカーは言った。

「何百軒もあるよ」すぐにゲラーが確認した。

「ほかに焼けた肉がどこにあるっていうの？」ルーカスは誰にともなく言った。

パズル……

「獣医は」とパーカーは低い声で言った。「動物の死体を処理するだろう？」

「たぶんね」とケイジ。

ゲラーが画面を読みあげる。「数十軒てとこだね。このあたりで」

ルーカスがパーカーを見た。彼女の顔には、さっきまでの緊張とは別のものが宿っている。それは興奮かもしれなかった。石のように動かなかった青い瞳が、いまは輝く宝石となっていた。「人間の遺体はどうなの？」

「火葬場だ！」パーカーは言った。「そうだ！　それに研磨された花崗岩は——墓石だ。墓地を探すんだ」

ケイジが地図に目を凝らした。「アーリントン？」

国立墓地はポトマック川西岸に広大な土地を有している。花崗岩の粉末は至るところで見つかるだろう。

だがパーカーは納得しなかった。「近くに産業がない。汚染とは無関係だ」

するとルーカスが、「ここよ!」と言いながら、磨いてはいないが形の完璧な爪で地図を指した。「グレイヴズエンド」

トーブ・ゲラーがその部分を拡大した。

グレイヴズエンド……

コロンビア特別区の南東部。パーカーにはおぼろな知識しかない。一八〇〇年代初頭には奴隷を葬っていた記念墓地を、共同住宅、工場、空き地が取り巻く衰退した一画だった。彼はグレイヴズエンドの別の場所を示した。「ここに地下鉄の駅がある。未詳はまっすぐジュディシャリー・スクウェアまで——市庁舎まで来ることができた。付近には路線バスも通ってる」

ルーカスがおもむろに言った。「このあたりは知ってる——容疑者を逮捕したことがあるの。あちこちで取り壊しや建設工事をやってるわ。どこといって特徴もないし。誰も他人のことを詮索しない。家賃にしても、疑われないように現金払いっていうのが多いわ。隠れ家にするにはもってこいの場所ね」

近くにいた若い技術者が電話を取り、トーブ・ゲラーに受話器を手渡した。相手の話に耳をかたむけていた捜査官は、やがて顔をほころばせ、「いいぞ」と受話器に話しかけた。「大至急、文書研に持ってってくれ」ゲラーは電話を切ると、「やった……メイスン劇場でヴィデオを回してるやつがいた」

「〈ディガー〉のテープか?」ケイジが色めき立った。

「まだはっきりわからないって。画質がひどいらしいんだ。こっちはすぐにでも分析をはじめたいんだけど。グレイヴズエンドに行くのかい？」

「ああ」パーカーは言った。時計を見た。つぎの襲撃まで二時間半。

「MCPは？」ゲラーがルーカスに訊ねる。

「ええ。一台用意して」

そう、移動指揮所《モービル・コマンド・ポスト》だ。ハイテク通信および監視機器を搭載したキャンピングカーである。パーカーもそれに乗り、犯罪現場で文書分析をした経験があった。

「ヴィデオ・データ・アナライザーを積んでいく」とゲラーが言った。「それでテープを回せるから。で、場所は？」

ルーカスとパーカーは同時に声をあげた。ふたりが指さしたのは同じ墓地付近の空き地だった。

「そのへんはアパートが少ないが」ケイジが口を挟んだ。

パーカーは答えた。「だが商店やレストランが近い」

ルーカスが彼に視線を投げるとうなずいた。「まずそのあたりを調べれば、捜査対象を絞りこめると思うわ。そういう業種の人たちなら、地元の人間と接触する機会が多いはずだから。トーブ、C・Pとハーディを拾ってちょうだい」

捜査官は納得がいかないという顔をした。「ハーディも？　ほんとに連れてくのかい？」

パーカーも同じことを考えていた。たしかにハーディは好漢と呼べるような男だし、悪い警官ではなかった。しかし今度の事件は彼の身の丈《たけ》に合わない。ということはいずれ本人か、ほかの誰かが傷つくことにならないともかぎらない。

だがルーカスは言った。「彼を除いても、市は別の人間を押しつけてくるわ。少なくともハーディなら、私たちでコントロールできる。彼だったら、後ろの席でもおとなしくしててくれるわ」

「政治か」とケイジが吐き捨てた。

上着を着ているゲラーに向かって、ルーカスが言った。「精神科医はどうしたの？　ジョージタウンの？　もし本部に来てなかったら、誰かをやってグレイヴズエンドまで連れてこさせて」

「わかった」エレベーターまで走っていったゲラーは、そこで自らの予言どおり、徹底的な所持品検査を受けた。

ルーカスはグレイヴズエンドの地図を見つめた。「大きすぎるわ」

「考えがある」パーカーは言った。彼は脅迫状から知り得た、未詳についての情報を思い返していた。「やつがコンピュータを使い馴れてるんじゃないかと言ったこと、憶えてるか？」

「憶えてるわ」

「グレイヴズエンドで、オンライン・サーヴィスに申し込んでる人間のリストをつくるんだ」

ケイジが異議を唱えた。「何千という数になるぞ」

するとルーカスが、「いいえ、私はそうは思わない。市内でも指折りの貧しい地域よ。コンピュータにお金をかける余裕があるかしら」

「もっともだ。オーケイ、コム-テックにリストを作成させよう」

「それでもまだ広い範囲が残るわね」とルーカスが独り言のように言った。

「ほかにも思いついたことがある」とパーカーは言った。そしてエレベーターのところまで歩いていくと、やはりユーモアを知らない守衛から、万引きの容疑者のように念入りな検査をされたのだった。


ケネディは自室にいて、暗緑色の絨毯のぐるりを緩慢な動きで、円を描くように歩いている。携帯電話で話していたジェフリーズが、その通話を終えた。

「スレイドにもアイディアはあるんだが、なにしろ動きが鈍い」

ケネディはラジオのほうに手を振った。「しかし、街が大変な騒ぎになってるのに、私が一向に腰を上げようとしないという報道は早かったぞ。私が〈プロジェクト二〇〇〇〉のために金を惜しんで、警官の雇用凍結を解除しなかったという報道は早かった。メディアは、まるで私が共犯みたいな言い方をしてるじゃないか」

ケネディは三つの病院をまわり、〈ディガー〉の襲撃で負傷した人々と家族を見舞ってきた。だがそうした行動が評価を得たという感触はないのである。口を開けば誰もが、なぜもっと殺人鬼を捕まえる努力をしないのかと疑問をぶつけてくる。

「なぜＦＢＩ本部に行かないの？」ある女性は涙ながらに訴えてきた。

あの連中が私を呼ばないからだ、とケネディは胸のうちで憤怒をたぎらせた。だが口では穏やかに、「捜査は専門家に任せていますから」と答えた。

「ＦＢＩは仕事をしてないわ。あなただってそうよ」

その女性のベッドから離れるとき、ケネディは握手の手を差し出さなかった。彼女の右腕は、銃創がひどかったために切断されていたのである。

「スレイドが何とかしますよ」とジェフリーズが言った。

「遅い、遅すぎる。だいたいあの男はにやけすぎだ。にやけた連中は……信用ならん」ケネディは自分が吐いた偏執的な言葉に苦笑した。ジェフリーズも笑った。「頭がおかしくなりかけてるかね、ウェンディ？」と市長は訊いた。

「そのとおり。あなたの脳味噌がつぶれたら、つぶれたと報告するのが私の役目だ」

市長は腰をおろすと机上のカレンダーを見た。〈ディガー〉が登場しなければ、今夜は四つのパーティに顔を出す予定だった。フランス大使館、母校のジョージタウン大学、市の労働者組合会館、そしてもっとも重要であり、実際に新年を迎えるつもりでいた、南東地区の中心にあるアフリカ系アメリカ人教職員協会。この団体こそ、彼の〈プロジェクト二〇〇〇〉を市の一般教師たちに浸透させようと、熱心なロビー活動を展開していた一派なのである。彼とクレアはその支援のため、是が非でも出席する必要があった。だが市民をつけまわす狂人が現われたせいで、いずれのパーティにも、祝典にも参加することができなくなった。

怒りの波に貫かれたケネディは電話をつかんだ。

「何をするんです？」ジェフリーズが警戒するように訊いた。

「何かをだ」とケネディは答えた。「とにかく何かをする」彼はローロデックスに挟んだ、ある名刺の番号をダイアルした。

「誰ですか？」ジェフリーズは不審を募らせていた。

だが回線はすでにFBI本部とつながっており、ケネディは補佐官の質問には答えなかった。

いくつかの部署を経て、やがて回線のむこうに男の声がした。「はい」

「市長のジェリー・ケネディだ。そちらは？」

間があった。自ら電話をかけることの多いケネディは、挨拶がわりの沈黙にも馴れている。

「特別捜査官のC・P・アーデルです。ご用件は？」

「ルーカス捜査官といったか、彼女はまだMETSHOOTの捜査を担当しているのかね？」

「はい」

「代わってもらえるか？」

「いまこちらにはおりません。携帯のほうにつなぐことはできますが」

「そうか。じつは特別区の連絡員、ハーディ刑事と話そうと思って電話をした」

アーデル捜査官が言った。「お待ちください。刑事はここにいます」

しばらくして、「もしもし？」とためらいがちな声がした。

「ハーディか？」

「レン・ハーディです」

「こちらは市長だが」

「ああ。ご機嫌はいかがですか、市長？」男の声には若さとともに用心する気配が聞きとれる。

「事件の最新情報を報告してもらいたい。ルーカス捜査官やケイジ捜査官からは一言もない。〈ディガー〉のつぎの標的について、心あたりはないか？」

また間があく。「いいえ」

沈黙が長すぎる。ハーディは嘘をつこうとしている。

「まったくないのか？」

「私はチームの一員というわけではありませんので」

「ふむ、きみの仕事は連絡をすることじゃないのか」

「私の受けた命令は、作戦に関して報告書を書くことだけです。ルーカス捜査官はウィリアムズ本部長と直接連絡をとると言っています」

「報告書？ そんなのは言い訳だろう。いいかね。私はＦＢＩを信頼している。いまも懸命に襲撃事件を追ってるとは思う。しかし、現実に殺人鬼をどこまで追いつめたのか？ 事実を知りたい。戯言《たわごと》は必要ない」

ハーディは堅苦しい声を出した。「手がかりは二、三つかんでいます。現在は未詳の――トラックに轢かれて死んだ男の隠れ家に見当をつけたところです」

「どこだ？」

またも間があいた。ケネディにはＦＢＩと親方の板挟みとなり、身の置き場に窮している哀れな男の姿が目に見えるようだった。まったく馬鹿げた話だった。

「私は戦術的な情報を洩らす立場にはありません。申し訳ありませんが」

「いま攻撃されているのは私の街で、虐殺されているのは私の市民だ。答えたまえ」

またしても沈黙である。ケネディが顔を上げると、ウェンデル・ジェフリーズが頭を振った。

ケネディは怒りを抑えた。そして強いて理性的な口調で、「私の考えを聞いてもらいたい。犯人にとって、今度の事件の要諦は金にあった。殺人ではない」

「おっしゃるとおりだと思います、市長」

「もし私が殺人犯と話す機会をもてれば――その隠れ家ででも、八時に襲撃するという場所でもいい――彼を投降させることができると思っている。私が本人と交渉をしよう。きっとやれる」

ケネディは本気だった。自分には（六〇年代に活躍した同名の男のように）説得の才があると思っていたからである。それこそ難物の社長やCEO（最高経営責任者）など二十余人を相手にして、〈プロジェクト二〇〇〇〉の財源となる税の導入を巧みに受け入れさせてきたのだ。またあのゲリー・モスを口説いて、教育委員会のスキャンダルに関係した名前を告発させたのも彼自身だった。

二十分もあれば、たとえ殺し屋にマシンガンの銃口を向けられていても、それで十分だった。何らかの形で合意を取りつけてみせる。

「FBIの捜査によると」ハーディが言った。「犯人は交渉できるような相手ではなさそうです」

「それを判断するのは私だよ、刑事。さあ、男の隠れ家はどこだ？」

「しかし……」

「言うんだ」

回線に雑音が混じる。刑事はなおも無言だった。

ケネディは声を低めた。「ＦＢＩにおもねる必要はないんだよ。きみが対策本部にいることを連中がどう思っているか、それはきみも重々承知しているはずだ。コーヒーの誘いもないんだろう」

「それはちがいます。ルーカス捜査官は私をチームの一員として扱ってくれています」

「ほう」

「かなりの部分で」

「きみはお荷物扱いをされてるとは感じないのかね？　そんなことを訊くのは、私自身、そう感じているからだ。ラニアーに言わせると――ラニアー下院議員は知っているか？」

「はい」

「彼に言わせれば、今夜の私の仕事はモールの観客席で花火を愛でることだそうだ……。きみにとっても、私にとっても――コロンビア特別区はわが街なんだよ。さあ、隠れ家の場所を言ってくれ」

ケネディが目をやったジェフリーズは、人差し指と中指を交差させている。頼む……うまくいってくれ。こちらから乗りこんで、男を説き伏せてやろうじゃないか。投降するか、射殺するかのふたつにひとつ。いずれの結末となるにせよ、私の信用はそれで保たれる。そのどちらにしても、私はもうビール片手にCNNで事件の模様を見守るだけの市長ではなくなる。回線のむこう側で話し声がつづいた後、ハーディが電話口に戻ってきた。「申し訳ありませんが、市長、私は出かけることになりました。ここにも人員はいます。いずれルーカス捜査官から連絡がいくはずです」

「刑事……」

電話が切れた。

グレイヴズエンド。

パーカーとケイジを乗せた車は窪みにタイヤをとられて弾むと、ゴミの散乱する通りの縁石に寄って止まった。燃やされたトヨタのボディが、皮肉にも、消火栓にもたれるように放置されている。

ふたりは車を降りた。ルーカスは自分の赤いフォード・エクスプローラーを運転して、すでに指定した空き地に到着していた。両手を形のいい腰にあて、あたりに目を配っている。

糞尿と燃えた木、そしてゴミの臭いが強烈にただよっていた。

パーカーの両親は、父が歴史の教授を退いてから世界を旅するようになり、あるときトルコはアンカラのスラムに迷いこんでいた。筆まめな母から、その様子を伝える手紙が届いたことはいまも忘れずにいる。両親が世を去るまえにもらった最後の手紙だった。パーカーはそれを額に入れ、〝誰かさんたち〟用の壁の傍らに飾っていた。

ここの人たちは貧しいのです。そして人種の違い、文化、政治、宗教といったことよりも、その貧しさこそが彼らの心を石に変えてしまうのです。

パーカーは荒廃した風景を見ながら、そんな母の言葉をかみしめた。

十代の不良っぽいなりをした黒人少年がふたり、派手に落書きされた壁にもたれていたが、いかにも警官らしい男女が現われたのを見ると、敵意むきだしの表情でゆっくり歩き去った。

パーカーは不安をおぼえた——身の危険を感じたのではない。広さに圧倒されたのだ。家屋に小工場に空き地というスラムは、三ないし四平方マイルにわたっている。この都会のなかに無秩序にできあがった地域で、はたして未詳の隠れ家を見つけだすことができるのだろうか。思いも寄らない難題が待ちうけている。

三羽のタカ……

煙が流れてきた。ホームレスの男女やワルたちが、暖をとるために木切れやゴミをドラム缶で燃やしているのだ。車の残骸があちこちに見える。通りの反対側には打ち捨てられたような建物。そこに人が住んでいるとわかるのは、割れた窓を隠す赤いタオルのむこうに、電球がひとつ灯っていたからだった。

地下鉄の駅をすぎると、老朽化した煉瓦塀の先に、火葬場の煙突が夜空に向かって伸びていた。煙は出ていなかったが、その真上の空が熱気で揺らいで見えた。つねに火がはいっているのだろう。パーカーは身顫《みぶる》いした。その光景で思いだしたのが古い映画の——

「地獄ね」ルーカスがひとりごちた。「まるで地獄だわ」

パーカーは彼女を横目で見た。

ケイジが同意のしるしに肩をすくめた。

車が一台やってきた。防弾チョッキにかさばるウィンドブレイカーを着こんだジェリー・ベイカーだった。戦術捜査官にふさわしい出立ちとはいえ、どういうわけかカウボーイブーツを履いている。ケイジがコンピュータ処理した写真の束をベイカーに手渡した。死体保管所で撮った未詳の死顔だった。「こいつを捜査に使う。下に書いてある。〈ディガー〉の人相はそれしかわかってない」

「少ないな」

ケイジがまた肩をすくめる。

覆面車輛やヴァンがつぎつぎに到着した。ダッシュボードの点滅灯が商店の窓に反射する。FBIの車。白と青緑に塗られたDC警察のパトロールカーも、回転灯をつけっぱなしにしていた。男女合わせて約二十五名のうち、半数が連邦捜査官、残る半数が制服警官だった。ベイカーの合図で、全員がルーカスのトラックを囲んだ。ベイカーはプリントアウトを配布していった。

ルーカスがパーカーに言った。「ブリーフィングをする？」

「ああ」

彼女は声をあげた。「ジェファーソン捜査官の話を聞いてもらうわ」

パーカーはそれが自分の芸名であることを、一瞬だが忘れていた。どうやら秘密作戦には向かないようだ。「いま配った写真の男は、地下鉄およびメイスン劇場で起きた銃撃事件の容疑者だ。ここグレイヴズエンド付近に潜伏していたと思われる。男はすでに死亡しているが、仲間の銃撃犯はまだ拘束されていない。われわれはまず、男が潜伏していた先をすみやかに発見する必要がある」

「名前はわかりますか？」とひとりの警官が言った。

「未詳――死んだ男はジョン・ドー」パーカーは写真を掲げた。「銃撃犯にはニックネームがある。〈ディガー〉。それだけだ。彼の人相は渡した紙の下のところに書いてある」

パーカーはつづけた。「捜査の範囲を多少絞れる情報がある。隠れ家はおそらく解体現場か建設現場の付近で、墓地からは離れていない。それから容疑者はこんな紙を買った――」パーカーは透明なシートにはいった脅迫状と封筒を見せた。「この紙は日に焼けている、つまりこれを売った店は、南か南に近い向きに商品を並べている可能性が高い。コンビニエンス・ストア、ドラッグストア、雑貨店、紙を売ってる新聞スタンド、残らずあたってくれ。あと、男が使った筆記具も探してほしい。ＡＷＩの黒のボールペンだ。値段は三十九セントか四十九セント」

思いつくのはそれで全部だった。パーカーはルーカスにうなずいた。今度はルーカスが捜査官たちの前に出た。彼女は全員が注目するまで黙っていた。「いい、よく聞いて。ジェファーソン捜査官が言ったとおり、未詳は死んだけど、銃撃犯はまぎれもなく生きてるわ。彼がグレイヴズエンドにいるのか、隠れ家に潜伏しているのか、それはわからない。でもここにいるみんなには、相手は十フィート背後の遮蔽物のない場所に立っていると、つねに意識しておいてもらいたいの。彼は法執行官を撃つことになんの躊躇もないわ。だからこの近辺を捜索するときには、待ち伏せに注意を払うこと。利き腕は自由にしておいて、上着やコートのボタンははずしておくこと。ホルスターのスナップも留めないで」

彼女は口をつぐんだ。そのシルバー・ブロンドの痩せた女性に、全員の視線が注がれていた。

「八時——そう、二時間後には——容疑者はふたたび人の集まる場所を探して、銃弾を撃ちつくすわ。私はこれ以上犯罪現場をふやしたくないし、親や子を失った人たちの顔は見たくない。お悔やみを言うようなことはしたくないの。でもこの獣を見つけないかぎり、殺人はまた起きる。そんなことをさせてはいけないわ。私はそれを許さない。あなたがたも同じでしょう」

揺るぎのない声で語られるルーカスの言葉に、パーカーもまた引きこまれていた。シェイクスピアの『ヘンリー五世』の、〝兄弟の一団〟と呼びかける演説を思い起こした。ロビーが初めて劇場で観た演劇が『ヘンリー五世』だった。ケネディ・センターから戻った翌日には、息子はその演説を諳《そら》んじていた。

「いいわね」とルーカスは言った。「何か質問は？」

「容疑者の武装についての情報は？」

「ロング・クリップを装填、消音器付きフルオートのウジ。情報はそれしかないわ」

「許可はどこまで？」とある捜査官が訊ねた。

「容疑者を撃っていいかってこと？　それは全面的に許可するわ。ほかには？」手を挙げる者はいなかった。「オーケイ。交信は緊急周波数帯で。

余計なおしゃべりは慎むこと。何も見つからないという報告は入れないで。その必要はないわ。容疑者を見つけたら、掩護を要請して、背後に注意しながら事にあたること。さあ、隠れ家を見つけましょう」

なぜかパーカーも鼓舞されていた。銃はもう何年も撃っていなかったが、この手で〈ディガー〉を倒したいという気持ちに駆られた。

ＦＢＩと警察の混成チームは、ルーカスの指揮でグレイヴズエンド一帯の捜索に乗り出した。パーカーは感心しきりだった。彼女は優れた土地勘を発揮している。生まれながらの警官ということなのだろうか。

捜査官の半数は徒歩で、残りは車で出発した。後に残ったのはケイジ、ルーカス、パーカーの三人。ケイジは電話でしばらく話をしていた。

「トーブがＭＣＰを用意した。いまこっちに向かってる。劇場のテープは分析中だ。ああ、それからジョージタウンの心理学者もじきに到着する」

街灯のほとんどは灯がはいらない。銃で撃ち砕かれたものもあるようだ。何軒か開いている商店の蛍光灯に照らされ、通りは薄緑色に染まって見えた。捜査官二名が通りの反対側を探索している。ドラム缶に手をかざすふたりの若者に目を留めたケイジが、「話してくる」と言って空き地に向かった。ふたりはその場を離れたそうにしていたが、かえって怪しまれると考えなおしたようだった。ケイジが近寄っていっても、炎に目をやったまま黙りこくっている。

ルーカスが半ブロック先のピッツァ・パーラーに顎をしゃくった。「あそこを調べるわ」彼女はパーカーに言った。「ここでトーブと精神科の先生を待つ？」

「そうだな」

ルーカスはパーカーをひとり残し、通りを歩いていった。

気温が下がっていた。夜気に肌を刺すような感じが出てきている。パーカーは秋のころのそんな寒さが好きだった。子供たちを学校へ送っていくときにホットチョコレートのマグをもてあそんだり、感謝祭の夕食用に買物をしたり、ラウドン郡でカボチャを採ったりした思い出が甦ってくる。だが今夜は鼻の奥や耳や指先に痛みを感じるだけだった。剃刀で切られたような感覚である。彼は両手をポケットに突っ込んだ。

捜査官たちがいなくなったためか、住民たちが通りに戻ってきていた。二ブロック先のバーから、別段特徴のない黒っぽいコート姿の男が出てくると、のろのろと歩きだし、換金商のある暗がりにはいっていった。たぶん小便をするのだろうとパーカーは思った。

明らかに客待ちといった風情の長身の女性、あるいは服装倒錯者が、人が散るのを待って路地から現われた。

アーケードから出てきた若い黒人の三人組が、麦芽酒のコルト45の栓を抜くと、大声で笑いながら路地に消えていった。

パーカーは通りのむこうに何気なく目をやった。

中古品店があった。閉まっていたので、あまり気にも留めなかったのだが、ふと見ればキャッシュ・レジスター付近の棚に安物文具の箱が積まれている。未詳がそこで紙と封筒を買ったとは考えられないだろうか。

彼は店先まで歩いていき、たまたま近くに灯っていた街灯の光を手でさえぎりながら、脂じみたウィンドウ越しに紙の包装紙を見きわめようとした。手がかじかんでいた。すぐ脇のゴミの山でネズミがうごめいた。パーカー・キンケイドは思った。狂ってる。こんな場所に用はない。

それでも彼はボマー・ジャケットの袖を上げた。その羊毛の部分で、几帳面な窓拭きのように汚れたガラスを慎重にこすりながら、店内の商品に目を凝らした。

16

「見たことあるな。ああ、たぶん」

マーガレット・ルーカスは胸が高鳴るのを感じた。彼女は未詳の写真を、ピッツァ・パーラーのカウンターで働いていた男のほうに近づけた。トマトソースの染みだらけの白衣を着た、丸々と肥ったラテン系の男はじっと写真を見つめた。

「よく考えて」とルーカスは言った。おねがい。ここで何かをつかめれば……

「たぶん。けど自信はないな。なにしろここは人が入れかわり立ちかわりだからね」

「とても重要なことなの」

彼女は検視で未詳の胃からステーキが見つかったことを思いだした。店のメニューにステーキはなかった。だが終夜営業のレストランは地下鉄の駅付近の一軒だけだし、未詳が過去数週間にこの店を利用した可能性はあるはずだった。脅迫の手口をここで練ったことだって考えられる――薄暗い照明の下、ぼろぼろのテーブルに座って文書を下書きしていたかもしれない。脂っこい食事を口に運ぶ悲しい人々を眺めながら、自分の賢さに悦に入っていたかもしれないのだ。これから大金持ちになる自分を思って。

彼女は忍び笑いを洩らした。たぶん賢さと傲慢さでいえば、男も自分も変わりなかった。そしてキンケイドも。

三人は似た者同士。

屋根にとまった三羽のタカ。一羽は死んだ。残る二羽は屋根の上。あなたと私よ、パーカー。

店員の茶色の目が彼女の青い目を覗きこむ。ふたりは後ろめたそうに写真に目を落とした。男はついに敗北を認めたらしく、首を振った。「いや、やっぱり思いちがいだ。悪いね。それはそうと、一枚どうだい？　ダブルチーズ、出来たて。うまいよ」

ルーカスは首を振った。「ほかにここで働いてる人はいる？」

「いや、今夜はおれひとりさ。休日出勤。あんたもそうらしいね」男は言いにくそうにしながら、「休みの出勤は多いの？」と訊いてきた。

「わりとね。ありがとう」

ルーカスは入口に向かった。そこで立ち止まると外を見た。

支局の捜査官が通りのむこうを調べている。ケイジはまだ空き地でワルたちと話しており、キンケイドはウィンドウに王冠でも見つけたような目つきで中古品店を物色していた。

ほかの捜査官はそれぞれ彼女の割り当てた場所へ向かった。あれで本当に正しかったのだろうか。捜査テクニックについて書かれた本をどれほど読んだとしても、肝心なのはそれを応用することだった。キンケイドのパズルを解くのとまるっきり同じなのだ。約束事のその先までを見とおさなければならない。

脂ぎったガラスを通して、グレイヴズエンドの荒《すさ》んだ通りが煙と闇に紛れていくのが見える。あまりに大きすぎて、とても突き破れそうにないという気分に襲われる。ジョージタウンの精神科医も、オンライン・サーヴィス契約者のリストも……何もかもが焦《じ》れったい。それに手がかりが少なすぎる。ルーカスは爪が食いこむほどきつく拳を握りしめていた。

トーブ・ゲラーの到着が待ち遠しい。

「お嬢さん？」背後に声がした。「捜査官のお嬢さん。これ」

ルーカスは振り向いた。怒りが蒸気のごとく消散した。カウンターの男がスタイロフォームのカップに注いだコーヒーを差し出していた。片方の手には砂糖のパックふたつ、クリームの小さな容器とスプーンがのっている。

髪を手櫛でバックに撫でつけていた男は、見捨てられた仔犬の眼差しで彼女を見つめた。そして「外は寒いよ」と言った。

そんなさりげない賞賛に感激したルーカスは、微笑してカップを受け取り、砂糖をひとつ入れた。

「今夜はいいことがありますように」男は言った。

「あなたにも」と答えて、彼女は外に出た。

グレイヴズエンドの寒々とした通りを歩いていく。

ひどい味のコーヒーを啜ると、口のまわりに温かい湯気がまとわりつく。寒さがましていた。まだこれからよ、と彼女は思った。もっと寒くなればいい。きょうはまるで秋の陽気だった。だから……狂ったように雪が降ればいい。

通りに視線を走らせる。支局のふたりの捜査官は姿が見えなくなっている。おそらく隣りのブロックに移ったのだろう。ケイジも消えていた。キンケイドはいまなお集合地点に近い店を覗いている。

キンケイド……

いったいどんな事情があったのだろう。特別主任捜査官を棒に振るというのは。ルーカスには理解できなかった――ＳＡＣは副長官職、さらにその上へとつづく彼女の地図のつぎなる目的地だったのである。もっともその地位を望まない理由は謎でも、彼がいやいや引き受けるのではなく、はっきりノーと言ったことに対しては敬意を抱いていた。

キンケイドが人生の周囲にめぐらせた壁とは何を意味するのだろうか。その答えはわからないけれど、壁の存在は明瞭に見える。マーガレット・ルーカスは壁を知っていた。彼を見ていると自分のことを思いだす――というよりむしろ自分たちのこと、と複数で言うべきかもしれない。ジャッキーとマーガレットのふたりだ。まえに読んだ、とりかえっ子の話を頭に浮かべながら、パーカーは子供たちに何の本を読んで聞かせるのだろうと考えてみる。ドクター・スース。これは子供たちのニックネームになっているのだから間違いない。たぶんプーも。それからディズニーも。郊外の家でくつろぐ彼の姿が見えるようだった。そのむかしジャッキーが住んでいたのとよく似た家——彼は暖炉に火が燃える居間で、傍らに寝転がる子供たちに本を読んでいる。

ルーカスの目が、集合地点のほうに向かって舗道を歩くラテン系の若夫婦に注がれた。妻は黒のスカーフを巻き、夫は胸にテキサコのロゴがついた薄手のジャケットを着ている。夫が押していた乳母車には、産着《うぶぎ》につつまれた赤ん坊の幸せそうな顔。ルーカスはとっさに、子供のパジャマを縫うのに自分ならどんなフランネルを買うだろうと考えていた。

夫婦は歩きつづけている。

ねえ、パーカー、あなたはパズルが好きでしょう?

あなたに出題するわ。妻と母親の難問を。

夫なしで妻になるにはどうしたらいいか。子供なしで母親になるにはどうしたらいいか。むずかしいでしょ。でもあなたは賢いし傲慢で、三羽めのタカよ。あなたなら解けるわ、パーカー。

ルーカスは人気のほとんどなくなった通りで街灯にもたれ、その鉄柱に腕を絡ませた。利き腕を自由にという自らの命令に背いて右腕を絡めた。鉄柱を握った。必死で握った。泣きそうになるのをこらえた。

夫なしの妻、子供なしの母親……

降参する、パーカー?

答えは私よ。私はアレクサンドリア墓地の、冷たい土のなかに横たわる男の妻。彼の隣りに眠る子供の母親。

妻と母親の難問……

もう一問。氷はどうしたら燃える？

十一月の暗い朝、感謝祭の二日まえ、あなたの誕生日の六日まえ、暑い秋の日、墜落して爆発した飛行機は、金属とプラスティックとゴムの屑になる。

そして肉と。

そうすれば氷は燃えるわ。

そして私はとりかえっ子になった。

そう、答えを知っていればパズルは簡単ね、パーカー。

とても単純、とても……

待って。彼女は街灯から手を放した。深呼吸をする。泣きたい気持ちを振り捨てる。もう十分だった。

気を散らすことは、ルーカス特別捜査官の規律に反している。支局に配属されてからの彼女は、ふたつのルールを胸に刻んで行動してきた。ひとつは、〝詳細《ディーッ》は集めすぎることはない〟というもの。もうひとつは〝集中〟。

いま彼女が自らに強いているのが〝集中〟だった。

もう一度深呼吸をして周囲を見る。そばの空き地に動きがある。悪そうな恰好をした少年だった。ドラム缶のところに立って仲間を待っていた。十代の少年の行動というのは、三十代のそれにくらべてはるかに危険なのだ。彼はこちらを睨みつけている。

さらに一ブロック先の、換金商がある暗がりに人影を見たような気がした。目を細める。誰かいる？　暗闇にひそんでいる？

人の動く気配はなかった。思い過ごしらしい。幽霊が出てきそうな場所だった。

グレイヴズエンド……

彼女はコーヒーの残りを捨てて空き地に向かった。少年に謎の未詳のことを訊ねてみるつもりだった。ポケットからコンピュータのプリントアウトを引き出すと、錆びた車の部品やゴミの山を縫うように歩いた。かつてのジャッキー・ルーカスが〈メイシーズ〉の香水売り場を軽やかに通り抜け、スポーツウェアのセール会場に赴いたときの足取りで。

パーカーは失望とともに中古品店から離れた。

店内にあった文具は、封筒もふくめて脅迫状に使われたのとは別物だった。彼はあたりに目をやると激しく身をふるわせた。ステフィのダウン・ジャケットはサイズが合わなくなっている。新しいのを買ってやらないと。ロビーは？　ロビーは赤いフリースを持っているが、彼には革のボマー・ジャケットを着せるつもりだった。息子は父の恰好に憧れていた。

パーカーはまた身をふるわせた。足までがたついている。

ヴァンはまだか？　やはりオンライン・サーヴィス加入者のリストが必要だった。解体と建設の情報も知りたい。あとは精神科医。銃撃の模様を写したヴィデオテープの中身も気になった。

パーカーはまた荒れ果てた通りを眺めた。ルーカスも、ケイジもいない。ヒスパニックらしい若いカップルが乳母車を押してやってくる。約三十フィートの距離だ。彼はロビーが生まれたころのことを考えていた。ジョーンともあんなふうに、夕食後の散策を楽しんだものだった。

換金商の陰で背を丸める男に目がいく。男はいつまでもそこにたたずんでいる。パーカーはポケットに未詳の写真を探った。自分でも聞き込みをしてみようと思い立った。

しかし奇妙なことが起きた……。

暗さとドラム缶の煙で鮮明ではなかったが、顔を上げた男が、コートから黒く輝くものを抜き出したのである。

パーカーは立ちすくんだ。文書館の近くで尾行をしてきた男!

〈ディガー〉だ!

パーカーはポケットに手を入れた。

銃がない。

ケイジの車に乗っているとき、銃が腰にあたるので位置をずらした。それでフロントシートに落としてしまったのだ。

男はパーカーとの中間にいたカップルに目をくれると、サイレンサー付きのウジとおぼしきものを構えた。

「伏せろ！」とパーカーが叫ぶと、カップルは茫然として歩みを止めた。「伏せろ！」〈ディガー〉は彼のほうに銃を構えなおす。パーカーは路地の暗がりに飛び込もうとした。が、ゴミにけつまずき、地面に身体を強打した。息ができずその場に倒れていると、男は一気に距離を詰めてくる。パーカーはカップルに向かってもう一度叫んだが、喉から出てくるのは激しい喘ぎばかりだった。

ケイジはどこだ？　パーカーには見えなかった。ルーカスも、ほかの捜査官の姿も見えなかった。

「ケイジ！」と呼ぶ声はやはりかすかな囁きだった。

〈ディガー〉はわずか十フィート先のカップルに迫っていた。ふたりはまだそれに気づいていない。

パーカーは立ちあがろうともがきながら、若い男女に伏せろと夢中で手を振った。〈ディガー〉の丸い顔は、感情のない仮面だった。一度引金を引けば夫婦と赤ん坊は即死だ。

殺し屋が銃の狙いを定める。

「伏・せ・ろ！」パーカーは声を振り絞った。

そのとき、迫力ある女の声が響きわたった。「動くな。ＦＢＩよ！　武器を捨てないと撃つ！」

殺し屋が振り返り、異変を知った夫婦の間から喉を締めつけるような悲鳴があがった。夫は妻を押しやると、乳母車に覆いかぶさった。

「武器を捨てろ、捨てなさい！」とルーカスは叫びながら、伸ばした片手で男の広い胸を完全に射程におさめたまま、落ち着きはらった歩調で進んでいく。

〈ディガー〉は銃を捨て、両手を宙に差しあげた。

ケイジが武器を手に通りを渡ってくる。

「うつぶせよ！　うつぶせ！」

ルーカスの発した声は、パーカーには思いも寄らない荒々しいものだった。

男は丸太のように地面に伏せた。

ケイジは電話で掩護を要請していた。パーカーは捜査官数名が駆けつけてくるのを見て、ようやく立ちあがった。

ルーカスはしゃがみこむと、殺し屋の耳に銃を押しつけた。

「ちがう、ちがう」男は泣き声を出していた。「ちがう、ちがうんだ……」

ルーカスが左手だけを使って男に手錠を掛けた。標的を狙った銃は小揺るぎもしない。

「どうして――」男は言葉を詰まらせた。

「黙れ！」ルーカスが吠えた。彼女は男の頭にあてた銃をさらにきつく押した。男の股間から湯気が上がる。恐怖で膀胱を空にしたのだ。

パーカーは脇を押さえながら、どうにか空気を吸いこんだ。

同様に大きく息をついたルーカスが後ろにさがり、武器をホルスターにしまった。通りに出て、険しく冷たい目をパーカーと容疑者に向ける。それから怯える若夫婦のところへ歩み寄って話をはじめた。最後にふたりの名前をノートに書きとめた。父親はパーカーにおぼつかない視線を投げると、妻をうながすようにして歩きだし、集合地点から脇道のほうへと折れていった。

ケイジがボディチェックをする傍らで、ひとりの捜査官が男の武器を拾いあげた。

「銃じゃない。ヴィデオカメラだ」

「何だって?」とケイジが言う。

パーカーは眉をしかめた。たしかにカメラだった。コンクリートに落としたせいで壊れていた。

ケイジが身体を起こした。「武器は持ってない」彼は男の蛇革の財布をあらためた。「アンドルー・スローン。住所はロックヴィル」

また別の捜査官が無線で連邦、メリーランドおよびヴァージニアに前科を確認した。

「やめてくれ――」スローンが抗議をはじめた。

ルーカスが前に出て怒鳴った。「答えていいと言うまで、あなたは黙ってなさい! わかったわね」彼女の怒りようはすさまじいものだった。スローンが答えないでいると、彼女はしゃがみこみ、男の耳もとで「わかったの?」と囁いた。

「わかった」男は感情のない声で答えた。

ケイジは男の財布から名刺を一枚抜いた。それをルーカスとパーカーに示した。**ノースイースト・セキュリティ・コンサルタンツ**と書かれている。ケイジは、「私立探偵だ」とつけたした。

「前科はなし」と無線連絡を入れた捜査官が言った。

ルーカスがケイジにうなずく。

「依頼人は誰だ？」とケイジが訊ねた。

「答える必要はない」

「そうだ、アンディ、あんたは答える必要はない」

「依頼人の身元は極秘事項だ」とスローンはよどみなく言った。

新たに二名の捜査官が到着した。「押さえたのか？」とひとりが訊いた。

「ああ」ケイジは小声で言った。「起こしてやれ」

捜査官たちはスローンを荒っぽく引き起こし、縁石に座らせた。ズボンの濡れた部分に目を落としたスローンは、狼狽するというより怒り狂った。「クソ野郎め」と彼はケイジに言った。「こっちも法律の学位をもってる身だ。自分の権利ぐらい知ってる。あんたたちが陰でこそこそやってるとこをヴィデオに撮ってやりたいね。ああ、撮ってやる。こっちは天下の公道にいて、しかも——」

ルーカスが男の背後から近づいて腰をかがめた。「あなたの……依頼人は……誰なの？」

パーカーは身を乗り出すと、街灯をさえぎるなとケイジに手で合図した。男の顔をよく見るためだった。「待った。この男は知ってる」

「見憶えがあるの？」とルーカス。

「ある。このまえ〈スターバックス〉にいた。それにこの二日のあいだには、ほかの場所でも見かけた気がする」

ケイジが男の腿を軽く蹴った。「あんたはおれの友達を尾《つ》けまわしてるのか？　ええ？　どうなんだ？」

そうか。パーカーは事情を呑みこんだ。なんてことだ……「男の依頼人はジョーン・マレル」

「誰？」

「別れた妻だ」

スローンの顔に反応はなかった。

パーカーを絶望が襲う。彼は目を閉じた。くそっ……今夜までは、探偵の撮り溜めたテープのどこを見ても、パーカーの勤勉な父親ぶりが証明されるはずだった。保護者会に出席し、学校やスポーツの練習の送り迎えで日に二十マイルは車を運転した。料理も買物も掃除もやった。〝誰かさんたち〟の涙を拭いてやり、スズキのピアノを一緒に弾いた。

だが今夜は……。スローンは、パーカーが街でも有数の犯罪地帯にいるところを目撃したのである。しかも休日だというのに子供たちを欺き、ベビーシッターにあずけている……

キンケイドさん、あなたもご承知のとおり、司法制度には、子供はできうるかぎり母親のもとにおくという考え方があります。しかしながら今回の件では、あなたの仕事がロビーとステファニーの発育に何ら害をおよぼさないと確約をいただくことを条件に、ふたりをあなたのもとにおくという判断を下したいと思います……

「本当か？」ケイジが声に凄みをきかせた。

「ああ、そうだそうだ。おれを雇ったのはその女性だ」

ケイジがパーカーの顔色を見て訊いた。「まずいのか？」

「ああ、まずい」

世界の終わりだ……

ケイジは探偵を睨めまわしてから、「親権を争ってるのか？」とパーカーに質した。

「そうだ」

ルーカスが嫌悪もむきだしに言った。「ここから放り出して。カメラを返すのよ」

「壊れたぞ」とスローンはすぐさま言い返した。「弁償してもらうからな。かならず」

ケイジが手錠をはずした。スローンはふらつきながら立った。「親指を突き指したらしい。ひどいことしやがって」

「それはすまなかったな、アンディ」とケイジ。「で、手首のほうはどうだ？」

「痛いよ。訴えてやるから、おぼえとけ。その女は手錠をわざときつく嚙ませた。おれだって手錠をはめた経験はあるが、あそこまできつくやることはないんだ」

パーカーは今後のことで頭を悩ませている。両手をポケットに突っ込み、足もとの地面を見つめた。

「アンディ」ケイジが訊いた。「九番通りでおれたちを尾行したのもあんたか？　一時間まえに」

「たぶんね。でもおれは法律を破っちゃいない。よく調べるんだな、おまわりさん。誰でも人前で好きなことをやる権利がある」

ケイジはルーカスのほうに歩いていった。そして何かを耳打ちする。ルーカスは顔をしかめて時計を見たが、しぶしぶうなずいた。

「ミスター・スローン」とパーカーが切り出した。「この件で話しあうことはできないだろうか」

「話しあう？ 何を？ こっちはテープを依頼人に手渡す。見たことを伝える。それだけさ。告訴はするかもしれないが」

「アンディ、あんたの財布だ」ケイジはスローンに財布を返すと、長身を折るようにしてスローンの耳に囁きかけた。途中でスローンが口を開こうとしたが、ケイジは指を出してそれを制した。話は二分で終わった。ケイジが相手の目を覗きこむ。スローンが疑問をひとつ言葉にした。ケイジは頰笑みながら首を振った。

捜査官はルーカスとパーカーのところに戻った。すぐ後ろにスローンを従えていた。

ケイジが言った。「さあ、アンディ、ミスター・キンケイドに雇用主の名前を言ってくれ」

希望を打ち砕かれたパーカーは上の空だった。

「ノースイースト・セキュリティ・コンサルタンツ」探偵はいまだ手錠をはめられているかのように、両手を前で組んでいる。

「で、社でのきみのポジションは？」

「セキュリティ専門だ」

「で、今夜の仕事の依頼人は？」

「ミセス・ジョーン・マレル」スローンはあっさり答えた。

「何を頼まれた？」ケイジは検事のように追及する。

「夫を尾行しろと。別れた夫を。子供の監護権をめぐって、夫に不利な証拠を見つけてくれと」

「で、ミセス・マレルがその訴訟で有利になるような材料は見つかったのか？」

「いいや、見つからなかった」

その答えがパーカーの気を惹いた。

「それどころかミスター・キンケイドは……」スローンは口ごもった。

ケイジが科白をつけた。「欠点がない」

「欠点のない父親だった……」スローンは言いよどんだ。「おれなら〝申し分ない〟って言うな。そのほうが言いやすい」

「いいだろう。〝申し分ない〟で結構だ」

「申し分ない父親だ。それに目撃したかぎり……ええと」スローンは考えこんだ。「彼は子供や子供の幸福を脅かすような真似はしていない」

「撮影したヴィデオテープには、彼が危険な行動をしている場面は写ってなかったか？」

「いいえ。ヴィデオの撮影はしなかった。依頼人の利益になるようなものも見ていない」

「依頼人には何て報告するつもりだ？　今夜のことを？」

スローンは言った。「真実を話す」

「どんな？」

「ミスター・キンケイドは病院に友人を見舞ったと」

「どこの病院だ？」ケイジがスローンに訊ねる。

「どこの病院？」スローンがパーカーに訊ねた。

「フェア・オークス」

「そうだった」スローンは言った。「私はそこへ行ったんだ」

「これでうまくいくか？」とケイジ。「少々乱暴な報告だったが」

「ああ。うまくやる。やってみせるさ」

「よし。じゃあここから失せろ」

スローンはヴィデオカメラの残骸からテープを出した。テープを受け取ったケイジは、それをドラム缶に放りこんだ。

私立探偵は、捜査官に撃たれるとでも思ったのか、しきりと背後を気にしながら姿を消した。

「やつに何を言ったんだ？」パーカーが言った。

ケイジは肩をすくめた。パーカーはそれを「訊くな」という意味に解釈した。

奇蹟を起こす男、ケイジ……

「ありがとう。あのままだったらどうなってたか――」

「キンケイド、武器はどうしたの？」不意にルーカスが口を挟んできた。パーカーは彼女のほうを向いた。

「持ってるつもりだった。たぶん車のなかだ」

「手順を忘れたの？　現場に出るときには、銃を点検し所持を確認すること。アカデミーの一週目に習ったでしょう」

「だから――」

だがルーカスの顔はふたたび冷たい怒りに染まっていた。彼女はかすれた声で、「どういうつもりでここにいるの？」

「だから言ってるだろう、おれは戦術の人間じゃないって……武器のことには頭がまわらない」

「頭がまわらない？」ルーカスは吐き捨てた。「いい、キンケイド、たしかにあなたはこの数年、セサミ・ストリートで人生を送ってきたわ。いますぐそっちの世界に戻るなら、これでどうもありがとう、協力に感謝する。でも船に残るつもりなら、銃を持って一緒に荷物を背負ってもらうわ。あなたは子守りに馴れてるかもしれないけど、私たちはちがうから。で、降りるの、残るの？」

ケイジは微動もしなかった。その肩さえ動くことはなかった。

「残る」

「わかった」

ルーカスは、パーカーが黙って従ったことに満足したふうでもなく、かといって激昂を詫びる様子もなかった。彼女は言った。「じゃあ銃を持って仕事に戻りましょう。時間がないわ」

17

大型のキャンパー、ウィネベーゴがグレイヴズエンドの通りを走ってきた。

ＭＣＰ。移動指揮所である。バンパーにはステッカーが貼られている。**ノース・キャロライナ・ケンネル協会主催ドッグ・ショー　注意：ブルーリボンを見て急ブレーキを踏むことあり　ブリアールを扱ってます。**

　このステッカーは容疑者を欺くために貼ったのだろうか、それとも局が本物のブリーダーから中古のヴァンを買ったのか。

　キャンパーが縁石に寄って停まり、ルーカスの合図でケイジとパーカーは乗りこんだ。車内に充満する匂いで、以前の所有者は犬の飼い主だとすぐにわかった。それでも温かい。寒さと、あの探偵の騒ぎとがあって、パーカーはふるえが止まらない。冷え込みから逃れられるだけでありがたかった。

コンピューター・コンソールでは、トーブ・ゲラーがヴィデオのモニターを見つめていた。スクリーン上の画像は千のブロックに分解され、抽象的なモザイクと化している。ゲラーはボタンを叩き、トラックボールを転がしてコマンドを入力した。

レン・ハーディ刑事はその近くに座っており、サイズ44のジーンズをはいたC・P・アーデルは数カ所に仕切られたブースの壁にもたれている。ジョージタウン大学の精神科医はまだ到着していなかった。

「メイスン劇場が銃撃されたときのヴィデオだよ」ゲラーは画面から目を離さずに言った。

「役に立ちそう？」とルーカスが訊ねた。

「あんまり」と若い捜査官はつぶやいた。「いまのところはね。フルスクリーンにして、リアルタイムで見るとこんな感じ」

ゲラーがいくつかキーを叩くと画像が縮小され、識別できるようになった。劇場内部の映像だったが、全体が暗く不鮮明で、しかも激しく揺れている。隠れる場所を求めて逃げまどう人々が映っていた。

「〈ディガー〉が撃ちはじめてから」とC・Pが説明する。「客席にいた観光客がカムコーダを回したんだ」

ゲラーはさらにキーを打って画像を多少鮮明にすると、テープを停めた。

「これか？」ケイジが画面をさわって訊いた。「これがやつか？」

「そう」ゲラーはテープをスローモーションで回した。

パーカーにはまるで区別がつかなかった。第一映像が暗く、撮影者が身をかがめたときにはカメラが跳ねていた。スローモーションの画面が流れていくなかで、ゲラーが〈ディガー〉だと指摘した黒い影の中央に、銃の閃光がぼんやりと見えた。

ハーディが言った。「状況がはっきりしないだけに、余計に怖いな」

パーカーは黙っていたが、思いはハーディと同じだった。ルーカスは身を乗り出して画面を凝視している。

ゲラーがつづけた。「ここがいちばんよく映ってる」画面が停止する。彼が画像を拡大していくにつれ、四角のブロックが大きくなって鮮明度が落ちた。画像はやがて明暗を示すマスの寄せ集めになった。「やつの顔が見分けられるように努力してるんだけど。九十パーセントの確率で白人。いまはそれぐらいだね」

パーカーは何かを認めていた。「戻してくれ。ゆっくり」

ゲラーがボタンを押すと、ブロックが小さくなり、像を結びはじめる。

「停めろ」とパーカーは命じた。

〈ディガー〉の胸から上の画像だった。

「見ろ」

「何を？」とルーカス。

「何も見えない」とケイジが目を細める。

パーカーは画面を叩いた。〈ディガー〉の胸と思われるあたりの中心に明るい部分があった。

そこをV字形に囲むようにやや暗い部分と、その周囲をもっと暗い部分が覆っている。

「光が反射してるだけよ」ルーカスがもどかしそうに答えた。彼女は時計を見た。

パーカーはなおも言った。「じゃあ光は何に反射した？」

全員がその部分に注目した。しばらくしてゲラーが、「そうか」と声をあげ、ハンサムな顔をほころばせた。「わかった気がする」

「何だ、トーブ？」とパーカー。

「あんたは敬虔なカソリックじゃないのかい、パーカー？」

「ちがう」彼は『スター・ウォーズ』の神学のほうが性に合うと感じる、堕落した長老派である。

「ぼくはイエズス会の学校に通った」とハーディが言った。「役に立つなら」

しかしゲラーは他人の信仰の歴史には興味を示さなかった。彼は狭いスペースを回転椅子に座ったまま動いた。「試してみよう」と言って、引出しから小型のデジタルカメラを取り出すと、それをパーカーに渡し、コンピュータとケーブルで接続した。そしてペーパークリップをXの形に折り曲げ、シャツのボタンを二個はずした胸に押しあてた。「撮ってみて。シャッターを押すだけだから」

パーカーは言われたとおりにしてカメラを返した。コンピュータと向きあったゲラーがキーを叩くと、画面に若い捜査官の暗い画像が現われた。「ハンサムな男だな」と言いながら、ゲラーがさらにコマンドを打ちこむと、銀色に光るペーパークリップが拡大されていく。最後には〈ディガー〉の絵とまったく同じような、明るいブロックとなった。

「違いがあるとすれば」ゲラーは言った。「やつのほうが黄色がかってる。つまり、われらが相手は金の十字架をしてるってことさ」

「銃撃犯の人相書につけたして送って」とルーカスが命じた。「それと白人と確認したことも」

ケイジが無線でジェリー・ベイカーと連絡をとり、その情報を捜査陣に伝えるように言った。

〈ディガー〉の唯一の特徴——十字架。

信仰が深いのか。

ただのお守りなのか。

あるいは勲章がわりに犠牲者の身体からむしり取ったものなのか。

ケイジの電話が鳴った。話を聞き終えると、彼はがっかりしたように肩をすくめた。「航空局の知人だ。ヘリのレンタルの件で、地域の運航業者すべてに問い合わせてくれた。未詳の人相と一致する男が、メリーランドのクリントンにある会社でヘリコプターをチャーターしてる。ギルバート・ジョーンズと名乗ったそうだ」

「ジョーンズ?」C・Pが皮肉っぽく言った。「まったく、めずらしい名前だな」

ケイジはつづけた。「現金で払ってる。フェアファクスで荷物をピックアップして、そのあと一時間フライトするという契約だったが、ジョーンズはその行先を言わなかった。けさの十時半の時点で指示を出すつもりだったんだろう。だが指示はなかった。パイロットが事実を確認してる」

「ジョーンズは住所か電話番号を残してないのか？」

ケイジが肩をすくめたのは、どちらも虚偽であるという意味だった。

ドアが開き、ＦＢＩのウィンドブレイカーを着た男がルーカスに会釈した。

「ああ、スティーヴ」

「ルーカス捜査官、エヴァンズ博士をお連れしました。ジョージタウンの心理学者」

男が車に乗りこんできた。「こんばんは。ジョン・エヴァンズです」落ち着いた深みのある声の持ち主にしては、思いのほか短軀の男である。黒髪には白いものが混じり、たくわえた髭はよく手入れがされている。パーカーはすぐに好感をもった。着古したチノパンツ、グレイのカーディガンという服装にふさわしい屈託のない笑みを浮かべた男は、ブリーフケースのかわりに、相当使いこんだとみえるごついバックパックを背負っていた。目をすばしこく動かして、早くも車内にいた全員の観察をするような調子だった。

「お越しくださったことを感謝します」とルーカスが言った。「こちらはケイジ捜査官にゲラー捜査官、そこにいるのがアーデル捜査官。ハーディ刑事。私がルーカスです」ルーカスはパーカーを横目で見た。パーカーはうなずき、本名を明かすことに同意した。「そしてこちらがパーカー・キンケイド――以前局に在職していた文書の専門家です。彼は極秘で参加していますので、そのことは他言なさらないでいただきたいのですが」

「わかりました」とエヴァンズは答えた。「私も匿名の仕事をずいぶんやっています。自分のウェブサイトを開くつもりなんですが、あちこちから文句が出てきそうでして」彼は腰をおろした。「メイスン劇場の事件のことは聞きました。いまはどんな様子ですか?」

ケイジが銃撃のこと、死んだ未詳のこと、脅迫状と殺人犯のことをかいつまんで話した。

エヴァンズは未詳の写真を見た。「するとあなたがたは、彼の仲間がつぎにどこを襲うかをつきとめようとしているわけですか」

「そのとおりです」とルーカスが答えた。「われわれは十五分あれば、男を排除することを前提に戦術班を組織できます。逆に言えば、その十五分はどうしても必要なんです。相手より一歩先まわりしないと」

パーカーが訊ねた。「この名前に聞き憶えはありませんか? 〈ディガー〉に?」

「私のところには、かなり大きな犯罪者のデータがあります。事件のことを聞いて、さっそく検索してみました。五〇年代のカリフォルニアにひとり、該当する男がいました。季節労働者を四人殺害してます。そのニックネームが墓掘り《グレイヴディガー》。彼は収監された数カ月後に殺されました。オビスポのメンズ・コロニーでね。カルトとかその類とは無関係です。それから六〇年代のサンフランシスコで、ディガーズと呼ばれる窃盗団の一味が、軽窃盗で何度となく逮捕されています――どれも万引き程度で、たいしたものではないんですが。あと、スコッツデイルにグレイヴディガーズという暴走族がいましてね。連中は重罪にあたる暴行事件をくりかえしてます。ですが七〇年代半ばには解散して、バイカー個人の記録は見つからなかった」

ルーカスがゲラーに言った。「スコッツデイル市警に連絡して、情報を確認して」

捜査官は電話をかけた。

ヴァンの装備を検分していたエヴァンズの目が、ふたたび未詳の写真に据えられた。彼は顔を上げた。「で、たったひとりだけ、ディガーで一致したのは一九三〇年代、イングランドの男です。ジョン・バーンストール。貴族でした——子爵かなにか。デヴォンに暮らしてました。彼には家族がいるということだったが、ひとり暮らしにしか見えなかった。じつはバーンストールは妻と子供たちと、それに地元の農夫二、三人を殺していたんです。屋敷の地下にトンネルを掘り、死体をそこに隠していた。防腐処置をして」

「ひどい」とハーディが洩らした。

「それで新聞が彼を掘る男《ディガー》と呼んだわけです——トンネルを掘ったことから。七〇年代には、ロンドンのギャングがその名前を拝借しているんだが、これはまったくの小物でした」

「もしかすると」ルーカスが訊ねた。「未詳か〈ディガー〉本人が、バーンストールのことを知っていたかもしれませんね？　役割モデルとして利用したとか」

「現時点では何とも言えません。もっと情報が必要です。彼らの行動にパターンを見つけださないと」

パターンという言葉はパーカーにも馴染みがある。疑問文書の鑑定においても、一定のパターンを発見するのが偽造を見破る唯一の方法なのだ。綴られた文字の傾き具合、筆の運び、小文字のy、g、qの下に伸びる部分《ディセンダー》の形、ふるえの度合い。それらのひとつだけをとって偽物と判断することはできない。彼はエヴァンズに言った。「ひとつ言っておくと——〈ディガー〉

とその仲間にとって、これは初めてのケースではないかもしれないんです」

ルーカスが言った。「あるフリーランス・ライターがわれわれに接触してきました。この銃撃が同じような事件のパターンを踏襲していると主張しています」

「場所は？」

「ボストン、ニューヨーク郊外、フィラデルフィア。いずれも窃盗か脅迫が事件の中心にあって、それをサポートする形で複数の殺人が起きてるんです」

エヴァンズが訊いた。「目的は金ですか？」

「そうです」パーカーが答えた。「一度は宝石だった」

「だとすると、バーンストールとは無関係かもしれないな。バーンストールの場合はおそらく妄想型精神分裂病であって、今度の容疑者のように、反社会的行動をとったとは考えられていません。しかし、ほかの都市の事件についても知りたいところです。それから、きょうの手口についても詳しく」

ハーディが言った。「われわれは現在、犯人の隠れ家を捜索しています。そこから情報が出てくるでしょう」

ルーカスは失望したように頭を振った。「ディガーという名前に何か意味があるといいんですが。それが鍵となるかもしれないし」

エヴァンズが言った。「そりゃあそうです――ただし、もっとデータがないと。この名前がありふれたものでないのは救いですよ。仮に共犯の、死んだ男のほうがディガーと思いついたのなら、それが男にまつわる何らかのことを語っている。また本人自らディガーと名乗っているのなら、その人格について何らかのことがわかるわけです。つまり、名前あるいは呼称というものは、心理的プロファイリングに至るうえで大変重要なんです」

エヴァンズはパーカーを見た。「たとえば、あなたや私が〝コンサルタント〟と自称するとき、そこには精神的な暗示があるんです。責任や危険と一線を画すかわりに、現場の指揮に口を出すのは控えよう、とそう考えている」

百パーセント正しい、とパーカーは思った。

「というわけで、私でよければ喜んで協力します」エヴァンズは笑うと、死者の写真を顎で指した。「死体の分析をするのは初めてだ。やりがいもありますよ」

「お力を拝借することになると思いますので」ルーカスが言った。「よろしく」

エヴァンズはバックパックを開き、金属製の大きな水筒を出した。蓋を取って、そこにブラックコーヒーを注いだ。「中毒でね」と微笑すると、「心理学者としてはふがいない話ですが。どなたか、いかがです？」

全員が断わるとエヴァンズは水筒を片づけた。そして携帯電話で、妻に遅くなると連絡を入れた。

するとパーカーも急に〝誰かさんたち〟のことが気になり、家に電話をしてみた。

「もしもし？」聞こえてきたのはミセス・キャヴァノーの、いかにもおばあさんらしい穏やかな声だった。

「砦の様子はどうです？」

「ふたりに破産させられそうなのよ。『スター・ウォーズ』のお金なんだけどね。なんだかさっぱりわからないの。ふたりにからかわれてばっかり」夫人の笑い声に、子供たちの歓声も重なっている。

「ロビーはどうしてますか？」パーカーは訊いた。「まだ落ち着きませんか？」

婦人の声が低くなった。「すこし沈んでるようなこともあったけど、ステフィと私で元気づけたわ。ふたりとも、あなたが十二時に帰ってくるって待ち遠しくしてるみたい」

「努力してみます。ジョーンから電話は？」

「ないわよ」ミセス・キャヴァノーは笑った。「おかしな話ねえ、パーカー……でも電話がかかってきて、番号表示にあの人の名前が出たら、忙しくて受けられないってことにしようかしら。そしたらみんなで映画か、〈ルビー・チューズデイ〉のサラダバーにでも行ったって思うわよ。どうかしら？」

「名案だと思います、ミセス・キャヴァノー」

「そう言ってくれるんじゃないかと思った。あの番号表示っていうのは大発明ねえ」

「特許が欲しいくらいだ。また連絡しますよ」

彼は電話を切った。

話を漏れ聞いたケイジが、「坊や？　大丈夫か？」

パーカーはふっと息をついた。「元気だ。まだ悪い記憶を引きずってるのさ……ほら、あのときの」

興味深そうにしているエヴァンズに向かって、パーカーは言った。「局で働いていたころ、容疑者に家を荒らされたんです」彼はルーカスも耳をすませていることに気づいた。

「息子さんがその犯人を見たわけですか?」とエヴァンズ。

「ロビーの部屋の窓から侵入したんです」

「可哀そうに」とC・Pが声を低く抑えて、「子供をそんな目に遭わせるなんて。許せない」

「PTSD?」とルーカス。

外傷性ストレス障害。パーカーは後遺症を案じて息子を専門家のところへ連れていった。けれども医者はロビーがまだ小さく、ボートマンから肉体的な危害もくわえられていないので、PTSDに苦しむことはないだろうと診断をくだしたのだった。

パーカーはそのことを説明すると、「事件はクリスマスの直前に起きた。だから毎年この時期になると、記憶が普段より鮮明になるんだ。息子はなんとか乗り切ろうとしてるんですがときの……」

エヴァンズが言った。「それを未然に防ぐことはできなかったのかと自問なさってるわけですね」

「そのとおり」パーカーは静かに言った。ルーカスの心配そうな顔を見て、この障害に何か感じることでもあるのだろうかと思った。

精神科医が、「でも、大丈夫ですよ。今夜の調子は?」

「元気です。昼間はちょっと怯えていたんだが」

「私にも子供がいます」エヴァンズはルーカスを見た。「あなたはお子さんは？」

「いいえ。結婚していないので」

「子供をもつと、心の一部を失ったようになりますよ。彼らに奪われたまま取り戻せなくなります。身体の具合でも悪いんじゃないか、悩んでるんじゃないか、寂しがってるんじゃないかと心配ばかりで。私でも、親の果たす役割というものにつくづく驚かされることがあるんですよ」

「そうなんですか？」彼女の心はふたたび飛んでいた。

エヴァンズがプリントアウトに目を戻すと、長い沈黙がやってきた。ゲラーはキーボードをいじっている。ケイジは地図に向かっている。ルーカスはブロンドの髪を編むようにしてもてあそんだ。そのしぐさには艶めかしさがあったかもしれないが、瞳は石のようだった。彼女は別の場所にいた。

コンピュータの画面が明るく輝き、ゲラーがわずかに身を起こした。「スコッツデイルから報告が来たよ……」彼は画面を読んだ。「なるほど、なるほど……市警はグレイヴディガーズってギャングのことは知ってるけど、その構成員とは接触してないって。ほとんどが足を洗って堅気になってる」

ここも行き止まりだった。

エヴァンズがもう一枚の紙に気づき、手前に引き寄せた。ゲリー・モス邸爆破事件について書かれた『重要犯罪報告』である。

「あの証人でしょう？」エヴァンズが訊いた。「学校建設スキャンダルの」

ルーカスがうなずいた。

エヴァンズはそれに目を通しながら頭を振っていた。「ここにも子供を平気で殺そうとする殺人鬼がいる……恐ろしい」彼はルーカスを見ると、「彼らの面倒をしっかりみてもらいたいものです」

「モスは本部で保護していますし、家族は別の州に移っていますよ」とケイジが答えた。

「子供を殺そうとするとは」心理学者はそう言うと紙を押しやった。

そして事件が動きだした。パーカーは捜査官だったころを思いだしていた。何時間も、ときには何日も待ったあげく、突如として捜査の成果があがりはじめることがある。ファクスマシンから一枚の紙が吐き出された。ハーディが読んだ。「建設許可だ。グレイヴズエンドの解体と建設の現場が一覧になってる」

ゲラーは大型モニターに地域の地図を呼び出し、ハーディが読みあげる現場を赤く彩っていった。全部で十カ所あまりだった。

ルーカスがジェリー・ベイカーに連絡して場所を伝えた。各員に伝えるとの返事があった。

その数分後、指揮所のスピーカーに声がひびいた。ジェリー・ベイカーだった。「ニューイヤーズ・リーダー2からニューイヤーズ・リーダー1へ」

「どうぞ」とルーカスが答える。

「わがS&Sの一班がコンビニエンス・ストアを発見。モッキンバードと十七番通りの角」

トーブ・ゲラーがすぐにその交差点を地図上に浮かびあがらせた。

頼む。パーカーは念じていた。どうか……

「そちらで言ってたような紙とペンを売ってる。しかも陳列は窓側だ。紙の一部が日に焼けてる」

「よし！」パーカーは小声で言った。

チームの全員がゲラーの画面に映る地図に見入った。

「ジェリー」パーカーは戦術捜査官たちが好むコードネームを省略した。「解体作業の現場がある——店から二ブロック東。モッキンバード沿いだ。そっちの方角を調べさせてくれ」

「了解。ニューイヤーズ・リーダー2。通信終わり」

また電話がはいる。ルーカスが受けた。話を聞いていたが、やがて「彼に言って」とトーブ・ゲラーに受話器を渡した。

ゲラーはうなずきながら聞いていた。「すごいね。こっちに送ってよ——MCP4の優先ファクス回線で。番号は知ってる？　そう」彼は電話を切った。「またコム-テックから。グレイヴズエンドのISPリストが手にはいった」

「何だ？」とケイジが訊ねる。

「インターネット・サーヴィス・プロヴァイダーと契約してる人間さ」とゲラーは答えた。

ファクスが鳴り、また一枚紙が吐き出されてきた。パーカーはそちらに目をやって落胆した。

グレイヴズエンドのオンライン加入者の数は予想より多く、五十人ほどいたのである。

「住所を読んで」とゲラーが言った。「打ちこむから」ハーディが読みあげた。ゲラーは刑事が読むのとほぼ等しい速さでキーボードを叩き、画面には赤い輝点がつぎつぎ現われていく。

その作業は二分で終わった。めざす相手が見出されたわけではない。しかし、コンビニエンス・ストアと解体現場から半径四分の一マイルの圏内に住む加入者はわずか四人だった。

ルーカスはジェリー・ベイカーを呼び出し、その住所を告げた。「この四人に集中して。私たちもコンビニエンス・ストアまで移動するわ。そこがつぎの集合地点よ」

「了解。通信終わり」

「行くわよ」ルーカスはMCPを運転する若い捜査官に声をかけた。

「待った」とゲラーが声をあげた。「ここの空き地を通ってみて」彼は画面を叩いた。「歩きで。車で行くより早いよ。ぼくらは後から追いつくから」

ハーディが上着を着た。だがルーカスは首を振った。「ごめんなさい、レン……。さっきも話したでしょう？　あなたにはMCPに残ってもらいたいの」

若い刑事は両手を上げて、ケイジとパーカーを見つめた。「何かをしたいんだ」

「レン、これからは戦術的な状況が考えられるわ。いま私たちに必要なのは交渉役と射手なのよ」

「彼は射手じゃない」ハーディはパーカーに顎をしゃくった。

「彼は科学捜査の人間よ。犯罪現場のチームにくわわってもらうわ」

「じゃあここに座って暇にしてろって、そういうことか？」

「ごめんなさい。そうするしかないのよ」

「勝手にしろ」彼は上着を脱いで腰をおろした。

「ありがとう」ルーカスは言った。「C・P、あなたもここに残って。要塞から目を離さないように」

ハーディが馬鹿な真似をしないようにという意味だろう、とパーカーは思った。大柄な捜査官は了解してうなずいた。

ルーカスがキャンパーのドアを開けた。ケイジが外に出た。ボマー・ジャケットを着たパーカーがそれにつづいた。外に出たところでルーカスが、「あなた——？」

「ポケットにはいってる」パーカーはすかさず答えて、ジャケットの上からピストルを確認すると、煙った空き地をやや急ぎかげんに進んでいくケイジのあとを追った。


ヘンリー・ツィスマンはビールをちびりと啜った。

下戸ではないのだが、いまはなるべく素面《しらふ》でいたかったのである。しかし大晦日にグレイヴズエンドのバーにいる男が酒を飲まなければ、まわりから疑いの目で見られてしまう。

大男は一本のバドワイザーを後生大事に三十分も抱えていた。

バーの名前は〈ジョー・ヒギンズ Joe Higgins'〉だった。ジャーナリストとして研鑽を積んできたツィスマンには、その間違いが不愉快でならない。sにアポストロフィで所有格となるのは複数形の名詞だけなのだ。よって Joe Higgins's となるのが正しい。

　またビールを啜る。

　入口の扉が開き、数人の捜査官がはいってきた。この店にガサがはいるのは想定ずみだったが、一方でツィスマンは、ルーカスやケイジやあのコンサルタントと鉢合わせすることを警戒していた。尾行した事実がばれてしまう。だが顔を見せたのは知らない連中だった。

　ツィスマンの横にいた痩せっぽちの老人がしゃべりつづけている。「で、おれは言ったんだ、『ブロックにひびがはいってる。ひびがはいったブロックはどうすりゃいい？』って。するとむこうはなんにも答えねえのさ。たまげたね。こっちがそのまま目をつぶるとでも思ってるのかね？」

　ツィスマンは男を横目で見た。破れた灰色のズボンにTシャツという恰好だった。十二月三十一日にコートも着ていない。近くに住んでるのかい？　この上さ。男は不凍液の匂いがするウィスキーを飲んでいた。

「返事がなかったって？」ツィスマンは捜査官のほうを見つめながら訊いた。

「ああ。だから新しいブロックをくれねえと、ただじゃすまねえって言ってやった。どうだい？」

　ツィスマンはその黒人に酒をおごっていた。所有格の使い方はともかく、〈ジョー・ヒギンズ〉のようなバーでは、白人ひとりでいるよりも、黒人と白人のふたりでビールと泥のごときウィスキーを飲《や》るほうがより自然に映ると思ったからだった。

酒をおごるには、まず相手に話のきっかけをあたえることである。

捜査官たちがハーレムの娼婦さながらに白粉をはたいた、地元の老女三人組のテーブルに一枚の紙を示している。〈ディガー〉の死んだ仲間の写真だろう。

ツィスマンは表の通りに駐まるウィネベーゴを見た。彼は九番通りのFBI本部を見張っていた。すると三人の捜査官が慌てて飛び出してきたと思うと、さらに十数人が後につづいた。むろん同乗させてもらえるはずはないので、彼は自分で輸送手段を確保した。さいわいむこうが十台あまりの行列だったこともあり、尾行は楽だった。赤信号を突っ切り、ヘッドライトをハイビームにして飛ばした――ダッシュボードに置く点滅灯を持ちあわせていない警官が、犯人を追跡するときのやり方に従ったのである。捜査官たちはバーの付近に集結し、ブリーフィングをおこなった後、情報収集に散っていった。ツィスマンは同じ通り沿いに車を駐めるとバーにもぐりこんだ。そしてポケットに忍ばせていたデジタルカメラで、捜査官や警官がブリーフィングを受ける場面を写した。あとは所在ない待ちの時間だった。連中はどこまで近づいているのだろうか――その、〈ディガー〉のねぐらに。

「なあ」捜査官に気づいた黒人の男が言った。「誰だ？　おまわりか？」

「いまにわかるさ」

捜査官のひとりが止まり木にやってきた。「こんばんは。FBIの捜査官です」身分証明書が閃いた。「この近辺でこの男を見かけてませんか？」

ツィスマンはFBI本部で見せられた、死んだ男の写真に見入った。「いいや」

黒人の男が言った。「死人に見える。死んだのか？」

捜査官が訊ねる。「写真に似た男を見てませんか？」

「いいえ」

ツィスマンは首を振った。

「もうひとり、捜している男がいるんですが。白人男性で、年齢は三十代から四十代。黒っぽいコートを着用しています」

なるほど、〈ディガー〉か、とヘンリー・ツィスマンは思った。自分がよく知るようになった男が、そうした漠然とした人相で語られるのが不思議だった。彼は言った。「そんな男は、このへんには大勢いますよ」

「ええ。現在わかっている唯一の特徴が、首に金の十字架をしているということです。そしておそらくは武装しています。銃のことを自慢げに話しているかもしれません」

〈ディガー〉はそんなことはしない、とツィスマンは思う。だが訂正はせずに、「残念ながら」とだけ言った。

「残念ながら」とウィスキー飲みが真似をする。

「もし男を見かけたら、この番号に連絡をいただけませんか？」捜査官はふたりに名刺を渡した。

「もちろん」

「もちろん」

捜査官が離れていくと、ツィスマンの飲み仲間が言った。「なんだ、ありゃ？」

「さてね」

「ここらじゃ毎日、何かしら起きてるよ。ヤク。たぶんヤクだな。で、さっきの話だけどな、トラックには割れたブロックさ。待てよ。トラックの話はしたっけか？」

「いま聞いた」

「じゃあトラックの話をしねえとな」

ツィスマンは隣りにいる男をしげしげと眺めた。かつて自分をジャーナリズムへと駆りたてていった、あの好奇心が頭をもたげてくるのを感じた。それは人間を知りたいという欲望だった。他人を利用して見世物にするのではない。人間を理解して説明したかったのである。

この男は何者なのか。どこに住んでいるのか。夢は何か。これまでに勇気を振るったことはあるか。家族はいるのか。好きな食べ物は？　本当はミュージシャンか画家ではないのか。

男にとって、このままくだらない人生を生きていくほうが幸せなのか。それとも苦しみの――悲しみの淵に引きずりこまれないうちに、いますぐ死んだほうがましなのか。

そのときツィスマンはウィネベーゴのドアが開き、数人が降りてくるのを見た。一瞬遅れて、あの女――ルーカス捜査官――も現われた。

彼らは走っている。

ツィスマンは止まり木に金を投げて席を立った。

「なあ、あんた、おれのトラックの話、聞きたくないのか？」

大男は無言で入口まで進むと、扉を外に押しやった。そしてグレイヴズエンドの殺伐とした町並みを急ぐ捜査官たちのあとを追った。

18

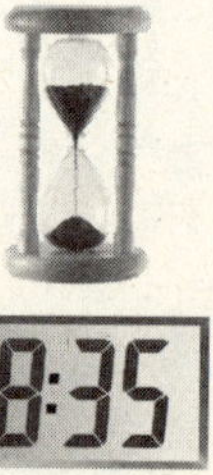

チームがジェリー・ベイカーと合流したころには、彼の部下ふたりが隠れ家を発見していた。

そこはみすぼらしいメゾネット式のアパートメントだった。二軒隣りの古い建物が情報にあったとおり解体作業中で、土と煉瓦の屑が散乱しているような状態だった。

ベイカーが言った。「通りで会ったカップルに未詳の写真を見せたんだ。この数週間のあいだに三、四回顔を見てるそうだ。いつもうつむきかげんで、足早に歩いてたらしい。立ち止まったり、他人に声をかけたりすることはなかった」

すでに二十数名の捜査官と警官が建物を取り囲んでいる。

「どっちのアパートメント？」とルーカスが訊いた。

「下だ。人気はない。上の階はもう調べた」

「持ち主と話したのか？　名前は？」とパーカー。

「管理会社によると、借り主の名はギルバート・ジョーンズ」捜査官のひとりが言った。

また……偽名か。

その捜査官がつづけた。「社会保障番号は五年まえに死んだ人間に割り振られたものでした。未詳はオンライン・サーヴィスで契約してます。やはりギルバート・ジョーンズの名前で、同じ名義のクレジットカードを使っているんですが、それが信用リスクのあるカードでした。銀行にあらかじめ金を預けておいて、その金が口座に残っているあいだだけ有効というものです。銀行の記録では、住所はここになってます。前歴はすべて虚偽の記載です」

ベイカーが言った。「踏みこむかい？」

ケイジはルーカスを見た。「お任せする」

ベイカーはラップトップを注視していたトーブ・ゲラーに声をかけた。複数のセンサーが一階のアパートメントに向けられている。

「魚みたいに冷たいよ」トーブが報告する。「赤外線探知機は何も拾わないし、聞こえてくるのはヒーターと冷蔵庫のコンプレッサーの音だけだ。九割がた空っぽだけど、その気になれば体温だってさえぎることはできるし、静かに隠れるのが得意な連中もいるからね」

ルーカスも言った。「忘れないで――〈ディガー〉はサイレンサーのパッキングを自分でやるような男よ。腕に自信があるはずだわ」

ベイカーはうなずき、防弾チョッキとヘルメットを身につけると、五名の戦術捜査官を呼び集めた。「いまから突入する。ライトを消して、玄関と裏の寝室の窓から同時に侵入する。身に危険がおよんだ場合は制圧してかまわない。おれが先頭を切る。質問は？」

質問は出なかった。捜査官たちはすばやく配置についた。彼らのたてる音といえば、装備がふれあうかすかな金属音だけだった。

パーカーはすこし離れた場所から、玄関を食い入るように見つめるマーガレット・ルーカスの横顔を眺めていた。すると不意に彼女が振り向いた。涼しげな表情に戻っている。

パーカーは腹を立てていた。銃のことで叱責されるとは心外だった。まったく意味のないことだと思った。

照明が消されたかと思うと凄まじい音が炸裂した。捜査官たちが、玄関のドアに向けて十二番径のショック－ロック弾を放ったのである。マシンガンから糸を引くような閃光に、アパートメントの内部が明るく彩られた。

つぎは怒号が聞こえてくる。パーカーは期待をこめてそう考えた。止まれ、伏せろ、FBIだ……！　だがその後は静寂だった。数分後、ジェリー・ベイカーが表に出てくるとヘルメットを脱いだ。「空だ」

照明が再点灯される。

「いま対人用兵器の有無を確認してる。もうすこし待ってくれ」

やがて戸口から捜査官が、「室内は安全です」と叫んだ。

パーカーは祈りを唱えながら駆けだした。微細証拠物件、指紋、つぎの襲撃場所を記したメモが見つかりますように。せめて未詳の住んでいた土地を示唆する手がかりが見つかれば。そうなれば公文書をあたって、iやjに打たれた〝悪魔の涙〟を調べることができる……どうかこの過酷な仕事が終わりとなり、家族のもとへ帰れますように。

ケイジが先に立ち、パーカーとルーカスがつづいた。ふたりは並んで歩いた。無言のまま。まばゆいほどの投光照明を受けたアパートメントは、しかし冷え切っていた。薄い緑のエナメル塗料が陰気な雰囲気を醸《かも》している。床の茶色は大半が剝がれてしまっていた。四つの部屋には物がほとんどない。パーカーがリビングルームで目にしたのはラックに収められたコンピュータ、机、詰め物の抜けた黴臭い安楽椅子、テーブルが数脚。けれどもメモや紙屑や文書の類は見あたらなかった。

「服があります」寝室を探していた捜査官が言った。

「ラベルを見て」ルーカスが命じた。

しばらくして、「ありません」

「そう」

パーカーはリビングルームの窓を見て、未詳の食習慣に思いをめぐらせた。半分ほど開いた窓のところに〈モッツ〉のリンゴジュースの大壜四、五本と、リンゴとオレンジを入れたぼろぼろの鉄鍋が並んでいた。

ケイジがそれを指さした。「野郎は便秘だったのさ。相当つらかったんじゃないか」

パーカーは笑った。

ルーカスがトーブ・ゲラーに連絡した。コンピュータを調べ、未詳がハードドライヴにファイルやEメールを保存していないかチェックをするのだ。

ゲラーがやってきた。彼は椅子に座ってカールした髪を掻きあげると、ユニットを丹念に調べはじめた。そのうちに顔を上げ、あたりを見まわした。「なんか臭いな。調べるならもっと上等な容疑者にしようよ……何の匂いだろう」

パーカーもその匂いを感じていた。甘い薬品臭がする。おそらく安ペンキがヒーターに熱せられた匂いだろう。

若い捜査官はコンピュータの電源コードを持つと、それを左手に巻きつけた。「フォーマット爆弾が仕掛けられてるかもしれないんだ——正しく立ちあげないと、ハードドライヴの内容が吹っ飛ぶプログラムが走りだすわけ。そうなったら、とにかくプラグを抜いて、あとは研究所に持ち帰ってそいつをはずすことになる。オーケイ、やってみようか……」

コンピュータがかすかな唸りをあげた。ソケットからコードを引き抜く準備をしていたゲラーの顔に笑みがひろがった。「第一ハードルを越えたね」彼はコードを手から放した。「さて、つぎはパスワードだ」

ルーカスが言った。「それを延々と探すの?」

「いいや。所要時間は……」ゲラーはコンピュータの外枠をはずすと、本体から小さなチップを一枚抜いた。すると画面に〈ウィンドウズ95を起動しています〉という文字が出た。「だいたいこんなもんだね」とゲラーは言った。

「これでパスワードを無効にできるわけ?」

「そういうこと」ゲラーはアタッシェケースから、ダークブルーのｚｉｐドライヴ・ユニットを取り出した。それをコンピュータのポートにつなぎ、システムにインストールした。「ハードドライヴの中身をダウンロードするよ」彼はｚｉｐディスク六枚を机の上に放った。

ルーカスの携帯電話が鳴った。しばらく話を聞いていた彼女は、「ありがとう」と言って電話を切った。浮かない表情だった。「電話の利用状況がわかったわ。ここからかけているのは、すべてオンライン・サーヴィスに接続したものだった。それ以外にかけたものも、かかってきたものもないわ」

くそっ。やつは賢い、とパーカーは思わずにいられない。生まれながらのパズルの達人だ。

三羽のタカが農夫のニワトリを狙っていた……

「寝室でこれを見つけました」と声がした。ラテックスの手袋をした捜査官がリビングにやってきた。彼が持っていた黄色のメモパッドには、文章や印などが書きこまれている。それを見たパーカーの胸が早鐘を打った。

パーカーはアタッシェケースを開き、ラテックスの手袋をはめた。そして受け取ったパッドをゲラーの隣りのテーブルに置き、卓上ランプを近づけた。一枚めを拡大鏡で覗いてみて、すぐに未詳が書いたものであると確信した。ここまでずっと脅迫状を観察してきたことで、男の筆跡は自分自身や〝誰かさんたち〟のものと同様、はっきり見分けがつくようになっている。

小文字のｉに打たれた〝悪魔の涙〟……

紙面全体に目を走らせる。ほとんどが落書きといった感じだった。文書検査士の立場から、パーカー・キンケイドは心と手の間に心理学的関連があると信じている。人格は文字の綴り方に表われるのではなく（ルーカスがご執心の様子だった筆跡分析はナンセンスである）、それとはなしに書いたり描いたりしたものを通して浮かびあがってくる。ほかのことに気をとられているときに何を記したか、余白をどんな絵で埋めたのかが問題なのだ。

パーカーはこれまで調べてきた文書上に、それこそ幾千もの表現を目にしてきた。ナイフ、銃、首を吊られた男、刺された女、切断された性器、悪魔、むきだした歯、棒線で描かれた人の姿、飛行機、目。だが未詳がここに描いたようなものを見るのは初めてだった。迷路である。

やはりパズルの達人だ。

パーカーは迷路をひとつ、ふたつとやってみた。非常に複雑につくられたものばかりだった。そのページには覚え書きの類もあったが、パーカーはどうしても迷路のほうに惹きつけられてしまう。解きたいという衝動がめばえてくる。これはパーカーの本能であって、自分でも抑制のしようがない。

人の気配を感じた。マーガレット・ルーカスだった。メモを見つめている。

「むずかしそうね」

パーカーは顔を上げた。ルーカスの脚がふれた感触があった。腿の筋肉が固く引き締まっていた。普段から走っているのだろう。日曜の朝の姿が目に浮かぶ。スパンデクスのワークアウト・ウェアに身をつつんで三マイルを走り、汗をかき、顔をほてらせて帰ってくると……

彼は迷路に注意を戻した。

「つくるのに時間がかかったでしょうね」とルーカスが迷路に顎をしゃくる。

「いや。迷路は解くのがむずかしい。でもつくるのはいちばん簡単なパズルだ。最初に正解の道を描いたら、あとは線を書き足していって見せかけのルートをこしらえる」

答えがわかればパズルは簡単なものだ……

ルーカスはもう一度パーカーを見ると、証拠収集のためマットレスを切り裂いていた鑑識班のほうへ歩いていった。

人生と同じじゃないか？

パーカーの目が黄色いパッドに据えられる。一枚目をめくったつぎのページには、未詳の筆跡で文字がびっしり綴られていた。パーカーは途中のある段に注目した。最初の二行にこう書かれていた。

デュポン・サークル駅、エスカレーターの乗り口、午前9時
ジョージ・メイスン劇場、ボックス58番、午後4時

信じられなかった。本当の標的がここに記されている。これは仕掛けじゃない！　パーカーはケイジを呼んだ。「来てくれ！」

部屋にはいってきたルーカスがいきなり叫んだ。「臭いわ！　ガソリンよ。どこなの？」

ガソリン？　パーカーはトーブを見た。トーブはしかめ面をしている。やはり、さっきふた

りが感じ取ったのはガソリンの匂いだったのだ。

「なんてこった」パーカーはリンゴジュースの壜を見た。罠だ――隠れ家に踏みこんだ捜査官をはめる罠だ。

「ケイジ！　トーブ！　みんな外に出ろ！」パーカーはあわてて立ちあがった。「壜だ！」

しかし壜に目をやったゲラーは平然としたものだった。「大丈夫……ほら、信管がないでしょ。どうせ――」

そのとき銃弾の雨が窓を打ち破った。テーブルを薄色の木切れへと変貌させ、壜を粉砕し、赤みがかったガソリンを壁と床にぶちまけたのだった。

19

目に見えない一千の銃弾。百万。

クワンティコの射撃練習場ですごした日々を合わせても、この数にはとうていおよばない。

ガラスと木と金属の破片がリビングルームを埋めつくす。

パーカーは身を縮めていた。大切な黄色のメモパッドは机の上にある。それをつかもうと手を伸ばしたが、目の前の床に弾が跳ねるのを見て壁際に飛びすさった。

ルーカスとケイジはドアを這い出ると玄関に伏せ、銃を抜いて窓外の標的を捜した。掩護を求める声、助けを呼ぶ叫び。トーブ・ゲラーは机から椅子ごと離れたが、床の凹凸に椅子の脚をとられ、後ろざまに転がった。コンピュータのモニターが破裂する。パーカーがふたたび黄色のパッドを取ろうとすると、銃弾がつぎつぎ背後の壁を弾いた。彼は腹這ってその連射をやりすごそうとした。

また同じことを考えている。死ぬのも困るが、怪我をするのも困る。病院に運ばれた姿を、〝誰かさんたち〟の前にさらすと思うだけでも耐えられなかった。ふたりの面倒だってみられなくなる。

銃撃が一瞬やんだところで、彼はトーブ・ゲラーの様子を見にいこうとした。

すると外に、それもおそらくは屋根の上にいる〈ディガー〉が銃を下に向け、果物のはいった鉄鍋を狙いはじめた。鍋の置かれた場所にもむろん意図があった。弾が鍋を弾き、ガソリンに火花が飛ぶ。刺激性の液体は激しい咆哮《ほうこう》とともに燃えあがった。

パーカーは爆風で玄関まで吹き飛ばされた。ケイジとルーカスの脇に倒れこんでいた。

「おい、トーブ！」パーカーは室内に戻ろうとした。だが戸口に押し寄せる炎の波に行く手を阻まれた。

三人は窓のない廊下にうずくまった。ルーカスとケイジはそれぞれ電話をしている。「……たぶん屋根よ！　わからない……消防署に連絡して……。捜査官がひとりやられた。合わせてふたり……やつはまだいる。どこだ？」

〈ディガー〉は乱射をつづけている。

「トーブ！」パーカーは呼びかけた。

「誰か！」ゲラーが叫んでいた。「助けてくれ」

パーカーは荒れ狂う炎の先に若い男の姿を認めた。床に丸まっていた。いまや火勢はアパートメント全体に広がっていたが、〈ディガー〉が手をゆるめることはなかった。燃えるリビングルームに躊躇なく銃弾を浴びせていた。ゲラーの姿が見えなくなった。黄色のパッドを載せたテーブルも炎に呑まれたようだった。ああ、残る襲撃場所を示す手がかりが灰になろうとしている。

どこからか声が聞こえる。

「……彼は？」

「……どうした？　どこだ？　サイレンサーに閃光遮断器。見つからない……姿が見えない、どこにも！」

「くそっ、まだ撃ってる！　外に誰かを！　おい……」

「トーブ！」と叫んだケイジが、やはりアパートメントに突入しようとしたが、室内はオレンジ色の火が黒煙と混ざり渦を巻いていた。結局はその炎熱と、近くの壁に点々と穿《うが》たれていく弾痕に押し返された。

まだ撃ってくる。さらに激しく。

「……あの窓……ちがう、別のを試すんだ」

ケイジがわめいた。「消防車をよこせ。いますぐだ！」

ルーカスが、「いま向かってる！」と叫び返す。

無線の声は咆えたける炎にかき消された。「助けて！　たのむ！　助けて……」かすかに聞こえていたトーブ・ゲラーの声も、やがてとぎれていった。

ルーカスがもう一度部屋に飛び込もうとしたとき、数フィート先に天井の梁《はり》が落ちてきた。

彼女は悲鳴をあげて後ずさった。パーカーは煙にむせ、足もとのふらつく彼女を支えると、すでに廊下にまであふれ出し、容赦なく襲いかかってくる火のなかを出口に向かった。

「トーブ、トーブ……」ルーカスは激しく咳きこみながら叫んだ。「死んじゃうわ……」

「ここを出るんだ！」ケイジが怒鳴った。「早く！」

彼らは一歩ずつ玄関をめざした。

パニックと酸素の欠乏で朦朧《もうろう》としながら、パーカーは耳が聞こえなくなればいいと思った。それならアパートメントからの叫喚を耳にしなくてすむ。目もつぶれたらいい。〈ディガー〉のもたらした喪失と悲しみを見ずにすむ。この善良な者たちに、家族がいて、自分と同じ子供がいる者たちに降りかかった悲劇を知らずにいられる。

だがパーカー・キンケイドは耳も聞こえたし目も見えた。彼はいま恐怖のただなかにいる。右手に小型オートマティックを握り、左手をマーガレット・ルーカスの身体にまわし、煙が立ちこめる廊下を前進している。

いい、キンケイド、たしかにあなたはこの数年、セサミ・ストリートで人生を送ってきたわ……

「……位置がわからない……閃光も見えない……くそっ、こいつはいったい……」ジェリー・ベイカーが叫んでいた。もしくは誰かが。

扉の付近でケイジがつまずいた。もしくは誰かが。

そしてパーカーとふたりの捜査官は正面の階段を降り、冷たい外気の下に歩み出た。ケイジとルーカスは咳に身体を揺らし、涙を流しながら、その場にいた捜査官たちとともに防御態勢をとった。ふたりは目を拭うと建物の上部に標的を探した。パーカーは木の後ろにひざまずき、彼らの視線を追った。

ヴァンのそばにM－16を厚い胸元に構えたC・P・アーデルと、小型のリヴォルヴァーをかざすレン・ハーディがしゃがんでいる。刑事の頭は前後に振れていた。顔に怖れと困惑がありありと見えた。

ルーカスがジェリー・ベイカーの目をとらえ、かすれた声で言った。「どこ？　どこなの？」

戦術捜査官は、背後の路地を手振りで示すと無線の交信に戻った。

ケイジは飲みこんだ煙にえずいていた。

銃撃がやんで二分がすぎた。

ベイカーがモトローラに話しかける。「こちらニューイヤーズ・リーダー2……犯人はわれわれの東側にいて、わずかに下向きの角度で発砲しているものと思われる。わかった……どこだ？……わかった。気をつけろ」ベイカーはしばらく無言で、付近の建物に目を走らせていた。通話相手が話を再開すると、首をかしげて聞き入った。「死んでる？　そうか……犯人は消えた？」

ベイカーは立ちあがって武器をホルスターにおさめると、クリネックスで口を拭っているケイジのところへ行った。「やつは背後の建物に侵入して、上の階に住んでいた夫婦を殺した。で、路地から姿を消した。目撃した者はいない」

パーカーが移動指揮所を振り返ると、窓にジョン・エヴァンズの顔があった。医者は好奇の表情でこの陰惨な光景を眺めていた。子供が死んだ動物を見るときのように、感情が麻痺しているふうだった。暴力犯罪理論の専門家とはいっても、現場をじかに体験するのは初めてなのだろう。

パーカーは炎に呑まれた建物に目を戻した。この業火から生還する者はいまい。

ああ、トーブ……

サイレンが夜気をふるわせる。通りの両側に、近づいてくる消防車の点滅灯が見える。証拠もすべて消えてしまった。一度は手にしたものを！　黄色のパッドにはつぎの二カ所の標的が書かれていた。なぜあと十秒早く見なかったのか。なぜ迷路に気をとられて貴重な時間を無駄にしてしまったのか。パーカーはあらためて、あの文書自体が敵であり、〈ディガー〉に襲撃の時間をあたえるための策略だったとの思いを強くした。

もし――

「おい」と叫ぶ声がした。「おい、こっちだ！　手を貸してくれ！」

パーカー、ルーカス、ケイジはウィンドブレイカー姿のＦＢＩ捜査官のほうを振り向いた。捜査官は燃えている建物の脇を通る、狭い路地を走っていた。

「人がいる」

地面に横たわる人影。その周囲を青い煙がつつんでいる。

パーカーは、男は死んでいるものと思った。ところがその男は突如頭をもたげ、唸るように言った。「消せ！　早く、消せ！」

パーカーは煙のしみた目をこすった。

倒れていたのはトーブ・ゲラーだった。

「消せ！」ゲラーはまた叫んだが、その声は苦しそうな咳に変わった。

「トーブ！」ルーカスが駆け寄った。パーカーもつづいた。

若い捜査官は炎のなかを窓から飛び出したのだ。この路地は〈ディガー〉の射程にはいっていたが、倒れた男には気づかなかったのかもしれない。あるいは傷の程度から、撃つまでもないと考えたのか。

救急隊員が走ってきた。「どこが痛む？　撃たれたのか？」

しかしゲラーは狂ったようにくりかえす。「消せ、火を消せ！」

「すぐに消えるさ。消防車も来たからな。心配しなくても平気だ」救急隊員は膝をついた。

「それよりまず――」

「ちがう、そうじゃない！」ゲラーは驚くほどの力で隊員を押しのけると、パーカーを見据えた。「メモだ！　火を消せ！」彼は足もと近くの小さな炎を指した。若い捜査官がしきりと口にしていたのは建物のことではなかった。

パーカーはそこに目をやった。未詳の精密な迷路が燃えている。

黄色のパッドだった。トーブ・ゲラーは一瞬の判断でコンピュータのディスクを捨て、未詳のメモをつかんだのだった。

だが、それがいま燃えている。文字の綴られたページが丸まり、黒い灰になろうとしている。

パーカーは脱いだジャケットを、パッドの上に慎重にかぶせて火を消した。

「危ない！」と誰かが叫んだ。パーカーが顔を上げると、三フィートしか離れていない場所に燃える外壁の一部が落下した。オレンジ色の火の粉が舞いあがる。パーカーはそれをものともせず、ジャケットをゆっくり持ちあげて、パッドの傷み具合を調べはじめた。

炎が壁から噴き出していた。建物全体が沈み、傾いたように見える。

救急隊員が、「ここから動いたほうがいい」と言って手を振ると、相方がストレッチャーを持ってきた。ふたりはゲラーをストレッチャーに移し、降ってくる破片を避けながらその場を後にした。

「退避するんだ！」黒い防火服を着た男が怒鳴った。「壁が崩れるぞ！　このままじゃ下敷きになる！」

「もうすぐだ」とパーカーは答えた。彼はルーカスを見た。「早く逃げろ！」

「あなたも早く、パーカー」

「灰はもろいんだ！　動かせない」パッドを持ちあげれば灰は粉となり、修復のチャンスは完全に失われる。アパートメントに置いてきたアタッシェケースのことが悔やまれた。あのなかにパリレンの瓶がはいっていた。パリレンを使えば、傷んだ紙を固めて保護することができたのだ。しかしいまは灰をどうにか研究所まで持ち帰り、復元の可能性に賭けるしかない。屋根の樋《とい》が目と鼻の先の地面に突き刺さった。

「さあ急いで！」と消防士。

「パーカー！」ルーカスも叫んだ。「行くわよ！」と彼女は二、三ヤード進んだが、そこで足を止めてパーカーを見つめた。

パーカーはあることを思いついていた。彼は隣りの家まで走っていくと防風窓をはずし、それを足で蹴って割った。その大きな破片四つを拾うと、傷兵のごとく地面に横たわるパッドのところに戻って膝をついた。そして焦げた二枚の紙――文字の書かれていた部分――をガラスで挟む作業に取りかかった。これは薄いビニールシートが発明される以前、局の文書検査官が、分析のため送られてきたサンプルを保護するために使っていた方法である。

木の燃えさしがばらばらと降ってくる。消防士が頭上の火に向けて放水をはじめた。

「止めろ！」パーカーは腕を振りたくって叫んだ。貴重な資料にこれ以上の損傷があっては困るのだ。

だが彼の言葉に耳を貸す者はいない。

「パーカー」ルーカスが叫んだ。「早く！　壁が倒れるわ！」

建材が落ちてきて地面を叩く。それでもパーカーはひざまずいたまま、灰をガラスに挟みこむ細かな作業をつづけた。

材木や煉瓦や外壁が地面を埋めるころになって、パーカーはようやく立ちあがった。ガラスを胸の前で掲げるように持つと、上品なカクテル・パーティでワインを給仕する召使いさながら、背筋を伸ばし、優雅ともいえる足取りでその場を離れた。

写真をもう一枚。

シャッターを押す。

ヘンリー・ツィスマンは燃える家から道を隔てた路地裏にいた。宙を舞う火の粉が遠くから眺める花火のようだ。

これがいかに大切か。事実を記録することである。

悲劇は一過性のもので、はかなく消える。だが悲しみはちがう。悲しみは永遠につづく。

シャッターを押す。

ツィスマンはデジタルカメラでまた一枚写真を撮った。

倒れた警官。死んでいるのか、負傷したのか。

たぶん死んだふりだろう。〈ディガー〉が街にやってきたら、人は生き延びるためにどんなことでもする。勇気など放り出し、もう大丈夫となるまで身をすくめている。ヘンリー・ツィスマンはそんな光景を見てきた。

写真：熾《おき》のようになった個所が破裂して崩れた壁。

写真：左の頰に血を三筋流した警官。

写真：消防車のクロム部分に浮かぶ炎。

いくらシャッターを押しても追いつかない。悲しみのあらゆる要素を記録するつもりでいた。通りを見やると、捜査官たちが通行人に話を聞いている。

無駄なことを、とツィスマンは思う。〈ディガー〉は来て、〈ディガー〉は去ったのだ。こっちも引き揚げどきだった。ここで姿を見られてはまずい。上着のポケットにカメラをしまおうとして、ふと燃える建物を振り返った。あるものが目についた。

そう、そうだ。あれは必要だ。撮っておかないと。

ツィスマンはカメラを構えてシャッターを押した。

写真：ジェファーソンと明らかな偽名を名乗り、この事件に深く絡んでいる男が、車のボンネットに置いたものを凝視する場面。本か？　雑誌か？　いや、ガラス板みたいに光っている。写真からわかるのは、子供を冷たい夜風から守ろうと父親がやるように、男がガラスを革のジャケットでつつみこみ、一心不乱に見つめている、それだけである。

写真は撮れた。

さあ。市長を守れ。

ＦＢＩはけなすな。

アンカーマンのスレイド・フィリップスは、デュポン・サークルのコーヒーショップにいる。付近にはいまも緊急車輛数十台が駐まっていて、そのライトが灰色の夜空を染めている。立入禁止の黄色いテープがそこかしこに見えた。

フィリップスは記者証を示して現場にはいってみたのだ。エスカレーターの降り口付近は、それはおぞましいありさまだった。血糊。骨片と毛髪。思わず――

「すみません」女の声がした。「スレイド・フィリップスでしょ。WPLTの」

アンカーパーソンは他人に姓名を知られるさだめにある。あなたなどと曖昧に呼ばれることはない。フィリップスが飲んでいたコーヒーから顔を上げると、軽薄そうなブロンドの女が立っていた。サインが欲しいというので、彼は求めに応じた。

「やっぱり素敵ね」

「ありがとう」

失せろ。

「あたしもいつかテレビに出るようになりたいの」

「頑張って」

失せろ。

女はそのまま立っていたが、相手に誘う気がないとみるとハイヒールを鳴らして離れていった。レイヨウを思わせる歩き方だった。

カフェイン抜きのコーヒーを口にふくむ。地下鉄の虐殺――頭から離れない。あの……一面の血。タイルのかけらと金属のへこみ……肉塊と骨片。

それと靴。

エスカレーターの下に、血まみれの靴が五、六足転がっていた。どういうわけか、それがいちばん恐ろしかった。

こいつは野心を抱くリポーターなら夢にまで見る事件だ。

あんたはリポーターだ、取材に出かけろ。

しかしフィリップスには、犯罪を取材したいという欲望がなかったのである。暴力が彼を怯えさせる。殺人鬼の病んだ心が彼をふるえあがらせるのだ。待てよ。おれはリポーターじゃない。鼻持ちならないウェンディ・ジェフリーズの野郎にそう言ってやればよかった。おれはエンターテイナーだ。ソープオペラのスターだ。名士なんだと。

だがそうした率直さゆえ、彼はジェフリーズの懐深くに引きこまれていた。

そしてむこうの意のままに動いている。

ジェリー・ケネディ市長は、ジェフリーズとの取引きのことを知っているだろうか。たぶん知らない。ケネディは硬骨漢だ。過去の市長全員を束にしても、彼にはかなわない。なぜかと問われれば、スレイド・フィリップスはピーター・アーネットやトム・ブロコウではないにせよ、少なくとも人間というものを知っているからだ。ケネディは有権者からその座を追われるまでに、できるかぎり市を立て直そうと考えている。次回の選挙では、ケネディの失墜はまず間違いない。

例の〈プロジェクト二〇〇〇〉……企業にいま以上の地方税を課すには、それ相当の根性が必要だ。当然対立も起きる。しかもケネディは、学校建設をめぐるスキャンダルに対して異端審問さながらの態度をとっていた。噂によると、市長は生命の危険を顧みず内部告発をおこなったゲリー・モスに、市の財源から追加ボーナスを支払う意向だったという（もちろんラニアー下院議員はその支出を認めなかったが）。そのうえ汚職に関わった人間を、長きにわたる友人もふくめて断罪しようと考えているらしい。

そんなわけでフィリップスは、ケネディ市政にかかる圧力を減らす仕事を自分に納得させたのである。世の中のためになると。

またカフェインレスを啜る。本物のコーヒーがゴージャスなバリトンに悪いとの説にしたがい、彼は無鉛ガソリンを燃料にしている。

窓の外に待っていた男の姿が見えた。痩せ形で背が低い。FBI本部の職員で、フィリップスがこの一年おもねっている相手だった。いわゆる〝匿名筋〟——信用という点で多少の疑問符がつく情報源である。だからどうした？　とフィリップスは思う。それがテレビ・ジャーナリズムであって、世間とは別の規範で動いている。

男はフィリップスに視線を投げるとコーヒーショップにはいってきて、下手なスパイもどきにまわりを見まわした。オーバーを脱ぐと、まるでサイズが合っていないグレイのスーツがあらわになる。

本人はフィリップスに、局の〝主要な意思決定に通じている〟（いいかげんにしてくれ……）と言っているが、しょせんは郵便配達だった。

うぬぼれるにもほどがある。「やあ、ティモシー」

「新年おめでとう」と男は言って腰をおろした。壁にとまった蝶のようだ。

「どうも、どうも」

「今夜のお薦《すす》めは？　ムサカはあるかな。ムサカが好きでね」

「食べてる暇はない。話があるんだ」

「じゃあ飲み物は？」

フィリップスはウェイトレスを呼び、カフェインレスのお代わりとティモシーにレギュラーコーヒーを注文した。

「なんだ――」ティモシーは不満そうにした。「ビールがよかったのに」

アンカーマンは身を乗り出すと声をひそめた。「あのイカレた野郎。地下鉄の銃撃犯。どうなってる？」

「あまり進展はないね。妙な話だ。テロ分子のしわざだと言う者がいる。右翼の民兵だって説もある。純粋な恐喝事件だという意見もあって、コンセンサスがとれてない」

「もうすこし絞りこんだ話が聞きたいね」とフィリップスは言った。

「絞りこんだ話？　どういう意味だ、〝絞りこむ〟って？」ティモシーは脇のテーブルでムサカを食べている男をちらっと見た。

「この事件でケネディが叩かれてる。フェアじゃない」

「べつにいいだろう。やつは嫌われ者だ」

ここで市長の力量を云々するつもりはなかった。歴史がジェラルド・D・ケネディの市政をどのように判断するかも関係ない。とにかくスレイド・フィリップスは、市長は嫌われ者ではないと世界に伝えるために二万五千ドルを受け取ったのだ。彼はつづけた。「局の対応策は？」

「難事件だ」とティモシーは答えた。彼はＦＢＩ捜査官になることを切望していたが、人生における目標にはことごとく撥ね返されるタイプである。「全力はつくしてる。容疑者の隠れ家は発見した。その話は知ってるか？」

「聞いた。むこうに出し抜かれて、さんざんに弾を食らったそうじゃないか」

「われわれも、こんな事件は初めてなんだ」

われわれだって？

フィリップスは同情するように相づちを打った。「だから、こっちもあんたたちの手助けをしようと思ってる。局の狙いどおりの報道にするつもりはないんだ。だから、こうしてご足労を願ったのさ」

ティモシーはその仔犬のような目を白黒させた。「何だって？　狙いどおりの報道？」

「ああ」

「どういうことだ？　内容は？」

「メイスン劇場の大失態」

「大失態？　犯人を阻止したんだぞ。多くの人命を救ったんだ」

「いやいや、そうじゃない。問題は彼らに銃撃犯を押さえるチャンスがあったってことさ。だが逃がしてしまった」

「局は失態は犯してない」ティモシーは守勢にまわっていた。「高密度のタック・オプだった。逃げまわる人でごった返していたんだぞ」

高密度のタック・オプ。戦術作戦。フィリップスには、ティモシーがその用語をおぼえたのはFBI本部ではなく、トム・クランシーの小説からだと察しがついている。

「なるほど。でも、ほかにも噂があってね……」

「どんな？」

「ケネディは容疑者に金を払おうとしてたのに、局が罠を仕掛けたあげくにしくじった。それを知った銃撃犯が、今度は人殺しのための人殺しをはじめたって」

「ばかばかしい」

「おれがそう――」

「あんまりだろう」ティモシーの口調は哀願に近かった。「われわれは家族とすごすはずだった捜査官を街じゅうに派遣してるんだぞ。きょうは休日なんだ。こっちも一晩じゅう、ファクスを運ばされて……」その声が消え入ったのは、当の本人が、本来の職務のことをうっかり洩らしてしまったと気づいたからである。

フィリップスは早口で言った。「おれがそう思ってるわけじゃない。それを狙った報道があるってことさ。人殺しをつづけてるクソ野郎がいるんだ。文句をぶつける相手が必要なんだよ」

「しかし……」

「ほかに絞りこめる対象はあるか？　局以外に？」

「そうか、それが絞りこむの意味なのか」

「絞りこむなんて言ったかい？」

「ああ、言った……特別区警察はどうだ？　連中にはドジを踏むだけの種があるだろう」

フィリップスは考えた。市警が失態の原因であるという報道に——最後にはケネディ市長にも伝わる——ウェンディ・ジェフリーズはいくら払うだろうか。

「ほかには。それじゃあ乗り気になれない」

ティモシーは考えこんでいた。やがて微笑した。「待てよ。ひとつ思いついたぞ」

「名案か？」フィリップスは訊いた。

「そういや、さっき本部で、妙な話を小耳にはさんだんだ。妙な話さ……」ティモシーは眉をひそめて口をつぐんだ。

アンカーマンが言った。「ほら、ムサカはうまそうだぞ。食べるかい？」

「そうだな」ティモシーは言った。「ああ、これは名案だと思うぞ」

Ⅲ

三羽のタカ

文章における変化を研究するのはとりわけ重要である。それらの特質は細心の注意を払って検査されるべきである。反復されている言葉を比較し、自然な変化や不自然な単調さを見分けなければならない。

オズボーン&オズボーン

『疑問文書に関する諸問題』

20

自由世界の首都。

地上最後の超大国の心臓部。

ケイジの駆る政府支給のクラウン・ヴィクトリアがまたも窪みにタイヤをとられ、アクスルがひどい衝撃を伝えてきた。

「たいした街だ」とケイジはぼやいた。

「気をつけろ」パーカーは膝にのせたガラス板を、それこそ生まれたての赤ん坊のように抱えている。彼は黄色の紙に目を落とした。しかし損傷がひどく、そこに第三、第四の標的を見出すことはできない。研究所で分析する必要があった。

剝がれた舗装。何カ月もまえに電球が切れたまま放置された街灯。盗まれたのか風で飛ばされたのか、支柱だけが残る行先表示板。

そして路面の凹凸。

「なんでこんなとこに住んでるのか」ケイジは肩をすくめた。

パーカーとジョン・エヴァンズ博士を乗せた車は、コロンビア特別区の暗い道を本部に向けて疾走している。

「しかも雪とは最悪だ」

除雪作業もやはり市の苦手とするところで、吹雪にでもなれば、たとえ〈ディガー〉の潜伏場所やつぎの標的がわかっても、ジェリー・ベイカーの戦術行動に支障をきたすのは明らかだった。

エヴァンズは携帯電話で家族と話していた。歌をうたうような調子で、子供を相手にしているのかと思いきや、会話のやりとりからすると回線のむこうには妻がいるらしい。パーカーは、心理学者が大人に対してそんなしゃべり方をすることが不思議だった。だが人間関係を論じる資格が自分にあるだろうか。酔っていたり不機嫌だったりしたジョーンには、十歳の子供のような態度で接したこともある。

ケイジが自分の電話で病院を呼び出した。ゲラーの容態を訊ねていた。

電話を切ったケイジはパーカーに言った。「ツイてる男だ。煙を吸ったのと、窓から脱出したときに足を挫《くじ》いたのと、それだけだそうだ。今晩は入院するが、大事をとってということらしい」

「賞状ものだろう」とパーカーが言った。

「ああ、そうだな。ご心配にはおよばないさ」

パーカーは咳きこんだ。煙の味に吐き気を感じる。

それから五ブロックほど走ってから、ケイジが、「だから」と口にした。

「だから」パーカーはおうむ返しに言うと、「どうした？」

「そりゃあ、気分がいいじゃないか」捜査官はステアリングを叩いた。

パーカーはそれに応じることもなく、燃えた紙の断片をガラス板の下にたくしこんだ。

ケイジはのろのろ走っていた車を追い越した。そして、「最近、あっちのほうはどうだい？相手はいるのか？」

「いまはいないな」

つきあう相手がいなくなって九カ月になる。リンが懐かしかった。十歳年下の健康的で可愛い女性だった。ジョギング、食事、ミドルバーグまでの日帰り旅行――ふたりで楽しい時をすごした。あの明るさとユーモア感覚が懐かしい（彼女が初めて家に来たとき、フランクリン・デラノ・ルーズベルトの署名に目を留めると、真面目くさった顔で言ったものだ。「彼のことは知ってるわ。フランクリン・ミントをはじめた人でしょ。私も指ぬきを集めてるの」）。しかし三十代目前の彼女には、まだ母性の開花が見られなかった。子供たちとは博物館やシネマ・コンプレックスに行ったりして楽しんではいたが、あるときパーカーは、彼女がそれ以上の形で〝誰かさんたち〟と――そして彼自身と――関われば、いずれ本人の重荷になると気づいたのである。結局何年かして、彼女のほうに子供に対する心構えができたとき、もう一度考えな

おすということでふたりは別れた。(もちろんおたがいに、恋人としての関係は永遠に終わったと思っている)

ケイジが言った。「ふーん。すると家でおとなしくしてるわけか」

「そうだ。ダチョウのオジーみたいに頭を砂に突っ込んでね」

「何だ、そりゃ?」

「子供の本に出てくるのさ」

「しかし、まわりで起きてることが気になったりはしないのか?」

「いいや、ケイジ。気にならないね。子供たちが成長する、その感触を確かめていられれば、何も気にならない」

「たいしたもんだ。なるほど。それが大事なことだっていうのは、おれにもわかる」

「とても大事なことさ」

まだ電話をしていたエヴァンズが、妻に愛してると言った。パーカーはその声を頭から締め出した。気が滅入る言葉だった。

「ルーカスのことをどう思う?」とケイジがようやく訊ねた。

「どう思うって? 彼女は素晴らしい。出世するだろう。たぶんトップになる。破裂しなければな」

「切れるってことか?」

「いや、破裂だ。電球みたいに」

「そりゃあいい」ケイジは笑った。「しかしおれが言ってるのはそういうことじゃない。女としてどう思うかってことさ」

パーカーは咳をした。銃弾と炎の記憶に身ぶるいが出た。「おれたちをくっつけようとしてるのか、ルーカスとおれを？」

「いや、そうじゃない。おれはあの子にもっと友達ができればいいと思ってるだけさ。あんたが愉快なやつだってことを思いだしてね。たまに一緒に出かけるのもいいじゃないか」

「ケイジ――」

「あの子は結婚してない。ボーイフレンドもいない。それにそっちが気づいてるかどうかは知らないが」と悪賢い捜査官は言った。「別嬪だ。そうは思わないか？」

そう思っている。女の警官にしては。たしかにパーカーは彼女に魅了されている――だがそれは外見のことだけではなかった。家を訪ねてきた彼女が、階段を駆けあがっていくロビーを見つめていたときの目。子供を通して、その男親の心にまで届くような眼差しだった……。

だがパーカーはこう言った。「彼女はこの事件を早く終わらせたいのさ。そうすれば、おれと顔を合わせることもなくなる」

「そう思うか？」ケイジは、今度は皮肉めいた調子で訊いた。

「聞いただろう――武器のことであそこまで言われた」

「べつに、あれはあんたをいじめて、子供のもとに追い返そうと思ってやったわけじゃない」

「いや、ちがうな。おれに気に染まないことをされて不愉快だったのさ。だが、これだけは言っとく。おれは自分で正しいと思えば、他人の気に染まないことでもつづける」

「やっぱり、あんたもか」

「どういう意味だ」

「あの子も同じことを言うだろうってことさ。似た者どうし、ふたりで……」

「ケイジ、やめてくれ」

「いいか、マーガレットはいつも、容疑者を捕まえることだけを考えてる。とてつもないエゴの持ち主だが、悪いエゴじゃない。彼女はおれが知ってるなかで、二番目に優秀な捜査官だ」

パーカーはその発言とともに向けられた視線を無視した。ケイジはしばらく思いを凝らしていたが、「ルーカスの長所を知ってるか？　あの子は自分で自分の面倒をみられる女だ」

「どういう意味なんだ？」

「これから話す。二カ月ほどまえ、彼女の家が荒らされた」

「どこに住んでる？」

「ジョージタウンだ」

「あそこなら、そういうこともあるだろう」とパーカーは言った。特別区は好きでも、子供を連れて市内に住んだ経験はない。犯罪が恐ろしかった。

ケイジはつづけた。「仕事から帰宅すると、ドアがこじあけられていた。いいか、飼い犬は裏庭にいて――」

「犬を飼ってるのか？　種類は？」

「さあ。知らない。黒くてでかい犬だ。それはともかく、彼女は犬が無事だとみると、そいつを呼んだりせずに、そのままヴァンに戻って防弾チョッキを着た。そしてMP－5を手にして自分で家内の安全を確認した」

パーカーは笑った。細身の魅力的なブロンドが、レーザー照準器を付けたマシンガンを手にタウンハウスを忍び歩くという図が滑稽に思えたからだった。だがそれがルーカスとなると、なぜかごく自然な感じがするのだ。「まだ話の要点がつかめないな、ケイジ」

「要点なんかない。おれが言いたいのはただ、ルーカスは守ってやらなくても平気な女だってことだ。人間が一緒に暮らすとして、つまり男と女ってことだが、そんなふうにできたら最高だと思わないか？　他人の面倒などみずにすめば。そういうことさ。よく考えてみるんだな」

捜査官はジョーンのことを話している、とパーカーは思った。実際、ケイジはジョーンと一緒のパーカーと何度も同席している。パーカーが別れた妻に惹かれたのは、彼女が守ってくれる相手を探していたからだった。そしてふたりが出会った当時、両親と死別したばかりだったパーカーには、ジョーンを保護したいという思いばかりが強かったのである。彼は数時間まえのことを考えていた。グレイヴズエンドで捜査陣に語りかけていたルーカス。たぶん自分はそのときの様子に心を動かされたのだ。専門家としての力量よりも、彼女が一個の独立した存在であるということに。

しばらく話がとぎれた。

「MP－5だって？」パーカーは黒く重いヘッケラー＆コッホのマシンガンを頭に描いた。

「ああ。あの子がいちばん心配したのは、犯人を撃って壁の飾りを台なしにすることだったらしい。縫い物もやるんだよ。びっくりするようなキルトをつくるぞ」

「それは聞いた。犯人は――仕留めたのか？」

「いいや。逃げたあとだった」

パーカーはグレイヴズエンドでの彼女の怒りようを思いかえした。「じゃあ、あれは何だったんだ？　なんでおれに突っかかる？」

すこし間をおいて捜査官は答えた。「あんたがうらやましいんだろう」

「うらやましい？　どういうことだ？」

ケイジは質問に答えようとはしなかった。「おれの口からは言えない。まあ、そのことを頭に入れて、むこうから文句を言ってきても大目に見てやることだ」

「意味がわからないぞ、ケイジ。彼女がおれをうらやんでるのか？」

「パズルだと思って考えるんだな。そのうち解けるかもしれないし、答えを教えてくれるかもしれない。あの子しだいだが。でもこっちからはヒントは出さない」

「おれがマーガレット・ルーカスに答えを訊くとでも思ってるのか？」

だがケイジは無言でステアリングを切り、道の窪みをきわどく避けた。

エヴァンズが電話の蓋を閉じると、水筒からコーヒーを注いだ。水筒は半ガロンほどの容量があるらしい。今度はパーカーも勧められたカップを受け取り、濃いコーヒーを何度か口に運んだ。

「ご家族の様子はいかがです？」パーカーは訊ねた。

「子供たちには大きな借りができました」精神科医は悲しそうに答えた。

「何人いらっしゃるんです？」

「ふたりです」

「一緒だ。歳は？」

「ふたりとも十代で。手にあまります」エヴァンズはぼかした言い方をして、これ以上は語りたくないという顔をした。「あなたは？」

「八歳と九歳」

「すると、あと二、三年は平和ですな」

ケイジが言った。「孫は最高ですよ。本当に。一緒に遊んで、泥んこになるわ、アイスクリームはこぼすわでさんざん大騒ぎしてから、親のところまで送り届ける。ビールを飲みながらスポーツ観戦するのもいいが、あれに勝るものはないですよ」

すこししてエヴァンズが口を開いた。「さっきお話しになった件ですが。息子さんの。何があったんです？」

「ボートマンのことはご存じないですか？」

ケイジが警戒するようにパーカーを一瞥すると、また道路に目を戻した。

「新聞で読んだ記憶はあるんですが。どうもはっきりしない」

パーカーは驚いた。その殺人犯のことは何カ月ものあいだニュースをにぎわせたのである。

この先生は新参者なのだろうか。「四年まえ、ヴァージニア北部、メリーランド南部で起きた連続殺人事件の犯人です。誘拐した女性をレイプして殺し、遺体をディンギーや手漕ぎボートに遺棄した。ポトマック川で二度。シェナンドー川。フェアファクスのバーク湖。捜査によってアーリントン在住の男が線上に浮かびあがったんですが、確証が得られなかった。やがて私はある手書きのサンプルから、一件の殺人と男の関連をつきとめました。それでSWATが逮捕したんです。だが男は起訴され、連邦の拘置施設に移される途中で逃亡した。そのころ、私は前妻と子供の監護権を争っている最中でね。法廷は私のほうに一時的監護権を認めていて、私は子供たちと家政婦とフォール・チャーチに住んでました。で、ある晩、真夜中のことです。突然、ロビーの悲鳴が聞こえてきた。彼の部屋に行ってみると、そこに、侵入しようとするボートマンがいた」

エヴァンズが真剣な表情でうなずいた。その青い目でパーカーをじっと観察していた。

いま思いだしても戦慄をおぼえる。寝室の窓のむこうに見える四角張った顔、息子の心底怯えきった様子。大きな目から涙を流し、手をわなわなとふるわせていた。その何時間にも思えた恐怖の五分間のことを、彼はエヴァンズにもケイジにも話さなかった。子供たちを家政婦の部屋に連れていき、自分はそのドアの前に立ち、家のなかを歩きまわるボートマンの足音に耳をすませた。そしてフェアファクス郡の警官が来ないまま、官給のリヴォルヴァーを握りしめて廊下に踏み出したのだった。

エヴァンズがさらに熱い眼差しを注いできていた。まるで患者にされた気分だった。医者はパーカーの視線に気づいて目をそらした。「あなたが撃ったんですね？」

「ええ。そうです」

銃はうるさすぎる！　パーカーは心のうちでそう叫んでいた。引金を引きながら、銃声がロビーとステファニーの恐怖を倍加していると考えていた。

銃はうるさすぎる！

車が本部に着いた。エヴァンズは水筒をバックパックに詰めると、パーカーの腕に手を置いた。彼は文書検査士に、さっきまでとはちがった真摯な表情を向けた。「何をするかわかってますね？」

パーカーは眉を上げた。

「私たちはこの人でなしを捕まえて、家族のもとに帰るんです。私たちの場所にね」

パーカー・キンケイドは念じた。アーメン。


チームは本部の文書研究室でふたたび合流した。

マーガレット・ルーカスは電話をしている。

パーカーはそちらに目をやった。謎めいた表情を浮かべるルーカスに、車中で聞いたケイジの言葉がかぶってくる。

あんたがうらやましいんだろう……

ルーカスは走り書きしていたメモに目を戻した。パーカーはその筆跡に注目した。パーマー・メソッドだった。妬《ねた》ましいほどに正確かつ簡潔である。無駄というものがまるでない。

ハーディとC・Pもおのおの携帯電話で話しこんでいた。

パーカーはガラス板を検査用テーブルに載せた。

ルーカスが電話を切ると、ケイジ以下を見渡した。「隠れ家は全焼したわ。PERTの調べでも何ひとつ残ってなかった。コンピュータとディスクも全損よ」

ケイジが訊ねた。「〈ディガー〉が発砲をした建物は？」

「テキサスの保管書庫みたいにきれいだった」彼女は苦しげに言った。「今度は薬莢を拾ったけど――」

「犯人はラテックスの手袋をはめていた、か」パーカーは溜息をついた。

「そう。クリップを装填するときにね。しかもアパートメントのなかでは革の手袋。微細証拠も見つからなかった」

電話が鳴った。ルーカスが受けた。「もしもし……ああ、わかった」彼女は顔を上げた。「スーザン・ナンスよ。ボストン、ホワイト・プレーンズ、フィリーから新たな情報がはいったそうよ。ツィスマンが言ってた襲撃事件について。スピーカーに切り換えるわ」

彼女はボタンを押した。

「はじめて、スーザン」

「事件の担当者たちと連絡がつきました。彼らの話によると、こちらと同じで確固とした手がかりはなかったそうです。指紋も発見されず、目撃者もいません。どの事件もいまだ未解決です。こちらから未詳の写真を送ったんですが、確認はとれませんでした。でも彼らは口をそろえて、似ているところがあると言っています。不可解な部分があるんです」

「どこが？」とパーカーが言った。彼は燃えた黄色の紙を挟んでいるガラスを慎重に拭ってい
た。

「まずは、起きた暴力と被害金額の釣合いがとれていない点です。ボストンでは宝石店でした
ね。犯人が奪ったのは時計一個でした」

「時計が一個？」C・P・アーデルが言った。「ほかに持っていけるものがなかったってこと
か？」

「いいえ。より取り見取りの状況だったんです。奪われたのはロレックスでしたけど……値段は二千ドル程度のものです。ホワイト・プレーンズの被害は三千ドル。フィリーではバスの乗っ取りですね。身代金の額はわずか十万ドルでした」

そしてDCでは二千万ドル。未詳は要求をどんどんエスカレートさせてきたのか、とパーカーは思った。

ルーカスも同じことを考えていたらしい。エヴァンズに訊ねた。「累犯者ですか？」

累犯者とは、重罪の度合いを増しながら犯罪を重ねていく犯人のことである。

だがエヴァンズは首を振っていた。「いいえ。そうも見えますが、累犯は欲望に衝き動かされるものです。大半がサディスティックな性の嗜好をもつ殺人者です」彼は骨ばった手の甲で髭をこすった。髭はまだ伸ばしはじめたばかりのように短く、皮膚に刺さる感触があるはずな

のだが。「彼らが凶暴さを増していくのは、しだいに欲求が満たされなくなっていくからです。しかし利益追求の犯罪の場合、行動がエスカレートすることは稀なんです」

パーカーは、このパズルは見せかけとはちがってはるかに複雑なのだと思った。あるいははるかに単純なのか。

いずれにしても、答えの影すら見えない自分が歯がゆい。

農夫の銃には一発の弾しかはいっておらず……。

パーカーはガラスを拭き終えて、証拠物件に気持ちを向けた。残った二ページに目を凝らす。だが灰の大部分が粉と化しているのがわかって愕然とした。火による損傷は予想以上だったのである。

それでも大きめに残った灰には、未詳の筆跡が多少なりと読みとれるはずだった。その作業は灰の表面を赤外線灯で照射することによっておこなう。燃えたインクや鉛筆の線は、燃えた紙とは異なる波長で反射するので、おおよそ文章の判読が可能となるのである。

パーカーは黄色の紙を挟んだガラス板二組を、フォスター＋フリーマンの赤外線ビューアーに並べてかけた。それからテーブルにあった安物の拡大鏡を取りあげた（〈ディガー〉の野郎に、五百ドルもするアンティークのライツを燃やされた）。

ハーディが左側に置かれた紙を覗いた。「迷路だ。やつは迷路を書いたのか」

パーカーはそちらの紙には目もくれず、メイスン劇場の記述があったほうを調べた。未詳はおそらく残るふたつの標的——午後八時と午前零時の襲撃場所——も書きとめていると考えていた。しかしその部分は燃え方がひどかった。

「まあ、いくつか読めるところはあるが」パーカーはつぶやいた。拡大鏡を紙の別の部分に持っていった。「くそっ」首を振った。

「どうした？」とC・P。

「ああ、〈ディガー〉がすでに襲撃した場所は完全に読みとれるんだ。地下鉄とメイスン劇場は。ところがつぎのふたつ……これがわからない。最後の零時のほうは……三番目よりはましだ。書いてくれ」パーカーはハーディに言った。

刑事はペンと黄色の紙を手にした。「どうぞ」

パーカーは目を細めた。「こうだ、place I ……待てよ。place I …… showed you、そしてダッシュ。それから black。ちがう、the black だ。そのあとは紙に穴が開いてる。まったくわからない」

ハーディが読みかえした。「おまえに見せた場所——黒い place I showed you —— the black ……」

「そうだ」

パーカーは顔を上げた。「いったいどこのことなんだ？」

誰にも見当がつかない。

ケイジが時計を見た。「八時のほうは？　そっちにまず集中すべきだ。もう一時間もないぞ」

パーカーはメイスン劇場と記されたすぐ下の三行目に目をやると、そうして背をかがめたまま一分あまりも見つめていた。「…… two miles south. The R ……Rは大文字だ。そのあとは完全に灰になってる。何か書いてあるのはわかるが、粉々になってて読めない」

パーカーは書きとられたものを壁の黒板へ持っていって貼った。


……二マイル南。R……

……おまえに見せた場所——黒い……


「何なんだ、これは？」ケイジが言った。「どこのことを言ってるんだ？」

パーカーにも心あたりはなかった。

彼は黒板から離れると、学校のガキ大将を相手にするかのようにガラス板を睨みつけた。だがその対決はいともたやすく、灰となった紙のほうに軍配があがった。

「どこの二マイル南なんだ？　Rは何のRだ？」

パーカーは息をついた。

すると研究室の扉が開いた。パーカーは目を瞠《みは》った。「トーブ！」

トーブ・ゲラーがふらつきながら部屋にはいってきた。服を着換えてシャワーも浴びたらしいが、まだ煙の匂いはとれず咳も止まっていない。

「おい、坊や、ここはおまえの来る場所じゃない」とケイジ。

ルーカスが言った。「あなた正気なの？　家に帰りなさい」

「わびしい独り者のねぐらにかい？　大晦日のデートを棒に振って、これで彼女は間違いなく元彼女になったっていうのに？　冗談じゃない」ゲラーの笑いはたちまち咳の発作へと変わった。それがおさまると、彼は深々と息を吸った。

「具合はどうだ、相棒？」C・P・アーデルがゲラーをきつく抱きしめた。戦術捜査官らしい素直さで、その大きな顔に気遣いを見せる。

「医者は火傷の度数も言わなかったよ」ゲラーは説明した。「ニューイングランドで日焼けした程度だって。大丈夫さ」そしてまた咳きこむ。「でも肺がね。どっかのお偉いさんとちがって、ずいぶん吸いこんじまったからな。それで、どこまで進んだ？」

「黄色のメモパッドか？」パーカーが沈んだ声で言った。「こう言うのもなんだが、はかばかしくない」

「痛いな」

「ああ、痛い」

ルーカスが検査用テーブルに歩み寄り、パーカーの隣りに立った。石鹸の芳香は消え、煙の刺激臭が鼻をつく。

「そうか」ルーカスがつぶやいた。

「何だ？」

彼女は細かな灰を指さした。「こういう小さな断片が大文字のRのつぎにくるわけ？」

「たぶん」

「それって、何かを思いださない？」

パーカーは目を落とした。「ジグソーパズル」と囁いた。

「そうよ――あなたはパズルの達人だわ。これを元通りにはめこむことができるでしょう？」

パーカーは何百という破片になった灰を眺めた。何日とは言わないまでも、数時間はかかるだろう。ジグソーパズルとちがって灰は角が燃えている。ピースがぴったり嚙みあうとはかぎらない。

ふと頭に閃いた。「トーブ？」

「うん？」若い捜査官は咳をして、燃えた眉毛を指でなぞった。

「アナグラムのパズルを解くコンピュータ・プログラムがあるだろう？」

「アナグラム、アナグラム？　何だっけ、それ？」

その問いに答えたのは意外にもC・P・アーデルだった。「知的活動といえば、安売りビールの値段を比較することぐらいしかなさそうな男なのだが。「文字の組合わせを変えて別の言葉をつくることだ。n－o－w、o－w－n、w－o－nみたいにな」

ゲラーが言った。「ああ、なるほど。でもあんたはパズルを解くのにソフトウェアを使わない主義なんだろう、パーカー？」

「そうだ、それをやるのはいかさまだ」彼はルーカスに笑いかけた。だがルーカスは無表情のまま灰に目を戻した。

パーカーはつづけた。「〝……二マイル南。R……〟のあとだ。灰の部分の文字だが。それを復元できないか？」

ゲラーは笑った。「すごいことになったね。まず脅迫状から筆跡のサンプルをスキャンする。それで基準となる文字の構造をつかむ。つぎにデジタルカメラで灰の写真を撮る。赤外線フィルターを付けて、燃えた紙の色調をなくしてね。そうすると文字の断片が手にはいる。あとはコンピュータで組み合わせればいい」

「うまくいくのか？」とハーディが訊いた。

「まあ、いくね」ゲラーは自信たっぷりだった。「ただし時間の保証はできないけど」

ゲラーはデジタルカメラで灰と脅迫状と両方の写真を撮った。そしてカメラをコンピュータのシリアルポートにつなぎ、画像をアップロードする作業にかかった。

ゲラーの指がキーボード上を飛ぶ。全員がじっと見守った。

そんなときだっただけに、パーカーの電話の音はことさら意表をつく形となった。

ぎょっとしたパーカーは携帯の蓋を開いた。番号表示を見ると家からだった。

「もしもし？」

ミセス・キャヴァノーの張り詰めた声に血の気が引く。「パーカー」

ロビーのすすり泣きが聞こえてくる。

「どうしました？」パーカーは焦燥を抑えて訊いた。

「みんな元気よ」夫人は早口に言った。「ロビーも元気。ただちょっと怖がってるの。裏庭にあの男を見たって言うのよ。ボートマンを」

ああ……

「誰もいなかったのよ。外の灯りもつけたわ。ジョンソンさんとこの犬がまた放し飼いになってて、茂みを飛びまわってたけど、それだけなの。でも怖いって言うの。怯えているのよ」

「代わってください」

「パパ！　パパ！」少年の声は恐怖に萎えていた。その声ほどパーカーを狼狽させるものはなかった。

「なあ、ロビー！」パーカーは明るく言った。「どうした？」

「外を見たんだよ」ロビーはしゃくりあげていた。パーカーは目をつぶった。息子の恐怖は自分の恐怖に等しい。「そしたら、いるんだ。ボートマンが。ぼく……怖いよ」

「忘れたのか、ただの茂みだったじゃないか。あしたになったら一緒に切るんだぞ」

「ちがうよ、今度はガレージのなか」

パーカーは自分に腹を立てた。不注意にもガレージの扉を開けたままにしていた。なかに放りこんであるガラクタが侵入者に見えたかもしれない。

パーカーは息子に語りかけた。「何をするか憶えてるか？」

「ロビー？　憶えてるか？」

返事がない。

「盾を持つ」

「そうだ。兜はどうした？」目を上げると、ルーカスが見つめている。「兜はかぶったのか？」

「うん」少年は答えた。

「電気はどうした？」

「つけるよ」

「いくつだ？」

「全部」

息子の声を聞くのがこんなにつらいとは……心は決まっていた。彼は研究室を見まわし、今夜同胞となった面々に目をやった。みんな、運と力があれば、妻や恋人や仲間から自由になることができる。だが子供からは離れられない。絶対に離れられない。子供は親の心をとらえて放さない。

パーカーは電話に向かって言った。「すぐに帰るから。心配するな」

「ほんと？」

「急いで行く」

彼は電話を切った。全員が彼を見ていた。

「行かなくちゃならない」パーカーはケイジのほうを向いた。「かならず戻ってくる。いまは行かせてもらう」

「何かぼくにできることは？」とハーディ。

「いや、ありがとう、レン」

「待ってくれ、パーカー」ケイジが時計を見あげて言った。「彼のことも気の毒だが――」

マーガレット・ルーカスが年上の捜査官を手で制した。「〈ディガー〉があなたの存在を知ることはないと思う。でもお宅の周囲に捜査官を立たせるよう手配するわ」

パーカーは、それが引き止めるための前口上なのだろうと思った。だがルーカスは静かに言い足した。「あの坊やね？　行って、慰めてあげて。時間は気にしなくていいから」

パーカーは彼女の目を見つめた。もしかすると、これがルーカス特別捜査官という迷路を解く手がかりなのだろうか。

それとも道を間違えただけか。

お礼の言葉を口にしかけて、彼は不意に思った。感謝にせよ何にせよ、自分が反応することで、ふたりの間の微妙な均衡が崩れ去ってしまうのではないかと。結局うなずいただけでドアに急いだ。

研究室を出るとき、聞こえていたのはコンピュータに話しかけるゲラーのしゃがれ声だけだった。「来い、来い、来い」それがまるで競馬の予想屋の、負けそうな馬を叱咤するような口ぶりだったのである。

21

画素《ピクセル》の単位で。

トーブ・ゲラーの画面に映像が落としこまれていく。まだ混沌としたままだった。

マーガレット・ルーカスは室内を歩いている。頭にあるのはアナグラムのこと、灰のこと。そしてパーカー・キンケイドのこと。

家に帰ったら、彼はどんなふうに息子をなだめるのだろう。抱き寄せる？　本を読む？　一緒にテレビを見る？　いま悩んでいることを、ふたりで話しあうのだろうか。それとも恐怖から気をそらそうとするのか。プレゼントを渡して悲しみを忘れさせるのだろうか。

マーガレット・ルーカスには想像がつかない。はっきりしているのは、キンケイドに戻ってきてもらいたい、すぐそばにいてほしいという思いだけだった。

彼女の一部はそれを願っている。また別の一部は、このまま帰ってこないでと考えている。

このまま郊外の小さな砦から二度と出てこなければいい。それなら——だめ……さあ、集中して。

ルーカスは小柄なドクター・エヴァンズのほうを向いた。医師は短い髭を撫でながら脅迫状を調べていた。その落ち着きのない青い目を見て、彼女は自分のセラピストにはしたくないと思った。医師はまた水筒からコーヒーを注ぐと、「未詳のことで思いあたることがあります」と告げた。

「話してください」とルーカスは言った。

「話半分に聞いてくださいよ」医師は釘を刺すのを忘れなかった。「正確を期すには大量のデータと、分析にあたって二週間は必要なんですから」

「ここではそのやり方でいいんです。意見交換をする場ですから。あなたに責任を負わせるようなことはしません」

「では、まず私が思うに、〈ディガー〉は機械にすぎません。〝プロファイリングを通さない〟とでも言いますか。彼は分析する意味がない。拳銃を相手にするようなもんです。しかし犯人は、保管所で眠る男のほうですが、こちらは話がちがってきます。計画的犯罪者をご存じですか？」

「もちろん」犯罪心理学の初歩だった。

「つまり、彼は高度な計画的犯罪者なのです」

ルーカスは件《くだん》の男の手になる脅迫状に目をさまよわせながら、エヴァンズの言葉に耳をかたむけていた。

「彼はあらゆることを用意周到に練っていた。時間と場所と。しかも人間の性《さが》を知りつくしていた――たとえば市長が、方々からの反対を押し切ってでも金を払うだろうということも計算していたわけです。しかも万が一の場合も想定して、念には念を入れた計画を立てていた。隠れ家に火を放ったのもそれでしょう。申し分のない武器も見つけていた――〈ディガー〉という、人殺しだけをおこなう人間ですね。もし事故で命を落とさなければ、犯人はこの不可能と思える犯罪を見事やり遂げたんじゃないでしょうか」

「私たちは身代金を入れたバッグに探知機を仕掛けました。ですから、逃げ切ることはできなかったと思います」

「でもね」エヴァンズは言った。「それに対抗する策も考えていたはずですよ」

そうかもしれない、とルーカスも考えていた。

医師はつづけた。「で、二千万という要求額ですが。金を手にするためには数百人を殺すのも厭わなかったわけです。彼は累犯者ではない、しかしながら要求を吊りあげたのは、自分が逃げ切れると知っていた、まあ信じていたからでしょう。彼は自分が優秀であると信じていたし、現実に優秀だった。言い換えれば、その傲慢さは才能に裏打ちされていたのです」

「そういう野郎はなおさら危険なんだ」C・Pが唸るように言った。

「そのとおり。誤ったエゴに足をすくわれることもない。頭が切れるんですよ――」

「キンケイドによれば、男は高い教育を受けていたといいます」ルーカスはそう言いながら、文書検査士ともう一度意見を戦わせたいと思った。「男は文面のなかで、その教養を隠そうとしているとパーカーは見抜きました」

エヴァンズはゆっくりうなずいていた。「男が保管所に運びこまれたときの服装は？」

Ｃ・Ｐがそのリストを探して読みあげた。

「つまり安物ですね」

「そう」

「これらすべてを企てるような知性をもち、二千万ドルをせしめようとした男にしては、お粗末ということになりますか」

「まったくだ」とケイジが言った。

「それが意味するところは？」とルーカスは質した。

「階級の問題があるでしょうね」とエヴァンズが説き明かす。「おそらく男は富裕層、社会的地位のある人間を殺したいと考えていたはずですよ。自分はそうした連中より優れていると思っていた。名もない英雄といったところでしょうか」

ハーディが指摘した。「しかし最初の攻撃で、〈ディガー〉は無差別に発砲したんですよ。金持ちだけじゃない」

「場所を考えてごらんなさい。デュポン・サークル。ヤッピーの巣窟だ。南東地区ではありえない。メイスン劇場は？　バレエの切符は一枚六十ドルはしますよ。そして三つめの場所も……フォーシーズンズでしたか。銃撃はなかったにせよ、われわれの目をそこに惹きつけました。当然男は意識していたんです。あそこが高級ホテルであると」

ルーカスはうなずいた。そんな自明とも思われる事実に気づかなかった自分が疎《うと》ましかった。

彼女はまたパーカーのことを考えた――パズルに取り組むにはどうしたらいいか。大局観をもつこと。だがそれがむずかしい。

集中して……

「金持ちに対して腹を立てていたんだと思いますよ。社会のエリートに対して」

「なぜ？」とケイジが訊いた。

「まだわかりません。いま把握している情報だけでは。しかし彼はそういった人間を憎んでいます。いや、憎悪してると言うべきか。われわれはそれを念頭において、つぎの標的を探すべきでしょう」

ルーカスは未詳の写真を手にして間近に見た。

彼は何を考えていたのか。動機は何だったのか。

ルーカスに視線をやったエヴァンズがくすりと笑った。

「どうしました？」

医師は脅迫状に顎をしゃくった。「紙切れの精神分析をしてるみたいでね。これが本人じゃないかと思えてきて」

彼女も同じことを思った。

パーカー・キンケイドもまったく同じことを言った。

集中……

「みなさん、注目」ゲラーが言った。「何が出てくるか」全員が画面を覗きこんだ。そこに見えたのは〝……二マイル南。R……〟の文章だった。

コンピュータは、灰の断片から拾った文字を組み合わせる作業をしていた。ペンの運びによって、前の文字とはつながりえないと判断された組合わせは却下されていくのである。そしてこのシステムはRのつぎにiを持ってきている。さらにもう一文字が追加されていた。

「パーカーの言ってたとおり、おかしな点がつくiだね」とゲラーが言った。

「悪魔の涙」ルーカスがぽつりと言った。

「そう。で、それから……t。tかい？　涙でよく見えないんだ」

「ええ、明らかにtよ。R－i－t」

「つぎの文字は何だろう？」ハーディが画面に顔を寄せた。

「わからないわ」とルーカス。「ぼやけてる。短い文字ね――パーカーは何て言ってたかしら――その、アセンダーとかディセンダーがついてないもの」

彼女は技師の肩ごしに目を近づけた。ゲラーの身体には煙の臭いが染みついていた。画面の文字は不鮮明だったが、iとtは間違いなかった。しかしそのつぎの文字が判読できない。

「ちくしょう」ゲラーが声をあげる。「コンピュータはこの文字だって言ってる。運びがぴったり合うんだ。でも読めない。誰かわかる人は？」

「ジグザグになってるように見える」とルーカスは言った。「aとかxとか？」

ケイジがはっと顔を上げた。「ジグザグ？　zってことは？」

「リッツ！」ハーディがだしぬけに叫んだ。「リッツ・カールトンじゃないのか？」

「そうよ！」ルーカスはエヴァンズに向かってうなずいた。「彼はまた裕福な人間を狙っているのよ」

「ええ」エヴァンズが言った。「それで筋が通ります。これまでわれわれを欺いてきた傾向からすると、男は一度利用したホテルをわれわれが除外して考えると読んだのでしょう」

ゲラーは椅子に座ったまま別のコンピュータに移ると、わずか五秒で画面にイエローページを呼び出した。「このあたりにリッツは二軒ある。一軒はタイソンズ・コーナー。もう一軒はペンタゴン・シティだ」

「パーカーが男は特別区に執着していると言ってたわ。私はペンタゴン・シティだと思う」

ルーカスはジェリー・ベイカーに電話でつぎの標的を伝えた。「特別区と北ヴァージニアの全戦術捜査官を動員してちょうだい。タイソンズには小人数でいいわ。それから、あなたは気が進まないかもしれないけど、フードとヘルメットはなしで」

つまり、ノーメックスのフードとケヴラーのヘルメットは使用しない——私服で現場に臨むことを、局ではそう言いならわしている。

「本気か？」ベイカーの声にはためらいがあった。秘密捜査をおこなう場合、捜査官はあからさまな戦術行動とはちがって、防護服で身を固めることはできない。それだけ危険が増す。武装した相手となればなおさらである。

「しかたないのよ、ジェリー。一度危ない目に遭って、むこうは神経を尖らせているわ。異変に気づけば逃げ出すかもしれない。私が責任を負うから」

「わかった、マーガレット。その旨連絡する」

ルーカスは電話を切った。

と、彼女はレン・ハーディの視線を感じた。ハーディの顔は急に老けてたくましくなったようだった。戦術班に参加する話を蒸し返すつもりなのだろうかと考えていると、彼はある疑問を口にした。「きみは私服の作戦をおこなうつもりか?」

「そうよ。何か問題でも、刑事さん?」

「するとホテルから人払いはしないということだな」

「ええ。しないわ」

「今夜は千人もの人が集まってる」

ルーカスは言った。「平常どおりにしておきたいのよ。〈ディガー〉に怪しまれないように」

「しかし、やつが目の前を通っても……人相さえはっきりしていないんだぞ」

「わかってるわ、レン」

ハーディは首を振った。「そんなのは認められない」

「選択の余地はないのよ」

刑事は言った。「ぼくの商売は知ってるだろう——統計だよ。秘密戦術行動でいったい何人が巻き添えとなって死ぬか、知りたくないか? この状況下で犯人逮捕に踏み切れば、おそらく八割の可能性で罪のない人々の大多数が犠牲になる」

「じゃあどうしろって言うの？」ルーカスは感情をあらわに反論した。

「きみの部下は私服のままで、客を全員退避させる。従業員は残したとしても、その他の人間は外に出すんだ」

「私たちでホテル内に伏せることができる人員はせいぜい五、六十よ。五百人の客を予想して現われる〈ディガー〉が、閑散としたロビーを見たらどうすると思う？　逃げるわ。そして別の場所を襲うのよ」

「お願いだ、マーガレット」ハーディが抑えた声で言った。「せめて子供だけは避難させてくれ」

ルーカスは口を引き結ぶと脅迫状に目を落とした。

「頼むから」

彼女は刑事の目を見据えた。「だめよ。誰かひとりでも避難させたら、噂が広まってパニックになるわ」

「あとはこのまま最高の結果が出るように祈るしかないのか？」

ルーカスは脅迫状を見た。

終わりは夜……

その紙がせせら笑っているように思えた。

「いいえ。私たちで犯人を止めるのよ。それが私たちの任務だわ」彼女はエヴァンズを見て、

「ドクター、残っていてくださるなら」それからハーディに、「連絡を任せるわ」

ハーディは憤りの混じる吐息をついたきり、もう何も言わなかった。

「行きましょう」ルーカスはケイジに言った。「私はオフィスに寄るわ」

「なぜだ？」ケイジはそう問いかけると、空になっていた足首のホルスターを顎で指した。「ああ、補充か？」

「ちがうわ、パーティの衣装。場に溶けこむのよ」


「彼がいいネタをつかんだらしい」ウェンデル・ジェフリーズはカスタムメイドのシャツの袖をまくりあげ、ヘルスクラブ仕込みの腕を披露していた。

補佐官の言う〝彼〟がスレイド・フィリップスを指していることは、ケネディ市長も承知している。

ふたりは市長室にいた。市長は二度目の記者会見を虚しく終えたばかりである。集まった記者はわずか十人ほど、それも会見の最中に、携帯電話でしきりと新しい情報を確認しているといった按配だった。だからといって彼らを責められるだろうか。ケネディには伝えることがなかった。病院に見舞った犠牲者の安否を口にするのがせいぜいだった。

「オンエアは九時です」ジェフリーズが言った。「特別報道で」

「何をやるんだ？」

「言わないんですよ。倫理に反すると思ってるらしい」

ケネディが伸びをしてもたれた長椅子は、前任者が購入したジョージ王朝風のまがい物である。腕木の塗りが剝がれていた。彼がサイズ12の足をのせているクッションもお粗末きわまりない。がたつくので脚の下に折った段ボールを挟んである。

真鍮の時計を見る。

市長、きょうは私たちと話をするために来てくれて、どうもありがとうございました。お話を聞くことができてよかったです。私たち子供や生徒にとってかけがえのない市長に、この日をき……き……記念する品を贈りたいと思います。どうか……

分針が進んだ。この一時間で、いったい死者が何人出るのか。

電話が鳴った。ケネディは空ろな目を向けて、ジェフリーズに電話を取らせた。

「もしもし？」

間があく。

「そうか。そのままで」ジェフリーズは受話器を差し出しながら言った。「おもしろくなってきた」

市長は受話器を取った。「はい？」

「ケネディ市長ですか？」

「そうだ」

「レン・ハーディです」

「ハーディ刑事か？」

「そうです。ほかに……この電話を聞いてる方はいますか？」

「いや。これは私の個人回線だ」

刑事はためらいがちに切りだした。「じつは……これからお話しすることですが」

ケネディは身を起こし、長椅子から足を下ろした。

「つづけてくれたまえ。いまどこにいる？」

「九番通りのＦＢＩ本部です」

沈黙が訪れた。市長は先をうながした。「つづけて」

「黙ってられなくなりました。何か手を打たないと。彼女は過ちを犯そうとしています」

「ルーカスか？」

「つぎの襲撃場所がわかったんです。〈ディガー〉の、銃撃犯の」

「わかったのか？」ケネディはそのたくましい手で受話器をきつく握りしめた。ジェフリーズに合図して、ペンと紙を持ってこさせた。「どこだ？」

「リッツ・カールトンです」

「どっちの？」

「はっきりしません。おそらくペンタゴン・シティです……。ところが市長、彼女は避難させようとしない」

「彼女がどうしたって？」ケネディは語気を強めた。

「ルーカスはホテルの客を避難させていないんです。それで――」

「待った。ＦＢＩはつぎの標的を見つけたが、それを公表していないというのか？」

「ええ、彼女は客を餌に使おうとしてます。そうとしか言いようがありません。私も私なりに、市長のおっしゃったことを考えてみました。それで連絡をさしあげました」

「きみは正しいことをしたんだ、刑事」

「そう願ってます。心から。もう話していられません、市長。とにかくそういうことです」

「ありがとう」ジェリー・ケネディは受話器を置くと立ちあがった。

「何です？」ジェフリーズが訊いた。

「つぎの襲撃場所がわかった。リッツだ。レジーに連絡して、車をまわしてくれ。警察の護衛もだ」

ジェフリーズはドアに向かいながら言った。「報道はどうします？」

ケネディは補佐官を見た。市長の表情が明快に語っていた。むろん報道班も連れていくと。

ふたりはぎこちなく並んで立っている。それぞれに腕組みをして。〈ディガー〉のモーテルの部屋で。

テレビを見ている。

おかしい。

テレビに映る絵が〈ディガー〉に似ている。

絵はあの劇場で撮られたものだ。あそこで、コネティカットの森でやったみたいにほっつき歩いて、落ち葉の山に銃弾を撃ちこんでやるつもりだったのに。あの劇場をうろつきたかった、うろつくつもりだったのに、それができなかった。

劇場では……カチッ……でかい顎の、背の高い帽子をかぶった恐ろしい男が殺しにきた。ちがう、そうじゃなく……警察が殺しにきたのだ。

少年を見ると、少年はテレビを見ている。少年は「ちぇっ」と言った。理由があるわけでもなさそうなのに。

パメラと一緒だ。〈ディガー〉はヴォイスメールを聞いた。機械のような女の声が、「新しいメッセージはありません」と言う。

電話を切る。〈ディガー〉にはあまり時間がない。彼は時計を見る。すると少年も見る。痩せて貧弱な身体。右目のまわりは浅黒い肌が余計に黒い。少年は〈ディガー〉が撃った男にずいぶん殴られたのだ。男を撃って幸せだと思う。幸せが何であるかは別にして。

指図をする男は少年のことをどう思うだろうか。おまえの顔を見たやつは殺せと言われている。少年には顔を見られてしまった。でも……カチッ……なんだか……カチッ……殺してはいけない気がする。

なぜだか毎日のように
もっと好きになる

キチネットへ行き、スープの缶を開ける。スプーンで中身をボウルにすくい出す。少年のか細い腕を見てもう少しすくい出す。ヌードル。ほとんどヌードル。電子レンジでぴったり六十秒加熱したのは、そうすれば〝あつあつで召しあがれる〟と説明書きにあったからだ。少年の前にボウルを置く。スプーンを手渡しする。

少年は一口食べる。そしてもう一口。で、食べるのをやめてしまう。テレビを見ている。そのうち銃弾の形をした小さな頭が左右に揺れだして、目がくっつきそうになる。疲れているのだ。〈ディガー〉も疲れているとそうなる。〈ディガー〉はベッドのほうを指す。だが少年は怯えた目をするだけで反応がない。〈ディガー〉が長椅子を指すと、少年は立って長椅子へ行って横になる。まだテレビを見つめている。〈ディガー〉は少年に毛布を掛けてやる。

テレビはニュースばかりだ。〈ディガー〉はコマーシャルをやってるチャンネルを探す。ハンバーガーと車とビールを売ってる。

そんな宣伝。

彼は少年に話しかける。「きみの……」カチッ……「きみの名前は？」

少年は半分閉じた目で彼を見る。「タイ」

「タイ」〈ディガー〉はくりかえし口にした。「ぼくは出かける……出かける」

「でもかえるよね？」

どういう意味だ？　〈ディガー〉は頭を振る——こめかみに小さなへこみのある頭を振る。

「帰ってくるよね？」少年がぼそっと言う。

「帰ってくるよ」

少年は目を閉じる。

タイに何かを話そうと考えてみる。言いたい言葉があるような気がするのだが、その言葉が思いだせない。毛布を引っぱりあげてやる。

クローゼットに行って錠をあけ、弾丸の箱を一個取り出す。ビニールの手袋をはめるとクリップ二本をウジに装塡し、サイレンサーのパッキングをしなおす。そしてクローゼットの錠をおろした。

少年は眠っている。寝息が聞こえてくる。〈ディガー〉は破れた仔犬の袋を見る。それを丸めて捨てようとして、タイが袋を見ていたことを思いだす。タイは好きなのかもしれない。仔犬が好きだったのだ。〈ディガー〉は袋を伸ばすと少年の傍らに置いた。そうしておけば、〈ディガー〉のいないあいだに目が覚めても、少年は仔犬を見て安心するだろう。〈ディガー〉にはもう仔犬の袋は必要ないのだから。

「三回目のときには茶色の無地の袋を使え」と指図をする男は言った。

だから〈ディガー〉は茶色の紙袋を持っている。

少年は寝返りをうったが目は覚まさない。〈ディガー〉はウジを茶色の袋に入れ、手袋をしたまま暗色のコートを着て部屋を出る。

下に降りて車に乗る。素敵なトヨタ・カローラ。

あのコマーシャルが大好きだ。

おおおおお、毎日みんなが……

おお、なんて素晴らしい……よりも好きだ。〈ディガー〉は運転の仕方を知っている。とても優秀なドライバーだ。よくパメラとドライブした。パメラは飛ばして、彼は安全運転だった。パメラは切符を切られ、彼は違反ゼロだった。

グラヴ・コンパートメントを開ける。拳銃が数挺はいっている。その一挺をポケットに入れる。「劇場をやってからは」指図をする男から注意されていた。「おまえを捜す警官も増える。気をつけるんだぞ。いいか、おまえの顔を見たやつは……」

わかってる。


パーカーは二階のロビーの部屋に息子とふたりでいた。息子はベッドに腰をおろし、パーカーが座っているのは曲げ木の揺り椅子だった。〈アンティークス＆シングズ〉で買ってきて自分で塗りなおしてみたのだが、首尾よくいったとは言いがたい。

床に二ダースもの玩具が散らばっている。ニンテンドー64は古いテレビにつなぎっぱなしで、壁には『スター・ウォーズ』のポスター。ルーク・スカイウォーカー。ダース・ベーター……

今夜のわれらがマスコットだ。

ケイジはそう言った。が、パーカーはケイジのことは考えまいとしている。マーガレット・ルーカスのこと。あるいは〈ディガー〉のことも。いまは息子に本を読んで聞かせていた。『ホビットの冒険』を。

もう何度目かわからないほどなのに、ロビーは物語に没頭していた。ロビーが怯えているとき、ふたりはこの本を頼みにする。獰猛《どうもう》な竜を退治する場面がいつでも息子を勇気づけるのだ。

パーカーが玄関をはいっていくと、ロビーは顔を輝かせた。彼はその息子の手を取って家の裏手に行き、裏庭、ガレージと人がいないことをじっくり見せた。そしてふたりで、困り者のミスター・ジョンソンがフェンスを閉めずに犬を放したという結論を出したのだった。

ステフィもまた抱きついてくると、さっそく病気の友達の様子を訊ねた。

「大丈夫だ」と答えはしたものの、パーカーはそこに真実のかけらさえ見出すことができない。親の罪悪……それが焼けつく鉄のように彼を苛《さいな》む。

ステフィは二階に上がるロビーとパーカーを黙って見守っていた。普段なら一緒についてくるのだが、いまは遠慮したほうがいいと本能で悟っているのだ。パーカーは息子と娘に学んだことがある。彼らは健全な子供らしく喧嘩をし、おたがいにめだとうと兄妹で足の引っぱり合いもする。けれども、どちらかの心が傷を負ったときには——たとえばボートマンの件のように——もうひとりは自然に相手を思いやっている。娘は、「デザートをつくってロビーを驚かせなくちゃ」と言いながらキッチンに消えていった。

本を読みながら、パーカーはときおり息子の表情をうかがう。息子は深い満足につつまれたように目を閉じていた。(ハンドブックにいわく、〝親の仕事は子供を諭し、導き、または成熟の証しを示すことにあるとはかぎらない。ただ一緒にいるという、それだけが必要な場合もある〟)

「つづけようか？」とパーカーは囁いた。

息子からの返事はなかった。

パーカーは本を膝に置き、塗りむらのある揺り椅子を静かに揺らしながら息子を見つめた。トーマス・ジェファーソンの妻マーサは、三人目の娘を産んでまもなく死んだ（その娘も二歳で世を去った）。以後独身を通したジェファーソンは、ふたりの娘を男手ひとつで育てあげた。政治家であったがため、やむにやまれず家を空けることも多かったなかで、ジェファーソンが子供たちとの絆を保つのに利用したのが手紙である。彼は厖大な量を娘たちに書き送り、励ましや助言をあたえ、不満や愛を伝えた。パーカーはジェファーソンのことを自分の父のように知っていて、折りにふれその手紙の内容を思い返している。そしていま考えているのは、ジェファーソンが副大統領当時、政敵との激しい抗争のさなかに綴った手紙のことだった。

愛しいマリア、一月二十一日付のおまえの手紙を二日前に受け取った。荒寥とした原野に月の光が射したような心持ちがした。苦痛と悪意と誹謗《ひぼう》とに取り巻かれ、奉仕をおこなう努力がまるで実を結ばない状況に参っていた私にとって、その存在は恵みというより家族への想いを呼び起こすきっかけとなった気がする。

息子を見つめ、階下で娘がフライパンを操る音に耳をすましながら、パーカーはあの不安を感じている。自分は子供たちを正しく育てていけるのだろうか。

夜は、それを自問しながら眠ることも多かった。

結局、ふたりの子を母親から引き離してしまったのは自分だ。法廷や友人全員が（またジョーンの友人の大半が）、唯一の解決策と認めてくれたとはいえ、それが慰みになるわけではなかった。パーカーはジェファーソンのように、死という運命によって片親となったのではない。自ら決断したことだった。

だが本当に子供たちのためだったのか。自身の不幸から逃げ出しただけではないのか。パーカーはそうやって苦悶する。結婚したときのジョーンは優しくチャーミングな女性に思えた。ところが時がたつにつれ、その大部分が芝居であることに気づいた。ジョーンの実像は抜け目のない、計算ずくの女だった。気分の上下が激しく、しばらく陽気だったと思うと、何日ものあいだ怒りと猜疑心とに凝り固まってしまうのだった。

ジョーンと出会ったころ、パーカーは若くして両親を喪うという人生の変転を経験していた。自分と死を隔てていた休戦地帯が取り払われてしまうと、人は連れ合いを求めようとする。自分を守ってくれる相手を、あるいはパーカーのように、自分が守る相手を探す。

そんなふうにできたら最高だと思わないか？　他人の面倒などみずにすめば。そういうことさ。よく考えてみるんだな。

美しく魅力的という部分は別にして、気むらで、もてあますようなところのある女性を求めたのも不思議はない、とパーカーは思っている。

やがて〝誰かさんたち〟が生まれると、ふたりの結婚生活には、当然のことながら責任が生じた。些細なことに時間をとられ、犠牲を強いられるようになって、ジョーンの不満と不機嫌が昂じていった。

パーカーは思いつくかぎりのことをやった。妻を連れてセラピーに通い、子供の用事もできるだけ肩代わりした。明るく冗談を言ってみたり、パーティを開いたり、旅行に連れ出したり、朝夕の食事をつくったりした。

だがあるときジョーンの秘密が明らかになった。アルコール依存症だった。パーカーも驚くほどの量を飲んでいたのである。それからの彼女は断酒会に足を運んだり、カウンセリングを受けたりしたが、いずれも長続きはしなかった。

ジョーンはしだいにパーカーと子供たちから遠ざかり、趣味と気まぐれに耽るようになっていった。グルメ向け料理教室に行ったり、スポーツカーを買ったり、あれこれ衝動買いをするかと思えば、高級ヘルスクラブでオリンピック選手顔負けのワークアウトをやった（そこで未来の夫リチャードと知り合った）。けれども彼女は戻ってこなかった。夫と子供たちを顧みなくなっていった。

そして事件が起きた。

四年まえの六月のことである。

パーカーが文書研究室の仕事を終えて帰宅すると、ジョーンは不在で、ベビーシッターが来ていた。その状況自体はべつに珍しいことではなかった。しかし子供たちと遊ぼうと二階に上がってみて、パーカーはたちまち異常を察した。当時、四歳と五歳のステフィとロビーは、子供部屋でティンカートイを組み立てて遊んでいたのだが、どうもステフィの様子がおかしい。目がとろんとしているし、顔が汗ばんでいる。しかもトイレに行く途中に戻した跡があった。すぐに娘をベッドに寝かしつけ、体温を測ってみると熱はなかった。ベビーシッターが気づかなかったのはしかたがないとパーカーは思った。子供というのは吐いたりパンツを汚したりすると、決まり悪さに粗相を隠そうとするものだ。だが、それにしてもステフィと兄の態度が不自然なのである。まだ何かをごまかそうとしているような感じがあった。

息子はおもちゃ箱から目を離さない。(〝まず目を見ること〟とハンドブックに書いてある。〝話を聞くのはそれから〟)パーカーがそっちへ行くと、ロビーは蓋を開けないでと泣きだした。むろんパーカーは蓋を開けた。言葉が出なかった。ジョーンはそこにウォッカの壜を何本も隠していた。

ステファニーは酔っていたのだった。ママの真似をしてアブソルートを、ウィニー・ザ・プーのマグからあおったのだ。

「ママがないしょだって言ったんだよ」息子が泣きながら言った。「見つかったらパパが怒るからって。ぼくたちみんなしかられるって」

二日後、パーカーは離婚手続きを開始した。経験豊富な弁護士を雇い、ジョーンに虐待など虚偽の訴訟を起こされぬよう、先手をとって児童保護局にも連絡した。

そうなると女は断固として立ちあがる——だが妻の執念とは、切手のコレクションやスポーツカーを手放すまいとするようなもので、生身の人間を愛《いと》おしむのとはちがった。

苦しい数カ月と数万ドルを費やした後に、子供たちは彼のものとなった。それからのパーカーは人生を取り戻し、子供たちに普通の人生を送らせることだけに心を砕いてきたのである。

こうして四年がすぎた。ところがいまになって、彼女は監護権の変更を訴え出ようとしている。

ジョーン、なぜこんな真似をする？　きみはふたりのことを考えているのか。子供たちのために、ぼくらのエゴを、親のエゴを快く消し去ろうとは思わないのか。パーカーは、ロビーとステフィにとって、両方の家を行き来するのが望ましいと本心から思えたら、すぐにも賛成するつもりでいた。たとえ自分の一部を失うことになろうと、喜んで同意するつもりだった。

しかし、それが子供たちの不幸となりかねないという思いも一方で強くある。法廷では別れた妻と激しくやりあうことになり、同時にそこで生みだされる憎悪から、子供たちを切り離しておかねばならない。まるでふたつの戦いをおこなうようなものだった。敵と刃を交えながら、自らも子供となり、子供たちと苦痛を分かちあいたいという抑えがたい欲求と戦うのである。

そんなことはできそうにない。

「パパ」不意にロビーが言った。「話が止まってるよ」

「寝てるのかと思った」彼は笑った。

「まぶたが寝てるんだ。疲れてるみたい。でもぼくは疲れてない」

パーカーは時計を見た。七時四十五分。あと十五分で――いや、いまは考えまい。

彼は息子に訊ねた。「盾は持ったか？」

「ここにあるよ」

「こっちも持った」

彼は本を取りあげ、ふたたび読みはじめた。

22

マーガレット・ルーカスはリッツ・カールトン・ホテルに集まる人の群れを見渡した。

彼女とケイジが立つメイン・エントランスには、パーティや夕食に訪れた数百名がひしめいている。ルーカスが着ているのは、自分で縫ったネイビーブルーのスーツだった。ウーステッド・ウールの高価な生地を使い、身体のラインを強調したデザインで、スカートには長いプリーツを入れた。しかもジャケットには、腰のグロック10でラインが崩れないように特別なダーツをとってある。オペラを観たり高級レストランで食事するにはお誂《あつら》え向きなのだが、実際には結婚式と葬儀にしか着たことがない。自ら冠婚葬祭用スーツと呼んでいた。

八時まであと十五分。

「異常なしだ、マーガレット」ヘッドセットにC・P・アーデルのどら声が聞こえた。C・Pは階下の駐車場からの出入口付近にいて、休日の酒盛りで出来あがった男を演じている。この偉丈夫の捜査官の出立ちは、ルーカスとくらべると相当に俗っぽい――汚れたジーンズに黒革のバイカー・ジャケット。頭にレッドスキンズのキャップをかぶっているのは寒さのせいではなく、イアフォンのコードを隠す髪がなかったからだった。さらにホテル周辺には、私服の捜査官六十五名が、エルパソのガン・ショーをしのぐ数の武器を携えて待機していた。

人相がわからないに等しい男を見つけようと。

おそらく白人で、おそらく中肉中背。

おそらく金の十字架を掛けている。

ルーカスとケイジはロビーで客、ベルボーイ、フロント係に目を走らせていたが、わずかながら判明した〈ディガー〉の特徴に合致する者はいなかった。やがてルーカスは、上品な服装で腕組みをした自分たちが、いかにも張り込み中の連邦捜査官然としていることに気がついた。

「何かおもしろい話をして」と彼女は囁いた。

「えっ？」

「めだってるわ。話すふりをして」

「わかった」ケイジは頰を緩めた。「じゃあ、キンケイドをどう思う？」

その質問は彼女の不意を突いた。「キンケイド？　どういうこと？」

「おれは会話をしてるんだ」肩をすくめる。「やつをどう思う？」

「わからない」

「わかってるはずだ」

「内では切れるけど、外ではだめね」

今度ケイジが肩をすくめたのは同意を意味していた。「そいつはいい。気に入った」彼はしばらく黙っていた。

「どういうつもりなの？」

「べつに。つもりもへったくれもない。話してるふりをしてるだけだ」

ならいいわ。

集中して……

ふたりは十名ほどの容疑者候補を観察した。ルーカスは言葉にはできない直感から、その彼らを除外した。

外で切れる……

ケイジが言った。「やつはいい男だ。キンケイドは」

「わかってる。とても役に立ったわ」

ケイジは驚いたように笑った――それはすなわち、見え透いたことを言うな、という意味である。彼はくりかえした。「役に立った、ね」

また沈黙がつづく。

ケイジが、「あいつは大学を出てまもなく両親を亡くした。で、三、四年まえに親権で揉めた。細君の頭がおかしくてね」

「それは大変ね」ルーカスはそう言うといきなり人込みに分け入り、脇の下が怪しく膨《ふく》れていた客にぶつかっていった。その膨らみの正体が携帯電話だとわかると、すぐケイジのところに戻った。そして口走るように訊いた。「何があったの？　家族に？」

「交通事故だ。ひどい話でね。彼のお袋さんは癌と診断されたんだが、早期発見で望みはあったらしい。それが化学療法を受けにジョンズ・ホプキンズ大学へ向かう途中の九五号線で、トラックに追突されたのさ。親父さんは教授だった。おれも二度ばかり会ってる。いい人だったよ」

「そうなの？」また気が散っている。

「歴史だ」

「えっ？」

「キンケイドの親父さんの専門がね。歴史だった」

また話がとぎれた。

ルーカスが口を開いた。「私は適当に話をしてって頼んだのよ、ケイジ。仲人じゃなくて」

「そう聞こえるかい？　変だな。こっちはただ、キンケイドみたいな人間にはなかなか出会えないって言ってるだけなんだが」

「なるほど。とにかくいまは集中することよ、ケイジ」

「おれは集中してる。きみも集中してる。あいつはあんなに怒られる理由がわからないそうだ」

「簡単なことじゃない。彼はチームの一員になっていなかった。それを言ったの。おたがいに歩み寄ったわ。話は終わりよ」

「あいつは立派な男だ。ガッツもある。それに賢い——あの頭脳には恐れ入る。あのパズルのことにしても」

「そうね。彼がすごいってことは認めるわ」

集中。

だが彼女は集中できなかった。キンケイドのことを考えていた。

彼は死と離婚という不幸に見舞われた。奥さんとの仲がこじれて、ひとりで子供たちを育てようと懸命になっている。その一端はルーカスも目のあたりにしていた。

キンケイド……

彼のことを、あの文書検査士のことを考えると、彼女は一枚の絵葉書を思いだす。

ジョーイの絵葉書。

還ることのなかった旅で、トムとジョーイはオハイオの両親を訪ねたのだった。もうすぐ感謝祭というころ。六歳の息子は、呪われた飛行機に乗る直前の空港で絵葉書を投函した。それから三十分もしないうちに、７３７は凍った平原に墜落した。

息子は葉書に切手を貼るということを知らなかった。父親も知らないうちにポストに入れてしまったのだろう。

絵葉書は葬儀の一週間後に届いた。料金不足で。彼女は代金を払うと三時間をかけて、息子の筆跡を隠す郵便公社のステッカーをすこしずつ剝がしていった。

とてもたのしいよママ。おばあちゃんとクッキつくった
さびしいよ。あいしてるママ……

息子の亡霊から。

いまもバッグに忍ばせてある。中西部のぎらつくような夕陽の写真。結婚指環はジュエリー・ボックスにしまったけれど、その絵葉書だけは一生、肌身離さずにいるつもりだった。

事故から六カ月後、ルーカスは絵葉書のコピーを筆跡分析家に見せた。

息子の筆跡を見たその女性は言った。「これを書いたお子さんは創造力をお持ちで、魅力があります。聡明で、嘘が許せない性格です。愛情に対する深い包容力もおありになるわ。こんな息子さんがいらして、あなた、とても幸運な方よ」

ルーカスはもう十ドルを払って、分析家にコメントをテープに吹きこんでもらった。それから数週間ごと、彼女はそのテープを聴いた。暗くした居間に蠟燭《ろうそく》を灯し、お酒を一杯か二杯飲みながら、息子の将来の姿にじっと聞き入っていた。

そこへパーカー・キンケイドがＦＢＩ本部に現われ、筆跡分析など意味がないと訳知り顔で言い放った。

人はタロットカードを見て、死んだ知人と話をする。そんなのはまやかしだ。

そんなことないわ！　といまも怒りにふるえる。彼女は筆跡分析家の言葉を信じていた。

信じないではいられなかった。信じなければ気が狂っていた。

子供をもつと、心の一部を失ったようになりますよ。彼らに奪われたまま取り戻せなくなります……私でも、親の果たす役割というものにつくづく驚かされることがあるんですよ。

ドクター・エヴァンズの意見だ。あのときはおくびにも出さなかったが、それが違《たが》えようのない真実であることを彼女は知っている。

で、今度はケイジが話を持ち出してきた。彼女とキンケイドが似た者どうしであると。ふたりとも頭が切れる（しかも傲慢だ）。ふたりとも人生の一部を欠いている。ふたりとも壁をめぐらせている――彼は外からの危険を締め出すため、彼女は内に引きこもらないために。内には最悪の危険が横たわっている。しかし――なぜかはわからないが――彼女を優秀な警官にした本能が、ふたりの間には未来がないと告げていた。自分はできうるかぎり〝普通〟の生活を取り戻した。飼犬のジャン・リュックがいる。友人もいる。CDもある。ランナーズ・クラブもある。縫物も。だがマーガレット・ルーカスの感情はプラトーに達していた。〝プラトーに達する〟とは、局がもはや進歩を望めない捜査官に対して用いる表現だった。

もう今夜をかぎりにパーカー・キンケイドと会うことはないと思った。それが正しい選択なのだ――

イアフォンが雑音を運んできた。「マーガレット……ちくしょう」階下のC・P・アーデルからだった。

ルーカスはとっさに銃を抜いた。

「見つけたの？」と襟もとのマイクに小声で話しかける。

「いや」捜査官は答えた。「だが問題が発生した。とんでもないことになってる」

ケイジもその交信を聞いていた。片手を武器のあたりに持っていきながら、ルーカスに怪訝な表情を見せた。

C・Pがつづけた。「市長だ。市長と警官十数名がここにいる。それにカメラ・クルーまで連れてるぞ」

「どうして！」ルーカスが思わずあげた声に、近くにいたパーティ客が振り向いた。

「ごていねいに照明までつけてな。犯人が見たら逃げ出すぞ。まるでサーカスだ」

「そっちに行くわ」


「市長、これは連邦による作戦行動です、いますぐお引き取りください」

彼らは駐車場にいる。ルーカスは車の出入口が開閉式になっているのに気がついた。入場するにはチケットを取らねばならない。それはプレートナンバーが記録されるということであり、したがって〈ディガー〉はここを通らない可能性が高い。未詳から記録を残すなと言い含められているはずだった。だがケネディ市長とその取り巻きはホテルのメイン・エントランスに向かおうとしている。彼と制服姿の護衛たちは、たちまち殺人犯の目に留まるだろう。

しかもカメラ・クルーまで？

ケネディはルーカスを見おろした。市長は頭ひとつほど背が高い。「ここの客を外に出したまえ。避難させるんだ。で、殺し屋が現われたら私が話をしよう」

ルーカスはそれを無視してC・Pに言った。「ホテル内部にはいった人間はいるの？」

「いや、ここで食い止めてる」

ケネディが色をなした。「避難だ！ 客を外に出すんだ！」

「できません。〈ディガー〉にさとられてしまいます」

「では、せめて部屋に誘導したまえ」

「いいですか、市長」ルーカスはぴしゃりと言った。「ロビーにいる大半は宿泊客ではありません。地元の人間が食事やパーティに来てるんです。だから部屋はないんです」

ルーカスはホテルへの入口と外の通りに目をやった。混雑はしていない。店は休日で閉まっていた。彼女は語気鋭く言った。「犯人はいつ現われてもおかしくありません。お願いだから、ここを離れて」〝ください〟とつけくわえようとしてやめた。

「そういうことなら、こちらはきみの頭ごしに話をするしかない。上司は誰だね？」

「私です」ケイジが言った。肩をすくめることなく、相手に冷眼を向けた。「ここにはあなたの権限はおよばない」

「じゃあ、きみの上司は誰だ？」

「あなたが連絡をしたがるような相手ではありませんよ」

「それを判断するのは私だろう」

「いいえ」ルーカスは時間を確かめると揺るぎない声で言った。「〈ディガー〉はもう建物にはいりこんでいるかもしれない。いまあなたと議論してる暇はないわ。いますぐ仲間を連れて出てって！」

ケネディが補佐官のほうを見た。名前は？――たしかジェフリーズだった。そばにいるリポーターがこのやりとりをカメラに収めていた。

「FBIが市民の生命を脅かそうとしているのを、黙って見過ごすわけにはいかない。私はいまから――」

「アーデル捜査官、市長を拘束しなさい」

「逮捕はできない」とジェフリーズが声をあげた。

「いや、できる」ケイジが一瞬肩をすくめると、怒気をふくんだ声で言った。「あなたのことも逮捕できる」

「ここから連れ出して」とルーカス。

「勾留するのか？」

ルーカスは思案した。「いいえ。一緒にいて、作戦が終了するまで手出しをさせないように」

「弁護士に連絡するぞ――」

彼女の内側で怒りが弾けた。キンケイドに対して見せたのと変わらぬ激しさだった。彼女は昂然と相手を見あげると、胸に指を突きつけた。「市長、あなたは私の作戦の邪魔をしてるのよ。アーデル捜査官と一緒に行動するのか、それとも拘置所行きを望むのか。それはあなたが決めればいい」

ルーカスはもはや市長のことは見ていなかった。彼女の目は駐車場、舗道、暗闇と忙しく動いていた。〈ディガー〉らしき姿はない。

ケネディが言った。「わかった」彼はホテルに顎をしゃくった。「しかし万が一、流血の事態になれば、それはきみの責任だぞ」

「それも仕事のうちよ」ルーカスはそうつぶやきながら、同じようにキンケイドを責めたことを思いだしていた。「さあ、C・P」

市長は捜査官に伴われてリムジンに乗りこんだ。ジェフリーズが挑戦的な目で睨みつけていたが、ルーカスはかまわず踵を返し、ケイジと並んでホテルに向かった。

「くそっ」ケイジが言った。

「大丈夫よ。〈ディガー〉は何も見てないと思うわ」

「そのことじゃない。いいか――ケネディがここを知ってたってことは、情報が洩れてるわけだろう。いったい誰が口を開いたんだ？」

「それならわかってる」彼女は携帯電話を開けた。

「刑事さん」ルーカスは極力興奮を抑えて言った。「作戦に関する情報が極秘だってことは知ってるわね。あなたがやったことを、連邦検事にまわすべきでない理由があるなら教えてほしい」

ルーカスはレン・ハーディが否定すると思っていた。少なくともミスを犯した、騙されたと言い逃れを口にすると思っていた。だがハーディは案外あっさりと認めた。「きみの好きなようにすればいい。でもケネディは銃撃犯と交渉したがってた。だから教えたんだ」

「なぜ？」

「きみが市民を犠牲にしようとしてるからだ。死なせるのは十人か？　二十人か？」

「それで犯人を止めることできるなら、ええ、私はそうするつもりよ」

「ケネディは犯人と話をすると言ったんだ。話して金を受け取らせるって。だから――」

「彼がテレビ・クルーを引き連れて登場したのはご存じ？」

ハーディの声がとたんに張りを失った。「彼が……何だって？」

「テレビのクルー。メディアを利用したのよ。〈ディガー〉が照明と警察の護衛を見たら……標的を変えるでしょうね」

「市長は犯人と話したいって言ったんだ。まさかPRに使うなんて思わなかった」

「そのまさかよ」

「すると〈ディガー〉は――？」

「気がついてないとは思うけど」

しばらく声がとぎれた。「すまない、マーガレット」ハーディは溜息をついた。「何かしたかった。これ以上死者を出したくなかった。すまない」

ルーカスは電話を握りしめた。彼をチームから放り出すべきだった。そして特別区警察委員会にも報告を入れる。だが心にはたったひとり、音のしない家に帰り着く若い男の姿が浮かんでくるのだ。トムとジョーイが死んでから、彼女も毎晩同じ静けさを味わっている。恋人から平手打ちされたような痛みのする静けさ。彼は休日をひとりですごし、エマを襲った皮肉な運命に苦しまなければならない――生きているのでも、死んでいるのでもない妻と向きあわなくてはならない。

そんな彼女の心の揺れを察したように、ハーディが言った。「もう二度としない。もう一度チャンスをくれないか」

イエスかノーか。

「わかったわ、レン。あとで話しましょう」

「ありがとう、マーガレット」

「張り込みに戻るわ」

唐突に電話を切り、ハーディが何かを言い添えたとしても聞いてはいなかった。彼女はリッツ・カールトンのロビーに戻った。

ふたたび銃を腰から抜くと、その手を脇に垂らし、人のなかを歩きはじめた。ケイジが腕時計を叩いた。あと三分ほどで八時だった。

彼らは手すりごしに暗い水面を眺めながら、『タイタニック』についてのジョークを言い、エビを食べてチキンのレバーは残し、ワインのこと、株価のこと、つぎの選挙のこと、議会のスキャンダルのこと、シチュエーション・コメディのことを話していた。

男たちはおおよそタキシードかディナージャケット、女たちはラッカーを塗ったデッキから一インチ上あたりで裾が翻《ひるがえ》るダークカラーのドレス。

「たいしたもんだろう？　この景色は」

「花火は見えるの？」

「ハンクはどこへ行った？　ぼくのビールを持って」

数百名にのぼる出席者が、大型ヨット上の思いおもいの場所に陣取っていた。三つのデッキにバーが四カ所あって、大晦日のパーティには華やいだ気分が横溢している。

弁護士と医者は依頼人や患者の嘆きからひととき解放され、親は子供の世話を離れて楽しんでいる。恋人たちは空いている部屋はないかと考えている。

「それで彼はどうするつもりだ選挙には出るって聞いてるが世論調査の結果がひどくてねそれでも出るのかふーんサリーはどうしたクレアトム連中はウォレントンのあの土地を本当に買ったのかさあそこまであいつに甲斐性があるのかねえ……」

分針が進み、時刻はまた少し八時に近づいた。

みんな幸せだった。

パーティを楽しむ者、仲間と愉快に盛りあがる者。

真夜中の花火を見物できる。一国の首都の重圧から逃れ、その晩を祝福する機会を得られたのだ。

そんな彼らを船上でもてなすのは乗組員とケータリング業者たちである。豪華ヨット　ヘリッツィ・レディ〉はポトマック川のドックに、その堂々たる船体を浮かべていた。場所は十四番通り橋から正確に二マイル南だった。

23

ロビーの興味はJ・R・R・トールキンからニンテンドーに移っていた。

息子の動揺がおさまると、今度は自分のほうが居ても立ってもいられない。〈ディガー〉のこと、八時の襲撃が気になる。ルーカスとケイジはうまくやったのか。彼を発見したか。殺したか。

パーカーは床の玩具をよけて歩き、階段を降りた。キッチンにはステフィとミセス・キャヴァノーがいた。娘は真剣な顔つきでステンレスの鍋を洗っている最中だった。キャラメル・コーンに緑色の砂糖をまぶしたクリスマスツリーができあがっている。カウンターに置いた皿の上に、可愛らしく傾いて立っていた。

「きれいだよ、誰かさん」

「上に銀の玉をのせようと思ったんだけど、落ちちゃった」

「ロビーも気に入ってくれるよ」

部屋に行こうとして、パーカーは娘の空ろな表情を認めた。

彼は娘に腕をまわした。「兄貴は元気になったよ」

「わかってる」

「今夜はすっかり予定が狂って悪かったね」

「平気よ」

それはもちろん、平気ではないということなのだ。

「あしたは一緒に遊ぼう……でも、ハニー、友達のことがあるだろう？　また病院に戻るかもしれないんだ」

「うん、わかってる」

「本当に？」

「たぶんね。パパって、ずっとうちにいることもあるけど、半分しかいないときもあるわ。きょうのパパは帰ってきてから半分しかいない」

「あしたはずっとここにいるぞ。きっと雪が積もる。橇《そり》をしにいくか？」

「行きたい！　ホットチョコレートをつくってもいい？」

「楽しみにしてるよ」彼は娘をきつく抱きしめてから、私室に向かった。ルーカスに連絡を入れるためだった。会話の内容を娘に聞かれたくない。

ふとカーテンのむこうに目をやると、歩道で何かが動いた。男に見えた。

パーカーは窓辺に寄って外を覗いた。すでに人影はなかった。だが見馴れない車が路上に駐まっている。

パーカーはポケットに手を入れ、ルーカスの銃の冷たい感触を確かめた。

まさか……ボートマンの、あの恐ろしい夜の記憶が甦る。

銃はうるさすぎる！……

玄関の呼び鈴が鳴った。

「おれが出る」とパーカーは声をあげてからキッチンを見た。ステフィがうろたえている。いまの無愛想な応対で驚かせてしまったのだ。しかし娘を慰めている余裕はなかった。

片手をポケットに入れたまま覗き窓に目を凝らすと、立っていたのは顔に見覚えのあるＦＢＩ捜査官だった。パーカーは肩の力を抜き、扉の側柱に頭をもたせかけた。深呼吸して気をとりなおし、ふるえる手で扉を開けた。捜査官がもうひとり、ステップを上がってきた。パーカーはルーカスが警護の人間を派遣すると言っていたのを思いだした。

「キンケイド捜査官？」

彼はうなずいた。後ろを振り返り、ステフィが近くにいないことを確かめた。

「マーガレット・ルーカスから、お宅を警護するよう言われてます」

「ありがとう。ただし車は家から見えない場所に駐めてもらえないか。子供たちを心配させたくない」

「わかりました」

パーカーは時計を見てほっと息をついた。〈ディガー〉が三度襲撃をおこなったのなら、ケイジかルーカスが連絡してくるはずだった。おそらくあの男を取り押さえることができたのだろう。

「地下鉄襲撃の犯人は？」彼は訊いた。「〈ディガー〉だ。捕まったのか？」

ふたりの男の顔を見合わせる様子が、パーカーを慄然とさせた。

もしや……

「それが――」

家の電話が鳴りだした。ミセス・キャヴァノーが出た。

「銃撃犯はポトマック川に浮かぶヨット上のパーティを襲ったんです。十一名が死亡、負傷者は二十名を超えています。ご存じかと思いましたが」

ああ、またしても……

彼は吐き気を催した。

こうして子供の本を読んでいるあいだに人が死んでいく。あなたはセサミ・ストリートで人生を送ってきた……

彼は訊いた。「ルーカス捜査官は……無事か？　ケイジ捜査官は？」

「ええ。ふたりは船の近くにはいませんでした。発見した〝リッツ Ritz〟という言葉から、〈ディガー〉はリッツ・ホテルを狙うのではないかと見当をつけたんですが、それがちがっていた。船の名前が〈リッツィ・レディ Ritzy Lady〉だったんです。不運でしたね」

もうひとりの捜査官が、「警備の人間が発砲して、犯人を威嚇《いかく》したんですよ。それで被害は比較的小さくてすみました。しかし警備員の撃った弾は命中しなかったようです」

不運でしたね？

ちがう、運とは関係ない。パズルが解けないのは運がなかったからではない。

三羽のタカが……

ミセス・キャヴァノーの声がした。「キンケイドさん？」

パーカーは振り向いた。

十一名が死亡……

「あなたによ」

パーカーはキッチンへ行った。ルーカスかケイジだろうと思いながら受話器を取った。

だが聞こえてくる声は、滑らかで快活なバリトンだった。「キンケイドさん？」

「ええ。どなた？」

「私はWPLTニューズのスレイド・フィリップスです。キンケイドさん、われわれは大晦日の銃撃事件について特別報道をおこなう予定なんです。それでさる匿名筋から、あなたが今回の捜査にくわわっていて、殺人鬼の標的が別にあったにもかかわらず、誤ってFBIをリッツ・カールトン・ホテルへ派遣したのがあなたではないか、とそんな情報がはいってきたんですよ。その件は九時にオンエアすることになっています。で、あなたの言い分もおうかがいしようかと思って。何かお話しになりたいことは？」

パーカーは息を呑んだ。一瞬、心臓が止まった気がした。そういうことか……これでジョーンに知られる。みんなに知れわたる。

「キンケイドさん？」

「ノーコメントだ」パーカーが叩きつけた受話器はフックに掛からなかった。落ちた受話器が床にあたり、甲高い音を響かせた。

〈ディガー〉は居心地のいいモーテルの部屋に戻ってくる。ボートのことを考える──あそこでは……カチッ……黄色と赤の葉っぱのなかをめぐったみたいに歩いて、ウジを撃って撃って撃って……

そして見物していた。人が落ちたりわめいたり逃げたりするのを。そんなところを。劇場のときとはちがった。ぜんぜん。今度はたくさん撃った。指図をする男も幸せになるだろう。〈ディガー〉はモーテルのドアの鍵をかけてから、まず長椅子のほうへ行ってタイの様子を見る。少年はまだ寝ている。はがしていた毛布を掛けなおしてやる。

それからテレビをつけて、〈リッツィ・レディ〉の映像を見る。またあの男の顔だ──し……カチッ……市長。ケネディ市長。市長がボートの前に立っている。素敵なスーツに素敵なネクタイを締めて、黄色の遺体袋をバックに上等なスーツを着ているのが変だった。市長はマイクに向かってしゃべっているけれど、〈ディガー〉にその言葉は聞こえない。なぜなら音を消しているからで、なぜ音を消しているかというと、タイを起こしたくないからだ。

しばらく見ていてもコマーシャルにならないので、がっかりしてテレビを消す。「おやすみ、市長」と頭のなかで唱える。

彼はゆっくり時間をとって荷物を詰めはじめる。

モーテルは素敵だ、モーテルは楽しい。

毎日、誰かが部屋の掃除をしにくる。パメラだってそこまでしなかった。パメラは花を育てるのが上手だったし、あとベッドのなかでやることが上手だった。あ……カチッ、カチッ……あれが。

心が躍って、弾が跳ねまわる、ず……ずが……頭蓋のなかを。

なぜだかルースのことを思いだした。

「お願いよ」ルースは言ったのだ。「やめて！」

だが彼は言われたとおりにした――ガラスの長い破片を彼女の首に――たしかに刺した。ルースは死ぬまぎわに身体を痙攣《けいれん》させた。それを憶えている。ルースが、ふるえた。

クリスマスの日に、十二月二十五日に、1225に、パメラにスープをつくってあげてプレゼントを渡したときみたいにふるえた。

タイを見る。この少年と一緒に……カチッ……西部に行く。指図をする男はワシントンDCが終わったら電話をする、つぎの目的地はそのときに教えると言った。

「どこなんだ？」と〈ディガー〉は訊いてみた。

「さあ。たぶん西部だろう」

「西部ってどこだ？」

「カリフォルニア。オレゴンか」

「へえ」と〈ディガー〉は答えたものの、そこがどこなのかちっともわからなかった。

でもときどき、夜遅くに、スープで満腹しておかしなコマーシャルに笑いながら、西部を想像して、そこで何をするのかと考えたりしている。

荷物を詰めながら、少年を一緒に連れていくことに決めた。西部に西……カチッ。西部に。

そう、それがいい。それが素敵だ。それが楽しい。

ふたりでスープやチリを食べながらテレビを見る。少年にテレビのコマーシャルのことを話す。〈ディガー〉の妻のパメラは、花を手にして、胸には金の十字架をかけて、彼と一緒にコマーシャルを見たのだ。

だがふたりの間には、一緒にコマーシャルを見るタイみたいな子供はいなかった。

「あたしが？」パメラは言った。「あんたとの赤ん坊を産む？　ちょっとあんた、おつむがイカレたんじゃ……」カチッ。「……イカレたんじゃないの？　出てってくれない？　いつまでそこにいるの？　そんなプレゼントも持って。出てってよ。早く……」

カチッ……


でももっときみが……

「だったら、はっきり言ってあげようか？　あたしはもう一年もウィリアムとやってるの。初耳でしょ？　町の人間はあんた以外全員が知ってるわよ。もしあたしが赤ん坊を産むなら、彼の子を産むわ」

でももっときみが好きになる。


「何するのよ。ねえ、待――

カチッ。

――って。それをおろして！」〈ディガー〉の頭蓋のなかを、記憶がレミングのように駆けめぐっている。

「だめ、やめて！」彼女は彼の手にあるナイフを見つめて叫んだ。「やめて！」

だが彼はやった。

ナイフを胸に突き立てた。その朝、クリスマスの朝に贈った金の十字架の真下に。彼女のブラウスに咲いた赤いバラの美しかったこと！　彼はもう一度ナイフを刺してバラを大きくした。それから血が流れて流れて流れて、パメラは走って……どこへ？　どこへ行った？　クローゼット、そう二階のクローゼットだ。血を流しながら叫んでいた。「ああ、くそおくそおくそお……」

パメラはわめきながら銃を取ると、彼の頭を狙い、その手で美しい黄色の花を咲かせた。こめかみが疼いた。もっときみが……〈ディガー〉が目を覚ましたのは後のことだった。

最初に目にしたのが、指図をする男の優しい顔だった。

カチッ、カチッ……

ヴォイスメールを聞いてみる。メッセージはなし。

どこにいるのだろう、指図をする男は？

だがそれを考えてる暇はない。幸せや悲しみがどんなものでも、それを考えてる暇はない。あるのは最後の攻撃の仕度をする時間だけだ。〈ディガー〉はクローゼットの錠をあける。取り出したもう一挺のマシンピストルもウジだ。臭いラテックスの手袋をはめて、クリップを装塡する。

今度は二挺だ。買物袋もない。二挺と山ほどの銃弾。指図をする男は、いままで撃った人数よりもっと撃てと言ったのだ。

なぜならつぎが、その年の最後の夜の最後の時間の最後の分になるからだ。

24

パーカー・キンケイドはＦＢＩ文書研究室に駆けこんだ。

ルーカスが近寄ってきた。その顔はパーカーの記憶にあるよりも白かった。「あなたのメッセージを受け取ったわ。あのリポーター――フィリップス――は郵便室の人間に手をまわしたのよ。それであなたの本名を探り出したらしいの」

「約束しただろう」パーカーは憤っていた。

「ごめんなさい、パーカー。ごめんなさい。ここから洩れたんじゃないの。どうしてこんなことになったのか」

ドクター・エヴァンズとトーブ・ゲラーは黙っていた。ふたりとも事情には通じていたのだが、パーカーのその表情を見て知らぬふりを決めこんだのだろう。ケイジは部屋にいなかった。

パーカーはフェアファクスからダウンタウンまで車を飛ばしながら――家の前に車を駐めて

いた捜査官たちから、ダッシュボードに置く赤の点滅灯を借りた——携帯で連絡をとった。彼は焦っていた。はたして損害を食い止めることはできるのか。これはすこしでも命を救いたいとはじめたことだった。子供たちを救う、動機はその一点だった。ところが……

自分の子供たちが奪われてしまう。

世界の終わりだ……

彼は監護権の一部がジョーンに行った場合の悪夢を思い描いた。おそらく彼女は母親をやることにすぐ飽きてしまうはずだ。ベビーシッターが見つからなければ、子供たちをショッピングモールに置き去りにするだろう。やたらに癇癪を起こす。そして子供たちは自分で食事の用意をして、自分で洗濯をするはめになる。これが絶望を感じずにいられるだろうか。

だいたいなぜケイジの頼みになど耳を貸してしまったのか。

テーブルに小型テレビがあった。パーカーはそのスイッチを入れた。ちょうど九時だった。コマーシャルが終わり、画面にＷＰＬＴ〝報道班〟のにこやかな笑顔が現われた。

「ケイジはどこだ？」パーカーは声を尖らせた。

「さあ」ルーカスが答えた。「上じゃないかしら」

この状態を脱け出せるだろうか、とパーカーは思いを凝らした。いや、無理だ。ジョーンはあくまで争うつもりだろうし、ヴァージニア州の法廷には裁判権がある。

画面に映し出されたフィリップスという悪党が、手にした紙の束から顔を上げると、おぞましいほどに真摯な表情をカメラに向けた。

「こんばんは。スレイド・フィリップスです……。今夜、一時間まえに十一人が殺され、二十九人が負傷するという第三の銃撃事件が起き、ワシントンを恐怖に陥れています。この番組では、被害に遭った方々や現場の警察関係者への独占インタビューをお送りする予定です。さらにWPLTは、先ほどの犯罪現場を撮影したヴィデオテープを入手しました。殺人はポトマック川に繫留されたヨット上で起きたのです」

パーカーは両の拳を握りしめたまま画面に見入った。

「またWPLTが確認したところによると、警察とFBIは、襲撃場所がホテルであるという誤った判断によって人員を割いたため、船上での凶行にはまったく対処できなかったということです。この混乱を招いた責任者は明らかにされていないのですが、情報筋によれば……これは……」

フィリップスが言葉を詰まらせた。アンカーマンが小首を傾げたのは、肌の色に合わせたイアフォンからの声に耳をすませているからなのだ。カメラを見据えたその顔に、ふと困惑がよぎる。やがてアンカーマンの口から敗北宣言が飛び出した。「情報筋によれば、コロンビア特別区のジェラルド・D・ケネディ市長が連邦当局により拘束された模様です。今回の作戦が失敗したことに関連しているものと思われます……。さて、先ほどの犯行現場にシェリル・ヴァンドーヴァーがいます。シェリル、さっそくですが――」

研究室にコートを羽織ったケイジがはいってきた。彼はテレビを消した。パーカーは目を閉じて息をついた。「まったく」

「悪かったな、パーカー」とケイジが言った。「思わぬところに落とし穴もあるさ。だが取引きした以上、こっちは約束を守る。ただし——どうやったかは訊くなよ。知りたいとも思わないだろうが。さあ、チャンスはあと一度。あいつを見つけようじゃないか。今度は冗談じゃすまされない」


リムジンは入渠《にゆうきよ》するヨットのごとく市庁舎前に停まった。

ジェリー・ケネディ市長は直喩表現が好きではなかったが、ほかに適切な言葉が思いつかない。ポトマック河畔で生存者を見舞い、〈ディガー〉がもたらした惨状を検分してきたところなのである。長身で痩せた妻クレアとともに、破壊されたデッキ、キャビン、テーブルを目のあたりにして、銃弾の威力に仰天するばかりだった。それが犠牲者の肉体にいかなる影響をあたえたかは想像に難くない。

市長は身を乗り出してテレビを消した。

「どういうことなの？」と脇にいるクレアがつぶやいた。彼女はボート上での殺傷事件に関して、その責任をケネディに押しつけたスレイド・フィリップスの不可解な発言に言及したのである。

ウェンデル・ジェフリーズがその光沢を放つ頭を抱えた。「フィリップス……金を払ったのに——」

ケネディは手を振って彼を黙らせた。フロントシートに図体のでかい、禿げた連邦捜査官が座っているのを補佐官は失念している。メディアの買収は疑いなく犯罪なのだ。

「いずれにしても」ケネディはジェフリーズとクレアに向かって宣言した。「私は今後、スレイド・フィリップスを報道官に迎えるつもりはない」

これがまたいつもの真面目くさった口ぶりなので、ジョークとして通じるまで時間を要した。クレアが笑った。ジェフリーズはショックから立ち直れずにいる。

皮肉なのはケネディがこの先、報道官を迎えるなどありえないということだった。むかしの政治家にそんなものは必要なかった。彼は叫びたかった。泣きたかった。

「このあとはどうするの？」とクレアが訊ねた。

「一杯飲んでから、アフリカ系アメリカ人教職員協会のパーティに出かける。先のことはわからんじゃないか。もしかすると〈ディガー〉が出てきて金を欲しがるかもしれない。むこうと直接会うチャンスはまだあるだろう」

クレアが首を振った。「船であんなことがあったのよ。信用できないわ。殺されるかもしれないのよ」

今夜の報道がやったほどむごい殺し方はできまい、とケネディは思った。

クレアは香料入りのスプレーを使って細い髪を固めた。ケネディはその香りが好きだった。落ち着くのである。五十九歳、鋭敏な目をした活動的な女性は、彼が公職に就いた当初からいちばんの助言者だった。身びいきと言われようが痛くも痒くもない。彼女を補佐官に据えなかったのは、白人であるというただそれだけの理由からである。彼女の強い個性が、黒人が六十パーセントを占めるコロンビア特別区では不利に働くおそれがあった。

「そんなに状況は悪いの？」

「いまのところ最悪だな」

クレア・ケネディはうなずくと、夫のたくましい脚に手を置いた。

ふたりは黙りこんだ。

「シャンパンはあるかね？」市長は不意にそう言うと、ミニバーを顎で指した。

「シャンパン？」

「ああ。私の不名誉な敗北の前祝いをしようじゃないか」

「あなたは教えたかったのよね」クレアはウィンクをして、「ケネディ教授」

「おまえもそうだったな、ケネディ教授。ウィリアム＆メアリーに、隣りあった教室が欲しいと言うか」

妻は頰笑むとリムジンのミニバーを開いた。

だがジェリー・ケネディは笑っていなかった。教えるのは負けを意味する。デュポン・サークルの法律事務所に華々しく職を得るのは負けを意味する。ケネディは自らの人生の目的とは、この奇妙な形をした難題だらけの湿地を、偶然ここに生まれ落ちた若者たちのためによりよい場所とすることだと信じていた。そしてそれを可能にするのが、かろうじて掌中にあった〈プロジェクト二〇〇〇〉だった。だが望みは潰《つい》えた。

彼は妻を見た。妻は声を出して笑っている。

彼女はバーを指さした。「ガロとバドワイザーよ」

コロンビア特別区にはそれしかないのか。

ケネディはドアを開けて、涼しい夜のなかに足を下ろした。

弾薬の装塡は終わった。

使ったサイレンサーはパッキングをしなおし、未使用のものも取りつけた。〈ディガー〉は居心地のいい部屋でポケットをあらためる。ええと……拳銃が一挺、残りの二挺は車のグラヴ・コンパートメントのなかだ。それに山ほどの銃弾。〈ディガー〉は車にスーツケースを運ぶ。指図をする男は、部屋の料金は払ってあると言った。あとはそのまま出ればいいのだと。

スープの缶詰と皿とグラスを箱詰めして、〝毎日、みんなの〟トヨタに運ぶ。

部屋に戻って、痩せっぽちのタイのことを見ながら、いったい西部って……カチッ……どこなんだと考えてみる。それからタイを毛布で包み、仔犬みたいに軽い身体を車まで運んでバックシートに寝かせる。〈ディガー〉は運転席に座るが、すぐには車を出さない。振り返って少年の様子を見る。毛布を足まで掛けてやる。ぼろぼろのランニングシューズをはいていた。

誰かがしゃべってる気がする。誰だ？　パメラ？　ウィリアム？　指図をする男？

「眠って……」

カチッ、カチッ、カチッ。

待て、待て、待てよ。

「よく……」カチッ、カチッ。

急にパメラも、首にガラスを刺したルースも、指図をする男もいなくなる。いるのはタイだけだ。

「よく眠っておくれ」〈ディガー〉は身じろぎもしない少年に声をかける。彼はその言葉を言いたかったのだ。本当の意味はよくわからない。でも、とにかくそれを口にした。

　夜、寝るときになって
　もっときみが好きになる……

彼は車を動かす。ウィンカーを出し、死角の安全を確かめてから通りに出る。

25

最後の標的。

……おまえに見せた場所――黒い……

パーカー・キンケイドは文書研究室の黒板の前に立っていた。腰に手をあて、眼前のパズルを凝視していた……おまえに見せた場所――黒い……

「黒い、何だろうか」ドクター・エヴァンズが独り言のように言った。

ケイジが肩をすくめた。ルーカスは現場の〈リッツィ・レディ〉に残るＰＥＲＴの人員と連絡をとっていた。電話を切った彼女は、予想されたとおり、物証はほとんどないと言った。落ちていた薬莢から見つかったわずかな指紋は、ＡＦＩＳ（自動指紋照合システム）で検索され、

結果は鑑識部からＥメールで送られてくることになっていた。目撃者の証言によると、犯人は暗色のコートを着た年齢不詳の白人だったという。茶色の袋を提げていて、そのなかにマシンガンを隠し持っていたと思われる。回収された繊維は、ＰＥＲＴの技官が袋の一部であると断定していたが、一般的な素材でその出所を特定する証拠とはならなかった。

パーカーは周囲を見まわした。「ハーディは？」

ケイジがリッツの件を話した。

「首にしたのか？」とパーカーはルーカスに顎をしゃくった。

「いや。そうするのが筋なんだろうが、こっぴどく懲らしめたうえで、もう一度チャンスをあたえたのさ。やつはいま下で資料にあたってる。改心の真っ最中だ」

パーカーはゲラーに目をやった。若い捜査官はコンピュータの画面に見入っている。アナグラムのプログラムが、black につづく文字をひたすら組みあわせているところなのだ。しかしその部分の灰は、〈リッツィ・レディ〉と書かれていたあたりにもまして損傷がひどかった。パーカーは行ったり来たりをくりかえした。立ち止まって黒板を見あげた。手が届きそうで届かないもどかしさに溜息が出る。

横にルーカスが立っていた。「息子さんは？　ロビー？　大丈夫なの？」

「元気だ。ちょっと怖がっていただけだ」

ルーカスはうなずいた。近くのコンピュータから、「メールが届きました《ユーヴ・ガット・メール》」とアナウンスがあった。彼女はそちらへ行ってメッセージを読むと頭を振った。「薬莢の指紋は、乗客のひとりがお土産にと拾ったときにつけたものだとわかったわ」彼女はセーブ・ボタンをクリックした。

パーカーは画面を見つめた。「時代遅れになった気がするな」

「えっ？」

「Eメールだ」彼はルーカスを見た。「文書検査士としてね。たしかに、こいつのおかげでみんなが手紙を書くようになった――」

「でも肉筆は減った」ルーカスはパーカーの思いを代弁した。

「そうだ」

「むずかしくなるわね。そうやって大事な証拠が消えていくわけだから」

「ああ。でも個人的には悲しいことじゃない」

「悲しい？」ルーカスは彼を振り向いた。その瞳はもはや無表情ではなかったが、名だたる科学捜査研究所で、そうした純朴な言葉を聞くのが不思議だったらしい。

「ぼくに言わせれば、筆跡は人間の一部だ。ユーモアのセンスや想像力と同じでね。考えてみると、これは人間が死を乗り越えるひとつの方法かもしれない。文字は何百年も、何千年も残る。われわれが不死を得られるとしたら、そういうことなんじゃないか」

「人間の一部？」彼女は訊いた。「でも、あなたは筆跡分析はまやかしだと言ったわ」

「いや、誰が何を書こうと、そこに書いた人物のことが投影されると言ってるんだ。文字がどう綴られていようと内容が何だろうと、ミスがあろうが無意味だろうが、それは問題じゃない。

人が言葉を考え、その手で紙に書きとめたという事実こそが重要なんだ。ぼくにしてみれば、それは奇蹟にも等しい」

ルーカスはうつむいて床を見ていた。

「筆跡は精神の指紋なんだと、いつも考えてる」パーカーはそう言って自嘲気味に笑った。自分の感傷的な思索に、また無愛想な応対をされると思ったからである。だが今回は何かがちがった。マーガレット・ルーカスはうなずくと顔をそむけた。コンピュータに新たなメッセージがはいったのかとも思ったが、そうではなかった。そむけた顔が画面に映っている。彼女の目は涙に濡れているようだった。パーカーには想像もつかなかったことだが、たしかにルーカスは目もとを拭っていた。

声をかけようとすると、彼女は燃えた黄色の紙を挟んだガラスのところへ行った。そして涙の理由を訊ねる隙をあたえず、「彼が書いた迷路は？　どう思う？　手がかりになる？」と言った。

パーカーは答えなかった。黙って彼女を見つめていた。すると彼女がまっすぐ向き直った。

「迷路は？」

パーカーは黄色の紙をじっと眺めた。手がかりに暗号を残すのは精神病質者《サイコパス》に限られる傾向で、しかもめったにないケースである。だが確かめてみるにしくはないと思った。ほかにできることもなかったのだ。彼は紙を挟んだガラス板をオーバーヘッド・プロジェクターに載せた。

ルーカスがすぐ横に立った。

「何を探してる？」とケイジが訊ねてくる。

「線が文字を意味するとか？」とルーカス。

「いいぞ」とパーカーは言った。ルーカスがパズルのこつをつかみはじめている。彼らは迷路の線を丹念に調べていったが、新しい発見はなかった。

「もしかすると、地図じゃないかしら」

これもいいアイディアだ。

チームの面々が線を追った。ルーカスは特別区の支局を管理する立場から、市の都市計画に通じている。しかしこの迷路からどこかの通り、ないし地域を想定することはできなかった。全員お手上げだった。

コンピュータに戻ったゲラーが首を振った。「アナグラムのほうもうまくいってない。灰が残ってなくて、文字がつながらないんだ」

「結局は古臭いやり方でいくしかないんだな」パーカーは黒板を見つめた。「〝……黒い……〟」

「アフリカ系アメリカ人の組織とか？」とエヴァンズが言った。

「かもしれない」パーカーは答えた。「しかし未詳は頭が切れる。教育がある」

ケイジが眉をしかめた。「どういうことだ？」

するとルーカスが答えた。「black が小文字になってるわ。団体の名前なら、最初を大文字にするはずよ」

「そのとおり」パーカーは言った。「これはおそらく記述形容詞だろう。人種を指している可能性はあるが、特定の団体の名称とは思わない」

「でも忘れるなよ」とケイジ。「やつは出し抜くのが好きなんだ」

「そうだな」とパーカーは認めた。

黒い……

パーカーは検査用テーブルに行き、脅迫状を見おろした。その両脇に手をつき、小文字のiにある〝悪魔の涙〟を睨みつけた。力強く打たれたインクの染みを睨みつけた。

おまえは何を知ってる？　彼は心のうちで文書に語りかけた。何を隠している？　おまえの秘密とは何だ？　何が――？

「手がかりを見つけた」と戸口で声がした。

全員が振り向いた。

書類の束を小脇に挟んだレン・ハーディ刑事が部屋に飛び込んできた。ここまで走ってきたらしく、つと立ち止まると息をととのえた。「オーケイ、マーガレット、きみの言ったとおりだった。ぼくは銃を撃てないし捜査もできない。でもリサーチでぼくに優る人間はいない。餅は餅屋だってやっとわかったよ。で、名前に関してわかったことがある。〈ディガー〉の」ハーディはデスクに置いた書類をめくると、顔を上げた。「先ほどはすまなかった。市長のことでは。心から反省してる。市民が事故に巻きこまれないようにと、そればかり考えていた」

「もういいのよ、レン」ルーカスが言った。「それで何を見つけたの？」

ハーディはエヴァンズに訊ねた。「例の名前をチェックしたとき、先生はどのデータベースを利用されました？」

「まあ、ごく一般的なものですが」と医師は答えた。腰が引けている感じがある。

「刑事関係ですか？　VICAPとか、ニューヨーク市警の暴力犯罪者用とか、ジョン・ジェイのものとか？」

「そんなところです」エヴァンズはハーディの視線を避けながら言った。

「やはりそうですよね。でもこちらは刑事関係以外にもあたってみようと考えたんです。ようやく行き着いたのが、ケンブリッジ大学宗教史学部のデータベースでした」ハーディはノートを開いた。数十ページにわたる内容には索引が付され整理されている。若い刑事の言葉は正しかった。彼は調査の術を心得ていた。

「先生がおっしゃってた、六〇年代のサンフランシスコの一味ですが」ハーディはエヴァンズ医師に言った。「それがディガーズでしたね？」

「私が確認したところでは、コソ泥の集団でしたよ」

「それがちがうんです」とハーディは応じた。「ハイト‐アシュベリーを根城にして、政治的、社会的に過激な地下活動をおこなっていたんですよ。彼らの主義と歴史を調べてみたところ、十七世紀の英国に存在した集団から名前を採ったことがわかりました。過激さで言えば本家をはるかに上まわってます。彼らの主張は土地の個人所有廃止でした。で、ここからが重要なんです。彼らは主に経済と社会に目を向けていたわけですが、一方で政治色の強い、より活動的な——ときには武力行使も辞さない別の一派と結びついていた。その彼らが〝真の平等主義者《トゥルー・レヴェラ》たち《ーズ》〟と呼ばれていたわけです」

「〝平等主義者〟ね」とケイジ。「これまた穏やかならざる名前だ」

ハーディがつづけた。「この一派は上流階級のエリートと中央政府による人民の支配に反対していました」

「でも、それが私たちにどうかかわってくるの？」とルーカスが訊いた。

「最後の標的を見つける参考になるんじゃないかと思って。資本主義社会打破を標榜するなら、どこを狙うのかってことなんだ」

パーカーが言った。「その疑問に答えるには、まず彼が社会に一撃をくわえようとする理由を見つけないと」

「宗教かぶれかな？」とゲラーが言った。「十字架をしてたじゃない」

「ありえますね」とエヴァンズ。「しかし狂信的な信仰をもつ者は金を求めない。ＣＮＮに三十分でも出演するほうを望むでしょう」

「怨恨の線もある」とパーカーは言った。

「ええ。復讐ね」とルーカス。

「誰かに傷つけられて」とパーカー。「借りを返したいと思っている」

エヴァンスがうなずいた。「筋は通ります」

「でも相手は？　相手は誰なんだろう」ハーディは霊が宿っているとでもいうように脅迫状を見ていた。

「解雇されたっていうのは？」ケイジが言った。「不満を抱く労働者」

「いいえ」エヴァンズが答える。「精神異常者なら、そういった動機で人殺しをするでしょうが、彼は精神異常者ではない。とにかく賢くて、感情も抑制されています」

ゲラーがかすれた声で言う。「大企業、法人、富豪……」

「待った」とハーディ。「狙いがそこなら、ワシントンじゃなくニューヨークへ行くんじゃないか？」

「もう行ってる」ケイジが指摘する。「ホワイト・プレーンズに」

だがハーディは首を振った。「そうじゃなくて。つまり——ホワイト・プレーンズにボストンにフィリー？　いままでは予行演習だった。今度がグランド・フィナーレなんだ」

「政府だ」とパーカーは言った。「それがここを選んだ理由だ」

ハーディはうなずいた。「ディガーズは中央政府に反発していた。すると上流階級ではなくて」彼はエヴァンズを見た。「連邦政府か」

ルーカスが言った。「そうね。そういうことになるわ」

「彼を傷つけた原因の一端が政府にあったとすると」パーカーはチーム全員の顔を見渡した。

「思いあたることは？」

「イデオロギー？」とケイジが声をあげた。「共産主義者か、右翼の武装組織の一員か」

エヴァンズが首を振った。「いいえ。だとしたら、すでに声明を発表しているでしょう。もっと個人的な事柄じゃないですか」

ルーカスとハーディが目を見交わした。ふたりは同時に同じことを思いついたようだった。そして刑事のほうが口を開いた。「愛していた人間の死」

ルーカスがうなずいた。

「考えられます」と心理学者が言う。

「なるほど」とケイジ。「するとシナリオはどうなる？　誰が死んだ？　なぜ？」

「処刑された？」とハーディ。

ケイジが首を振る。「犯罪で連邦が死刑を科すようなケースはまずない。州だろう」

「沿岸警備隊の救助作戦が失敗したとか」とゲラー。

「無理なこじつけね」ルーカスが言った。

ハーディがさらに、「連邦の車やトラックが事故を起こしたとか、郵便配達に襲撃されたとか、公園での事故……外交官……」

「軍はどうだ」とケイジが言う。「連邦政府が人の死と関わるのは、およそ軍事関係だろう」

「でも、軍では毎年数百名の死者が出ているはずよ。それが事故なの？　訓練中？　戦闘中？」

「〈砂漠の嵐〉は？」とケイジ。

「未詳の年齢は？」パーカーは訊いた。

ルーカスが検視官の予備報告書をつかんだ。「四十半ば」

黒い……

やがてパーカーは得心した。彼は言った。「黒い壁だ！」

ルーカスがうなずいた。「ヴェトナムの戦没者慰霊碑ね」

「男の知人がナムで殺された。兄弟か姉妹か。あるいは妻が看護婦だったとか」とハーディ。

ケイジが言った。「しかし三十年もむかしだぞ。いまごろそんな話が出てくるか？」

「たしかに」とエヴァンズ。「その未詳が、セラピーによって怒りを鎮静させていないとすると、悪化の一途をたどっていますね。そして大晦日というのは、決意を固めやすい日であって、人は大胆な行動をとりがちなんです――それが破滅的な行動であったとしても。この日の夜は、一年のなかでも自殺者がいちばん多くなるんですよ」

「困ったわ」とルーカスが言った。

「どうした？」

「思いだしたのよ――慰霊碑があるモール。あそこには花火の見物で二十万人が集まるわ。公園の一部を立入禁止にしないと」

「もう人でぎっしりだ」パーカーは言った。「何時間もまえから待ってる」

「そうなると、もっと人手が必要だな」ケイジは玄関の守衛に立つアーティに電話をして、手の空いた捜査官は緊急任務のためロビーに集合せよと、ＰＡスピーカーで全館に呼びかけさせた。

ルーカスは戦術捜査官をモールの北西に集めるようジェリー・ベイカーに伝えた。それから副長官をオンコールで呼び出すと、すぐに折り返しの電話があった。会話はしばらくつづいた。

ルーカスはその電話を切るとチームに対した。「副長官がこっちに来る。私は下でブリーフィングをしてから、慰霊碑で合流するわ」

ケイジがコートを羽織った。ゲラーは立って武器を改めた。普段コンピュータのマウスを持ち馴れている手が、銃をもてあましているといった様子だった。

ルーカスが言った。「待って、トーブ。あなたは家に帰って」

「でも――」

「これは命令よ。あなたはもう十分やってくれたわ」

ゲラーは多少の抵抗を試みたが、最後に勝ったのはルーカスである。技術的な問題が発生したら連絡をよこすという言質《げんち》をとったうえで、ゲラーは折れた。「こっちにはラップトップがあるから」と、コンピュータからは三フィートと離れられないと言わんばかりだった。

ルーカスはハーディに歩み寄った。「ありがとう、刑事さん。警察の見事なお手柄だったわ」

ハーディはにっこりした。「市長を巻きこんだりして悪かった――」

彼女は手を振って謝罪を受け入れた。かすかに笑みをにじませ、「すべてが雨のように順調。それで、まだ今夜の作戦に参加したい気持ちはあるの？」

「ああ、もちろんさ」

「いいわ、ただし後方に控えていること。もう一度訊くけど……あなた、本当に銃の撃ち方を知ってるの？」

「知ってるとも。それに腕前も捨てたもんじゃない……風が吹かなければ」若い刑事は笑顔のままトレンチコートに袖を通した。

パーカーはポケットに銃の重みを感じながらジャケットを着た。ルーカスが送ってくる訝《いぶか》しげな視線に、彼は「行く」ときっぱり答えた。

「いいのよ、パーカー。無理しないで。あなたも十分にやってくれたんだから」

パーカーは笑顔で言った。「狙って撃てばいいんだろう？」

ルーカスはすこしためらってから答えた。「狙って撃てばいいのよ」

さてさて……

おっと、こいつはすごい！

ＦＢＩ本部から十人、二十人と捜査官が飛び出してきたのである。防弾チョッキを着ている者も、着ていない者も。

ヘンリー・ツィスマンはジム・ビームを最後に一口飲《や》ると、その茶色の壜をレンタカーの後部座席に置いた。車内には煙草とウィスキーの臭いが充満している。彼はマールボロを吸殻であふれた灰皿に押しこんだ。

捜査官たちは車に向かって走った。車は一台、また一台と出発していく。

だが尾行はしない。まだ。彼は蛇のように辛抱強く待った。

すると白髪の捜査官、ケイジが出てきた。その後ろに――よし！　あの男。パーカー・キンケイドだ。

ＦＢＩには多くを語らなかったけれども、ツィスマンはこれまでジャーナリスト一筋でやってきた。それも優秀なジャーナリストとしてである。人を見る目にかけては、街の警官ふぜいに負けるはずもない。ＦＢＩが取調室で、網膜走査や音声緊張分析をやっていると知りながら、彼は彼自身のテストをおこなっていた。それは直観によるものであるが、正確さでは連中のハイテクにもひけをとらない。で、ひとつわかったのは、ジェファーソンはジェファーソンではないということだった。数時間まえ、男が慌ただしく本部を後にしたときに、車のナンバーをコネティカット州ハートフォードの私立探偵に照会して本名をつきとめた。パーカー・キンケイド。インターネットで検索すると、男が以前、ＦＢＩ文書部の長であったことも簡単にわかった。

ＦＢＩが元捜査官をコンサルタントとして使うのは、彼が有能であるからにちがいない。すなわち尾行する価値があるということだ。官僚的なケイジとはちがう。感情のないルーカスともちがう。

ふと足を止めて革のジャケットのジッパーを上げると、キンケイドはその場を確かめるように目を配ってから覆面車輛に乗りこんだ。ケイジと、捜査官だか警官だか、トレンチコート姿の生真面目そうな若者も一緒だった。彼らはダッシュボードに赤色灯を置くと西へ――モールの方向へ猛スピードで走り去った。

ツィスマンは緊急車輛のパレードに難なくもぐりこんだ。急いでいる連中は、彼の存在にはまったく気づかない。だがコンスティテューション・アヴェニューに近い十八番通りは、人と車で大変な混雑で、ＦＢＩの車輛も動くに動けなくなった。捜査官たちは車を降りてモールに走った。ツィスマンも離されないようにあとを追った。

ケイジとキンケイドは並んで群衆のほうを眺めていた。やがてキンケイドがヴェトナム・モニュメントの西側を指さし、ケイジは東側に顎をしゃくった。ふたりは二手に分かれて進んでいき、トレンチコートの男はコンスティテューションのほうに駆けていった。

ツィスマンは大兵肥満の男である。すでに肺が悲鳴をあげ、心臓はピストンさながらに弾んでいた。だがパーカー・キンケイドを尾けるのは造作のないことで、途中で立ち止まり、汗ばんだスラックスのウェストバンドから拳銃を抜いて、コートのポケットに忍ばせるだけの余裕もあった。

26

〈ディガー〉のコートは重い。

重いのは銃のせいだ。

それとクリップには数百発の銃弾がはいっていて、これは二二……

カチッ、カチッ……

……これ……は二二口径ロングライフル用の、一マイルも飛ぶ警告弾で、子供には勝手に撃たせてはいけないものだ。〈ディガー〉はそんなことはぜったいさせない――子供に勝手に撃たせたりはしない。

タイには。ぜったいにぜったいに、タイには。

きれいにパッキングした消音器が二個。綿とゴム、綿とゴムで。

おまえはおまえはおまえは最高だ……

マシンガン二挺は、パメラからクリスマス・プレゼントにもらった、素敵な紺か黒のコートの内ポケットに。トヨタのグラヴ・コンパートメントから出した拳銃一挺は、外の右側のポケット。ウジのクリップ四個は左のポケットに。

袋はない、仔犬もいない……

彼は闇のなかに立っている。近くにいる人間は誰も気づかない。警察やＦＢＩの姿は見えない。

タイは一ブロック離れた車の後部座席で眠っている。〈ディガー〉が車を出るとき、少年は棒みたいな腕を胸の前で組んでいた。

それがいちばんの心配だった。警察が銃を撃ちだして、〈ディガー〉がサイレンサーをつけない銃で応戦したら、タイはその音で目を覚ましてしまうかもしれない。そしたらもう、タイはよく眠れなくなるだろう。

寒さのことも心配だった。気温は下がりつづけている。だが〈ディガー〉は少年に毛布を三枚掛けたことを思いだす。きっと大丈夫だ。眠っているだろう。子供は寝ていれば大丈夫なのだ。

彼はひとりで立って、やがて死ぬ人間たちを見ている。最後に一度、携帯電話をかけると、ガラスの三角定規を前にしたルースを思わせる女性の声が、「メッセージはありません」と言う。

じゃあ、この人たちを殺していいわけか。

この人たちは、茶色い葉っぱのように地面に積もるだろう。

切って切って切って、きるきるきる……

まわって……カチッ……独楽みたいに、タイが好きそうなおもちゃみたいにまわって、人込みに銃弾を撃ちつくす。二挺の銃から。

そして車に乗ったらメッセージを聞いて、それでも指図をする男から連絡がなかったら、タイとふたりで……カチッ……カリフォルニアを探しに出かける。

誰かが道を教えてくれるだろう。

見つけるのはそんなにむずかしくないはずだ。西部のどこかにある。それを手がかりにして。


〈ディガー〉は後ろにいるのか？

前か？

横か？

捜査官たちと別れたパーカー・キンケイドは、人の海に呑まれ、ヴェトナム戦争慰霊碑を遠巻きにしてひたすら歩いた。暗色のコートを着た男を捜して。買物袋を提げ、十字架をした男を。

人があまりに多すぎる。数千人。一万か。

ケイジは慰霊碑の反対側にいる。レン・ハーディはコンスティテューション・アヴェニュー沿いを見ている。ベイカーと戦術捜査官たちはモールの東からローラー作戦を展開していた。

パーカーは壁に向かってくる集団を止めて、警官のいる安全なほうへ進ませようとした。が、不意に自分の頭が整理されていないことに気がついた。

パズル。パズルを思いだせ。

三羽のタカが農夫のニワトリを狙っていた……

パーカーは誤りを悟った。間違った場所を捜していた。彼は人の流れからそれると、ヴェトナム戦争慰霊碑に近い地面を調べた。あの迷路のことから考えても、未詳は三回目の襲撃で〈ディガー〉の人相が割れると計算していたはずである。おそらく〈ディガー〉に対しては、人目につく歩道から慰霊碑に近づくなと指示を出している。つまり、殺人鬼は木立から現われる。

パーカーはカエデとサクラの林にすばやく身を隠した。モールに向かう人の流れは相変わらずだったが、もはや逃げろと声をかけたりはしなかった。彼の仕事は保護者になることではない。救助の手を差し伸べるのでも、父親になることでもない。彼は狩人だった。ボートマンを捜して家のなかを忍び歩いた、あの晩と同じだった。

獲物を捜す。

暗色のコートを着る顔のない男を捜す。

十字架をした男を。

ヘンリー・ツィスマンはキンケイドの三十フィート後ろにいた。ヴェトナム戦争慰霊碑の前を通りすぎようとしたとき、キンケイドが突然木立にはいっていった。

ツィスマンはあとを追いながら、人の海を見渡した。

ここが〈ディガー〉の標的なのか！

人を草のように薙《な》ぎ倒すことができる。

ツィスマンが握った銃は地面を向いている。それに目を留める者はいない。モールから離れてという警察や連邦捜査官たちの呼びかけに、人々は戦々恐々としていた。まだまだ人の数は多く、キンケイドとの間には数十人を挟んだ恰好だった。文書検査士は尾行に感づいていない。

林を抜けていくキンケイドとの距離を約二十フィートに縮めた。まだまだ人の数は多く、キンケイドとの間には数十人を挟んだ恰好だった。文書検査士は尾行に感づいていない。

こうして荘厳な黒い壁から三十フィートほど離れたところで、ツィスマンは黒っぽいコート姿の男が木陰から現われるのを見た。その警戒するような動きは何かを隠している証拠だった。しかも壁に向かって歩きながら、男はわざとらしく顔を伏せ、ひたすら地面を見つめているのである。気づかれまいとしているのは一目瞭然だった。男はキンケイドからさほど離れていない人込みにまぎれた。

ツィスマンは小走りになった。

そのときキンケイドが後ろを振りかえった。ツィスマンを見て視線をそらし、ふたたび不審の目を向けてきた。見覚えはあるが、どこで見たのか思いだせないという表情だ。ツィスマンは身をかがめ、クーラーボックスを運んでいる大男たちの陰に隠れた。キンケイドを見失うのはしかたがない。ツィスマンは黒っぽいコートの男を捜した。

どこだ——？

いた！　四十代、どこといって特徴のない男。コートのボタンをはずしながら、どんよりとした目で周囲の人群れを追っていた。

そしてツィスマンは光を見た。男の首に金色の燦《きら》めき。

首に金の十字架をしている……

バーに来た捜査官が、〈ディガー〉は十字架をしていると言っていた。

やつがいた、とツィスマンは思った。〈ブッチャー〉が、〈ウィドウ・メイカー〉が、〈悪魔〉が……

「おい！」と声がした。

ツィスマンは振り向いた。キンケイドだった。

いまだ、いましかない！

ツィスマンはリヴォルヴァーを掲げると標的に狙いを定めた。

「やめろ！」銃を見たキンケイドが叫ぶ。「よせ」

だがどうしても射程に障害物がはいる。人が多すぎるのだ。ツィスマンは脇に飛ぶと、人を払いのけながら突進した。キンケイドの姿が見えなくなった。

二十フィート離れた〈ディガー〉は、ふたりの男のことなど知らず、カモの大群を狙うハンターのごとく群衆を睥睨《へいげい》している。

ツィスマンは大学生の集団を突き飛ばした。

「なにすんだよ、おっさん」

「おい……」

ツィスマンはそれを無視した。キンケイドはどこだ？　どこだ？

まだ邪魔がはいる！　人が多すぎる……〈ディガー〉のコートが開いた。その内側のポケットに大型の黒いマシンガンがある。

それでも、やつの姿は誰の目にも映らないのだ！　透明人間であるかのように。

誰も気づいていないのだ。家族も子供たちも、すぐそばに殺人鬼がいることを……

群衆はさらに膨れあがっているようだった。警察が人々をコンスティテューション・アヴェニューの方向へ誘導しているのだが、大多数がその場にとどまっている。花火見物の特等席を失いたくないのだろう。〈ディガー〉は目を凝らし、撃つ場所を探していた。彼は草むらのわずかな高みに登った。

キンケイドが現われた。

ツィスマンは撃鉄を起こした。

27

リムジンが駐まった。モールの、外交官や議員に用意された観覧席の付近である。

車を降りたのはケネディ市長夫妻、C・P・アーデル。

「こうやって私たちにつきまとうの？」クレアが捜査官に言った。

「命令ですから」とアーデルが答える。「ご理解ください」

クレアは肩をすくめた。

理解だと？　ケネディは心のなかで叫んだ。彼が理解しているのは、自分が実質逮捕されており、番記者のひとりも連れず市民の面前に現われる屈辱に甘んじなければならないことだった。

キャリア存続への一縷《いちる》の望みも、観覧席のあたりにいた人々の視線によって葬り去られようとしていた。スレイド・フィリップスが報じたニュースの不確実な部分はあっさり切り捨てられ、ケネディはあたかも〈ディガー〉の共犯者のごとく見なされているのだった。

カメラのフラッシュが焚かれる。ここで撮られた無味乾燥な写真が、〝ジェリー・ケネディ市長夫妻〟として明日の朝刊に掲載されるのだろう。彼は観覧席にいる連中に重々しく手を振り、「どこに隠れてたんだ？」「元気かい、ジェリー？」といったうわべの挨拶を軽く受け流した。本気で返事を聞こうと思っている者はいないのだ。やがて前市長となる人物とは、誰もが距離をおこうとしている。

ケネディはこんな質問も耳にした。「今夜の花火に、きみは来ないと聞いていたんだが、ジェリー。どういう風の吹きまわしだね？」

どういうって、風を吹かしたのはクレアだよ。

アフリカ系アメリカ人教職員協会の会長から連絡がはいったのである。会長はかすかに当惑した声で、ケネディが主賓としてスピーチする予定だったパーティに参加を見合わせてほしいと言った。「みんなのために、それがいちばんなんです」と。

ケネディとしても、家に逃げ帰ることにまったく異存はなかった。しかし市長室の長椅子に並んで座っていたクレアの意見はちがった。「酔っ払って花火でも見にいきましょうよ」

「さて」とケネディは曖昧に答えた。

「そうしましょう。拗《す》ねるのはあなたらしくないわ、ハニー。顔を上げて表に出るのよ」

彼はしばし考えて、それがこの日聞いた最上のアイディアだと思うに至った。そしてクレアが見つけてきたモエを飲みながら、ここへやってきたのだった。

観覧席の混雑のなかを進む途中で、ケネディはラニアー下院議員の手を握った。議員はアーデル捜査官の役割を、はっきり看守であると見抜いていた。

ラニアーは内心の満悦を隠す言葉がなかったのだろう、小首をかしげると神妙な顔つきで、「クレア、今夜のきみは美しい」と言った。

「ポールったら」クレアは無言のラニアー夫人にうなずいた。「ミンディ」

「ジェリー」ラニアーが言った。「つぎの銃撃はどうなる？」

「こっちも連絡を待っているところだ」

「こちらの席が空いております、市長」と下級の補佐官が示したのは、他の見物客たちの後ろで空席になっている、オレンジ色の折りたたみ椅子の列だった。「ご友人の方もどうぞ」補佐官は大柄な捜査官を横目で見た。

「いやいや」とケネディは言った。「われわれは階段に座らせてもらおう」

「そうおっしゃらずに……」

ケネディに財政の自主性はなくとも、とりあえずはいくばくかの社会的自由がある。彼はラニアーたちの誘いを断わり、階段の最上段にクレアと並んで腰をおろすことにした。上着を脱いでクレアが座る板の上に敷いてやった。C・P・アーデルは見るからに鈍感そうな大男だったが、連邦捜査官につきまとわれる気の重さというものをよくよく承知しているらしく、市長夫妻から離れた場所にひとり座を占めた。

「子供のころ、よくここに遊びにきたんですよ」と捜査官は市長に言った。「毎週日曜日になるとね」

ケネディは驚いた。FBI捜査官は他所から配属されてくる人間がほとんどなのだ。「きみはここで育ったのかね？」

「そうです。百万ドル積まれても、メリーランドやヴァージニアには住まないな」

「お宅はどのあたりなの、アーデル捜査官？」とクレアが訊いた。

「動物園のそばです。パークウェイを降りてすぐ」

ケネディは力なく笑った。これで勾留されることになっても、看守が忠実な市民なら救いもあるというものだ。

シャンパンで気持ちも和んで、ケネディは妻の手を取った。モールを望むと、数十万という人々の動きが見える。観覧席にマイクが立たなかったのは幸いだった。他人のスピーチは聞きたくなかった。マイクの前に呼ばれ、その場しのぎの発言をするのも厭だった。事ここに至って、話すことなどありはしない。彼の望みは妻とともに街を彩る花火を愛でること。そしてこの日の苦痛を忘れることなのだ。〈ディガー〉に向けてラジオで訴えかけたとき、彼は年の暮れという言葉を使った。だが現実には多くのものが終わりゆく。市を救うチャンスも、多くの住民の命も、むごたらしい最期を迎える。

彼の在任期間もまた終わる。ラニアーを先頭に、市民の手から特別区をひったくろうとしている議員たちは、〈ディガー〉の事件を弾劾の材料に利用するかもしれない。たとえば警察の捜査妨害といったことである。これに教育委員会のスキャンダルがくわわって、ケネディは数カ月以内に市長室から放り出されるだろう。ウェンデル・ジェフリーズ以下の補佐官も一掃される。〈プロジェクト二〇〇〇〉の終焉《しゅうえん》だった。

特別区への希望はすべて失われる。哀れな市はまた十年停滞する。つぎの市長は——

ケネディは異常に気づいた。集まった花火の観客が群れをなし、東のほうへ移動しているように思えたのである。なぜだ？　その光景は観覧席からはっきり見えた。

彼がそのことを告げようとしたとたん、クレアが身をこわばらせた。

「いまのは何？」とクレアが言った。

「どうした？」

「銃声よ。銃声が聞こえたわ」

ケネディは空を見あげた。予定より早く花火が打ちあがったのか。いや。ワシントン記念塔の白い柱に貫かれた曇り空は、まだ光に染まっていない。

悲鳴が聞こえてきた。

ツィスマンの発砲には目論見どおりの効果があった。

誰も〈ディガー〉に気づいておらず、しかも自分では狙えないとあって、彼は宙に向けて二発を撃った。すると人が散って標的との間の障害が消えた。

号音が群衆のパニックを惹き起こした。悲鳴と怒声が交差し、逃げまどう人々に〈ディガー〉は倒され膝をついた。ヴェトナム戦争慰霊碑の正面からは、たちどころに人がいなくなった。

キンケイドの姿も目にはいった。キンケイドは地面に身を投げ出すと、ポケットから小型オートマティックを引き抜いた。だがその位置から〈ディガー〉は見えない。常緑樹の厚い壁にさえぎられている。

ツィスマンにとっては好都合だった。殺人鬼を自分の手でしとめたかった。〈ディガー〉がゆっくりと起きあがる。コートから落としたマシンガンを探していたが、ツィスマンを見てその動きが止まった。〈ディガー〉の眼差しは、ツィスマンがいまだかつて出会ったことのない異様なものだった。

獣ほどの感情も宿していない。裏で糸を引いていた男――いまは死体保管所で眠るあの男は、邪悪の化身ではなかった。感情もあれば、思考や欲望もあったろう。改心したかもしれないし、内に潜む良心が頭をもたげることもあったかもしれない。

だが〈ディガー〉は？　ない。この機械に贖《あがな》いなどありえない。あるのは死だけだった。

人間の頭脳と、悪魔の心をもった殺人鬼……〈ディガー〉はツィスマンの手に握られた銃に目をとめた。そこから視線を上げて、ジャーナリストの顔を眺めた。

キンケイドは身体を起こしながらツィスマンに叫んだ。「銃を捨てろ、捨てろ！」

ツィスマンはそれにかまわず〈ディガー〉に銃を向けた。そしてふるえる声で、「おまえは――」

〈ディガー〉の側でくぐもった銃声がした。男のコートの一部が弾けて飛んだ。ツィスマンは胸に鉄拳を食らったような衝撃を受けて膝を落とした。彼の撃った弾は大きくそれていった。

ポケットから抜かれた〈ディガー〉の手には、小型拳銃が握られていた。〈ディガー〉はふたたびツィスマンの胸を狙って二発を放った。

ツィスマンは後ろに吹っ飛んだ。

冷たい地面を転がりながら、彼は慰霊碑の黒い壁に映るおぼろげな光を見ていた。「おまえは……」

ツィスマンは銃を探した……どこだ？　手から落ちたのだ。

どこだ、どこなんだ？……

掩護に走ってきたキンケイドが、混乱して周囲を見まわす。〈ディガー〉はマシンガンのほうにのんびり歩いていくと、それを拾いざまキンケイドに向けて乱射した。キンケイドが木陰に飛び込むと、〈ディガー〉は逃げる群衆を追って茂みにもぐりこんでいった。

ツィスマンは銃をまさぐった。「おまえは……おまえ……おまえ……」しかし彼の手は岩のようになって地面に落ち、やがて暗黒が訪れた。

人が二、三人……

カチッ、カチッ……

おかしい……

人が二、三人、地面にうずくまって様子をうかがっている。すくみあがっている。撃つのは簡単だが、警察に見つかってしまう。

「最後はできるだけ殺せ」と指図をする男は言った。

でも、できるだけとは何人くらいだろうか。
一、二、三、四、五……
たった半ダースではないだろうと〈ディガー〉は考える。

その年の最後の夜の最後の時間の……

だから彼は群衆のあとを追いながら、やるべきことをやる。怯えた顔をして、みんなと同じように背中を丸めて走って。とそんな具合に。

おまえは……おまえは……おまえは最高だ。

後ろにいた男は誰だったのだろう。警官ではなかった。どうしておれを撃とうとしたのか。

〈ディガー〉はウジを……カチッ、カチッ……コートに隠していた。パメラからもらったから大好きなコートだ。

そばで叫び声があがったが、自分に向けられたものではなさそうなので相手にしない。誰も彼に気づかない。茂みと木立に近い草むらを大通り――コンスティテューション・アヴェニューに沿って移動する。大通りにはバスや車、それにものすごく大勢の人がいる。そこで狙えば何百人と殺せる。

博物館や美術館が見える。そのうちのひとつに、地獄の入口の絵があった。博物館は楽しいと思う。タイも博物館が好きになるだろう。カリフォルニアに行ったら、ふたりで博物館へ行こう。

叫び声が大きくなる。みんなが走っている。男と女と子供がそこかしこにいる。警察とＦＢＩも。彼らはウジやＭａｃ－10や、カチッ、〈ディガー〉のと同じ拳銃や、自分を撃とうとしたデブのと同じ拳銃を持っている。でもそんな男も女も銃を撃たない。撃たないのは撃つ相手がわからないからだ。〈ディガー〉は人込みに溶けこんでいる。

カチッ、カチッ。

どこまで行けばもっと大勢の人間がいるのだろう。

たぶん、あと三百フィートぐらいか。〈ディガー〉は彼らを追っていく。だがこの道を走っていくとタイと離れてしまう——車は二十二番通りに駐めたのだ。そう思うと落ち着かない。早く銃撃を終わりにして少年のもとに帰りたい。群衆に追いついたら、そのなかをぐるぐるまわって、人がコネティカットの森の枯れ葉みたいに積もっていくのを見る。それから少年のところに帰るのだ。

旅に出ているときも
もっときみが好きになる

まわる、まわる、まわる……

彼らは胸にバラを咲かせ、手のなかで黄色の花を開かせたパメラのように倒れていくだろう。

倒れる、倒れる、倒れる……

銃を持った大勢の人間が草の上を走ってくる。

と、つぎつぎ爆発音がする。ピシッとかバンとかパーンとか。

みんなが〈ディガー〉を狙っているのか？

いや、ちがう……ああ、あれだ！

頭上に花がいくつも咲いている。煙と輝く花、赤と黄色だ。それに青と白も。

花火。

腕時計が鳴る。

真夜中。

撃つ時間。

しかし〈ディガー〉は撃つことができない。人がまだ少ない。〈ディガー〉は群衆に向かって進んでいる。ここで撃っても、指図をする男を喜ばせることができない。

ピシッ……

一発の弾丸が彼をかすめていく。

誰かが〈ディガー〉を狙っている。

叫び声。〈ディガー〉は右側の、ちょうど広場の中央に立っていたＦＢＩのジャケット姿の二人組に見られたのだ。捜査官たちの背後には木の演壇があって、それを美しく飾る赤と青と白の旗は、あの新年の赤ん坊たちが着ていたものに似ていた。

二人組のほうを向いて、コートの内側からウジを撃つ。本当はこれをやりたくない——パメラがくれた美しい黒か濃紺のコートにまた穴があいてしまう。だがしかたなかった。銃を他人に見られるわけにはいかない。

二人組は蜂に襲われたかのように顔と首を押さえて倒れた。〈ディガー〉はふたたび群衆を追いかける。

撃ったところは誰にも見られていない。

あと二百フィートも歩けば、まわりが人だらけになる。彼はみんなと一緒に目を泳がせて殺し屋を探し、助けを求めるだろう。それから撃って撃って撃ちまくる。

コネティカットの森でやったように、ぐるぐるまわって。

28

最初の数発が付近の板を貫くと、ジェリー・ケネディはとっさにクレアを観覧席から冷たい地面に突き落とした。

そして自分も飛び降りて地面に這うと、クレアを銃弾から守った。「クレア！」ケネディは叫んだ。

「大丈夫！」クレアの声は恐怖で尖っている。「何があったの？」

「発砲だ。おそらくあいつだ！　殺し屋だ——あいつがここに現われた！」

ふたりはうつぶせのまま、土と草とこぼれたビールの匂いを嗅いでいた。

壇上でひとりが撃たれた——逃げるラニアー議員の盾となった若い補佐官だった。だがほかに怪我人は出なかったらしい。弾の大半は大きくそれていった。殺し屋は観覧席の人間ではなく、正面に立っていた二名の捜査官を狙ったのである。

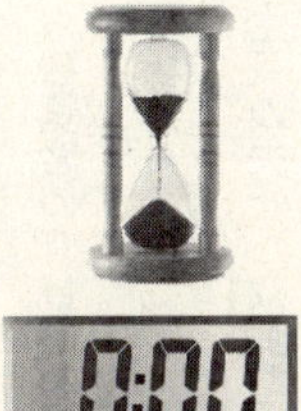

ケネディにも、そのふたりが死んでいるのがわかった。

上に目をやると、黒い拳銃を構えたC・P・アーデルが広場を見渡していた。捜査官は身をかがめるどころか、仁王立ちしている。

「アーデル捜査官！」ケネディは叫んだ。「やつはあそこだ！　あそこにいる！」

しかし捜査官は発砲しなかった。ケネディは壇の半ばまで登ると、アーデルの袖を引いて指さした。「逃げていくぞ！　撃て！」

巨漢の捜査官は射撃の名手らしく、身体の前でオートマティックを構えている。

「アーデル！」

「あああっ」と捜査官が口にしている。

「何をしている！」ケネディはわめいた。

だがC・P・アーデルは広場を睨みつけ、「ああああっ、あああっ」と声を洩らすばかりだった。

やがてアーデルはすこしずつ身体の向きを変えはじめた。北を見てから東、南……ヴェトナム戦争慰霊碑の壁を見やり、つぎに木立、ワシントン記念塔、それから観覧席の背景に飾られた国旗。

「あああっ」

捜査官はさらに身体をまわし、完全に一回転すると仰向けに倒れ、生気の失せた双眸《そうぼう》を空に向けた。ケネディはその頭頂部が吹き飛んでいるのを目にした。

「うわっ！」

クレアが息を呑んだ。血がとめどなく流れ落ち、彼女の眼前に血溜まりをつくった。

捜査官はいま一度、「ああああああっ」と声を出すと、口から艶やかな泡を吹いた。ケネディは男の手を取った。それはかすかにふるえると、まもなく動かなくなった。

ケネディは立ちあがった。ラニアーとその補佐官、さらにもうひとりの議員が身を隠している壇のむこうを見つめた。モールがぼやけている。花火を打ち上げるために灯りがすべて落とされていた。だが緊急車輛のヘッドライトのなかに、ケネディは混沌《カオス》の図を見たのである。彼は〈ディガー〉の影を探し求めていた。

「私の街になんてことをする？」彼はつぶやいた。「私の街になんてことをするんだ？」と怒鳴った。

「ジェリー、伏せて！」とクレアが訴えてくる。

しかし市長はその場に立ちつくし、広場に目を走らせた。殺し屋の黒い影をふたたび見つけだすつもりだった。

やつはどこだ？　どこだ？

暗闇に男の姿が見えた。コンスティテューション・アヴェニューから遠くないサクラ並木沿いを早足で進んでいる。

モールのさらに東に集まる人々を狙うつもりなのだ。

ケネディは死んだ捜査官の手から銃を抜き取った。

「ああ、ジェリー、やめて」クレアが言った。「やめて！　電話をすればいいでしょう」

「時間がない」

「やめて……」妻は声もなく泣いていた。

ケネディは妻を振りかえった。左手で彼女の頰をさわり、寝るまえにいつもやるように額にキスをすると、若い政治屋のカップルたちを飛び越えるようにして草の上を駆けだした。

心臓発作を起こすかもしれない。心臓発作を起こして死ぬかもしれない……それでも足は緩めない。

見慣れた街の景観が目にはいってくる。白く浮かびあがるワシントン記念塔、裸のサクラ並木、スミソニアンの尖塔、グレイのネオゴシック様式の博物館群、ツアーバス……

ケネディは喘ぎあえぎ走りつづけた。〈ディガー〉は百フィート前方にいた。そして九十フィート……

八十フィート。

殺人鬼が群衆に近づいている。コートの下から黒いマシンガンを抜き出すのが見えた。

左側の木立から銃声が聞こえる。さらに一発、二発。

いいぞ！　やっと警察も気づいたか。

ケネディの傍らの芝が突然舞いあがり、頭の上を銃弾が唸りをあげて飛んでいった。

なんてことを！　連中は私を撃っている。銃を手に走っていく男を殺し屋と決めつけたのだ。

「ちがう！」ケネディは身を伏せると、〈ディガー〉のほうを指した。「やつはあそこだ！」

殺し屋は並木のほうから群衆の横手にまわろうとしていた。もうすぐ五十フィートまで距離を詰める。一度の掃射で数百人が死ぬ。

なむさん。警官たちの射撃下手を祈るのみだ。ケネディはふたたび走りだした。

もう一発が近くに飛んできたところで、ようやく市長と気づいたらしい。射撃中止の命令が拡声器に乗ってひびいた。

「逃げろ！」ケネディは市民に向かって叫んでいた。

だが逃げる場所などどこにもなかった。人々は牛のように寄り集まっていた。数千もの人間が。花火に見入っている者もいれば、不安そうにあたりを見まわしている者もいる。

ケネディは木立のほうへ向かった。胸が燃えるようで苦しかったが、最後に〈ディガー〉を見た場所に急いだ。

このまま死ぬのだとケネディは思った。心臓が停止してその場に倒れ、苦痛に身もだえする自分の姿が目に見えるようだった。

だいたい私は何をしようというのだ？　この馬鹿げた真似は？　最後に銃を撃ったのは、息子とサマーキャンプに出かけたときのこと——三十年まえになる。撃った三発はことごとく的をはずれ、息子に恥をかかせたのだった。

とにかく走るのだ……

あの並木まで、〈ディガー〉のそばまで。

彼の走る姿を見た捜査官たちは、市長が犯人を追っていると察したようである。戦術作戦用の防具に身をつつんだ十名ほどの男女がまばらな隊列で駆けてくる。茂みから現われた〈ディガー〉は群衆にマシンガンを向けると、納得したようにひとつうなずいた。

ケネディは立ち止まり、アーデルの重たい銃で殺人鬼を狙った。狙いの定め方、照準の合わせ方など、ろくに知らなかった。上下のどちらを狙えばいいのか。ただケネディは頑健な男で、構えた銃は微動だにしない。彼はキャンプで長男と並んで、指導員のアドバイスに耳をかたむけたことを思いだしていた。「引金を絞る。あわててやらない」少年たちはその言葉にくすくす笑っていた。

そしてこの夜、ジェリー・ケネディは引金を絞った。

すさまじい号音とともに、銃を握った手が反動で跳ねあげられる。

ケネディは銃を構えなおした。暗いなかに目を凝らして快哉《かいさい》を叫んだ。

やった！　命中したぞ！

地面に倒れこんだ〈ディガー〉が顔をゆがめ、左腕を押さえている。

ケネディはふたたび引金を引いた。これがはずれると、つづけて二発を撃った。〈ディガー〉が起きあがった。銃を持ったところをケネディは発砲した。この弾もそれて木にあたったが、きわどい一発に〈ディガー〉は後ずさった。ケネディに向けられた短い応射はすべてはずれた。

殺し屋が自分の左側を見つめた。捜査官と警官の一隊が迫っている。彼はそちらを狙って引金を引いたように思えたのだが、ケネディには銃声は聞こえず、銃口から放たれるはずの閃光も見えなかった。だが捜査官ひとりが倒れ、草と土が飛んだ。ほかの捜査官たちがいっせいに地面に伏せ、防御の体勢をとった。銃を構えたものの誰も発砲しない。ケネディにもその理由がわかった。〈ディガー〉の真後ろが群衆という位置なのである。彼らが銃撃をはじめれば、市民が巻き添えとなるのは必至だった。

銃を撃てるのは、ひとりケネディだけなのだ。

ケネディは立ちあがると、うずくまる黒い影を狙ってつづけざまに五発を撃った。しだいに〈ディガー〉は群衆から離れるように後退していった。

拳銃がカチリと鳴った。弾が尽きた。

市長は銃口の先を見据えた。〈ディガー〉の黒い影は消えていた。

息が切れる。

〈ディガー〉の内側で何かが弾けて、指図をする男の言葉をすべて忘れてしまう。できるだけたくさんの人間を殺すことも、顔を見られたらどうするかということも、コネティカットの木の種みたいにまわることも忘れてしまう。ここから逃げてタイのところに帰りたくなった。

あの男が撃ってきた弾で……もうすこしで死ぬところだった。自分が死んだら少年はどうなる？

背をかがめてツアーバスのほうへ走る。エンジンがかけっぱなしで、マフラーから排気ガスの白煙が立ち昇っている。

腕がひどく痛む。

痛い……

あっ、腕に赤いバラが！

でも、すごく……カチッ……すごく痛むのだ。

こんな痛みは二度と経験したくないと思う。タイにも経験してもらいたくない。〈ディガー〉は自分を撃った男を探す。あの男はなんでこんなことをした？〈ディガー〉にはわからない。こっちは言われたとおりにしただけなのに。

きみの愛が冷めていっても
もっときみが好きになる

モールの上に花火がかかる。

警察とＦＢＩの一隊が接近してくる。銃を撃ちはじめる。〈ディガー〉はバスのステップを昇ると振りかえり、追ってきた捜査官たちに銃弾を浴びせる。

オレンジ色の巨大な星。

「そうか」と考えこむ。タイも気に入るだろう。

彼はバスの窓を割って、慎重に狙いを定める。

29

パーカーとケイジはパトロールカーを弾除けにしていた。

ふたりとも普段から戦術訓練を積んでいるわけではないので、銃撃戦に関しては、より若く経験豊富な捜査官に任せるのが賢明だと考えている。

しかしながら、先ほどケイジがパーカーに向かって叫んだように、そこはまさしく交戦地帯だった。銃弾が飛び交っている。バスという恰好の防護壁を手に入れた〈ディガー〉が、割れた窓から狙いすました銃撃をしかけてきていた。レン・ハーディは数名の同僚ともども、コンスティテューション・アヴェニューの反対側で身動きがとれなくなっている。

ケイジが脇腹を押さえてうめいた。撃たれてはいないのだが、盾にしていた車の鉄板を銃弾が貫通した際に身を投げ、体側を地面に強打したのである。

「大丈夫か？」とパーカーは訊いた。

「肋骨だ」ケイジが苦しげに答えた。「折れたらしい。くそっ」

バスの周辺からは障害物が取り除かれ、捜査官たちは機に応じて発砲していた。バスのタイヤは逃走に使用されないように撃ち抜かれた。もっともパーカーの見るかぎり、そんな事態が起きる気遣いはなかった。大通りは両方向とも半マイルにわたり、激しい渋滞に見舞われている。

無線の交信が断片的に聞こえてきた。

「標的の姿が見えない……車内に爆弾を放りこめ。手榴弾を持ってる者はいるか？　コンスティテューションで二名が倒れている……聞こえるか？　コンスティテューションで二名が倒れた……狙撃手は位置につけ」

ケイジが穴だらけの車のボンネットごしに様子をうかがった。

「馬鹿が。あのガキ、何をやってるんだ」

パーカーもケイジの視線を追って、コンスティテューション・アヴェニューの方向を見やった。するとちっぽけな銃を手にしたレン・ハーディが、ときおり顔を起こしては発砲しながら、バスをめざして木から木へと匍匐《ほふく》しているではないか。

「狂ってる。防弾チョッキも着てないのに」

「レン！」ケイジは叫ぶと、痛みにたじろいだ。

パーカーがつづけて叫んだ。「レン！……レン・ハーディ！　戻れ。SWATに任せろ」

だがその声はハーディに届かなかった。あるいは彼が耳を貸さなかったのか。

ケイジが喘ぎながら言った。「死の願望に取り憑かれてるらしいな」それが戦術行動の手順を逸脱していることはパーカーにもわかる。

ハーディはやおら立ちあがると、銃を撃ちながら走りだした。〈ディガー〉がバスの後部に移動するのが見えた。その位置からだとハーディは丸裸同然だった。刑事は相手の動きに気づいていない。彼は身を伏せて、空になった弾倉に弾を込めはじめた。

「レン！」パーカーは怒鳴った。「隠れろ」

「やつは装塡器も持ってない」とケイジがつぶやいた。ハーディはリヴォルヴァーに一発ずつ弾込めしていた。

〈ディガー〉がバスの後部に近づいていた。

「だめだ！」と洩らしたパーカーは、若者の死を覚悟した。

「ああ」とケイジが喘ぐ。

そこでハーディは顔を上げ、やっと状況を理解したらしい。銃を掲げて装塡ずみの三発すべてを撃つと、逃げ場を探して後退しはじめた。

「やつは終わりだ」ケイジが小声で言った。「終わりだ」

パーカーはバス後部の非常口のあたりに、殺人鬼のシルエットが浮かぶのを見た。銃弾はハーディを完璧にとらえて地面に這わせるだろう。

だが〈ディガー〉に撃つ間をあたえず、車の背後から転がり出たひとりの捜査官が、バスに向かって銃撃した。窓の内側に血が飛び散る。そして風の立つような音がして車内に火柱が上がった。縁石に流れ出したガソリンにもたちまち火がついた。

ハーディはもつれる足で市警のパトロールカーの後ろに駆けこんだ。

バスの内部がオレンジ色の炎につつまれ、断末魔の叫びがあがった。パーカーは〈ディガー〉を目にした。火だるまとなったその姿は一度起きあがってから、バスの通路に沈んでいった。

何かが弾けるような音が——兄のためにデザートをつくろうと、ステフィが炒《い》っていたポップコーンを思わせる音が聞こえてきた。〈ディガー〉の残していた銃弾が爆発しているのだ。コンスティテューション・アヴェニューの街路樹に火が燃え移り、身の毛もよだつ惨劇を不釣合いに明るく照らし出した。

身を隠していた捜査官たちが立ちあがり、ゆっくりとした足取りでバスに近づいていく。弾薬が残らず爆発するまで、あわてずに距離をとっている。やがて消防車が到着して、黒焦げになった車輛に消火用の泡をかけはじめた。

完全に鎮火した段階で、防護服姿の捜査官二名がバスのドアから内部を覗きこんだ。

そのときモールを揺るがす轟音が響きわたった。

付近にいた捜査官、警官がいっせいに膝を落として銃を構えた。

しかしそれは花火の音だった——オレンジ色の蜘蛛の糸、青い星屑、めくるめく白。華麗なショーのフィナーレである。

バスから降りてきたふたりの捜査官がヘルメットを脱いだ。

パーカーは、ケイジの無線機にはいった雑音まじりの声を耳にした。「車内は安全です。容疑者の死亡を確認しました」殺人鬼への感情を排した弔辞だった。

ヴェトナム戦争慰霊碑に戻る道すがら、パーカーはツィスマンのことと銃撃戦に至った事情をケイジに話した。

「やつは警告で発砲したんだ。やつが撃たなかったら、〈ディガー〉はここで百人を殺していた。おれも含めて」

「何をしでかすつもりだったんだ？」

ヘンリー・ツィスマンの死体には警官一名が付き添っていた。

ケイジは身をかがめると苦痛に呻いた。彼の腹部を突つきまわした救急隊員は、倒れこんだ拍子に肋骨が折れたのだろうと言った。テーピングされ、タイレノール＃3を飲まされた捜査官にとっていちばんつらいのは、痛みで肩をすくめられないことだったかもしれない。

ケイジは黄色いゴム引きのシートを死体から剝がすと、ジャーナリストのポケットを探った。見つかったのは財布だけではなかった。

「何だこれは？」捜査官は男の上着のポケットから一冊の本を取り出した。それは小さな判の美麗本だった。革装で糸綴じ――量販本のように〝完璧な〟糊づけではない。紙はベラム――トーマス・ジェファーソンの時代にはなめした動物の皮を指してそう言ったが、現代では高級上質紙のことである。小口には赤と金のマーブル紋様がついていた。なかを開いてみると、書家のような達筆——おそらくツィスマンの自筆だろう——で文字が綴られている。パーカーは賛嘆を禁じえなかった。

ケイジがふと手を止め、黙って数ページを読み進むと首を振った。彼はパーカーに本を差し出した。「見てみろ」

パーカーは眉を寄せ、表紙に金のインクで書かれた題名を眺めた。『悲しみの記録』とある。

彼は本を開いて読みあげた。「〝私の妻、〈ブッチャー〉の最初の犠牲者であるアンの思い出に〟」

本文は章立てがされている。〝ボストン〟〝ホワイト・プレーンズ〟。さらに犯罪現場の写真が貼ってあった。一枚目のタイトルが〝ハートフォード〟。パーカーはページを繰って読んだ。

「〝ハートフォード・ニューズ‐タイムズより〟」ツィスマンは記事を写していた。日付は去年の十一月だった。

「〝強盗で三人が殺される……ハートフォード市警は、土曜日にニューズ‐タイムズ紙の社屋に侵入し、ショットガンを乱射して案内広告部門に勤務する三名を殺害した男の行方を追っている。

犯人の人相は、暗色のコートを着た中肉中背の男性としかわかっていない。市警のスポークスマンは、共犯者が街の離れた地域で現金輸送車を襲う間、警察当局の目をそらすのが目的だったのではないかと語った。共犯者は輸送車の運転手と助手を射殺し、現金四千ドルを奪って逃走した〟」

ケイジが言った。「四千ドルのために三人を殺す。まさにやつのやり口だ」

パーカーが顔を上げた。「殺された新聞社の社員のひとりがアン・ツィスマン。奥さんだった」

「すると、われわれ同様に野郎を捕まえたかったわけだ」

「ツィスマンがおれたちを利用したのは、未詳と〈ディガー〉にたどり着くためだった。保管所の死体を見たいと粘った理由はそれだ。おれを尾けた理由もな」

復讐……

「この本は……深い悲しみと折りあう彼なりの方法だった」パーカーはしゃがみこむと、男の顔に恭《うやうや》しくシートをかぶせた。

「ルーカスに連絡を入れよう」彼はケイジに言った。「ニュースを伝えるんだ」

マーガレット・ルーカスは、FBI本部のペンシルヴェニア・アヴェニューに面した局員用ロビーで、灰色の髭を政治家のごとく切りそろえたハンサムな副長官にブリーフィングをおこなっていた。すでに〈ディガー〉がモールに現われ、銃撃戦になったという情報は届いている。ルーカスは自らモールへ赴きたい気持ちが強かった。しかし事件の責任者であるからには、まずは局の上司に情報を伝達するというのが彼女の立場だった。

電話が鳴った。それをすぐに受けてから、彼女は縁起をかつぐように希望的観測を振り払った。

「ルーカスです」

「マーガレット」ケイジだった。

ルーカスは捜査官の声音から、殺人犯は拘束されたのだと悟った。この仕事に就けば、まもなく聞き取れるようになる。

「引っぱったの？　タグを貼ったの？」

逮捕したのか、死んだのかと訊いたのである。

「あとのほうだ」とケイジは答えた。

もうすこしで感謝祭の祈りを口にするところだった。この五年の習慣になっている。

「それから、市長がやつの腕を撃ってね」

「なんですって？」

「そう、ケネディが。銃を撃って、何人もの命を救った」

ルーカスはそのニュースを副長官に伝えた。

「あなたは大丈夫？」

「ああ」ケイジが答えた。「てめえのケツを守ろうとして、肋《あばら》にひびを入れたぐらいだ」

だがルーカスは胃がぐっと縮む感じをおぼえていた。ケイジの声が、どこか空ろに響いていたのだ。

ジャッキー、トムの母です……ジャッキー、伝えなければならないわ。航空会社から連絡があったの……おお、ジャッキー……

「それで？」彼女は早口に問いかけた。「何があったの？　キンケイド？」

「いや、彼は無事だ」捜査官は静かに言った。

「話して」

「C・Pだ、マーガレット。すまん。やつは死んだ」

ルーカスは目を閉じた。溜息が出る。怒りが全身にたぎった。〈ディガー〉の胸に自ら弾を撃ちこめなかった無念の怒りだった。

ケイジがつづけた。「銃撃戦ですらなかった。〈ディガー〉は市長が座っていた方向に銃を撃った。C・Pは運悪くその場にいた」

そこへ行かせたのは私なのよ、とルーカスは心のなかで自分を責めた。

彼とは三年のつきあいだった……どうして……

「〈ディガー〉はほかに味方四人を殺し、三人に怪我を負わせた。一般人にも六名の負傷者が出たようだ。それと行方がわからないと届けが出されたのが六人ほどいるが、死体は見つかってない。たぶん家族と離ればなれになって、連絡がとれてないだけだと思う。ああ、それからツィスマンのことだが」

「あの物書きの？」

「そうだ。〈ディガー〉に殺られた」

「なぜ？」

「やつは物書きじゃなかったのさ。つまり、物書きであったことはたしかだが、やつはここで別のことをやっていた。われわれを利用して、女房を殺した〈ディガー〉を捜していたのさ。だが結局、やつが〈ディガー〉の最初の餌食になった」

するとと今夜はアマチュア・ナイトだったのね、とルーカスは思った。キンケイド、市長、ツィスマンと。

「ハーディは？」

ケイジは若き警官が、〈ディガー〉の立てこもったバスに単身突撃をかけたことを話した。

「かなり近づいて、絶好のポジションをとった。もしかするとあいつの撃った弾が〈ディガー〉に命中したのかもしれないな。本当のところはわからないが」

「自分から死のうとしたわけじゃないのね？」

「おれに言わせれば、死にたくてうずうずしてるように見えた。だが、いざとなったら後退して物陰に飛び込んだよ。まだ二、三年は生きてみるつもりになったんじゃないか」

私と同じね。とりかえっ子のルーカスはそう思う。

「そこにエヴァンズはいるか？」とケイジが訊ねた。

ルーカスは周囲に目をやった。なぜか医師の姿が見えない。妙だった……医師はロビーに降りてくるものと思っていた。「居場所がよくわからないの。まだ上にいるのかもしれない。文書研究室。じゃなかったら危機管理センターに」

「先生を見つけたら、いいニュースを伝えてやってくれ。お礼と一緒に。それから高額の請求書をまわすようにって」

「わかった。トーブにも連絡しておくわ」

「パーカーとおれはＰＥＲＴと現場を調べて、四十五分ほどで戻る」

ルーカスが電話を切ると副長官が口を開いた。「私はモールへ行くことにする。現場の責任者は誰だね？」

ルーカスは思わずパーカー・キンケイドと答えそうになった。「ケイジ特別捜査官です。ＰＥＲＴとともに、ヴェトナム戦争慰霊碑の付近に残っています」

「記者会見を開かないといけない。長官には私から策を授けよう。長官は声明も出したがるかもしれないな……ところで、今夜はパーティを棒に振ったんだろう、ルーカス？」

「それは休日だった場合の話です。また来年もありますし」彼女は笑った。「そう書いたＴシャツをつくったほうがいいかしら」

副長官は無理に笑顔をつくった。「内部告発をした男はどうした？　まだ怯えているのか？」

「モスですか？　しばらく確認していませんが。あとでかならずまわります」

「問題でもあるのかね？」副長官は眉をひそめた。

「いいえ。でもビールの貸しがありますので」

誰もいない文書研究室で、ドクター・ジョン・エヴァンズは携帯電話を閉じた。テレビも消した。

〈ディガー〉は殺されたのだ。

まだ詳しい報道はされていないが、地下鉄やヨットの銃撃とは異なり、死者は最小限に抑えられたとエヴァンズは思っている。もっともテレビの画面で見るかぎり、コンスティテューション・アヴェニューは戦場さながらの趣きだった。煙、百台もの緊急車輛、車や木や茂みの陰に隠れる人々。

エヴァンズは厚手のパーカを着て研究室の隅へ行った。重い水筒をしまったナップサックを肩に掛けると、両開きの扉を抜けて薄暗い廊下を歩きだした。

〈ディガー〉……なんと魅惑的な生き物だろう。捜査官たちにも述べたとおりで、彼はプロファイリングを通さない、世にも珍しい人間なのである。

エヴァンズはエレベーターの前で足を止め、建物の案内板を眺めた。地図に目を凝らした。FBI本部は想像以上に複雑な構造になっている。

迷ったすえに〈下〉のボタンを押そうとしたとき、「どうも」と声がした。エヴァンズは振り向いた。二列目のエレベーターのほうから人が近づいてくる。

「どうも、先生」ふたたび声がした。「わかりますか?」

あの若い刑事、レン・ハーディだった。例のプレスの効いたコートは皺だらけになっていた。染みがつき、煤で黒ずんでいる。頰には切り傷もあった。

エヴァンズは〈下〉のボタンを押した。二度も。気が急いていた。「ニュースを見ましたよ」と医師はハーディに言った。肩をすくめるとバックパックがずり落ちた。彼は不平の声を洩らすと、肘のところで止まったバッグのジッパーを開いた。

ハーディは汚れたバックパックにさりげなく目をやると言った。「いや、じつを言うと、あの男の調子に合わせて、慌ててしゃべりすぎました。どうかしてたんだ。戦場ヒステリーみたいなもんでしょうか」

「なるほど」とエヴァンズは相づちを打った。彼はバックパックから水筒を出した。

ハーディは陽気につづけた。「危なくやられるところでした。危機一髪です。距離にしたら三十フィートぐらいかな。やつの目と銃口が見えたんです。いや……生きてる実感がこみあげてきたな」

「そうでしょう」エヴァンズは答えた。エレベーターはどうした？

ハーディは銀色の円筒を見た。「ところで、ルーカス捜査官を知りませんか？」刑事はそう訊ねると暗い廊下を見通した。

「下でしょう」エヴァンズは水筒の蓋をねじった。「ブリーフィングをしてるはずです。九番通りに面したロビーで。通らなかったんですか？」

「車庫から上がってきたもので」

医師は水筒の蓋を取った。「そう言えば刑事さん、あなたがおっしゃってたディガーズとヴェラーズの話ですが、どうも釈然としない」彼はハーディのほうを向いた。

エヴァンズは下を見た。ハーディが手にした黒いサイレンサー付きの拳銃に顔を狙われていた。

「釈然としようがしまいが、どうでもいいんです」とハーディが言った。

エヴァンズは水筒を取り落とした。コーヒーが床に飛び散った。彼は銃口が黄色く光るのを見た。見たのはそれだけだった。

Ⅳ　パズルの達人

あの筆跡が私を追いつめたのです。

ブルーノ・ハウプトマン
リンドバーグ嬰児誘拐事件の公
判における、証拠についての言及

30

その捜査官は若さゆえに、自分がＦＢＩ局員であるとの思いに舞いあがっている。だから大晦日の真夜中から朝八時まで、本部三階にある保安センターでの勤務を振られても苦にならなかった。

しかも同僚の捜査官ルイーズが、タイトなブルーのブラウスに黒のミニスカートという恰好でちょっかいを出してくる。

こいつ誘ってるな、と彼は思う。

たしかにルイーズはいま飼い猫の話をしている。しかしそのボディ・ランゲージは誘いとしか思えなかった。黒のブラが透けて見えるのもやはりメッセージだ。

捜査官は自分の分担である十台のテレビモニターから目を離さなかった。ルイーズはその左隣りで、同じく別の十台を受け持っていた。そこには本部内外に設置された六十台を超える防

犯カメラの映像が送られてきて、モニター画面は五秒ごとに切り換わっていく。彼が両親の住むチェサピーク・ベイの話をすると、黒いブラのルイーズはぼんやりうなずいていた。インターコムが鳴り響いた。

サムやラルフではないはずだ。三十分まえに交代したふたりの捜査官は入室用のカードを持っているので、用があれば勝手にはいってくる。

捜査官はインターコムのボタンを叩いた。「はい？」

「ハーディ刑事だ。特別区警察の」

「ハーディって誰だ？」彼はルイーズに訊ねた。

ルイーズは肩をすくめてモニターに目を戻した。

「はい？」

ひび割れた声が、「マーガレット・ルーカスと一緒に仕事をしてる」

「ああ、地下鉄銃撃事件の？」

「そうだ」

伝説の人物、マーガレット・ルーカス。保安捜査官は入局して日が浅かったが、いつの日かルーカスがＦＢＩ初の女性長官になることを知っている。彼は扉の開閉ボタンを押し、入口のほうに椅子を回した。

「ご用ですか？」

「道に迷ったらしい」とハーディは言った。

「たまにあるんですよ」彼は微笑した。「どちらへ？」

「文書研究室へ行きたいんだ。コーヒーを取りにいって迷子になった」

「文書研？　それなら七階です。左に出て。すぐわかります」

「ありがとう」

「何よ、これ？」ルイーズが突然声をあげた。「ねえ、何なの、これ？」

捜査官が目を向けると、ルイーズはボタンを叩いてヴィデオカメラのスキャンを停め、モニターの一台を指さした。この階の、ふたりがいるセンターからそう遠くない場所に、男が仰向けに倒れている。モニターは黒白だったが、男の頭から流れ出した血の海ははっきりと見えた。

「ひどい」とルイーズは言うと電話に手を伸ばした。「ラルフみたいよ」

ふたりの背後で鈍い炸裂音がした。ルイーズが引き攣《つ》ったように身体を起こすと、ブラウスの前身頃は鮮血で染まっていた。

「うっ」彼女は喘いだ。「なんで――？」

もう一発。銃弾は後頭部にあたって、彼女は前のめりに倒れた。

若い捜査官は両手を上げて扉のほうを向いた。「やめてくれ」と叫ぶ。

ハーディは穏やかな声で言った。「力を抜け」

「お願いだ！」

「力を抜け」ハーディはくりかえした。「二、三質問がある」

「殺さないでくれ。お願いだ――」

「で」ハーディはそっけなく言った。「おまえのコンピュータは保安チェックのソフトウェアを動かしてるんだな？」

「ぼくは——」

「質問に全部答えたら命を助けてやる」

「はい」彼は泣きだした。「保安チェックです」

「バージョンは？」

「6・0」

「じゃあ定期的にログインしないと、コード42がInter‐Govシステムに行くんだな？」

「そうです……ああ、どうか」彼は傍らの女に目をやった。その身体が二度痙攣した。コントロール・パネルに血があふれ出している。「助けて……」

ハーディはゆっくりと言葉を口にした。「おまえの勤務は、零時からなんだな？」

「どうか……」

「零時からなんだな？」ハーディは子供を諭す教師のようにくりかえした。

捜査官はうなずいた。

「最初のログインの時間は？」

捜査官は泣きじゃくっていた。「十二時二十一分」

「そのつぎのログインはいつだ？」

「一時〇七分」

ハーディは壁の時計を見てうなずいた。

恐怖に満ちた声で、若い捜査官はつづけた。「休日には、間隔をだんだん開けていくパターンなので、二回目のログインのあとは――」

「それで十分だ」とハーディは捜査官を安心させると、その頭に二発を撃ちこみ、扉の開閉ボタンを押した。


レン・ハーディ刑事という虚構の人物ではなく、本当の名をエドワード・フィールディングというその男はエレベーターに向かった。

警報が自動的に鳴りだす一時七分まで。

時間はたっぷりある。

建物に人気はなかったが、フィールディングは本来歩くべき姿で歩いた。切迫ではなく、あくまで没頭している雰囲気をただよわせる。そうすれば万が一捜査官と出くわしても、むこうはこっちの様子を見て、大事な用件を抱えているにちがいないと干渉を控えるはずなのだ。

彼は深呼吸して、研究所や事務所や死体保管所の匂いを胸一杯に吸いこんだ。こうしてFBI本部の廊下に――法執行の世界の中心にいると思うと、ねじれたスリルを感じる。一年まえ、〈ディガー〉はしきりとハートフォードの美術館へ行きたいと言った。フィールディングはその希望を認めたのだが、狂った男はドレの描いた『神曲』の挿絵の前に一時間も立っていた。

ダンテとウェルギリウスが地獄に降りていこうとする場面。いまのフィールディングの気分は、まさしく黄泉《よみ》への旅立ちといったところである。

彼は廊下を歩きながら、無言でチームの仲間に語りかけた。ちがうんだ、ルーカス捜査官にパーカー・キンケイドにドクター・ジョン・エヴァンズ……おれの動機は色褪せた政治やテロリズムのためにする復讐じゃない。社会の不正を暴くつもりはない。ましてや欲でもない。二千万ドル？　本気でやるならその十倍を要求する。

ああ、要するにおれの動機は完全だ。

完全犯罪などという発想は、たしかに月並みなものだった。しかしフィールディングは、脅迫状に使う言葉と文章を探して言語学を学んだ際に、興味深い事実を知った。『アメリカ言語学ジャーナル』に、ある学者——言語の専門家——がこんな記事を書いていた。いわく、本格的に物を書く人間は月並みを避けろと教えられるが、月並みには価値がある。なぜなら普遍的に理解される言葉のなかにこそ根本的真実が描かれるからだと。

完全犯罪。

フィールディングの聖杯である。

完全……それが彼を酔わせる。完全がすべてなのだ——シャツにアイロンをかけるときも、靴を磨くときも、耳の毛の手入れをするときも、犯罪を練るときも実行するときも。

もしフィールディングに法律の才があったなら、有罪が動かしがたい依頼人のために完璧な弁護を披露しようと精魂かたむけるだろう。アウトドアへの渇望があれば、山登りに関するすべてを身につけて、エヴェレスト単独登頂を完璧に成功させるだろう。

だがそんな行動には興奮しない。

犯罪だけだった。

生まれながらに道徳意識が欠損していたのは、単にめぐりあわせなのだと思っている。男が禿げたり、猫に指が六本あったりするのと同じように。これは天性であって養成されたものではない。両親は愛情深く、頼り甲斐のある人たちだった。ただ鈍感であったのが唯一の罪である。フィールディングの父はハートフォードの保険会社の重役、母は専業主婦で、息子は愛に飢えたり虐待を受けたりという経験はしていない。ただ小さなころから、法律とは肌が合わないと信じこんでいた。まるで意味がわからなかったのだ。人はなぜ自分自身を抑えつけなければならないのか、欲望と心の赴くままに行動してはいけないのかと考えてばかりいた。

やがて何年かして、フィールディングは自分が犯罪者的人格、つまり典型的な社会病質者《ソシオパス》として生を享けたのだと悟った。

セント・メリーズ・ハイスクールで代数や微積分や生物を勉強するかたわら、彼は天職に精を出すようになった。

ただしこの時期には、修業につきものの浮き沈みも味わっている。

片思いした女の子のボーイフレンドに火をつけ、青少年拘置所に入れられた（車は三、四ブロック離れた場所に駐めろという教訓）。

ふたりの警官に襲われ死にそうな目に遭った。これは警官たちがパトロールカーのなかで女装して、ブロウ・ジョブに耽るところを写真に撮って強請《ゆす》ったからだった(腕っ節の強いやつを仲間に引き入れろという教訓)。牛にボツリヌス中毒と似た症状を起こさせる酵素を食わせて、大手缶詰会社を脅迫することに成功した(だが金は回収しなかった)。現金を安全に受け取る方法を編み出せなかった)。何事も経験なのだ……

大学はおもしろくなかった。ベニントンの学生は金を持っていたが、寮のドアを開けっぱなしにしておくような連中で、盗むにしてもやりがいがないのである。ときに女子学生に対する暴行を楽しむことはあった。相手がまったく予期していない状況でレイプするのが醍醐味だった。だがフィールディングの欲望の対象はセックスではなく、あくまでゲーム自体にあった。三年生になると、彼は自ら〝きれいな犯罪〟と呼ぶ強盗の類に熱中して、レイプのような〝汚い犯罪〟には手をつけなくなった。心理学の学位を取って〈ベン&ジェリー〉の故郷から脱け出し、身につけた技巧を実践できる現実世界へ羽ばたくことを真剣に夢見ていた。

それからの十年、フィールディングは故郷のコネティカットに戻って腕に磨きをかけた。強盗が大半だった。入金あてこみ小切手振出しとか証券詐欺などの商業犯罪は、書類から尻尾をつかまれるおそれがあるので手を出さなかった。ドラッグやハイジャックは単独では実行不可能なのでやらなかった。信頼のおける人間と出会っていなかったのである。

二十七歳で初めて人を殺した。

彼らしからぬ、チャンスに乗じた、衝動的な犯罪だった。ハートフォード郊外にあるショッピング・モールのコーヒーショップでカプチーノを喫していたフィールディングは、ひとりの女が包みを手に宝石店から出てくるのを目にした。その女の歩き方にぴんときた——包みをしきりと気にするそぶりは、非常に高価なものを持っていると告白しているようなものだった。彼は車で女を尾行した。人通りのなくなったところで煽って、車を停めさせた。怯えた女はバッグを差し出して命乞いをした。

女のシェヴィの傍らに立ったフィールディングは、ふと自分がマスクをかぶっていないこと、車のプレートを換えていないことに気づいた。たぶん潜在意識のなかに、わざとしくじって人を殺してみたいという思いがあったのだろう。彼はグラヴ・コンパートメントに手を伸ばして銃を取ると、女が悲鳴をあげる間もなく二発を撃った。

そして何食わぬ顔で〈ジュース&ジャヴァ〉に戻り、カプチーノをお代わりしたのだった。皮肉なことに、犯罪者の多くは殺人を犯さない。人を殺すと捕まる可能性が高くなると考えるからだ。現実には、殺したほうが逃げ切る可能性が高くなる。

しかし警察もたいしたもので、フィールディングも何度か逮捕されている。そんな場合でも無罪放免となったが、ひとつ例外があった。フロリダで武装強盗をやって拘束されたときには、明らかに不利な証拠が出てきた。だが彼は有能な弁護士を雇い、精神病院での治療を条件に刑を軽くすることに成功した。

服役を恐れていたフィールディングだったが、蓋を開けてみると、あっという間の二年間だった。デイド市立精神衛生施設で、彼は犯罪を味わうことができた。匂いを嗅ぐこともできた。

そこに収監された服役囚のほとんどとは言わないが、多くは弁護士が抜け目なく展開した心神喪失の弁護によって救われた者たちだった。馬鹿な連中は監獄へ行き、賢い連中が病院にはいる。

二年後、医療審査会の前に模範囚として登場したフィールディングはコネティカットに舞い戻った。

その後に就いた仕事が、心神喪失者を収容するハートフォードの病院の看護助手だった。彼はそこでデヴィッド・ヒューズという魅惑的な生き物と出会う。どうやらその男は、クリスマスの日に嫉妬に駆られ妻を刺し殺すまでは、ごくまともな人間だったらしい。痴情のもつれで相手を刺すというのはありふれた話だが、フィールディングの興味をそそったのは、旦那が妻のパメラの肺に深傷を負わせたあとのことである。パメラはクローゼットに走って拳銃を手にし、絶命寸前にヒューズの頭を撃った。

神経学的に、ヒューズの頭蓋の内で実際何が起きたのかはわからない。だがおそらくは、手術後に目を覚ましたヒューズが最初に看護助手を見たのが原因で、ふたりの間に奇妙な絆ができあがったのだ。ヒューズはフィールディングの頼みを何でも素直に聞いた。コーヒーを淹れたり、掃除を代わってくれたり、シャツのアイロンがけも料理もやった。やがてヒューズがやってくれるのは、日常の雑事だけではないとわかってきた。それはある晩のことである。フィールディングは夜勤の看護婦だったルース・ミラーの股間をまさぐった。彼女はフィールディングの手を振りほどくと、「報告するからね、このくそったれ」と言った。

不安になったフィールディングはヒューズに愚痴をこぼした。「あのルース・ミラー。誰かあの雌犬を殺してくれないかな」

するとヒューズは言ったのだ、「うーん、いいね」と。

「えっ？」フィールディングは訊きかえした。

「うーん、いいね」

「おまえが殺してくれるのか？」

「うん……そうだね」

フィールディングは彼を病院の庭に連れ出した。長々と話をした。

翌日、フィールディングの席に血まみれのヒューズが現われた。ガラスの破片を持ったまま、スープが欲しいと言った。

フィールディングは男の血を拭きながら、殺人の時と場所、事後の行動について指示が足りなかったのだと反省した。ヒューズは素直すぎて、細かいことには関心を払わないのだと。そこで彼は病院を脱け出す方法と、知的障害をもつ患者と午後の密会をするために借りていた、近くの小屋までの行き方をヒューズに説明した。

男を利用する最高の方法を思いついたのがその晩である。

ハートフォード、ボストン、ホワイト・プレーンズ、フィリー。完全犯罪。

そしてワシントン。

今回はほぼ完全犯罪だと考えている（パーカー・キンケイドのような言語学者だと、些細な変更にも目くじらを立てるのだろうが）。

この六カ月は日に十八時間を費やして計画を練った。市警の調査統計部の若い刑事ハーディを装い、FBIの防犯態勢にすこしずつ穴を開けていった。（この偽名を使ったのは、名前が人にあたえる印象というものを研究した結果、〝レナード〟は脅威を感じさせず、〝ハーディ〟は忠実な同志のイメージを喚起すると知ったからである）

まずFBIコロンビア特別区支局に浸透したのは、そこが市内で起きる重大犯罪に対して管轄権を持っていたからだった。彼は主任特別捜査官のロン・コーエンや部下たちと顔見知りになり、コーエンの休暇中に重大事件が起きれば、かわりに下っ端の人間が——最近流行の表現を使うと——〝仕切る〟ことになると知った。この下っ端こそがマーガレット・ルーカスであり、フィールディングは捜査局本体だけでなく、彼女の人生にも容赦なく立ち入っていった。

報告書の作成を騙《かた》って、大部の犯罪統計をコピーすると会議室に居座ったり、自動販売機や休憩室へ行く途中に内部連絡票や電話帳、個人情報や組織のマニュアルに目を通したりした。自宅やグレイヴズエンドの隠れ家ではインターネットを駆使して、政府の施設や警察の規定、保安システムについて知識を得た（そう、パーカーの言ったとおり、外国の方言についてもだ）。

またFBI本部で仕事をしたインテリア・デザイナー、GSA（共通役務庁）、前職員、外部の請負業者、防犯の専門家などに電話をかけては、どうでもいい質問をしたり、嘘の懇親会の話をしたり、架空の送り状のことで議論を吹っかけたりした。会話のなかから、本部内のレイアウト、休日の人員配備、出入口などに関して重要な事実をひとつでも引き出していくわけである。このやり方で本部の防犯カメラの大まかな位置、警備の人数と配置、通信システムを把握することができた。

看板にうってつけの男を見つけるには一月を要した。ギルバート・ハヴェルは前科もふくめ、過去の記録がないに等しい浮浪者だった。愚直な男は、フィールディングのような切れ者が仲間を求めていると思いこんだ。捨て石にふさわしい。

困難な仕事だった。だが完全を求めるには根気が必要なのだ。

こうしてけさ、〈ディガー〉が地下鉄で銃を乱射すると、フィールディングはＦＢＩに現われ、手を貸したいと望んでもお荷物扱いされることに憤慨してみせた。他の捜査官なら市警本部に二重、三重の確認を入れたはずなのだが、子供のいない哀れな未亡人、マーガレット・ルーカスはそれをしなかった。なぜなら相手がレン・ハーディ、彼女が五年間苦しんできたのと同じ境遇をかこち、いずれは子供のいない男やもめになろうという男だったからだ。

当然ルーカスは疑いもなく、彼を群れに受け入れた。

ひとりとして疑念を挟む者はいなかった。

計算どおり。

なぜならエドワード・フィールディングは、この凶悪犯罪が科学者の分野であると知っていたのである。犯罪者の心をプロファイリングする心理学者ですら、その獲物を分類する際には固定観念にとらわれる。生身の人間である犯人自身のことを見落としてしまう。そう、未詳は死んだと信じこんでいる捜査官たちは脅迫状、言語学、筆跡、微細証拠物件、コンピュータ・プログラムと高度な装置にばかり目をやって、本当の黒幕がまさしく三フィートの先に立っているとは夢にも思うまい。

フィールディングはエレベーターの前まで来た。扉が開くと乗りこんだ。が、文書研究室がある七階のボタンは押さない。1Bを押した。

エレベーターは降下していった。

FBIの証拠室は、国内随一の規模をもつ証拠物件の保管施設である。二十四時間態勢で基本的に二名のスタッフが常駐していて、捜査官が証拠にログインするのに手を貸したり、ときには重たい物件を一緒にロッカーまで運んだりする。また押収された車やトラック、トレイラーで運搬されてきたボートを隣接した倉庫に格納することもあった。けれども今夜は、副長官とマーガレット・ルーカスの合意のうえで捜査官三名が任務にあたっている。特別に価値ある証拠物件が金庫に一時保管されているせいだった。

だが休日ということもあって、二名の男性と一名の女性はのんびり構えている。受付の窓のところに集まり、コーヒーを飲みながらバスケットボールの話に興じていた。男はふたりとも窓に背を向けた恰好だった。

「おれはロッドマンが好きだね」とひとりが言った。

「冗談だろう」もうひとりが答える。

「やあ」エドワード・フィールディングは近づいていく。

「あら、モールに現われたあの男の話は聞いてる？」と女性の捜査官が訊ねた。

「いや」フィールディングは彼女の頭を撃った。

ふたりの男も武器に手を伸ばそうとして死んだ。ひとりはホルスターからＳＩＧ／ザウエルを抜き出していた。

フィールディングは窓から手を差し入れ、扉のロックを解除した。

防犯カメラは窓、棚、金庫に八台が設置されていた。しかし画像が送られる先の三階の保安センターには、生きて完全犯罪の全貌を目にする者はいない。

フィールディングは死んだ女のベルトから鍵束を取り、金庫を開いた。20×30フィートの広いスペースには、捜査官が犯罪者から取りあげた麻薬や現金が収められている。数カ月におよぶ研究のなかでフィールディングは、検察側には、麻薬犯罪ないし誘拐事件等で押収された現金を陪審に示す義務があると知った。これが身代金がこの場所に保管されていると考える理由のひとつだった。もうひとつの理由はケネディ市長である。フィールディングのプロファイリングによると、市長は〈ディガー〉のほうから身代金要求があった場合に備え、現金を確保しておきたいと考えるはずだった。

ご覧のとおり、金だ。

完全……

緑の帆布製の大きなバッグが二個。それぞれの肩紐から赤いタグが下がっている。**連邦証拠**

物件　持出し厳禁。

フィールディングは時計を見た。〈ディガー〉との大立ちまわりの後、ケイジ、キンケイドらがモールから戻るまであと二十分と踏んだ。

時間はたっぷりある。すばやく行動すれば。

バッグのジッパーを開け――施錠されていなかった――現金を床に放り出す。バッグに追跡装置が仕掛けられていることは予想していた。だが包装紙のほうはトーブ・ゲラーに聞いて初めて知った。では紙幣一枚一枚にも仕掛けはあるのか。たぶんないだろう。ゲラーは何も言っていなかった。しかし念のため、フィールディングはポケットから銀色の小さな道具を取り出した。トランス－ディテクトという、可視光線から赤外線、ラジオ波にいたるまで、あらゆる波長の信号を洩らさず感知するセンサーである。彼は札束をなぞるようにそれを動かしていった。ＦＢＩの技師は一枚の紙幣にまで送信機を仕込んでいるのか。反応はなかった。

フィールディングはもはや必要のないセンサーを投げ捨て、シャツの下からシルクのバックパックを引き出す。パラシュート素材を使って自分で縫ったものだ。そこに金を詰めはじめた。

要求した二千万ドルはこの犯罪に見合った額であり、ヴェトナム戦争に対する復讐という壮大な動機にも信憑性がくわわる。しかしフィールディングが運べるのは四百万ドルにすぎない。四百万ドルは重さにして七十二ポンド。もともと運動は苦手なほうなので、こちらに来てから六週間、現金を運ぶ体力をつけるためメリーランドのベセズダにあるヘルスクラブに通った。

むろん百ドル紙幣は足がつきやすい（スキャナーとコンピュータのせいで、紙幣の流通をたどる作業は容易になった）。だがフィールディングはその点も考慮していた。これから数日滞在する予定のブラジルでは、跡をたどることのできる四百万ドルの現金が、跡をたどれない三百二十万ドル分の金になる。それがさらに、跡をたどれない米ドルと欧州ドルで三百二十万ドルとなる。

数年もすれば、これがミューチュアル・ファンドと利率のおかげで、ふたたび四百万、あるいはそれ以上にまで殖えるだろう。

金を残していくことに後悔はなかった。犯罪は欲ではなく、技巧を追求しなければならない。

フィールディングは現金を詰め終えたバッグを肩に担いだ。

ふらつきながら廊下に出て、エレベーターに向かった。

玄関に立つ警備の人間、途中で出くわしたチームのメンバーも殺さなくてはならない。トーブ・ゲラーは帰宅したはずだが、ルーカスはまだこのビルにいる。死んでもらうほかないだろう。状況がちがえば殺す必要もなかった——本当の正体も本当の潜伏場所も、注意に注意を払って隠しとおしてきたのである。だが捜査官たちの能力は予想をはるかに超えていた。まさか連中がグレイヴズエンドのアジトを発見するとは……これには心底怯えた。思いも寄らない事態だった。さいわい警察の聞き込みでギルバート・ハヴェルの写真を見せられた地元の住民が、アジトに頻繁に出入りしていた彼を部屋の借り主と勘違いしたことで、ハヴェルが犯罪の黒幕という捜査官たちの思い込みを補強するかたちにはなったのだが。

また第二の標的〈リッツィ・レディ〉も、あやうくつきとめられるところだった……文書研究室のコンピュータが、アジトにあったメモの断片を組み合わせているときには生きた心地がしなかった。ここしかないというタイミングで、「リッツ！ リッツ・カールトンじゃないのか？」と叫ぶと、捜査官たちの思考は停止して解答は封印された。あそこから他のあらゆる可能性を検討するのはまず不可能だ。

パズルはそうやって解くんだろう、パーカー？

で、そのパーカーは？

あまりに賢く、生かしておくにはあまりに危険すぎる。

人のいない廊下を歩きながら、フィールディングは考えていた。自分が完全な犯罪者なら、キンケイドは完全な探偵なのだ。

完全に敵対する者同士が出会ったらどうなる？

だがこれは修辞的な疑問であってパズルではない。答えようとするだけ時間の無駄だ。彼はエレベーターの〈上〉のボタンを押した。

31

マーガレット・ルーカスは文書研究室の扉を開いた。

室内を覗く。「ドクター・エヴァンズ？　いますか？」

返事はなかった。

どこに行ったのかしら。

ルーカスは検査用テーブルの前で立ち止まり、脅迫状を見おろした。

終わりは夜だ。

人はこうした間違いはしないとパーカー・キンケイドは言ったけれど、そうとも言えないんじゃないかしら。

ある面、終わりは夜なのだ。闇と眠りと平和と。

夜よ、私を連れ去って。闇よ、私を連れ去って……

義理の母から、トムとジョーイが事故で死んだと聞かされたとき、彼女はそんなことを考えていた。ベッドに横になり、風が唸るような十一月のその夜、いいえ二日後、それとも三日後――記憶がごっちゃになっている――ひとり横たわって息もできず、泣けもしなかった。ただ思っていた。夜よ、私を連れ去って。夜よ、おねがい、私を連れ去って。私を連れ去って……

ルーカスは検査用テーブルに身を乗り出した。ブロンドの髪が前に落ちて、ちょうど馬の目隠しのようになる。脅迫状の言葉を、乱暴に綴られた文字の連なりを眺める。彼女はキンケイドの姿を思いだしていた。文書を見据えながら、まるで生きている容疑者を尋問するかのように唇をかすかに動かしていた。

終わりは夜だ。

頭を振り、変に悟りきった気分を追い出すと、ルーカスは研究室を後にした。

彼女はエレベーターに向かった。きっとエヴァンズは警備室で待っているのだろう。昇ってくるエレベーターの表示灯をぼんやり見つめた。

人のいない廊下に、夜のビルがたてる小さな音が聞こえてくる。ルーカスは本部とは数ブロック離れた、市庁舎に近い支局に勤務しているので、ここへはあまり来ない。本部は好きになれなかった。大きすぎるのだ。しかも今夜は暗く薄気味悪い感じがする。マーガレット・ルーカスを気味悪がらせるのは簡単なことではない。そういえば、キンケイドが研究室のスクリーンに脅迫状を映し出したときにも思ったのだ。幽霊みたいだと。

いまはもっとたくさんの幽霊を感じる。この廊下に。任務中に命を落とした捜査官たちの幽霊。ここで捜査した犯罪の犠牲者たちの幽霊。

私に憑いている幽霊は？　と彼女は思う。でも彼らはいつも私と一緒にいる。夫と息子。離れることはない。離れてほしいとも思わない。とりかえっ子にはジャッキー・ルーカスを思いださせるものが必要だった。

ルーカスはふと足もとに目を落とした。エレベーターの正面の床に黒い染みができている。何かしら。コーヒーの酸っぱい匂いがした。

エレベーターのランプが瞬き、チャイムが鳴った。扉が開く。誰かが降りてきた。

「ああ」ルーカスは言った。「あなたにニュースがあるのよ」

「どうも、マーガレット」スーザン・ナンスがファイルの束を取り落としそうになって言った。「どうかしました？」

「彼に引導を渡したわ。モールでね」

「地下鉄の犯人？」

「そう」

スーザンは親指を立てた。「やりましたね。じゃあ、ハッピー・ニューイヤーですね」

「あなたも」

ルーカスはエレベーターに乗って一階に降りた。

局員用出入口にある警備室へ行くと、アーティが顔を上げて楽しげにうなずいた。

「ドクター・エヴァンズは外出したかしら」

「いえ。見てませんけど」

ルーカスはここで医師を待つつもりで、座り心地のいいロビーの椅子に腰をおろした。沈みこんだといったほうがいい。疲れがどっと押し寄せてきた。家に帰りたい。女のひとり暮しは寂しいだろうにと、陰でこそこそ言う連中がいるのは知っている。でも寂しいことなど何もない。家という子宮に戻るほうが、ガールフレンドとバーで飲んだり、ワシントンには掃いて捨てるほどいる、好もしくも退屈な男とデートするよりずっとましだった。

家……

これから書かねばならないMETSHOOTの報告書のことを考える。

パーカー・キンケイドのこと。

集中して、と彼女は自分に言い聞かせる。

そして、もう集中しなくてもいいのだと思いなおした。

彼のことは？　そう、彼は私をデートに誘いたがっていた。そうしたがっているのがわかった。

だが断わることに決めていた。彼はハンサムで力強く、子供と家庭に愛情を注いでいる。心は惹かれていた。でも自分が毒ガスのように発散しているはずの悲しみを、彼に負わせることはできない。

ジャッキー・ルーカスなら、キンケイドのような男とのチャンスもあったかもしれない。けれどもマーガレットのようなとりかえっ子にはありえないのだ。

アーティが読んでいた新聞から目を上げた。「ああ、忘れてた——ハッピー・ニューイヤー、ルーカス捜査官」

「ハッピー・ニューイヤー、アーティ」

黒焦げとなった〈ディガー〉が強烈な悪臭を発して、消防車は火が移ったサクラの木々に泡をかけている。パーカーとケイジは、燃えたバスを遠巻きにする群衆に混じって立っていた。

〈ディガー〉は行った。さようなら。

ドクター・スースの一節が、この著者の生みだした奇怪な生き物のように頭のなかを闊歩《かっぽ》する。

パーカーは疲労とアドレナリンのカクテルに興奮する自分を戒めた。

彼は〝誰かさんたち〟に電話をして、三十分で帰ると約束した。ロビーは真夜中に気笛が鳴ってブラッドリー一家が目を覚まし、近所で騒ぎになったのだと言った。ステフィは庭でやった花火のことを、おかしな形容詞を使いながら一気にまくしたてた。

「愛してるよ、誰かさん。すぐに帰るからね」

「あたしも愛してるわ、パパ」娘が言った。「お友達の具合はどう？」

「元気になりそうだよ」

ＰＥＲＴの証拠技師と話しているケイジを置いて、パーカーは煙の風下に移動していった。

不快だった――タイヤのゴムが焼けた臭いよりもひどい。その正体を知っているパーカーは、灰になりかけた〈ディガー〉の死体の香を吸っているとの思いに吐き気を催した。

焼け焦げていく病人《サイコ》を前にして、パーカーは、かつてない夜の締めくくりに……だが、こんなときにも日常がクロッカスのように芽を突き出してくる。ミセス・キャヴァノーに払う金を持ちあわせていない。ポケットを叩いて見つけたのはわずかな紙幣。二十二ドル。足りない。帰りにATMに寄らなくては。

紙幣の間に紙切れが挟まっていた。未詳の燃えた黄色のメモから写し取ったものである。最後のふたつの標的が書かれていた紙は、トーブ・ゲラーが炎につつまれた隠れ家から持ち出してきたのだった。

……二マイル南。R……

……おまえに見せた場所――黒い……

「何だ?」痛めた脇腹をさすりながらケイジが言った。

「記念品だ」パーカーはその文字を見つめた。「ただの記念品だ」

エドワード・フィールディングは廊下のはずれで足を止め、担いだ金の重さに息をついた。三十フィート離れた受付のあたりに、マーガレット・ルーカスの短いブロンドの髪が見えた。

その先に新聞を読んでいる警備の人間がいる。廊下の明かりは消えているので、ふたりがこっちを見ても正体まではさとられまい。

金を背負いなおすと、フィールディングは右手に銃をつかんで歩きだした。革底の靴がタイルに低い音をたてる。ルーカスは別のほうを向いていた。彼女の頭に一発。警備員は顔を上げたところを殺す。

それで目標達成だ。

靴音をひびかせて。

射程距離に近づいた。

完璧だ。

32

マーガレット・ルーカスはロビーに飾られたクリスマスツリーを見つめながら、猫のように伸びをした。

背後の廊下を近づいてくる足音を漫然と耳にしていた。

二週間まえ、ここの通路には、捜査官と職員でホームレスの家族に贈ることにしたプレゼントが山積みになっていた。ルーカスはおもちゃを配る役をやるはずだったのだが、ぎりぎりになってキャンセルして、クリスマスの日はふたりの白人が黒人男性を殺した事件を追って十二時間働いた。

足音……

いまになって、キャンセルしなければよかったと悔やんでいる。そのときは〝大事な〞仕事があるのに、おもちゃを配ってなどいられないと判断した。けれども本心は、休日に子供たち

の顔を見るのがつらかった。マナサス・パークで銃を振りまわす白人のもとへ乗りこむほうがよほど気が楽だった。

意気地なし、とつぶやいた。

足音はつづいている……

彼女は窓外を眺めた。モールからの人の波。思いは〈ディガー〉のことに行き着く。銃撃戦のこと、誰が〈ディガー〉を射殺したのかと考える。いままでに撃ち合いは二度経験していたが、混乱した記憶ばかりが残っている。映画とはまったくちがった。スローモーションの感覚なんてない――現実の銃撃戦は、怖気《おぞけ》立つ混沌のなかで訳もわからず過ぎていく五秒間、というだけだった。

そのあとの記憶は鮮明に甦ってくる。負傷者を助けたり、死者を運んだりしたことは。

カツン……カツン……

電話がけたたましく鳴った。

ルーカスは電話を受けるアーティのごま塩頭をぼんやりと見つめた。

「受付です……ああ、ご苦労さま、ケイジ捜査官」

アーティの顔が曇った。まずルーカスを見てから、その先に視線を投げる。目が見開かれた。

「なに、ハーディ刑事？……彼が何です？　どういうことですか……でも、いまここに、えっ――何だって」

アーティは電話を落とし、銃を手探りした。

足音のテンポがいきなりあがる……

ルーカスはそれを聞いて、攻撃されると直感でさとった。彼女が身を投げ出すと同時に、サイレンサー付きの拳銃から発射された弾丸がカウチを貫き、その模造革と詰め物を切り裂いた。彼女は後ろを振り返りながら、鉢植えの裏にまわりこんだ。

なぜ……信じられない！　ハーディが。

アーティが銃を撃ちながら叫ぶ。「あいつだ！　あいつが犯人だ！　あいつが……うっ。う……」アーティは自分の胸を見た。弾があたっていた。彼は膝から崩れ、デスクのむこうに倒れた。

また一発がカウチの背を貫通して、ルーカスの頭をかすめた。彼女は以前から捜査官たちに馬鹿にされていた、貧相なヤシの木の陰に隠れた。弾がクロムの鉢に跳ねて凄まじい音をたてる。

ルーカスはオートマティックを手にした。なぜこんなことになるのか、あの男はいったい誰なのか。顔を上げて標的を探そうとすると、弾丸が厚い緑の葉を抜けてくる。彼女は左手の壁際に転がり、もう一度標的を求めた。瞬時にハーディの背景を確認すると、つづけて三発を放った。

十ミリ口径の重い銃弾は的をはずれ、壁に巨大な穴を掘った。ハーディは二発撃ってから廊下の奥に消えた。

ルーカスは壁に貼りつくように廊下を走った。

足音が聞こえなくなった。

廊下の反対側から声がした。「どうした？　どうしたんだ！」

廊下のどこかでドアの閉まる音。

ルーカスは一瞬、そちらに顔を覗かせた。廊下の端に男の影が見えた。彼女は腹這いになり、銃を構えて叫んだ。「FBI！　名乗らないと撃つわ！」

「テッド・ヤン」と男は言った。「ソフトウェア分析の」

ルーカスはその男を知っていた。ゲラーの友人の捜査官だった。素晴らしい。掩護はコンピュータおたくってわけ。

「ひとり？」ルーカスは叫ぶ。

「その――」

沈黙。

「テッド？」

「いや。こっちはふたりだ……スーザン・ナンスが一緒にいる」

ナンスの声はかすれていた。「マーガレット、保安のルイーズが殺されたの！　トニー・フェルプスも」

どうして。何があったの？

テッドが言った。「こっちはいま――」

「わかったから黙って」ルーカスは吠えた。「そこから離れないで。誰かそこを通った？」

「いいや。通ったらこっちで見つけてる。廊下でドアが閉まる音が聞こえた。われわれの間にいるはずだ」

「掩護して」

ルーカスは背後に目を配りながら警備室に走った。アーティは意識を失っていたが、出血はひどくない。受話器を取ると、すでにケイジとの回線は切れていた。彼女は911を呼び出し、司法省の捜査官を名乗るとFBI本部でコード42と告げた。

自分の知るかぎり、こんなことは初めてだとルーカスは思った。局の歴史はじまって以来だろう。本部が襲撃されたと伝えたのである。これから先もジョークとして語り継がれるのだ——42を通報するのは、大失態を演じたという意味だった。

「武器は？」ルーカスは叫んだ。

「支給品」とテッド。「ふたりとも」

つまり支給されたグロックかSIG／ザウエルを持っているということだった。MP－5マシンガンがあれば、とルーカスは思う。トラックに積んだままになっている。だが取りにいきたくてもその暇はない。

彼女は無人の廊下を凝視した。

全部でドアは八つ。五つは右側、三つが左側にある。

彼はそのどれかに隠れている。

あなたへのパズルよ、パーカー。私たちのユダに通じるドアはどれ？

三羽のタカが農夫のニワトリを狙っていた……。

銃を構えて進んでいくと、廊下の反対の端に捜査官たちの影が見えた。ルーカスはふたりに隠れろと手で合図した。このままだと、もしもハーディがドアから姿を現わした場合、標的の背後にテッドとナンスが立つ恰好となってしまう。逆にふたりのほうも同じ問題を抱え、ルーカスに命中するのを恐れて発砲を躊躇することになりかねない。ルーカスは挟撃のメリットを捨て、ハーディが飛び出してきたら自在に撃てる状況を選択したのだった。

ルーカスは廊下を歩いていった。

どのドアなの？

考えて……さあ！　考えるのよ！

ハーディにいくらかでも方向感覚があるなら、右側の五つの部屋が外に面していることはわかるはずだ。左側を選べば、ビル内に閉じこめられる危険が出てくる。

つまり候補はまず右側に絞るべきだ。

その五つのドアのうち、ふたつには〈レセプション〉の表示があった。これはツィスマンを通した部屋と同様、取調室の婉曲表現である。ハーディはFBIに応接室があることを怪しんで、何か防犯設備が施され、外からは遮断されていると考えるかもしれない。実際、そこには外への出口はない。窓のない部屋だった。

中央のドアは〈メインテナンス〉とある。ルーカスもその内部は知らなかったが、おそらく清掃用の物置でほかに出口はないはずだった。ハーディも同じ推理をするだろう。

残ったふたつのドア。どちらも表示はなかったが、ルーカスは、そこが臨時に雇ったワープロ・オペレーターの小さなオフィスになっていることを知っていた。二部屋とも通りに面して窓がある。ひとつはいちばん手前、ひとつはテッドとナンスにもっとも近い位置だった。

でも急ぐ必要はあるの？　ルーカスは自身に問いかけた。掩護を待てばいい。

しかしハーディはいまにも窓を破って逃亡するかもしれないのだ。男を逃がすような真似はしたくない。

どっちなの？

ルーカスは決断した。ロビーにいちばん近いドアだ。それが理にかなっている。追われているハーディが身を隠すのに、廊下を三、四十フィートも走るはずがない。

決断したら、ほかの選択肢はもう顧みない。

答えがわかればパズルは簡単なものだ。人生と同じじゃないか？

彼女はノブを回した。だがドアは施錠されていた。

普段から鍵がかかっているのだろうか。それとも内側からかけたのか。

そう、彼がかけたのよ。彼はここにいる。ほかにどこへ行くというの？　ルーカスは警備室に走り、アーティのベルトから鍵束を取って戻った。鍵をそっと鍵穴に滑りこませた。

静かに回す。

カチッと驚くほどの音がした。

ここにいる！　と宣言しているようなものだった。

一、二……

息をぐっと吸いこむ。

夫と息子のことを考える。

あいしてるママ！

ドアを押し開けた。

しゃがんで武器を構え、グロックのまっすぐな引金に力をかける……

いない……

彼はいなかった。

待って……机は……隠れられる唯一の場所。

裏にまわりこんで銃を上げる。

いない。

間違っていた。彼はいちばん奥のドアをはいったのだ。

と、目の隅に動きが見えた。

廊下を隔てた正面のドア——そこも〈メインテナンス〉の表示がある——がわずかに開いた。

サイレンサーの先がこちらを向いた。

「マーガレット！」廊下の端からスーザン・ナンスが叫んだ。そして、「動くな！」

ルーカスが床に身を投げたところで、ハーディが二発を撃った。

しかし彼はルーカスを狙ったのではなかった。窓ガラスに向けて放たれた銃弾はガラスを粉々にした。

ナンスがつづけざまに三発撃ったが、ハーディは背中のナップサックに足を取られながら廊下に出ると、ルーカスのしゃがんでいる部屋へと駆けこんだ。ナンスの弾ははずれていた。ハーディは銃を乱射してルーカスを釘づけにした。ルーカスは床を転がった。弾が机に跳ねる甲高い音が響くなか、ハーディはガラスのなくなった窓枠から九番通りに沿ったデッキに飛び出した。そしてフェンスを越えて地面に降り立った。ルーカスの応射もはずれた。

彼女は立ちあがって窓辺に走った。

すべてを理解した。ハーディは窓側のドアがロックされていることを知った。そこで裏をかいて反対側の倉庫に潜んだ――彼女が窓側を選んで、鍵を開けると読んでいたのである。ハーディにまんまと利用されたのだ。

完全に判断を誤った。

農夫は左側のタカを狙って撃ち殺した……

デッキに散乱したガラスを踏みしめて通りを見渡すと、すでにハーディの姿は消えていた。

弾が跳ねて飛ぶことはなかった……

目にはいるのは花火見物から引きあげてくる人々だけだった。銃を手に、ガラスの割れた窓を背景にたたずむ美しいブロンドの女を、誰もが驚いたように見あげていた。

さて屋根にいるタカの数は？……

33

　パーカーとケイジは文書研究室に戻っている。今度は副長官も一緒だった。

「死者六名」と副長官がつぶやいた。「なんてことだ。本部のなかで」

　ドクター・ジョン・エヴァンズは顔面を二発撃たれ、七階の物置で発見された。アーティは重傷だったが命はとりとめた。

「いったい何者なんだ？」副長官は強い調子で訊いた。

　ハーディを装っていた男は方々に指紋を残しており、現在はＡＦＩＳで照合中である。男の指紋が全国どこかで登録されていれば、やがて正体は判明するはずだった。

　ルーカスがはいってきた。血が点々とついた頬を見て、パーカーは驚いた。

「大丈夫か？」

「アーティのよ」血に向けられた彼の視線に気づくと、ルーカスは低い声で言った。「私のじ

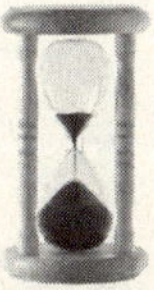

ゃないわ」彼女はパーカーとケイジを見た。その瞳は石ではなくなっていたが、しかし何に変わったのかははっきりしない。「どうしてわかったの？」

ケイジはパーカーに流し目をくれた。「見破ったのはこの男だ」

「ふるえだ」とパーカーは答えた。彼はベビーシッターに払う金を探っていたとき、たまたまポケットから見つけた紙片を差し出した。「その筆跡がふるえてるのに気がついた。ふるえというのは筆跡をごまかそうとするときに起きる。そういえば、ぼくが読みあげたものをハーディが書きとめていたんだと思いだしてね。じゃあ、ハーディが筆跡を変えようとする理由は何だ？　理由はひとつしかない――彼が脅迫状を書いたからだ。その〝二マイル two miles〟に含まれた小文字のiを確かめてみると、打たれた点は〝悪魔の涙〟だった。それが証拠だ」

「どういうことなんだ？」と副長官が訊ねた。「長官が事実を知りたがってる。急いでいるんだ」

「すべてが仕組まれていた」パーカーは歩きだした。頭のなかで、全体のプロットが細部にわたるまでぴったり納まろうとしている。彼はルーカスに訊いた。「ハーディがこの事件に関わったのは？」

「彼のことは知っていたわ。この数カ月、支局によく顔を出していた。バッジを見せて、議会に報告書を出すから、特別区で発生した重罪の統計を見たいと言ったのよ。市警の調査統計部は年に何回かそれをやるわけ。見せるといっても公開されてる情報だけで、継続中のものはないから、誰もチェックはしなかった。で、きょうは姿を現わすと事件の連絡員を命じられたって言った」

「地味な部署を選んだわけだ」パーカーは言った。「たとえ市長や本部長が、重大犯罪や捜査の連中を本物の連絡員として送りこんできても、レン・ハーディの存在など知らなくて当然だろう」

「じゃあ二カ月もまえから計画してたのね」ルーカスは嫌悪の溜息をついた。「たぶん六カ月。計画は詳細にいたるまで練られていた。やつは完全主義者だった。靴も爪も服も……欠点がなかった」

ケイジが訊いた。「すると死体保管所の男、われわれが未詳と考えていた男だが。あれは誰なんだ？」

「使い走りだ。ハーディだか誰だかは知らないが、やつが手紙を配達させるのに雇った男だ」

「しかし」とケイジ。「事故で死んだんだぞ」

「いいえ、あれは事故じゃなかったのよ」パーカーの喉もとまで出かかった言葉を先取りして、ルーカスが言った。

パーカーはうなずいた。「ハーディが殺したんだ。事故に見せかけて盗んだトラックで轢いた」

ルーカスがつづける。「私たちは容疑者が死んだと思って、身代金を証拠室に戻した。彼はバッグに追跡装置が仕掛けられてることを知っていたのよ。受け渡し場所で待ち伏せされるって気づいたのかもしれない」

ケイジが肋の痛みに呻き声をあげながら、「やつは送信機の付いたバッグを下に置いていった。金を詰め換えて。特製のラベルも剝がして」

「しかし〈ディガー〉の情報をもたらした本人じゃなかったのか？」と副長官が訊いた。「モールで深刻な被害が出るまえに食い止められたのは、その男のお手柄だろう」

「ええ、もちろん」とパーカーは答えた。まだ納得してもらえないのが意外だった。

「どういうことなんだ？」

「ヴェトナム慰霊碑を選んだ理由がそこにある。慰霊碑はここから遠くない。やつはわれわれが〈ディガー〉探しに人手を割いて、本部が空になると読んでいた」

「そこで大手を振って証拠室へ行き、金をせしめた」ルーカスが苦々しい声で言った。「エヴァンズの言ったとおりだわ。用意周到ね。バッグには探知機が仕掛けてあるって私が言ったら、エヴァンズは、犯人にはそれに対抗する策があるだろうって答えたの」

ケイジがパーカーに質した。「脅迫状の指紋は？」

「脅迫状をさわるとき、ハーディはかならず手袋をはめた。だが使い走りの男には素手で持たせた――死体が未詳のものであると思わせるためだ」

「しかも前科もなく、兵役も経験していない男を選んだ」ルーカスがつけくわえた。「跡をたどれないように……。何もかも読み切っていたのね」

コンピュータがビープ音を発した。ケイジが身を乗り出す。「ＡＦＩＳの結果と、ＶＩＣＡＰとコネティカット州警察のファイルだ。どれどれ……」彼が情報をスクロールしていくと、一枚の写真が画面上に現われた。ハーディだった。「彼の本名はエドワード・フィールディング。記録に残ってる最後の住所はコネティカット州ブレイクスリー、ハートフォード郊外だ。ほお、われらが友人は善人じゃないらしい。四度の逮捕歴、うち一度は有罪が確定してる。いずれも未成年のときだが、これらの記録は密封されていた。反社会的性行でたびたびの治療歴。精神障害の犯罪者を収容するハートフォード州立病院で看護助手として働く。セクシャル・ハラスメントで彼を告発した看護婦が、刺殺体で発見された後に辞めている。

病院側では」とケイジは画面を読みつづけていく。「フィールディングがデヴィッド・ヒューズという患者をそそのかし、看護婦殺しをさせたのではないかと考えている。ヒューズが入院したのは二年まえのクリスマス。銃創によって脳に著しいダメージがあって、他人の影響を非常に受けやすくなっていた。どうやらフィールディングがヒューズの逃亡を手助けしたらしい。病院局と警察とでフィールディングを調べようとしたが、行方をくらました。それが去年の十月のことだ」

「ヒューズが〈ディガー〉だ」とパーカーは静かに言った。

「そう思うか？」

「間違いない。それからハートフォードの新聞社が襲撃された事件――例のツィスマンがフィールディングを追うきっかけとなった事件が、十一月に起きている」

悲しみの記録……

「それにしても、ここまで人を殺す理由は何だね？」と副長官が訊いた。「金のためとは思えない。テロリスト的傾向があるんだろう」

「いいえ」パーカーは断言した。「テロリズムとはまったく別です。だが、おっしゃるとおりでもある。金とは関係ない。ええ、彼のことはわかってます」

「フィールディングを知ってるのか？」

「いえ、タイプがわかるってことです。彼は文書偽造犯と変わらない」

「偽造犯？」とルーカス。

「文書偽造にのめりこむ人間は、自分は泥棒じゃない、芸術家だと考えてる。金のことなど二の次で、誰もが騙される作品づくりをめざす。連中の目標はひとつ、完璧な偽造文書をつくることだ」

ルーカスはうなずいた。「するとほかの犯罪は――ハートフォードもボストンもフィリーも――単なる練習だったのね。時計一個や数千ドルを盗んだのは。テクニックを完璧なものにするための」

「そのとおりだ。そして今回が総仕上げだった。これで大金をつかんで、やつは足を洗うつもりなんじゃないか」

「そう考える理由は？」とケイジ。

これもルーカスが答えを知っていた。「使い走りを犠牲にしたのは逃げるためだった。〈ディガー〉の居所もしゃべったわ」

バスに発砲したハーディの姿を思い浮かべながら、パーカーは言った。「モールで〈ディガー〉を撃ったのはやつかもしれない。生きて捕まれば、何かしゃべるかもしれないからな」

「ハーディはおれたちのことを笑ってたのか」ケイジは拳をテーブルに叩きつけた。「おれたちのすぐ脇にくっついて、ずっと笑ってたのか」

「いまはどこにいる?」と副長官が訊いた。

パーカーが答える。「まあ、計画どおりに逃げているでしょう。われわれのつねに一歩先を。もうつまずくことはない」

「ロビーのヴィデオカメラがやつを撮ってるはずだ」とケイジ。「それを全国のテレビに流す」

「夜中の二時に? 誰が見る? それに新聞の締切りもすぎてる。おそらく夜明けまでにはこの国を出て、二日後には整形外科の手術台の上だな」

「空港は閉まってる」と副長官が言う。「朝まで飛ぶ便はないぞ」

「ルイヴィルかアトランタ、あるいはニューヨークまで車で行くと思います」とルーカスが答えた。「とにかく支局に通報します。捜査官をすべての空港、アムトラックの駅、バスターミナルに派遣するんです。レンタカー会社にも。自動車局と登記所に住所を確認して、それからコネティカット州警察にも」彼女はそこまで言って口をつぐむとパーカーを見た。どうやら頭にはパーカーと同じ思いがあるらしい。

「やつはそれも含めて考えてる」とパーカーは言った。「やる必要がないとは言わないが。何もかも織りこみずみだ」

「わかってるわ」無力感に怒りが募ったようだった。

副長官が言った。「緊急指名手配リストに載せよう」

だがパーカーは聞いていなかった。脅迫状を見つめていた。

「完璧な偽造か」とつぶやいた。

「どうしたの？」

彼は時計を見た。「これから人に会いにいく」

「一緒に行くわ」とルーカスは言った。

パーカーはためらった。「来ないほうがいい」

「いいえ、私も行く」

「助けはいらない」

「一緒に行くわ」彼女はきっぱりと言った。

パーカーはその青い瞳を覗いた――石か否か。

わからない。

彼は言った。「いいだろう」


彼らは閑散とした市街を走っている。ステアリングを握るのはパーカーだった。

右側から来た車が交差点で停まった。パーカーは、そのヘッドライトの光芒に照らされたルーカスの横顔を見た。薄い唇、丸みのある鼻、喉のライン。

彼は道に目を戻し、ヴァージニア州アレクサンドリアへと車を駆った。

あんたがうらやましいんだろう。

彼女の手を握りたかった。バーでも家のカウチでもいい、並んで座りたかった。ベッドにはいりたかった。

そして話すのだ。どんなことでも。

それはマーガレット・ルーカスの秘密、というものかもしれない。

たまに〝誰かさんたち〟とやるような、無意味な会話でもいい。家では馬鹿話と言っている。漫画のこと、近所のこと、ホーム・デポのセール、レシピ、過ぎた休み、これからの休み。あるいはルーカスと仕事での体験談を語りあうのだろうか。警官は、連邦でも州でも交通安全誘導員でも、過去の苦い記憶をかみしめたがるものだ。

秘密はいつでもいい。

何年かかっても。

何年……

いつしか彼女との関係を一夜でなく、週でも月でもなく、それ以上の単位で考えている自分がいた。こんな夢想を抱くだけの根拠があるかといえば、何もない。愚にもつかない思いだった。

ふたりの関係があるのだとしても――一方が兵士、一方が主夫――それはまったくの幻影にすぎない。

それとも？　パーカーはドクター・スースの絵本に出てくる、誰かさんたちのことを思いだした。塵の上に暮らしている生き物たちは、小さくて誰も見ることができない。にもかかわらず、彼らはにたにた笑いながら、工夫もすれば奇妙な建物も造って、ちゃんとそこに生きている。目に見えないようなもののなかにも、愛はあるんじゃないのか。

パーカーがまた目をやると、ルーカスも見返してきた。彼の手がぎこちなく伸びて、彼女の膝にふれた。その手を握りしめる彼女の手に迷いはなかった。

やがて目的の住所に着いた。パーカーは手を放して車を駐めた。言葉はなく、おたがい見交わすこともなかった。

ルーカスは車を降りた。パーカーも降りて彼女の側へ行った。ふたりは見つめあった。パーカーは彼女を抱きしめたいという衝動に駆られた。その小さな背に両手をまわして引き寄せた。ルーカスは彼を見あげると、ブレザーのボタンをはずしていった。白いシルクのブラウスが覗く。彼は口づけをした。

ルーカスは顔を伏せてホルスターから銃を抜くと、またブレザーのボタンを留めた。ずっと先に目を凝らし、周囲の状況を確かめている。

パーカーは身を退いた。

「どっちなの？」冷静な声だった。

パーカーはその冷徹な目を見た。そして路地へとつづく曲がりくねった道に顎をしゃくった。

「こっちだ」

その男の上背は五フィートほどだった。

針金のような髭を生やし、髪はむさ苦しく伸びていた。パーカーががたのきたドアを乱暴に叩くと、寝起きらしい男はみすぼらしいバスローブ姿で出てきた。

男はパーカーとルーカスを無言で見つめていたかと思うと、バンジーのロープに引き戻されたようにアパートの奥へ引っ込んだ。

先にはいったルーカスは、室内を見まわしてから銃をホルスターにしまった。書籍と家具と紙で足の踏み場もないような部屋である。壁は署名入りの手紙や歴史的な文書の断片などで埋まっている。十以上ある本棚も、本と紙挟みでぎっしりだった。インク壺と筆が所狭しと置かれている芸術家の作業用テーブルは、小さなリビングルームのかなりの部分を占領していた。

「調子はどうだ、ジェレミー？」

男は目をこすった。古風な手巻きの目覚まし時計をちらっと見て、「おい、パーカー。遅いお出ましじゃないか。ほら、こいつを見てくれ。どうだ？」

パーカーは、ジェレミーが手にしたアセテートのフォルダーを受け取った。

煙草の愛好者である男の指先は黄色くなっている。だがパーカーの記憶では、男が紫煙をくゆらせるのは外に限られていた。作品が汚れるのを怖れているのである。真の天才がみなそうであるように、ジェレミーの場合も才能が悪癖に優先する。

パーカーはフォルダーを明かりにかざした。拡大鏡で中身の文書を吟味した。「ゆったりした筆遣いは……大変結構だ」

「結構どころじゃないぞ、パーカー」

「わかった、それは認める。筆のはいり方、運び方は素晴らしい。それに余白の取り方もよさそうだし、折りの部分のサイズもぴったりだ。紙は当時のものか？」

「あたりまえだ」

「しかしインクの年代をごまかすには過酸化水素を使わなくちゃならない。あれは見破られるぞ」

「どうだろうな」ジェレミーは微笑した。「案外、新しい技を隠してるかもしれないぞ。おれを逮捕しにきたのか、パーカー？」

「おれはもう警官じゃないんだ、ジェレミー」

「ああ、だがそっちの彼女はそうだろう？」

「そうだ」

ジェレミーは椅子の背にもたれた。「そいつは売ってないからな。売りに出してもいない」

彼はルーカスに向かって言った。「ただの趣味だよ。人には趣味ってもんがあるだろ？」

「それは何なの？」ルーカスが訊いた。

パーカーが答える。「ロバート・E・リーが部下の将軍に送った手紙だ。いや、ロバート・E・リーを装った人間が、と言うべきだな」

「偽造したの？」ルーカスはジェレミーを見ながら言った。

「そのとおり」

「おれは何にも認めない。黙秘する」

パーカーはつづけた。「一万五千の価値はあるだろうな」

「一万七千……誰かが売る気ならな。おれじゃないぞ。パーカーには一度逮捕されたことがあるんだ」ジェレミーは中指と親指で髭をつまみながら、ルーカスに言った。「こいつは世界でたったひとり、おれを捕まえた人間だ。どうやって見破ったと思う？」

「どうやったの？」パーカーの注意は質の高い偽造文書にではなく、マーガレット・ルーカスに向けられている。ルーカスは男の話に興味をそそられ、おもしろがっているようでもあった。つかの間でも彼女の怒りが消えたことに、パーカーは満足していた。

「レターヘッドの透かしさ」ジェレミーは自嘲気味に笑った。「おれは透かしでパクられたんだ」

「三、四年まえになる」とパーカーは言った。「ジェレミーは……ジョン・ケネディの手紙をまとめて手に入れた」

「マリリン・モンロー宛ての？」とルーカス。

ジェレミーは顔を歪めた。「あれか？　あんなのはだめだ。素人向けだ。誰も相手にしないね。こっちのはケネディとフルシチョフの間でやりとりされたやつさ。その手紙によると、ケネディはキューバで妥協するつもりだった。歴史の意外な真実ってやつだな。ケネディはフルシチョフとあの島を山分けするつもりだったのさ。ロシアが半分、合衆国が半分とね」

「本当なの？」とルーカスが訊いた。

ジェレミーは口を開かず、薄笑いを浮かべてロバート・E・リーの手紙に見入っている。

パーカーが言った。「ジェレミーの作り事さ」これは〝誰かさんたち〟と話すとき、嘘をつくことを表現するのに使っている遠まわしな言い方だった。「手紙を偽造したんだ。五千ドルで売るつもりでね」

「四千八百だ」とジェレミーは訂正した。

「ジェレミーは金のためにこの仕事をしてるんじゃない」

「でも、あなたは捕まえたんでしょう？」

「おれの技術には欠点がない。パーカー、あんたにもそれは認めてもらわないとな」

「それは認める」とパーカーは請けあった。「技巧は申し分なかった。インク、筆跡、文体、余白……不幸だったのは、政府印刷局が大統領のレターヘッドを一九六三年八月に変更したことだ。ジェレミーはその新しい用箋を手に入れて偽造に使った。残念ながら手紙の日付は六三年の五月だった」

「間違った情報をつかまされたのさ」とジェレミーはぼそぼそと言った。「で、パーカー、手錠と鎖か？　おれが何をやったって？」

「おっと、それは自分でもよくわかってるはずだがな、ジェレミー。わかってるはずだ」

パーカーはルーカスと自分に椅子を引き寄せた。ふたりは腰をおろした。

「まったく」ジェレミーが言った。

「まったくだ」パーカーも言った。

34

雪が降りしきっていた。

空から綿雪が舞い落ちてくる。すでに二インチ積もって、夜は静寂《しじま》のなかにある。

エドワード・フィールディングは重たいシルクのバッグを背負い、サイレンサー付きの拳銃を右手に握って、メリーランドはベセズダの雑木林を難渋しながら進んでいた。ＦＢＩ本部からは二台を乗り換えてここまでやってきた。プロの泥棒なら、追っ手を巻くために別の車輛を用意しておくものだ。彼は逃走ルートにハイウェイだけを使い、速度制限をきっちり守った。そしてこの林の反対側に車を駐め、残りは徒歩である。金の重さに足は鈍りがちだったが、いくらワシントン郊外の閑静な高級住宅地とはいえ、現金を車に残していく気にはなれなかった。

彼は側庭を抜けると、借りた家と隣家をへだてる塀のところでたたずんだ。

通りに駐まっているのは見馴れた車ばかり。

家のなかに不審な動きは見えない。

通りのむこうで灯りがついているのはハーキンズの家だけだった。これは普段と変わらない。ハーキンズ家はたいがい午前二時、三時まで夜更かしをしている。

フィールディングは金のはいったナップサックを、隣家の敷地に生えた木の傍らにおろした。背を伸ばし、筋肉を重荷から解放してやると、彼は塀に沿って歩き、自宅の正面、裏、脇と地面を確かめていった。雪の上にも、歩道にも、玄関付近にも足跡はなかった。

ふたたび金を担いで歩きだす。家には招かれざる客の訪問がわかるように防犯装置を仕掛けていた。お手製の他愛ないものだが効果はある。門に糸を張る。玄関のドアの掛け金に、風除け扉から剝がしたペンキの粉を並べておく。籐《とう》のマットの隅を折り曲げ、ドアにもたせかけておく。

これらはインターネットで知った。右翼のウェブサイトに、黒人、ユダヤ人、連邦政府から身を守る方法として掲載されていた。侵入者があれば、雪がその形跡を残しているはずだった。しかしフィールディングは注意を怠らなかった。完全犯罪を成し遂げるには、そこまでやってしかるべきなのだ。

彼はドアを開けて、つぎの行動を頭のなかで反復する。ここでの滞在時間は五分から十分。子供の玩具がはいっていた箱に金を詰め、スーツケースをまとめる。ルート上に伏せてある三台の車を乗り継いで、メリーランドのオーシャン・シティへ。そこでチャーターしたボートに乗り、二日でマイアミ着。さらにチャーターした飛行機でコスタリカ、その晩のうちにブラジルへ。

と、そのとき――

女がどこに潜んでいたのかはわからない。ドアの陰か。クローゼットだったのか。アドレナリンが噴出して全身に行き渡らないうちに、フィールディングの手からは拳銃がもぎ取られた。マーガレット・ルーカスが叫んでいた。「動くな、FBI!」

身動きする暇もあらばこそ、フィールディングは前のめりに倒れ、腹這いに組み敷かれていた。耳に銃を押しつけられる。柄の大きな男性捜査官ふたりに現金を奪われ、手錠をはめられた。ポケットを探られる。

身体を起こされ、安楽椅子に押しこまれた。

ケイジほか数人の男女が玄関からはいってきた。捜査官一名は現金の確認作業中だった。

まだ信じられないという面持ちのフィールディングに向かって、ルーカスは言った。「あの仕掛けは何のつもり? 私たちも同じウェブサイトにブックマークを挟んでるのよ。アーリア人義勇軍ってやつかしら」

「でも雪は?」彼はショックでふるえだしていた。「足跡はなかった。どうやってはいった?」

「ベセズダ消防署からフックと梯子を借りたの。SWATと私で二階の窓から侵入したわ」

そこへパーカー・キンケイドが姿を見せた。ルーカスはキンケイドを顎で指すと、フィールディングに説明した。「消防車は彼のアイディアよ」

フィールディングはそれを疑わなかった。

パーカーは、フィールディングと向きあって座ると腕を組んだ。刑事は――男のことを、どうしてもその肩書きで考えてしまう――以前より老けて小さくなったように見える。思えば未詳には生きていてほしいと願っていた。生きていれば、どんな頭脳の持ち主なのかをこの目で確かめられるのだと。ただ実際こうなってみると、職業的好奇心など微塵もなく、感じるのは憎悪ばかりだった。

答えがわかればパズルは簡単なものだ。

しかも退屈になる。

ルーカスが言った。「これから十年、あなたが責めを負うことになるまで、狭い独房ですごすって思うとどんな気分？」

ケイジが説明した。「もう娑婆は長くないってことだ。ひとりだけの人生を気に入ってくれるといいんだが」

「世間の連中の人生よりはましだ」フィールディングは言った。

ケイジはフィールディングの声など聞かなかったとばかりにつづけた。「そういやボストン、ホワイト・プレーンズ、フィラデルフィアからもお呼びがかかってる。たぶんハートフォードからもだ」

フィールディングは不思議そうに眉を上げた。

パーカーが訊いた。「〈ディガー〉はおまえがいた病院の患者だな？　精神障害の犯罪者を収容する病院だ。デヴィッド・ヒューズ？」

フィールディングは感心したふうを心ならず表に出していた。「そのとおりだ。おかしなやつだったろう？」彼はパーカーに向かって頬笑んだ。「ブギーマンの化身といったとこかな」

不意に事実を悟ったパーカーは、胸が凍る思いにとらわれた。

ブギーマン……

「指揮所のなかで……おれは息子の話をした。それからすぐだ……そう、ロビーはガレージに人影を見た。〈ディガー〉だったのか！……おまえがやつに連絡して、やつをおれの家に行かせたんだな！　息子を怯えさせようと！」

フィールディングは肩をすくめた。「あんたがあんまり優秀だからさ、キンケイド。だからしばらく事件からはずれててもらいたかった。あんたたちがおれのアジトに踏みこんだときさ——それにしても、よく見つけたよ——おれは外に出て連絡を入れた。友達にあんたの坊やを訪ねるようにってメッセージを残した。殺すことも考えた——もちろん、あんたも含めてね——でも真夜中が近づくころには、あんたには本部にいてもらう必要があった。最後の標的に関するおれの推理を裏づけてくれる人間としてね」

パーカーは突進して拳を引いた。ルーカスが止めようとしたが、彼の拳はフィールディングのたじろぐ顔をとらえていた。

ルーカスは囁いた。「気持ちはわかるわ。でも何の得にもならない」

怒りに打ちふるえたまま、パーカーは手を下ろし、窓辺に寄って雪を眺めた。無理に心を落ち着かせようとした。フィールディングとさしでいたなら殺していたと思う。男が今夜の死を招いたホストだからではなく、ロビーの声に込められた虚ろな恐怖がずっと耳に残っていたからだ。パパ……パパ……

ルーカスが腕にふれてきた。彼女は一冊のノートを手にしていた。「何て言ったらいいか、私も同じようなことをされたわ」彼女はページをめくり、いくつかの記述を示した。「数カ月まえ、私の家に空き巣がはいった。それが彼のしわざだった。彼は私の人生に立ち入ってきたわ」

フィールディングは黙りこんでいる。

ルーカスは殺人犯に向かって直接語りかけた。「あなたは私のすべてを調べあげた。トムのすべてを調べた……」

トム？　パーカーが初めて聞く名前だった。

「あなたはトムと同じような髪型にした。彼と同じ、シカゴ郊外の出身だと言った。私に宛てた彼の手紙を読んだ……」ルーカスは目を閉じると頭を振った。「〝雨のように順調〟。彼の表現を盗んだのよ！　そしてあなたは奥さんが昏睡状態だと言った。なぜ？　私やほかの誰かが、あなたが捜査の邪魔だって言いだしたときに、それでも私が思いとどまってチームに残すようにするためね」

「きみの庇護が必要だったんだよ、マーガレット。こっちは敵の何たるかを知っていたわけさ」

「あなたは私の過去を盗んだわ、フィールディング」

「過去は利用しなけりゃ意味がないだろう」と彼は平然と言った。

「よくもあれだけ人を殺せるものね」ルーカスは語気を抑えて訊ねた。

「驚いたのか？」フィールディングは苛立ちを見せた。「何が悪い？　いったいどこがいけないんだ？　百万の死より、ひとりの死のほうが残酷じゃないと言えるのか？　人を殺すのか殺さないのか。殺すなら、死なんて程度の問題にすぎない。そこに意味があって、しかも効果があがるなら、必要に応じて殺せばいい。それがわからないのは救いようのない馬鹿だ」

「死体保管所の男は誰だ？」とケイジが訊いた。

「やつの名はギル・ハヴェル」

「謎のギルバート・ジョーンズか」とパーカー。「ヘリコプターを借りた男だな？」

「こっちがギャロウズ・ロードで金を受け取ったら逃げると、あんたたちにはどうしても信じてもらいたかったんでね」

「どこで見つけた？」

「ボルティモアのバーで」

「何者だ？　ハヴェルは」

「そこらにごろごろしてる負け犬。浮浪者だな。市庁舎に脅迫状を届けて、ヘリコプターとアジトの件で手伝ってくれたら十万ドルやるって約束した。やつは自分が仲間だと思ってたらしい」

パーカーは言った。「で、おまえは男に、地下鉄かバスまで決まったルートを通らせた。そこを待ち伏せしてトラックで轢いた」

「黒幕が死んだと思わせるためにね。それなら金は証拠室行きになる……」

「ケネディのことは？　リッツまで行かせた」

「市長か？　あれには驚いた——じきじきに連絡を頂戴したからな。危なかったが、結果的にうまくいった」フィールディングはうなずいた。「ひとつには、あんたたちの目を〈リッツィ・レディ〉じゃなくリッツ・カールトンに向けておきたかった。その後、裏切りの償いとして、〈ディガー〉の名前の来歴を披露する……しかし、たいしたもんだな、キンケイド。どうしてわかった？」

「未詳がおまえだとなぜわかったか。それはおまえの筆跡だ。サンプルがあったのさ——おれがトーブが救い出した黄色のノートを解読して、おまえに字を書き取らせた」

「あれは不安だった。でもメモをとれと言われて断わるわけにもいかないだろう？　努力はした——筆跡を変えようとね」

「小文字のiの点がおまえの正体を暴いたんだ」

フィールディングはうなずいた。「なるほど。悪魔の涙か。気にしてなかった……たしか言ってたな。つねに小さなことだって」

「つねにじゃない。概してだ」

ルーカスが訊ねた。「〈ディガー〉に関する情報は——最初から知っていたのね？　あなたは図書室には行かなかった」

「行かない。なぜって、ヒューズに〈ディガー〉って名前をつけた本人だからさ。あれで政府に対する壮大な復讐劇って話に結びつけたんだが。しかし……」フィールディングは周囲を見まわした。「どうやってここへ？」

「この家にか？　完全だ」パーカーは抗しきれずにそう言うと、殺人犯の顔から傲岸な笑みが消えていくのを見つめた。「完全犯罪を犯して高飛びするには、完璧なパスポートが必要だ。おまえなら偽造の世界で最高の人間を探し出すだろう。たまたまそれがおれの友人だった。まあ、親しい関係とでも言っておこうか。一度刑務所に入れた縁でね」

フィールディングは狼狽していた。「でも、むこうはおれの本名も住所も知らないはずだ」

「知らなかった。だがおまえは電話を入れた」

「ここからじゃない」フィールディングは愚痴をこぼすように言い募る。

そこでルーカスも男を分解する作業にくわわった。「あそこの公衆電話からね」彼女は通りのほうに顎をしゃくる。「〈ベル・アトランティック〉に電話の利用記録を調べさせたわ」そしてコンピュータ処理したフィールディングの写真を掲げた。「FBI本部の防犯カメラから採ったものよ。これをご近所の人に見せたら、あなたのお宅への最短距離を教えてくれたわけ」

「くそっ」フィールディングは目を閉じた。

小さなこと……

パーカーは言った。「偽造者の間でよくこんな言い方をする、〝無用なものがあると思うな〟。

あらゆることを考慮に入れるべきだったな」

「あんたが手ごわいのはわかってたよ、パーカー。いちばんの強敵だった。まず初めに、あんたの面倒を〈ディガー〉にみさせればよかった」

ケイジが訊いた。「友達を犠牲にして何の痛みも感じないのか？」

「〈ディガー〉か？　あいつは友達とは呼べないね。生かしておくには危険な人物だった。まあ、ご承知のこととは思うが、おれはこれを最後の仕事にするつもりだった。やつはもう必要なかったのさ」

捜査官が戸口に現われた。「オーケイ、フィールディング。乗ってもらおうか」

引っ立てられたフィールディングは、玄関で立ち止まると後ろを振りかえった。「認めてくれよ、パーカー。おれが優秀だってことを」未練がましい口ぶりだった。「あと一息だったんだ」

パーカーは首を振った。「パズルの答えは正しいか間違ってるかのどちらかだ。〝あと一息〟はありえない」

しかし玄関を出るフィールディングは笑顔だった。

35

燃えたバスをトレーラーに載せる作業が進んでいる。

検視官が〈ディガー〉の死体を運び去っていた。死体の手には、爆発して無残に焼け焦げた黒のマシンガンが握られていた。

エドワード・フィールディングは手足の自由を奪われ、連邦の拘置施設につながれた。

パーカーが、マーガレット・ルーカスを目で探しながらケイジに別れを告げていると、ジェラルド・ケネディ市長が近づいてきた。市長は小人数のジャーナリストとともに被害を視察し、警官やレスキュー隊員に声をかけていたのである。

市長はふたりに歩み寄った。

「市長」とケイジが言った。

「あの報道の件では感謝してもらおうか、ケイジ捜査官？　私をヨットのごたごたに巻きこんだな？」

ケイジは肩をすくめる。「捜査を優先させたんですよ、市長。リッツの段階でわかっていればと悔やまれます。やはり政治は切り離しておくべきだったんでしょう」

ケネディは頭を振った。「しかし、裏にいた人間は逮捕したと聞いている」

「ええ、市長」

ケネディは顎のたるんだ顔をパーカーに向けた。「きみは――」

「ジェファーソンです。名前はトム」

「ああ、きみがあの捜査官か。文書検査官の？」

「そうです。市長の見事な腕前を拝見しました」

「とんでもない」市長はいまも煙を出しているバスを悲しげに見やった。「ところで、きみはトーマス・ジェファーソンの一族なのかね？」

「私が？」パーカーは笑った。「いえいえ。名前が同じというだけで」

「私の補佐官はジェフリーズといってね」と市長はまるでカクテル・パーティに場を移したような調子である。

そこにルーカスがやってきた。市長に軽く会釈した彼女の顔に緊張の色がよぎる。対決を覚悟しているらしかった。

だがケネディが口にしたのは、「きみたちの友人、アーデル捜査官は気の毒なことをした」

ルーカスは無言だった。燃えたバスを眺めていた。

記者のひとりが言った。「市長、今夜市長が州兵の出動を要請しなかったのは、観光客の移動に支障をきたすという判断があったと聞いてますが。それについてコメントは？」

「いや、ない」彼もまたバスを見つめた。

ルーカスが言った。「今夜は、誰にとっても首尾よくとはいかない夜でしたね」

「そうだな、ルーカス捜査官」ケネディは言葉をしぼり出すように言った。「こんなことは二度と起きないといいんだが」

市長は妻の手を取ってリムジンに向かった。

マーガレット・ルーカスはケイジに書類を手渡した。証拠に関する報告書、あるいは逮捕記録の類だった。彼女はバスから目を離さず、自分のエクスプローラーまで歩いていく。パーカーは思った。さよならも言わずに立ち去るつもりなのか。

ルーカスはドアを開けてエンジンをかけると、ヒーターを入れた。気温は下がり、厚い雲に覆われた空は、変わらず重い雪を地面に落としていた。彼女はドアを開け放したままシートにもたれた。

ケイジはパーカーの手を握ると低声で言った。「何て言ったらいいんだ？」驚いたことに、捜査官はパーカーに腕をまわすと、痛みに喘ぎながらきつく抱きしめた。そして通りを歩きだした。「おやすみ、ルーカス」ケイジは叫んだ。「おやすみ、パーカー。くそっ、脇腹が痛むぞ。ハッピー・ニューイヤー、みなさん。とにかく新年のお祝いだ」

パーカーはジャケットのジッパーを上げて、ルーカスのトラックのほうへ行った。ルーカスは自分の手もとを見つめていた。持っていたのは、折れ曲がった古い葉書のようでもある。ルーカスはじっと目を凝らしている。だがパーカーの姿に気づくと、すこし臆した表情でカードをバッグにしまった。

彼女はポケットから一本のビールを取り出し、ダッシュボードにあった栓抜きで蓋を開けた。

「本部の自動販売機では、そんなものまで売るようになったのか？」

「私の証人からのプレゼントよ。ゲリー・モスから」と彼女は壜を差し出した。パーカーは長々とあおってからそれを返した。ルーカスはフォードに乗ったままで、パーカーのほうを向いた。「大変な夜だった」

「大変な夜だったわ」パーカーは右手を差し伸べた。

ルーカスはその手を固く握った。手袋をはずし、寒さで赤らんでいたふたりの手の温度は同じだった。パーカーは彼女の肌から冷たさも温かさも感じなかった。

どちらも放そうとしない。パーカーは握った手をさらに左手で包んだ。

「お子さんたちはどう？」とルーカスが言った。「何て呼んでたかしら？」

「誰かさんたち」

「誰かさんたち。そうだった。もう話した？」

「元気だ」パーカーは思いも断ちがたく手を放した。彼女のほうはどうだったのか。それはなんとも言えなかった。「報告書が必要になるだろう？」連邦刑事裁判にあたって、検事が提出を要求してくる書類のことを思いだしたのだ。じつに厖大な量になる。だがパーカーは気にしていなかった。所詮は文書を生業にしているのだから。

「そうね」ルーカスは答えた。「でも急いでないわ」

「月曜日にかかる。この週末でひとつプロジェクトが終わるんだ」

「文書？ 家の手入れ？」

「家の手入れも稼業ってことか？」パーカーは笑った。「まあ無理だろう。台所仕事はいいとしても、作業台となるとね。そう、偽造かどうかの鑑定だ。トーマス・ジェファーソンが書いたとされる手紙があってね。ニューヨークのディーラーから分析を依頼されてる」

「本物なの？」

「これまでの感触だと本物だ。まだいくつか検査をおこなわないとな。そうだ、これを」と彼は拳銃を手渡した。

いまのルーカスはスカート姿で、予備の武器を足首に隠すことはできない。銃をグラヴ・コンパートメントに滑りこませた。パーカーの目は彼女の横顔に注がれていた。

おれの何がうらやましいんだ？

パズルはときに気が向くと、自ら答えを出してくることがある。

ときには答えがまったく見つからないこともある。それはなぜか。運命なのだとパーカー・キンケイドは結論している。

「あすの夜は予定があるのかい？」パーカーは唐突に訊いた。「郊外の村でおかしな晩餐はどうかな？」

彼女はためらっていた。筋肉のひとつも動かさない。息さえしていないように見える。パーカーもまた動かなかった。〝誰かさんたち〟が、クッキーを食べてしまったとかランプを割ったとか白状するのを待つように、口もとにかすかな笑みを浮かべていた。

やがて彼女も微笑したが、それは明らかに見せかけだった。その目にふさわしい石の微笑。パーカーは答えを知った。

「申し訳ないんだけど」ルーカスは堅苦しく言った。「予定がはいってるの。また今度にでも」

その意味は拒絶。パーカー・キンケイドの『片親のためのハンドブック』は、婉曲表現について まるまる一章が割かれている。

「そうか」彼は失望を踏みつけにして言った。「またそのうちに」

「あなたの車は?」ルーカスが訊いた。「乗せていくわ」

「いや、大丈夫だ。すぐそこに置いてある」

もう一度手を握ったパーカーは、彼女を抱き寄せたいという感情に抗《あらが》った。

「おやすみなさい」

彼はうなずいた。

自分の車に向かいながら振りかえると、ルーカスが手を振っていた。感情の抜け落ちた表情とは裏腹の、奇妙なしぐさだった。

だがパーカーは気づいたのだ。彼女は手など振っていない。窓の曇りを拭いている。こっちには目もくれていない。窓を拭き終えたマーガレット・ルーカスはギアを入れ、通りを走っていった。

家をめざし、雪が敷き詰められた静かな道を行く途中で、パーカーはセブン－イレブンに寄った。ブラックコーヒーとハムエッグのクロワッサンを買い、ATMで現金をおろした。家の玄関をはいっていくと、ミセス・キャヴァノーがカウチで眠りこんでいた。

パーカーは夫人を起こしていつもの二倍の額を払うと、玄関まで一緒に出て、夫人が雪を踏みしめ、向かいの自宅にたどり着くまで見送った。

子供たちは彼のベッドで眠っていた。部屋のテレビとヴィデオが点《つ》けっぱなしだった。テレビの画面が明るいブルーになっているのは、ふたりが映画を観ていたことを示す情況証拠である。パーカーは子供たちが何のヴィデオを観ていたのかと不安になった。彼自身のコレクションには、R指定のスリラーやSF映画があるのだ。しかしヴィデオの取出しボタンを押してみると、出てきたのは『ライオン・キング』だった。悲しい映画だが――ロビーはハイエナが大嫌いになるだろう――少なくともエンディングは崇高で、暴力シーンはほとんどない。

パーカーは疲れていた。疲労困憊していた。だがあと一時間はしないと眠れないという気がした。

ミセス・キャヴァノーは、やらなくていいと言っておいた皿洗いとキッチンの掃除をすませてくれていた。そこで彼はサンタのように緑色の袋を担いで、家の周囲のゴミを集めては裏庭へ運ぶ仕事に精を出した。その間も頭をよぎっていたのは、異常なほどの変化だった。一時間まえには人に銃を向け、あるいは銃を向けられ発砲されていた。それがいまはこうして田舎に戻り、閉じられた日常にどっぷり浸かっている。

ゴミ箱の蓋を開けようとして、パーカーは手を止めた。何気なく目をやった裏庭に足跡があった。

新しい足跡。

つけられてまだまもない。輪郭がはっきりして、雪や風でくずれたところがない。侵入者はゲストルームの窓に近づき、それから正面に向かっていた。

パーカーはゴミ袋をそっとおろすと、家のなかへ戻った。

キッチンからはいってドアをロックする。玄関を確かめた。ロックされている。家の窓は文書を扱う仕事の性質上――標本の価値のこともあり、また空気中の塵芥による影響を考えて――すべて密封されているので開かない。確認は必要なかった。

しかし誰の足跡なのだろうか。

子供たち、かもしれない。

ミスター・ジョンソンが犬を探しているのか。

そうだ。そうにちがいない……

だが十秒後、彼はワシントンDC内にある連邦拘置施設と連絡をとっていた。

FBI特別捜査官のパーカー・キンケイドを名乗った。数年まえの真実である。「今夜はマーガレット・ルーカスと事件にあたったんだが」

「ああ。METSHOOTですね」

「そうだ。これはこっちの思い過ごしかもしれないんだが、容疑者——エドワード・フィールディングのことだ。彼は保釈になっていないだろうな?」

「保釈? ありえませんね。月曜までは召喚されませんから」

「独房にはいってるのか?」

「ええ。モニターに姿が見えます」

「眠っているのか?」

「いいえ。ベッドに腰をおろしてます。おとなしくしてましたよ。弁護士と話したのが一時間ほどまえで、その後はずっと独房です。何か?」

「どうやら祟《たた》られたらしい。ブギーマンを見たような気がしてね」

「ブギーマン、ですか。とにかく、ハッピー・ニューイヤー」

パーカーは受話器を置いてほっとした。

五秒ほどは。

弁護士と話した?

パーカーは休日のこの時刻に、召喚まで二日もある依頼人と話すという弁護士をひとりとして知らない。

完全。

「なんてことだ」とつぶやいた。

フィールディング——すべてにわたって計画を練る男。捕まった際の逃亡計画も立てていたにちがいない。

彼は受話器を上げ、９１１の最初の桁を押した。

回線が切れている。

キッチンのドアの外で何かが動いた。

裏のポーチに立って、窓ごしに覗きこむ男がいた。青ざめた顔。暗色のコート。黒か紺か。左腕から血を流していたが、たいした量ではない。顔の火傷もひどくはない。

男はサイレンサーの付いたマシンガンの引金を叩くように引いた。パーカーは横っ飛びして壁に激突すると、床に倒れた。裏口のドアノブと錠が吹き飛んでいた。ガラスが飛散した。

〈ディガー〉はコーヒーに招かれた隣人のように気安く、ドアを開けて家にはいってきた。

36

〈ディガー〉は凍えている。〈ディガー〉はこれをおしまいにして帰りたいと思っている。外にいるほうがよかった。ゆ……カチッ……ゆ……ゆ……雪が好きだ。

雪が好きなのだ。

ああ、ほら、キンケイドの快適な家には、素敵なクリスマスのリースと素敵なクリスマスのツリーがある。タイも気に入るだろう。

おかしい……

仔犬もリボンもない。でも素敵なリースと素敵なツリーがある。

ドアを飛び出していくキンケイドを撃つ。

命中したか？　〈ディガー〉にはわからない。

でも、どうも命中しなかったようだ。キンケイドの姿が見えたのだ。床を這って別の部屋に

行き、ライトを消して、床を転がって。

と、そんなふうにして。

〈ディガー〉は幸せを感じている。一時間まえ、指図をする男から連絡があった。ルースと声のよく似たヴォイスメール・レディからのメッセージではなく、直接携帯にかかってきた。男は〈ディガー〉に言った。おまえは黒い壁に行って予定どおりやったが、夜はまだ終わっていないのだと。

まだ……カチッ……まだ終わっていない。

「おれの言うことをよく聞け」と指図をする男が言ったので、〈ディガー〉は耳をかたむけた。殺すのはあと三人。ケイジというやつ、ルーカスというやつ。それにパーカー・キンケイド。「最初にやつを殺せ。いいな？」

「うーん、いいよ」

〈ディガー〉はキンケイドを知っている。すでに一度家まで来ていた。キンケイドにはタイみたいな小さな男の子がいるが、〈ディガー〉はキンケイドの男の子が好きになれない。それはキンケイドが〈ディガー〉を、あのコネティカットの腐った病院に連れ戻そうとしているからだ。キンケイドは彼とタイを引き離そうとしている。

「それから午前四時三十分に」と指図をする男は言った。「三番通りにある連邦拘置所に来てほしい。おれは診療所にいる。一階の奥だ。病気のふりをしているからな。出会った連中はみんな殺して、おれを連れ出してくれ」

「いいよ」

ダイニングルームに行くと、キンケイドはテーブルの下から転がり出て廊下へ逃げた。〈ディガー〉はまた弾を浴びせる。キンケイドの顔は、喉にガラスを突き刺そうとしたときのルースの顔に似ている。胸にナイフを突き立てたときのパメラの顔に——すぐ上に金の十字架これはきみへのクリスマス・プレゼント愛してる愛してるずっと……

キンケイドはどこかに消えた。

だが逃げてはいない。〈ディガー〉は知っている。子供たちがいるのだ。父親は子供を見捨てない。

〈ディガー〉は知っている。自分もタイを見捨てないからだ。キンケイドはブロンドの少年と黒髪の少女を見捨てない。

パーカー・キンケイドが生きているかぎり、〈ディガー〉はカ・リ・フォルニアへ行けない。西部へ行けない。

彼は銃を構えてリビングルームに踏みこんだ。

パーカーは〈ディガー〉から離れるように床を転がった。肘は擦りむいている。弾を避けようとダイヴしたときに、キッチンのテーブルの角で頭をしたたか打った。

誰かさんたち！　彼は必死の思いで階段をめざした。〈ディガー〉を二階へはやらない。それで子供たちを救えるのであれば、自分の命と引き換えに男を絞め殺す覚悟だった。

また銃弾に狙われる。階段のところからリビングに飛び込んだ。

武器は……何か使えるものは？　なかった。ナイフを取ろうにもキッチンまで行けない。斧を取りたくてもガレージまでは行けない。

ルーカスの銃を返さなければよかったじゃないか。

ロビーのクリスマス・プレゼントが目に留まる。野球のバット。そのテープを巻いたグリップを握りしめると、ふたたび階段に向かって這っていった。

やつはどこだ？

足音が聞こえた。〈ディガー〉が割れたガラスと食器を踏みしめたのだ。

だがやつの居場所がわからない。

廊下？

ダイニング？　一階の小部屋？

どうしたらいいんだ？

もしも子供たちに窓から飛び降りろと叫んだら、ふたりは何のことかと様子を見にくるだろう。だから自分が二階に上がって、ふたりを抱えて飛び降りるしかない。落ちたときの衝撃はできるだけ和らげてやる。雪も積もっているし、ビャクシンの茂みがクッションになるだろう。

すぐそばで足音がする。一歩。また一歩。

パーカーは顔を上げた。

まずい！　〈ディガー〉が階段を上がろうとしていた。その顔からは何がしかの感情も窺《うかが》い知ることはできない。

プロファイリングを通さない……

パーカーは動けなかった。このまま立ち向かっても相手に見切られ、三歩と進まないうちに殺されるだけだった。彼はダイニングルームに向けてバットを投げた。バットは陶磁器をおさめたキャビネットにあたった。

〈ディガー〉の足が止まった。彼はぎこちなく踵をめぐらせると、物音がしたほうへ歩いていった。その動作は古いホラー映画『遊星よりの物体X』に出てくる異星人の怪物を思わせる。

男がアーチ形のドアに近づいたのを見計らって、パーカーはカウチの後ろから躍り出た。

相手との距離が六フィートまで詰まったとき、パーカーはロビーの玩具を踏み抜いた。その音に振り向いた〈ディガー〉に、彼はかまわず体当たりを食らわせた。そして倒れた殺人鬼の顎に拳を飛ばした。その強烈な一撃は、しかしすんでのところでかわされ、パーカーの身体は勢いあまって床に投げ出された。パーカーは這いつくばったまま〈ディガー〉の銃を探った。

だが武器をつかんだのは敏捷な相手のほうだった。もはやパーカーにできるのは、カウチの裏の狭い空間に退却することしかなかった。

顔から汗を滴らせ、手をふるわせながら、パーカーはうずくまった。

動きがとれない。

立ちあがった〈ディガー〉は足をふらつかせながら、頭がはっきりするのを待っている。パーカーは眼前に燦めくものを見つけた。尖ったガラスの破片だった。

やがて殺人鬼はパーカーの居場所を探しあてた。その男の輝きのない双眸を凝視しながら、パーカーは思っていた——マーガレット・ルーカスの目は死んでなどいない。この生き物にくらべたら百万倍も生気に満ちみちていると。男は近づいてくる。カウチをまわりこもうとしている。パーカーは身を固くしながら男の背後を見やった。クリスマス・ツリー。クリスマスの朝、誰かさんたちと三人、あそこでプレゼントを開けた。

その思いに殉じるのも悪くはない。

だが子供たちの命だけは守り通す。パーカーはガラスの破片を、シャツの袖で包むようにして持った。それで男の頸静脈を切り、あとは男が二階へ上がるまえに失血死するのを祈るのみ。朝になって、誰かさんたちが目にするだろう光景のことは頭から締め出した。パーカーは脚を折るようにして座ると、急ごしらえのナイフをつかんだ。

これでいい。ふたりは助かる。それが大事なんだ。

パーカーは身構えた。

〈ディガー〉がカウチのこちら側に来て、銃を上げようとした。

パーカーは全身に力をみなぎらせた。

そのとき、消音されていない一発の銃声が轟いた。

〈ディガー〉が身悶えした。その手からマシンガンがこぼれる。視線はパーカーの先に据えられていた。頭ががくんと垂れて床にくずおれた。前のめりに沈んだ〈ディガー〉の後頭部に銃創があった。

パーカーはとっさにウジを手にすると、室内に目を走らせた。

彼は混乱していた。何が起きた？

戸口に人影が見えた。

少年……どういうことなんだ？ まだ子供だった。黒人の少年が拳銃を握っていた。少年はのろのろ歩いてくると死体を見おろした。映画で警官がやるように、大型の銃を〈ディガー〉の背に向けながら。その重さにてこずるように両手で握っている。

「こいつ、パパを殺した」少年はパーカーのほうを見ずにそう言った。「ぼく、見たんだ」

「銃を貸して」とパーカーは囁いた。

少年は〈ディガー〉を睨みつけていた。涙が頬を伝った。「こいつ、パパを殺したんだ。ぼくを車に乗せてここまで連れてきた」

「銃を貸しなさい。きみの名前は？」

「ぼく、見たんだ。ぼくが見てる前でやったんだよ。仕返しするのを待ってたんだ。車のなかでこれを見つけた。三‐五‐七だよ」

「わかった。きみの名前は？」

「こいつ、死んだね。ざまあみろ」

パーカーが身を乗り出そうとすると、少年は威嚇するように銃を向けてきた。「それを下ろしてくれないか。たのむから」

少年は言うことを聞かなかった。あたりを探る油断のない目が一瞬、クリスマス・ツリーにとまったと思うと、すぐに〈ディガー〉の死体に戻った。「こいつ、パパを殺したんだ。どうしてだろう」

パーカーはもう一度ゆっくり身を起こすと、掌を上に両手を出した。「心配しなくていいよ。何もしやしないから」

彼は二階のほうを見やった。どうやら誰かさんたちは、さっきの銃声にも目を覚まさなかったらしい。

「ちょっとあそこまで行ってくるよ」パーカーはツリーを顎で指した。

彼は少年と、〈ディガー〉の頭のまわりにできた血溜まりを避けるようにしてクリスマス・ツリーまで行った。そこに置いてあったものを拾いあげて戻ってくると、膝をついた。最初に空の右手を出し、つぎに左手に持ったロビーの宇宙船ミレニアム・ファルコンを差し出す。

「交換しよう」

少年はプラスティックのおもちゃを眺めていた。銃口がしだいに下がっていく。彼はロビーよりずっと背が低く、体重は六、七十ポンドしかない。だがその目はパーカーの息子とくらべて二十歳も老けていた。

「銃を貸してくれないか」

しばらくおもちゃを見つめていた少年は、「すごい」と洩らすとパーカーに銃を渡し、おもちゃを手に取った。

「ここで待ってて。すぐに戻ってくるよ。何か食べたくないか？　お腹が空いてるだろう？」

少年は返事をしなかった。

パーカーはマシンガンと銃を持って二階へ上がり、クローゼットのいちばん上の引出しにしまって部屋に鍵をかけた。

そこへロビーが廊下をやってきた。

「パパ？」

「やあ、お兄ちゃん」パーカーは声が乱れそうになるのを必死でこらえた。

「夢を見たんだ。銃声が聞こえた。怖いよ」

パーカーは階段のほうへ行こうとする息子に腕をまわし、寝室のほうへと導いた。「たぶん花火のせいだ」

「来年は爆竹をやってもいい？」息子は眠そうに言った。

「そうだな」

外で足音がした。パーカーが目をやると、宇宙船を持った少年が前庭を駆けていくところだった。少年は通りに出て姿を消した。

どこへ行くのだろうとパーカーは思った。ＤＣ？　ウェスト・ヴァージニア？　しかしいまは気持ちを振り分けるだけの余裕がない。自分の息子のことで頭が一杯だった。

彼はロビーを妹の傍らに寝かせた。携帯電話を探して９１１に通報しなければと思ったが、息子は手を放してくれなかった。

「怖い夢だったのか？」

「わかんない。銃声が聞こえたんだ」

パーカーは息子の横に寝そべった。時計を見ると三時半。ジョーンはソーシャルワーカーを連れて十時にやってくる……ああ、なんという悪夢なんだ。壁には無数の弾痕、家具は壊れ、食器棚もひどいありさまだ。裏のドアは破られている。

カーペットの中央には血まみれの死体。

「パパ」ステフィが眠たげな声を出した。

「大丈夫だよ、ハニー」

「爆竹の音がしたわ。ピーティ・ウィーランたら爆竹を持ってるの。お母さんに注意されても平気なのよ。あたし見ちゃった」

「うちには関係ないさ。さあ眠るんだ、ハニー」

パーカーは目を閉じた。胸に娘の重みを感じていた。

弾痕のこと、薬莢のこと、壊れた家具のことを考える。それに死体のことを。

法廷で証言するジョーンの姿が目に見えるようだ。

どうしたらいい？　何て言い訳すればいいんだ？

何て……？

パーカー・キンケイドは深い寝息をたてていた。子供たちを腕に抱き、親としてこれにまさる安らぎはなかったのである。

パーカーが目を開けたのは十時五分まえだった。

車のドアの閉まる音と、ジョーンのこんな声が聞こえてきた。「すこし早いけど、あの人は気にしないわ。足もとに気をつけて——私たちが来るってわかってるから、雪かきもしてないの。そういう人よ」

37

彼はベッドから転がり出た。

吐き気と頭痛を感じながら、窓から外を見た。

ジョーンがやってくる。後ろからむっつりした顔のリチャード。ばつが悪いのだろう。もうひとりいる背の低い女性がソーシャルワーカーだ。太いヒールをコツコツと鳴らしながら、家を値踏みするように見あげている。

彼らは玄関にたどり着いた。ベルが鳴る。

絶望的……

パーカーは二階の廊下に、足先を丸めて立ちつくした。彼女を家に入れてはならないと自分に言い聞かせる。阻止するのだ。裁判所命令を取りにいかせる。そうすれば二、三時間は稼げるだろう。

彼は眠っている子供たちを眺めた。ふたりを抱いて裏から出て、ウェスト・ヴァージニアまで逃げてしまいたかった。

だが、それがうまくいくはずがないことはわかっている。

またベルが鳴った。

どうする？　どうしたら言い逃れができる？

しかしいずれジョーンも異変に気づくだろう。猜疑心の強い女は、ごまかそうとするとなおさら不審を募らせる。何か時間を稼ぐ方法はないものか。

パーカーは深呼吸をひとつすると階段を降りていった。

壁の弾痕をうまく説明するには？　血は？　とにかく――

パーカーは踊り場で立ち止まった。

茫然と。

パーカーに背を見せていたのは、黒のロングスカートに白のブラウスという恰好の痩せたブロンドの女である。その彼女がドアを開けようとしていた。

それだけでも十分な驚きなのだが、彼が仰天したのは室内の様子だった。

染みひとつないとはこのことだった。

陶器やガラスの破片はどこにも見あたらない。壁の弾痕もなくなっている。プラスターで補修されていた。居間の隅に防水シートが敷かれ、そこにペンキのはいったバケツが置いてある。

昨夜銃弾を浴びた椅子は同様のものと取り換えられていた。食器棚も新品になっている。

そして〈ディガー〉の死体も——なくなっていた。男が息絶えた場所には新しく東洋風の絨毯が敷かれていた。

ジョーンとリチャード、ソーシャルワーカーを戸口に立たせたまま、黒いスカートの女性は振り向いた。「あら、パーカー」とマーガレット・ルーカスは言った。

「ああ」パーカーは間の抜けたように答えた。

ルーカスはいわくありげに微笑する。

パーカーはあらためて、「おはよう」と言った。

「仮眠はとれた？」ルーカスはそう訊いてから、「よく眠れた？」と助け舟を出してくる。

「ああ」パーカーは答えた。「よく眠れたよ」

ルーカスは訪問客のほうに向き直ってうなずいた。「あなたがパーカーの奥さんね」とジョーンに話しかけた。

「別れた妻よ」ジョーンはそう答えて家にはいった。ずんぐりしたブルネットのソーシャルワーカーが後につづき、美男子でも頭の回転がまったくもって鈍いリチャードがしんがりだった。

パーカーは階段を降りながら、昨夜の銃撃で穿たれた壁をさわらずにはいられなかった。プラスターボードはステフィの頬のようになめらかだった。

肩と頭にひどい痛みが残っているのは、〈ディガー〉が押し入ってきたときに身を投げたせいだった。だがその痛みでもなければ、襲撃はすべて夢だったで片づいてしまいそうなのである。

彼はジョーンがとってつけた笑顔でこちらを見ているのに気づいた。「私は、『おはよう、パーカー』って言ったのよ」

「おはよう、ジョーン。おはよう、リチャード」パーカーは居間の中央でジョーンの頰にキスをして、亭主の手を握った。リチャードは縫いぐるみのはいった紙袋を提げていた。

ジョーンからは紹介されなかったソーシャルワーカーの女性が、自ら前に進み出てパーカーの手を取った。彼女は名乗ったかもしれないし、名乗らなかったかもしれない。パーカーはまだ正気を取り戻していなかった。

ジョーンはルーカスを見た。「お会いするのは初めてね。あなたは……」

「ジャッキー・ルーカス。パーカーの友達よ」

ジャッキー？ パーカーは眉を吊りあげた。捜査官はそんな名前を一度も口にしなかった。

ジョーンはルーカスの引き締まった身体をさりげなく眺めると、あの目で——色はロビーと同じでも、似ても似つかない薄情さをたたえたあの目で——居間の様子をあらためた。

「何か……変えたの？ 手を入れたんじゃない？ きのうは気づかなかったけど」

「時間があったから。すこしきれいにしようかと思ってね」

前妻は彼をまじまじと見つめた。「ひどい顔ね、パーカー。あまり寝てないんでしょう？」

ルーカスが笑った。ジョーンが横目をつかう。

「パーカーが朝食に招待してくれたんだけど」ルーカスは、これから女同士の打ち明け話をするといった顔つきで説明した。「子供たちを起こしにいくって二階に上がって、また寝ちゃったのよ」

ジョーンが口にしたのはさっきと同じ、そういう人よという言葉だった。

血はどこだ？　あれほど流れたのに。

ルーカスが客たちに訊いた。「コーヒーはいかが？　スウィート・ロールは？　パーカーが焼いたのよ」

「私はコーヒーをいただくわ」とソーシャルワーカーが言った。「それとロールを半分だけ」

「小さいのよ。ひとつ召しあがって」

「じゃあそうするわ」

ルーカスはキッチンに消えると、すぐにトレイを運んできた。「パーカーの料理の腕は素晴らしいわ」

「そうね」ジョーンはそっけなく答えた。別れた夫の才能などどうでもいいことなのだ。

ルーカスはコーヒーカップを置きながらパーカーに訊ねた。「きのうは何時に病院から戻ったの？」

「えーと」

「病院？　子供が病気なの？」ジョーンがソーシャルワーカーに視線をやりながら、大げさに心配してみせる。

「知り合いのお見舞いにいっていたのよ」とルーカスが答えた。

「さあ何時だったかな」パーカーは言った。「遅かったかい？」彼の答えはおおよそ質問なのである。このシーンを執筆したのはルーカスで、パーカーは脚本に従うほかないのだと思った。

「知り合いって誰？」とジョーンが追及する。

「ハロルド・ケイジ」とルーカスが答えた。「たいしたことはないわ。肋骨を折っただけで。そうじゃなかった？」

「肋骨を折ったんだ」

「滑って転んだんでしょう？」ルーカスは演技賞ものの芝居をつづけた。

「そうだ」パーカーは復唱した。「滑って転んだんだ」

彼はルーカスに押しつけられたコーヒーを啜った。

ソーシャルワーカーの女性が、ふたつめのスウィート・ロールを口に運んだ。「ねえ、このレシピを教えてくださらない？」

「もちろん」とパーカー。

ジョーンは優しい微笑を絶やさなかった。彼女は室内をつぶさに見て歩きながら、「見ちがえたわね」そして前夫の脇を通りすぎしなに、「するとパーカー、あなた、痩せっぽちのジャッキーと寝てるわけ？」と囁いた。

「いいや、ジョーン。ぼくらはただの友達さ」

「あら」

「コーヒーのお代わりを持ってくるわ」とルーカスが言った。

「ぼくも手伝おう」

パーカーはキッチンのドアを閉めるや、ルーカスと向きあった。「これは？　いったい……？」

ルーカスは笑った——パーカーの顔に浮かんだ表情を見て心から笑った。「きのうの夜、拘置所に電話したでしょう。祟られたんじゃないかって。それで夜間の警備の人間が私に連絡をよこしたのよ。で、あなたに電話をしてみたけど通じない。〈ベル・アトランティック〉に問い合わせたら、電話回線が切られてるって答えだった。三時半すぎにフェアファクス郡のSWATが到着して、ここに潜入してみると、一階には死体があって、あなたはベッドで居眠りしてたってわけ。〈ディガー〉を撃ったのは誰なの？　あなたじゃないんでしょう？」

「どこかの子供だ。父親を〈ディガー〉に殺されたと言ってた。〈ディガー〉にここまで連れてこられたって。理由は訊かないでくれ。その少年はどこかに行ってしまったんだ……じゃあ、こっちの質問にも答えてくれ——バスの死体は誰だったんだ？」

「運転手よ。おそらく〈ディガー〉は運転手を人質にしておいて、後部の出口から逃がすふりをした。そこを射殺してガソリンタンクも撃ち抜いた。それで火が出た隙に、自分は窓から飛び出した。煙に身を隠しながら、交通渋滞にまぎれて逃げたのよ。思ったより賢い男だったわ」

だがパーカーは首を振った。「いや、賢いのはフィールディングだ。〈ディガー〉にそうしろと指図をした。やつには、端《はな》から子飼いを犠牲にするつもりはなかったんだ。つまり、これは最後の仕事じゃなかったってことだ。またいつか、ほとぼりがさめてからと思ってたんだろう……それにしても」とパーカーは両手を広げた。「これは――？」

「ケイジのおかげよ。何本か電話をして」

奇蹟を起こす男。

「何て言ったらいいのか」

「巻きこんだのは私たちなんだから。せめてもの償いよ」

パーカーもそれに異議を唱えるつもりはなかった。

「待ってくれ……さっき自分を何て呼んだ？　ジャッキー？」

ルーカスはためらっていた。「ニックネーム。家族にはそう呼ばれてる。自分ではあまり使わないけど」

階段に足音がした。子供たちが居間に降りてきたのだ。ふたりの声はキッチンのドアを隔てたパーカーとルーカスにも聞こえてきた。「ママだ！　わお！」

「ふたりとも、おはよう」ジョーンが言った。「ほら……これはあなたたちに」

紙のがさつく音。

「どう？」ジョーンが訊いた。「気に入った？」

ステフィの気のない声がする。「あっ、バーニー」

ロビーがげらげら笑った。そして不満そうに、「ビッグバードか」

パーカーは、前妻の母親としての資格のなさに首を振ると、ルーカスに向かって頬笑んだ。

しかしルーカスは気づかない。子供たちの声につりこまれたように、じっと居間のほうに耳をすましていた。やがて彼女は窓に目を転じて、降りつづける雪をしばらく眺めた。「あの人があなたの奥さんなの。あなたとはあまり似てないかもしれない」

パーカーは苦笑した。ルーカスの質問の真意がわかったからである。どうしてあんな女とくっついたの？

されて当然の質問であり、パーカーもこれには喜んで答えるつもりでいた。けれども、いまはじめると時間が足りなくなってしまう。そこにマーガレットあるいはジャッキー・ルーカスというパズルの答えが多少でもくわわれば、どうしたって複雑な儀式にならざるをえないだろう。

彼女というパズル。パーカーは見つめていた――彼女の化粧、宝石。白いシルクのブラウスの柔らかさ。繊細なレースに縁取られたランジェリー。きょうは石鹼だけでなく香水の匂いもする。何かを思いだしそうになる。

ルーカスが彼の視線に気づいた。

また見つかった。だが気にならなかった。

パーカーは言った。「FBI捜査官には見えないな」

「秘密捜査よ」ルーカスはそう答えると吹き出した。「けっこう鳴らしたのよ。マフィアの殺し屋の妻を演じたこともあるわ」

「イタリア人に？　その髪で？」

「ミス・クレイロールで染めたの」ふたりはしばらく黙っていた。「彼女が帰るまでいるわ。

家庭生活があるってところをすこしでも見せれば、ソーシャルワーカーにも効き目があると思う」

「電話だけじゃないのか」

ルーカスはケイジばりに肩をすくめた。

「そう、きみに予定があるのはわかってるんだが。このあと〝誰かさんたち〟と庭仕事をすることになってる」

「雪のなかを？」

「そうだ。裏庭の藪を切るんだ。それから橇をしにいく。どうだろう、このへんはあまり雪が積もらないし？」

パーカーは口をつぐんだ。平叙文の語尾を上げて疑問文の抑揚で終わらせてしまった。しかも〝どうだろう〟ではじめているのに。法言語学者としては納得できない。緊張しているのだろうか。「きみに興味があるかどうかはわからないんだが……」また口をつぐんだ。

「招待してくれるってこと？」とルーカスが訊いた。

「うむ。ああ、そうだ」

「私の予定？　家の掃除をして、友達の娘のためにブラウスを縫いあげること」

「受けてくれるってことか？」

煮えきらない笑顔。「そうね」しばしの沈黙のあと、「ねえ、コーヒーはどうだった？　私、めったに淹れないのよ。普段はスターバックスに行くから」

「うまかった」

ルーカスは窓のほうを向いていた。だが目はまたドアを見ている。子供たちの声に聞き入っている。不意に彼女はパーカーを振り向いた。「そういえば、わかったのよ」

「何が？」

「パズル」

「パズル？」

「屋根にいるタカの数。けさ、ここに座っててわかったの」

「よし。言ってみろ」

「引っかけの質問ね。答えは複数あるのよ」

「よろしい」とパーカーは言った。「だからといって引っかけの質問てことにはならない。きみの思考経路が正しいってことさ――きみは解答が複数考えられるという答えがあることに気づいた。それがパズルの達人が学ぶ第一歩だ」

「パズルでは必要な事実はすべてあたえられると思いがちだけど、伏せられてる場合もあるってことね」

まさにそのとおり。パーカーはうなずいた。

「で、その伏せられてる事実っていうのはタカの性質に関係があるのよ」

「ほお。タカの性質がパズルにどう関係するんだ？」

「だから」ルーカスは彼に指をさすと、初めて娘らしい部分を垣間見せた。「タカは銃声に驚いて飛んでいったかもしれない。飛ばなかったかもしれない。だから——ほら——遠くの屋根にいたわけでしょ。それが手がかりだったじゃない」

「そうだ。つづけて」

「それで、農夫は一羽を撃ち落としたけど、残りの二羽がどうしたのかはわからない。二羽ともそのまま屋根にいたかもしれない。だとすると答えは二羽が残ったってことになるわ。あるいは一羽が飛んでいって、一羽が残ったか。あるいは二羽とも飛んでいってゼロになったか。つまり答えは三通りあるの」

「なるほど。暗黙の事実を考慮に入れるというのは正しいな」

ルーカスは怪訝そうな顔をした。「それってどういうこと？　合ってるの、合ってないの？」

「間違ってる」

「そんな」ルーカスは食いさがった。「合ってるはずだわ」

「いや、間違いだ」パーカーは笑った。

「でも、部分的には合ってるんじゃない？」

「パズルには部分的に合ってるなんてことはありえない。答えを知りたいかい？」

やや間があいてから、「いいえ。ずるをしたことになるからいい。自分で考えるわ」

キスには悪くないタイミングだった。短い口づけのあと、コーヒーを淹れるルーカスを残して、パーカーは居間に戻った。子供たちを抱きしめ、新年最初のおはようを言った。


（了）

著者あとがき

パーカーのパズルを解こうとしたジャッキー・ルーカスの誤りは、農夫の撃ったタカが屋根から落ちると仮定したことにある。そうとはかぎらないのだ。質問は〝生きたタカ〟ではなく、単に〝タカ〟が何羽残ったかを訊ねているのである。ゆえに答えはつぎのようになる。死んだタカが屋根から落ちず、あとの二羽も飛び去らなければ三羽。死んだタカが落ちずに一羽が飛び去った場合、または死んだタカが落ちて二羽が残った場合は二羽。死んだタカが落ちて一羽が飛び去った場合、または死んだタカが落ちずに二羽が飛び去った場合には一羽。死んだタカが落ちて、残る二羽が飛び去ってしまったら、タカは一羽もいない。

謝辞

ヴァーノン・ゲバースに感謝を捧げたい。彼の著した『実践殺人捜査』は、警察手続きに関する画期的労作で、本書をはじめとする作品の取材過程で著者に測り知れない情報をもたらしてくれた。また本書に使われたパズルはポール・スローン、デス・マクヘイル共著『難解水平思考パズル』に収録されたもののヴァリエーションである。

訳者あとがき

前作『ボーン・コレクター』でミステリー界に確固たる地位を築いた、ジェフリー・ディーヴァーの新作をここに紹介する運びとなった。

今回、現代版〝アームチェア・ディテクティヴ〟のリンカーン・ライムはカメオ出演に回り、主役はそのライムと親交があるという設定のパーカー・キンケイド。

キンケイドはFBIで科学捜査を担当していた文書検査士である。犯罪のなかに登場する文書について、紙や筆記具を科学的に特定し、さらには筆跡を鑑定するのみならず、綴りのミス、文法の組み立てといったことから、そこに隠された犯人のプロフィールを抽出していく文章のエキスパートなのである。

事情あって一線を退いていた彼を再度現場に駆り出すのが、今世紀最後の大晦日、首都ワシントンDCで起きる連続予告殺人。犯人から送られてきた一通の脅迫状と対峙して、キンケイドの異才が見事に発揮される。

詳しくは本編に譲るとして。

ライム物とはまた一味ちがった、パーカー・キンケイドの活躍をお楽しみいただけると思う。ライムのような肉体のハンディもなく、ペシミズムを身にまとっているわけでもないが、トーマス・ジェファーソンをこよなく愛し、古文書の真贋を見きわめることに大いなる喜びを見出すこの男には、離婚して引き取った子供たちの世話に追われるという日常がある。キンケイドが犯罪捜査に並みはずれた能力を示す一方で、父親として強さ、弱さの同居する人間的な部分を随所に見せるあたり、ひとつ本書の特徴と言えるかもしれない。

そしてもちろんのこと、〝ローラーコースター感覚の読みごたえ〟と評されるディーヴァーのストーリー・テリングの妙はここでも健在だ。

読者を、巻措くあたわざる、の状態に引きこむその小説作法の一端を、作家本人があるインタヴューで披露しているのだが、プロットを練るところから脱稿にいたるまでに、原稿は約二十稿を数えるらしい。そのうえ編集段階では十ないし十五回の書き直しをする。あんまり手を入れるので、しまいには出版社のほうが音をあげて、ゲラを送るのを渋りだすほどだという。

訳者として本書と長くつきあいながら、目配りの行き届いた巧みな構成には感心しきりだったのだが、このエピソードを知って納得すると同時に、おそらくディーヴァーが今後も同様のスタンスで、ますます上質のエンタテインメントを提供しつづけてくれるものと確信に近い期待を抱いている。

ディーヴァーがこれまでに発表した長編を、ウィリアム・ジェフリーズ名義で出されたタイトルもふくめて挙げておく。

“Voodoo”1988
“Always a Thief”1989
“Manhattan Is My Beat”1989『汚れた街のシンデレラ』／ハヤカワ文庫
“Death of a Blue Movie Star”1990
“Hard News”1991
“Mistress of Justice”1992
“Shallow Graves”1992『死を誘うロケ地』／ハヤカワ文庫
“Bloody River Blues”1993
“The Lesson of Her Death”1993
“Praying for Sleep”1994『眠れぬイヴのために』／ハヤカワ文庫
“Speaking in Tongues”1995『監禁』／ハヤカワ・ノヴェルズ
“A Maiden’s Grave”1995『静寂の叫び』／ハヤカワ文庫
“The Bone Collector”1997『ボーン・コレクター』／文藝春秋
“The Coffin Dancer”1998　文藝春秋より近刊予定
“The Devil’s Teardrop”1999　本書
“The Empty Chair”2000　文藝春秋より近刊予定

付記すると、"The Coffin Dancer" および最新作の "The Empty Chair" は、いずれもリンカーン・ライムのシリーズである。そしてこのキンケイドとルーカスの物語は——ディーヴァー自身によれば、続編を書きたい気持ちがあるとのことだが、どうなるだろうか。

二〇〇〇年初夏

土屋　晃

本文イラスト・花村　広

文春文庫

悪《あく》魔《ま》の涙《なみだ》

定価はカバーに
表示してあります

2000年9月1日　第1刷
2000年9月25日　第2刷

著　者　ジェフリー・ディーヴァー
訳　者　土《つち》屋《や》晃《あきら》
発行者　白川浩司
発行所　株式会社 文藝春秋
東京都千代田区紀尾井町3—23　〒102-8008
TEL 03・3265・1211
文藝春秋ホームページ　http://www.bunshun.co.jp
文春ウェブ文庫　http://www.bunshunplaza.com

落丁、乱丁本は、お手数ですが小社営業部宛お送り下さい。送料小社負担でお取替致します。

印刷・凸版印刷　製本・加藤製本
Printed in Japan
ISBN4-16-721871-2

少年時代 上・下　ロバート・R・マキャモン　二宮　磬訳
遙か南へ　ロバート・R・マキャモン　二宮　磬訳
M・D 上・下　トマス・M・ディッシュ　松本剛史訳
龍の帝国　チョンクオ風雲録 その一　D・ウィングローヴ　野村芳夫訳
氷と炎　チョンクオ風雲録 その二　D・ウィングローヴ　野村芳夫訳
戦争の技術　チョンクオ風雲録 その三　D・ウィングローヴ　野村芳夫訳
一寸の灰　チョンクオ風雲録 その四　D・ウィングローヴ　野村芳夫訳
壊れた車輪　チョンクオ風雲録 その五　D・ウィングローヴ　野村芳夫訳
白い山　チョンクオ風雲録 その六　D・ウィングローヴ　野村芳夫訳
深海の怪物　チョンクオ風雲録 その七　D・ウィングローヴ　野村芳夫訳
内部の石　チョンクオ風雲録 その八　D・ウィングローヴ　野村芳夫訳
火の車の上で　チョンクオ風雲録 その九　D・ウィングローヴ　野村芳夫訳
神樹の下で　チョンクオ風雲録 その十　D・ウィングローヴ　野村芳夫訳

金銅仙人の歌　チョンクオ風雲録 その十一　D・ウィングローヴ　野村芳夫訳
白い月、赤い龍　チョンクオ風雲録 その十二　D・ウィングローヴ　野村芳夫訳
ライン河畔のチャイナ　チョンクオ風雲録 その十三　D・ウィングローヴ　野村芳夫訳
苦力の時代　チョンクオ風雲録 その十四　D・ウィングローヴ　野村芳夫訳
血と鉄　チョンクオ風雲録 その十五　D・ウィングローヴ　野村芳夫訳
生ける闇の結婚　チョンクオ風雲録 その十六　D・ウィングローヴ　野村芳夫訳
復讐法廷　H・デンカー　中野圭二訳
判事スペンサー異議あり　H・デンカー　矢沢聖子訳
推定無罪 上・下　S・トゥロー　上田公子訳
立証責任 上・下　S・トゥロー　上田公子訳
有罪答弁 上・下　S・トゥロー　上田公子訳
特別検察官　ジェイ・ブランドン　佐々田雅子訳
マイアミに死体はふえる　ポール・リヴァイン　上田公子訳